Paru au Livre de Poche :

MEURTRES EN MAJUSCULES

LES MONSTRES DE SALLY

PAS DE BERCEUSE POUR FANNY

LA PROIE IDÉALE

LA MORT A SES RAISONS

Sophie Hannah est née en 1971 à Manchester. Diplômée d'espagnol et de littérature anglaise, elle enseigne à la Manchester Metropolitan University's Writing School. Après plusieurs recueils de poésie récompensés par de nombreux prix (dont le prix du festival Daphné Du Maurier), elle se tourne vers l'écriture de thrillers psychologiques, qui deviennent rapidement des best-sellers.

SOPHIE HANNAH

La mort a ses raisons

TRADUIT DE L'ANGLAIS PAR VALÉRIE ROSIER

ÉDITIONS DU MASQUE

Titre original :
CLOSED CASKET
Publié par HarperCollins*Publishers*.

ISBN : 978-2-253-08655-0 – 1re publication LGF

Pour Mathew Prichard,
James Prichard et la famille,
avec amour

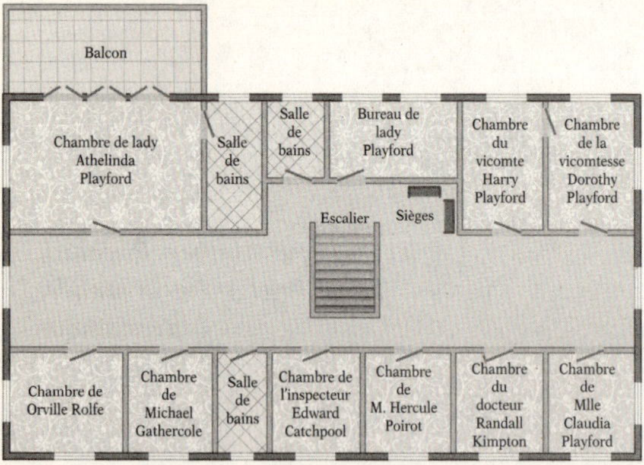

Premier étage

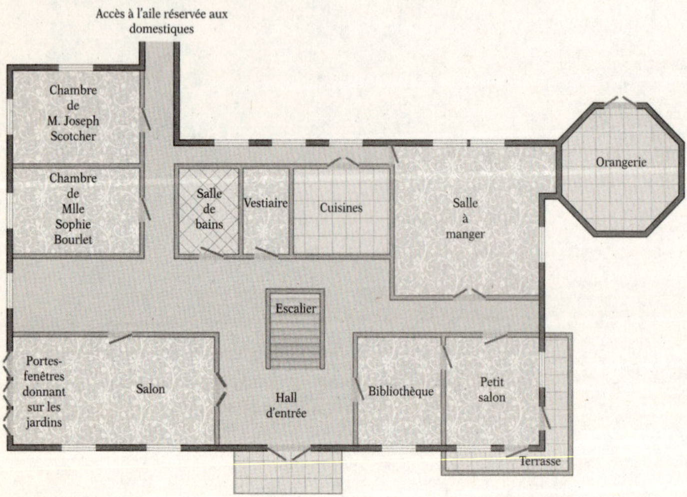

Rez-de-chaussée

PREMIÈRE PARTIE

1

Un nouveau testament

Face à la porte close, Michael Gathercole hésitait encore à frapper lorsqu'en bas, dans le hall du rez-de-chaussée, la vieille horloge de grand-père sonna l'heure d'une voix un peu enrouée.

Selon les instructions qu'il avait reçues, Gathercole devait se présenter à 16 heures, et 16 heures venaient de sonner. Durant les six dernières années, il s'était bien souvent trouvé ici même, au premier étage de Lillieoak. Et en une occasion seulement, il s'était senti encore moins à l'aise qu'aujourd'hui. Cette fois-là, ils étaient deux à attendre, et il se rappelait encore chacun des mots qu'il avait échangés avec l'autre homme présent, alors qu'il aurait préféré n'en avoir aucun souvenir. Recourant à l'autodiscipline qui lui servait de règle de vie, il chassa cette pensée de son esprit.

Certes, on l'avait prévenu qu'il trouverait la rencontre prévue cet après-midi difficile. Cette mise en garde figurait dans la convocation, ce qui était typique de son hôtesse. « Ce que je m'apprête à vous dire vous causera sûrement un choc… »

Gathercole n'en doutait pas. Mais à quoi bon l'avertir, sans lui donner par ailleurs aucune information susceptible d'éclairer sa lanterne ?

Son malaise s'accentua encore lorsqu'il regarda l'heure en tirant pour la énième fois sa montre de gousset de la poche de son gilet, pour constater qu'à force d'hésiter, il s'était mis en retard. Il était 16 heures passées d'une minute. Il frappa.

Juste une minute de retard. Elle le remarquerait sûrement, comme toujours, car rien ne lui échappait. Mais avec un peu de chance, elle s'abstiendrait de le souligner.

— Entrez donc, Michael ! lança lady Athelinda Playford, plus pétulante que jamais.

À soixante-dix ans, elle avait gardé une voix cristalline, qui résonnait avec la clarté d'une cloche bien timbrée. Gathercole ne l'avait jamais vue d'humeur pondérée. Elle était dans un perpétuel état d'excitation, pour des raisons qui auraient inquiété plutôt qu'enthousiasmé des personnes plus conformistes. C'était un don chez elle : lady Playford s'amusait de tout et de rien, du futile et de l'agréable autant que de choses plus troubles et discutables.

Gathercole avait admiré ses histoires d'enfants élucidant avec bonheur des mystères que la police locale n'arrivait pas à résoudre, depuis qu'il les avait découvertes alors qu'il était un jeune garçon de dix ans vivant dans un orphelinat londonien. Six ans plus tôt, il avait recontré leur auteur pour la première fois, et l'avait trouvée aussi imprévisible et désarmante que ses livres. Il n'avait jamais compté progresser beaucoup dans la profession qu'il avait embrassée,

mais grâce à Athelinda Playford, sa situation était enviable : à trente-six ans, un âge relativement jeune, il était associé chez Gathercole & Rolfe, un cabinet juridique prospère. Et malgré les années, l'idée qu'une entreprise rentable puisse porter son nom le déconcertait toujours autant.

Sa loyauté envers lady Playford dépassait tous les liens qu'il avait pu former dans sa vie, mais ses rapports personnels avec son auteur favorite l'avaient amené à le reconnaître : il préférait les rebondissements et autres péripéties lorsqu'ils se produisaient dans le monde lointain de la fiction plutôt que dans la réalité. Lady Playford, inutile de le dire, ne partageait pas ce point de vue.

— Qu'est-ce que vous attendez ? lui lança son hôtesse alors qu'il entrouvrait la porte. Ah tout de même ! Vous voilà ! Ne restez pas planté là, asseyez-vous, mon ami.

Gathercole obéit.

— Bonjour, Michael, lui dit-elle alors en souriant.

Il eut l'étrange impression, comme chaque fois, que de son regard, lady Playford l'avait soulevé de terre, retourné la tête en bas, puis reposé au sol. C'est là que vous êtes censé me répondre « Bonjour, Athie », reprit-elle. Allons, un petit effort ! Ça ne devrait pas être aussi difficile, après tout ce temps. Pas de « Bonjour, madame », encore moins de « Bonjour, lady Playford ». Un simple « Bonjour, Athie ». Est-ce si insurmontable ? Ah ! Ah ! s'exclama-t-elle en claquant des mains. Regardez-moi cet air de bête traquée ! Vous ne comprenez pas pourquoi je vous ai invité à passer une semaine ici, n'est-ce pas ? Ni pourquoi maître Rolfe a également été invité.

Les dispositions que Gathercole avait prises suffiraient-elles à pallier l'absence d'Orville Rolfe et de lui-même ? Jamais jusqu'à ce jour ils ne s'étaient absentés du cabinet au même moment cinq jours d'affilée, mais lady Playford étant leur cliente la plus illustre, on ne pouvait rien lui refuser. De plus, Gathercole était pour elle d'un dévouement sans bornes.

— J'imagine que vous vous demandez s'il y aura d'autres invités, Michael ? Nous y viendrons, mais j'attends toujours que vous me disiez bonjour.

Il n'avait pas le choix. Le salut qu'elle exigeait chaque fois de lui ne lui venait jamais spontanément. C'était un homme qui aimait se conformer aux usages, et s'il n'existait pas de principes interdisant à quelqu'un de son milieu de s'adresser à une comtesse douairière, veuve du vicomte Playford de Clonakilty, cinquième du nom, en l'appelant « Athie », Gathercole le déplorait. Comme il déplorait le mépris de lady Playford pour les règles, et sa façon de tourner en ridicule ceux qui s'y pliaient en les traitant de « vieilles badernes coincées ».

— Bonjour, Athie.

— Ah ! quand même ! s'exclama-t-elle en écartant les bras, vous avez survécu à l'épreuve. Vous pouvez vous détendre. Pas trop, cependant, car nous avons des questions importantes à régler. Mais d'abord, discutons un peu de ce que j'ai sur le feu.

Lady Playford faisait ainsi allusion au livre en cours d'élaboration, lequel était posé sur le coin du bureau. Elle y jeta un regard noir. C'était un fouillis de pages froissées et écornées, entassées dans le plus grand désordre et n'ayant plus forme livresque.

Lady Playford se leva de son fauteuil placé près de la fenêtre. Elle ne regardait jamais au-dehors, Gathercole l'avait remarqué. S'il y avait un être humain à observer, lady Playford ne perdait pas de temps à contempler la nature. Son bureau donnait pourtant sur un paysage magnifique : la roseraie et, au-delà, une grande pelouse carrée, ornée en son centre de l'ange de pierre que son mari Guy, défunt vicomte Playford, avait commandé à un sculpteur comme cadeau d'anniversaire, pour célébrer leurs trente ans de mariage.

Quant à Gathercole, lorsqu'il était en visite, il ne manquait jamais de regarder la statue, la pelouse, la roseraie, ainsi que l'horloge de grand-père du vestibule et la lampe de la bibliothèque, avec son pied en cuivre et son abat-jour en vitrail en forme d'escargot. Pour lui, c'étaient autant d'éléments de stabilité. Les choses changeaient rarement, à Lillieoak ; entendons par choses les objets inanimés, et non un concept abstrait et général. L'insistance avec laquelle lady Playford s'ingéniait à scruter chaque personne qui croisait son chemin faisait qu'elle accordait par ailleurs peu d'attention à tout ce qui n'avait pas le don de la parole.

Dans son bureau, la pièce où Gathercole et elle se trouvaient en ce moment même, il y avait deux livres retournés dans la grande bibliothèque murale : *Shrimp Seddon et le collier de perles* et *Shrimp Seddon et le bas de Noël*. Ils étaient déjà ainsi lors de la première visite de Gathercole, six ans plus tôt ; les voir remis en place l'eût fortement déconcerté. Aucun autre auteur n'était admis sur ces rayons. Seuls les livres d'Athelinda Playford y figuraient, avec leurs dos de couleur vive qui apportaient un peu de gaieté à une pièce aux murs lambrissés, par ailleurs assez austère. Rouge, bleu, violet, orange, ces teintes acidulées censées plaire aux enfants contrastaient singulièrement avec le halo de cheveux argentés qui nimbait le visage de lady Playford.

— Je voudrais vous parler de mon testament, Michael, et vous demander une faveur, dit-elle en se postant face à lui. Mais d'abord : à votre avis, est-ce qu'un enfant ordinaire s'y connaît en chirurgie esthétique ? L'opération qui consiste à se faire rectifier le nez, par exemple ?

— Rectifier le nez ? répéta bêtement Gathercole.

Il aurait de loin préféré qu'elle aborde en priorité les deux sujets qui lui semblaient importants, et n'étaient peut-être pas sans rapport : le testament, puis la faveur qu'elle s'apprêtait à lui demander. Les dispositions testamentaires de lady Playford avaient été établies depuis quelque temps déjà, selon des clauses parfaitement logiques. Se pourrait-il qu'elle veuille y changer quelque chose ?

— Ne soyez pas exaspérant, Michael. C'est une question toute simple. Après un accident de voiture, ou pour corriger une difformité. Une opération chirurgicale destinée à changer la forme d'un nez. Un enfant saurait-il comment s'appelle cette spécialité ? Et vous-même, le savez-vous ?

— C'est de la chirurgie esthétique, je suppose, que ce soit pour le nez ou pour toute autre partie du corps.

— Si ça se trouve, vous connaissez le terme sans en avoir conscience. Cela arrive parfois. Hum…, dit lady Playford en fronçant les sourcils. Laissez-moi vous poser une autre question : vous arrivez dans les bureaux d'une société qui emploie dix hommes et deux femmes. Vous entendez par mégarde certains des hommes parler entre eux de l'une des femmes en la surnommant « Rhino ».

— Très galant de leur part.

— Laissons la galanterie de côté, Michael. Peu après, les deux dames reviennent de déjeuner. L'une d'elle est mince, délicate, douce de tempérament, mais elle a une drôle de frimousse, sans qu'on puisse définir précisément ce qui cloche dans ses traits. L'autre est une espèce de colosse, une femme d'une stature imposante, qui fait deux fois ma taille.

Lady Playford était de taille moyenne, bien enrobée, avec des épaules tombantes en forme d'entonnoir.

— En outre, elle a l'air féroce, ajouta-t-elle. Alors, laquelle des deux femmes que je vous ai décrites est celle qu'on surnomme Rhino, d'après vous ?

— Eh bien, la grande à l'air féroce, répondit aussitôt Gathercole.

— Hourrah ! Vous avez tort. Dans mon histoire, Rhino s'avère être la fille menue à la drôle de frimousse, car voyez-vous, elle s'est fait refaire le nez après un accident, selon un procédé qu'on appelle rhinoplastie !

— Ah. J'ignorais cela, dit Gathercole.

— Oui, et je crains fort que ce nom ne dise rien aux enfants, si même vous, Michael, n'avez jamais entendu parler de rhinoplastie…, soupira lady Playford. Je suis partagée. J'étais si contente, la première fois que j'y ai pensé, mais ensuite, j'ai commencé à avoir des doutes. C'est un peu risqué, de faire tourner l'histoire autour d'une intervention chirurgicale, non ? On n'a pas envie de penser à ce genre de choses tant qu'on n'est pas directement concerné… Les enfants encore moins que les adultes, n'est-ce pas ?

— L'idée me plaît bien, remarqua Gathercole. Vous pourriez préciser dès le début que la jeune femme menue a un drôle de nez, pour mettre vos lecteurs sur la bonne piste. En parlant assez tôt dans l'histoire de l'intervention qu'elle a subie, et de l'étonnement de Shrimp quand elle découvre le nom de cette spécialité chirurgicale.

Shrimp Seddon était l'héroïne des romans de lady Playford, une fillette de dix ans, chef d'une bande de détectives en herbe.

— Et donc, le lecteur est témoin de la surprise de Shrimp, sans être au courant dès le début de sa découverte. Oui ! Peut-être que Shrimp pourrait dire à Podge « Tu ne devineras jamais comment on appelle… », mais juste à ce moment-là, elle est interrompue. Du coup, fin du chapitre et début d'un autre, avec un nouveau rebondissement. La police commet une erreur encore plus grossière que d'habitude, par exemple en arrêtant la mauvaise personne, peut-être le père ou la mère de Shrimp. Juste le temps que le lecteur puisse faire lui-même sa petite enquête en vérifiant dans une encyclopédie le terme en question, s'il en a envie. Mais Shrimp ne tardera pas trop à révéler le pot aux roses. Oui ! Michael, je savais que je pouvais compter sur vous. C'est réglé. Maintenant, venons-en à mon testament…

Elle retourna s'asseoir dans son fauteuil près de la fenêtre et s'y installa à son aise.

— Je veux que vous en rédigiez un nouveau.

Gathercole en fut surpris. Selon les clauses du testament existant, tous les biens de lady Playford devaient être partagés à parts égales entre ses deux enfants encore en vie : sa fille Claudia et son fils Harry, vicomte Playford de Clonakilty, sixième du nom. Un troisième enfant, Nicholas, était mort jeune.

— Je veux tout léguer à mon secrétaire, Joseph Scotcher, déclara-t-elle de sa voix étonnamment claire.

Gathercole se redressa sur son siège. Impossible de faire comme si ces paroles n'avaient pas été prononcées. Que cela lui plaise ou non, il lui fallait les prendre en compte.

Lady Playford ne pouvait parler sérieusement. C'était sûrement une blague. Oui, Gathercole voyait bien son petit jeu : après ses contes à dormir debout à propos de nez refaits et de rhinoplastie, elle continuait sur sa lancée en lui réservant le meilleur pour la fin. Bref, elle lui faisait une farce.

— Je suis parfaitement saine d'esprit et tout à fait sérieuse, Michael. J'aimerais que vous fassiez ce que je vous demande. Avant le dîner, s'il vous plaît. Pourquoi ne pas commencer dès maintenant ?

— Lady Playford…

— Athie, le corrigea-t-elle.

— Si c'est encore l'un des trucs que vous essayez sur moi pour vérifier si ça pourrait marcher dans votre histoire…

— Croyez-moi, ce n'est pas le cas, Michael. Je ne vous ai jamais menti et je ne vous mens pas. J'ai besoin que vous m'établissiez un nouveau testament. Joseph Scotcher héritera de tous mes biens.

— Mais, et vos enfants ?

— Claudia est sur le point d'épouser une fortune plus grande que la mienne, en la personne de Randall Kimpton. Elle ne manquera vraiment de rien, du nécessaire comme du superflu. Harry a la tête sur les épaules, et une épouse passablement énervante, certes, mais sur laquelle il peut compter. Le pauvre Joseph a plus besoin de mon héritage que Claudia et Harry.

— Je me dois d'insister auprès de vous pour que vous réfléchissiez bien avant de…

— Michael, de grâce, ne soyez pas aussi borné, l'interrompit lady Playford. Croyez-vous donc que cette idée m'est venue quand vous avez frappé à la porte il y a cinq minutes ? Ou bien que cela fait des semaines, si ce n'est des mois, que je la médite ? La circonspection que vous me recommandez n'est plus de mise. Croyez-moi, j'y ai mûrement réfléchi. Bon : allons-nous rédiger ce testament, oui ou non ? Ou préférez-vous que j'appelle M. Rolfe ?

Voilà donc pourquoi Orville Rolfe avait également été invité à Lillieoak : au cas où lui, Gathercole, refuserait d'obéir à son injonction.

— Il y a un autre changement que j'aimerais apporter à mon testament, par la même occasion : la faveur dont je vous ai parlé, rappelez-vous. Vous pourrez me la refuser si vous le souhaitez, mais j'espère que vous accepterez. À l'heure actuelle, Claudia et Harry sont mes exécuteurs littéraires. Or, cette disposition ne me convient plus. Je serais honorée si c'était vous, Michael, qui acceptiez cette fonction.

— Votre exécuteur littéraire ? répéta-t-il, interdit, et un instant, il en resta sans voix.

Oh, mais tout cela n'allait pas du tout. Qu'en diraient les enfants de lady Playford ? Il ne pouvait accepter.

— Harry et Claudia connaissent-ils vos intentions ? finit-il par demander.

— Non. Ils les apprendront ce soir au dîner. Joseph aussi. Pour l'instant, seuls vous et moi sommes au courant.

— Y aurait-il eu un conflit au sein de la famille que j'ignorerais ?

— Pas du tout ! repartit lady Playford d'un air enjoué. Harry, Claudia et moi nous entendons le mieux du monde, du moins jusqu'à présent.

— Je… mais…. vous connaissez Joseph Scotcher depuis seulement six ans. Vous l'avez rencontré le jour où vous avez aussi fait ma connaissance.

— Inutile de me dire ce que je sais déjà, Michael.

— En outre, j'avais cru comprendre que Joseph Scotcher…

— Parlez, mon brave.

— Scotcher n'est-il pas gravement malade ?

Vous aviez l'air de penser qu'il n'en avait plus pour longtemps et donc qu'il partirait bien avant vous. N'est-ce plus le cas ? songea Gathercole en son for intérieur.

Certes, Athelinda Playford n'était plus toute jeune, mais elle débordait de vitalité, au point qu'on avait du mal à l'imaginer mourir un jour.

— C'est vrai, Joseph est très malade, confirma-t-elle. Il s'affaiblit de jour en jour. D'où la décision que j'ai prise. Je ne l'ai encore jamais dit, mais vous devez avoir remarqué que j'adore Joseph. Je l'aime comme un fils, comme s'il était de ma chair et de mon sang.

Gathercole sentit soudain un tiraillement dans sa poitrine. Oui, il le savait. Mais il y avait un monde entre savoir une chose et se la voir confirmer aussi clairement. Cela provoqua chez lui des pensées assez mesquines, qu'il s'efforça de chasser.

— Joseph m'a dit que d'après les médecins qui le suivent, il n'avait plus que quelques semaines à vivre.

— Mais alors… j'avoue que cela m'échappe…, dit Gathercole. Vous souhaitez faire un nouveau testament en faveur d'un homme dont vous savez qu'il ne pourra profiter de son héritage.

— On n'est jamais sûr de rien, Michael.

— Si Scotcher devait succomber à sa maladie dans les semaines à venir, comme vous vous y attendez, que se passerait-il alors ?

— Eh bien, dans cette éventualité, nous reviendrions à la formule initiale : Harry et Claudia se partageraient équitablement ma fortune.

— Veuillez excuser mon impertinence, mais il me faut vous poser la question, dit Gathercole, envahi par une douloureuse angoisse. Avez-vous quelque raison de penser que vous-même mourrez bientôt ?

— Moi ? s'étonna lady Playford, et elle se mit à rire. Je suis forte comme un bœuf. J'espère bien avancer vaille que vaille encore un bon nombre d'années.

— Alors, Scotcher n'héritera de rien à votre mort, lui-même étant décédé depuis longtemps, et le nouveau testament que vous me priez d'établir n'aura fait que semer la discorde entre vous et vos enfants.

— Au contraire : mon testament pourrait susciter quelque chose d'absolument merveilleux, dit-elle avec délectation.

— J'avoue que tout cela me jette dans la plus grande perplexité, soupira Gathercole.

— Naturellement, dit Athelinda Playford. Je n'en attendais pas moins de vous, mon cher Michael.

2

Une réunion surprise

Celer et déceler : ces deux mots contraires riment pourtant l'un avec l'autre, et cela me paraît un heureux hasard. Car, comme le savent tous les bons conteurs, les tentatives de dissimulation, même infimes, peuvent être très révélatrices, tandis que de nouvelles révélations dissimulent souvent autant de choses qu'elles en mettent en lumière.

Tout cela pour me présenter à vous, bien maladroitement, comme étant le narrateur de cette histoire. Ce que vous avez appris jusque-là, sur l'entrevue de Michael Gathercole avec lady Athelinda Playford, vous a été révélé par mon entremise, sans que personne se doute de ma présence.

Je m'appelle Edward Catchpool, et je suis inspecteur à Scotland Yard, à Londres. Les événements extraordinaires dont je viens seulement de vous rapporter les prémices ne se sont pas déroulés à Londres, mais à Clonakilty, dans le comté de Cork, État libre d'Irlande. Ce fut le 14 octobre 1929 que Michael Gathercole et lady Playford se retrouvèrent dans le bureau de Lillieoak, et ce fut ce même jour, une heure plus tard, que j'arrivai d'Angleterre à Lillieoak, après un long trajet.

Six semaines plus tôt, j'avais reçu une lettre de lady Athelinda Playford m'invitant à passer une semaine dans son domaine campagnard. Ma future hôtesse m'y vantait les plaisirs nombreux et variés de la chasse et de la pêche, sans savoir que c'étaient là des activités que je n'avais encore jamais pratiquées et qui ne me tentaient guère, sans par ailleurs m'éclairer sur les raisons pour lesquelles ma présence était requise.

Je reçus cette lettre à mon appartement londonien. Quand j'en eus pris connaissance, je la posai sur la table de la salle à manger, perplexe. Qu'y avait-il donc de commun entre Athelinda Playford, illustre auteur de romans à énigmes pour enfants, et moi-même, célibataire sans épouse ni progéniture ? Rien, aucun point de convergence. Pourtant il fallait bien répondre à cette invitation.

J'avais fort envie de la décliner, ce qui signifiait que j'irais probablement. Les êtres humains sont ainsi faits qu'ils aiment suivre leurs schémas habituels, et je ne fais pas exception à la règle. Or, j'agis rarement par choix, dans ma vie quotidienne, et suis donc enclin à me soumettre quand quelque chose survient que je préférerais éviter.

Un ou deux jours plus tard, j'écrivis donc à lady Playford pour accepter avec enthousiasme son invitation. Je la soupçonnais de vouloir picorer ma substantifique moelle pour en extraire ce qu'elle pourrait utiliser dans ses futurs ouvrages. Peut-être avait-elle enfin décidé d'en apprendre davantage sur les modes opératoires de la police ? Enfant, j'avais lu une ou deux de ses énigmes, et j'avais été sidéré de voir à quel point les officiers de police y étaient présentés comme de complets imbéciles, incapables de résoudre le plus simple des mystères sans l'aide d'une bande de gamins de dix ans, vaniteux et braillards. En fait, ce constat peu flatteur était à l'origine de ma fascination pour les forces de l'ordre, d'où le choix de ma carrière dans la police. Cela ne m'était encore jamais venu à l'esprit, mais je devais en partie ma vocation à Athelinda Playford. Il faudrait donc l'en remercier.

Au cours du long trajet jusqu'à Lillieoak, j'avais lu un autre de ses romans, histoire de me rafraîchir la mémoire, ce qui avait confirmé mon jugement de jeune lecteur : le dénouement montrait la géniale Shrimp Seddon passant un savon au sergent Mollasson et à l'inspecteur Godiche pour avoir séché sur une série d'indices évidents que même Anita, la grosse chienne poilue de Shrimp, avait réussi à interpréter correctement.

J'arrivai à Clonakilty à 17 heures, mais il faisait encore assez clair pour que je puisse contempler tout à loisir les alentours. Depuis mon poste d'observation, devant la grande demeure palladienne de lady Playford construite sur les berges de l'Argideen, j'embrassais un espace naturel tout en bleu et vert qui semblait infini, avec derrière moi des jardins à la française, une prairie sur ma gauche, et ce qui ressemblait à l'orée d'une forêt sur ma droite. Avant mon départ de Londres pour Lillieoak, je savais que le domaine faisait plus de trois cent vingt hectares, mais cette dimension prit alors seulement tout son sens : devant mes yeux éblouis s'étendait un univers sans partage, que rien ni personne ne venait empiéter ni pénétrer, à moins que vous ne le désiriez ; aucune pression extérieure, aucune promiscuité telles qu'on les subit en ville. Comment s'étonner dès lors que lady Playford, souveraine de ce calme royaume à l'écart du monde, ne sache rien de la manière d'agir des vrais policiers ?

En inspirant l'air frais à pleins poumons, j'espérais ne pas m'être trompé sur le motif de ma venue. Je profiterais de l'occasion pour suggérer à lady Playford qu'un peu de réalisme ne nuirait pas à la qualité de ses ouvrages, bien au contraire. Peut-être que dans sa prochaine énigme, Shrimp Seddon et sa bande pourraient coopérer avec des forces de police plus compétentes…

La porte d'entrée de Lillieoak s'ouvrit enfin sur un majordome. Il était de taille et de corpulence moyennes, avec des cheveux gris clairsemés, et des rides profondes autour des yeux qui lui donnaient le regard d'un vieillard, dans un visage par ailleurs lisse et plutôt juvénile. Ce contraste produisait un drôle d'effet.

L'expression du majordome était encore plus étrange. Elle laissait penser qu'il aurait voulu me faire part d'informations capitales pour me protéger d'un danger imminent, mais ne pouvait se le permettre, tant l'affaire était délicate.

J'attendis en vain qu'il se présente, ou m'invite à entrer.

— Je m'appelle Edward Catchpool, finis-je par dire, en désespoir de cause. Je viens juste d'arriver d'Angleterre. Je suis attendu par lady Playford.

Mes bagages étaient à mes pieds. Il les regarda, jeta un coup d'œil par-dessus son épaule, et refit les mêmes gestes par deux fois, sans prononcer un mot.

— Je vais faire monter vos affaires à votre chambre, monsieur, dit-il enfin.

— Merci, répondis-je, fort déconcerté.

Ce cas de figure était plus intrigant que je ne saurais le décrire.

Comment vous dire ? Les propos du majordome étaient des plus banals, mais il les exprimait d'un air de penser « Dans ces circonstances, voilà, je le crains, tout ce que je puis divulguer ». Comme sous-entendant qu'il y avait beaucoup plus important.

— Rien d'autre ? demandai-je en lui tendant la perche, et je le vis aussitôt se crisper.

— Un des… invités de lady Playford vous attend dans le salon, monsieur.

— Parce qu'il y a d'autres invités ? m'étonnai-je, car j'avais supposé que je serais le seul, mais ma question sembla le troubler davantage.

N'en voyant pas la raison, je commençais à perdre patience, quand j'entendis une porte s'ouvrir à l'intérieur de la maison.

— Catchpool ! Mon cher ami ! s'exclama une voix que j'aurais reconnue entre mille.

— Poirot ? Serait-ce Hercule Poirot ? demandai-je, incrédule, au majordome, et comme il restait sans réagir, je poussai la porte pour enfin pénétrer dans la maison, lassé qu'on me fasse attendre dehors, dans le froid.

Du grand vestibule dont le sol dallé était digne d'un palais princier s'élevait un escalier monumental, et de tous côtés partaient des couloirs menant à des portes, trop nombreuses pour qu'un nouveau venu comme moi puisse vite se repérer. Je remarquai une horloge de grand-père, ainsi qu'un trophée de chasse accroché sur un mur. Malgré son triste sort, le pauvre cerf mort et décapité semblait sourire d'un air beaucoup plus accueillant que le majordome.

— Catchpool !

Mon ami belge apparut en trottinant d'un pas relativement rapide, pour lui. En revoyant son crâne d'œuf, ses chaussures luisantes et, bien sûr, ses légendaires moustaches, je ne pus m'empêcher de jubiler intérieurement.

— Catchpool ! Quel plaisir de vous rencontrer ici !

— Tout le plaisir est pour moi. Serait-ce vous qui désiriez me voir et m'attendiez au salon ?

— Oui, oui. C'était bien moi.

— Bon, eh bien dans ce cas, vous allez peut-être éclairer ma lanterne. Que se passe-t-il donc ici ? Est-il arrivé quelque chose ?

— Non, pourquoi ?

— Eh bien…, dis-je en me retournant pour vérifier que nous étions seuls dans la pièce, et je m'aperçus alors que mes bagages avaient disparu. À voir l'attitude du majordome, il y a de quoi se poser des questions. Impossible de lui arracher un mot.

— Ah, Hatton… Ne faites pas attention à lui, Catchpool. C'est dans son caractère de prendre ce genre de mine, sans raison particulière.

— Vraiment ? Quel curieux comportement.

— Oui. Lady Playford m'en a parlé cet après-midi, peu après mon arrivée. Intrigué comme vous par l'air contrit du majordome, j'ai cru qu'il était arrivé quelque chose qu'il ne croyait pas bon de mentionner, et je m'en suis ouvert à notre hôtesse. Je lui ai posé la même question. D'après elle, Hatton sert depuis si longtemps dans cette maison qu'il a fini par estimer qu'il valait mieux en dire le moins possible. D'où sa réserve, et ses airs énigmatiques. Elle-même s'en irrite et s'en est plainte à moi. Si je lui demande à quelle heure le dîner sera servi, ou quand le charbon nous sera livré, m'a-t-elle expliqué, on dirait que je veux lui soutirer des renseignements ultraconfidentiels sur un secret de famille jalousement gardé. Impossible d'obtenir même la plus banale des informations. Par peur d'être indiscret, il a perdu tout esprit critique, et du coup, il s'enferme dans un silence obstiné.

— Dans ce cas, pourquoi n'engage-t-elle pas un nouveau majordome ?

— Là encore, mon ami, je lui ai posé la question.

— Et alors ?

— En fait, elle est si fascinée par la personnalité de Hatton qu'elle a envie de voir jusqu'où cela va le mener.

Je fis une moue exaspérée. Quelqu'un viendra-t-il enfin nous proposer une tasse de thé ? me demandais-je, quand soudain, il y eut une sorte de tremblement, comme si la maison s'ébranlait. J'allais m'en étonner lorsque j'aperçus un homme en haut de l'escalier, une montagne d'homme, plutôt. Jamais je n'en avais vu d'aussi énorme. En proportion, sa tête semblait si petite qu'on aurait dit un caillou posé en équilibre sur un corps éléphantesque. Il était blond, avec un visage bouffi aux joues flasques.

La façon dont les marches craquaient et gémissaient sous son poids à mesure qu'il descendait l'escalier me fit craindre qu'elles n'y résistent pas, et que l'un de ses pieds passe à travers.

— Maudit escalier ! nous lança-t-il d'emblée, sans même se présenter. Décidément, tout fout le camp. Il faut se lever de bonne heure pour trouver de bons artisans, de nos jours. N'est-ce pas votre avis ?

— Certes, convint Poirot en souriant poliment, puis il me prit par le bras pour m'orienter vers la gauche en murmurant : c'est à son appétit qu'il devrait s'en prendre. Ce monsieur est avocat. À la place du pauvre escalier incriminé, je demanderais réparation.

Peu sensible à son humour, je le suivis dans ce que je supposai être le salon, une vaste pièce équipée d'une grande cheminée en pierre située trop près de la porte. Aucun feu n'y brûlait, et il y faisait nettement plus froid que dans le hall. Dans cette pièce tout en longueur, les fauteuils, en grand nombre, étaient disposés en dépit du bon sens, ce qui accentuait encore la forme rectangulaire de l'espace et n'était pas du plus bel effet. Il y avait des portes-fenêtres tout au bout, dont les rideaux n'avaient pas encore été tirés pour la nuit, malgré l'obscurité qui régnait au-dehors. Apparemment, la nuit tombait plus tôt à Clonakilty qu'à Londres, remarquai-je.

Poirot ferma la porte du salon, et je pus enfin contempler mon vieil ami tout à loisir. Il me sembla qu'il avait un peu forci depuis notre dernière rencontre, et que sa moustache était encore plus touffue. Mais alors qu'il se rapprochait, je me rendis compte qu'en fait, il n'avait pas changé d'un poil. Mon imagination l'avait juste ramené à des proportions plus équilibrées.

— Comme je suis content de vous voir, mon ami ! Quand lady Playford m'a informé que vous faisiez partie des invités, je n'en ai pas cru mes oreilles, claironna-t-il.

Sa joie était si manifeste que je ressentis un petit pincement de culpabilité, car mes propres sentiments à son égard étaient plus mitigés. Certes ses démonstrations d'amitié me faisaient chaud au cœur, et j'étais soulagé qu'il ne semble pas le moins du monde déçu en me voyant. Car en présence de Poirot, on peut facilement se sentir dévalorisé.

— Vous ignoriez donc ma venue jusqu'à votre arrivée, aujourd'hui ? demandai-je.

— Oui. D'ailleurs je m'interroge, Catchpool. Pour quelle raison vous a-t-on invité ici ?

— Pour la même raison que vous, je suppose. Athelinda Playford m'a écrit pour me demander de venir. Or, ce n'est pas tous les jours qu'on m'invite à passer une semaine dans la demeure d'un célèbre écrivain. J'ai lu quelques-uns de ses livres quand j'étais enfant et…

— Non, non. Vous vous méprenez. J'ai choisi de venir pour la même raison que vous, même si je n'ai, quant à moi, jamais lu aucun de ses livres. Mais ne lui en dites rien, je vous prie. Ma question, c'est pourquoi lady Playford nous a fait venir, vous et moi ? Je m'étais dit qu'elle m'avait invité moi, Hercule Poirot, parce que je suis la personne la plus brillante et la plus reconnue dans mon domaine, comme elle dans le sien. Mais telle n'est pas la raison, puisque vous voilà ici… J'imagine que lady Playford a dû lire des articles sur les événements du Bloxham Hotel.

N'ayant aucun désir de discuter de cette affaire, je fis dévier la conversation.

— Pour ma part, j'avais pensé qu'elle m'avait invité pour discuter avec moi des méthodes de la police, afin de pouvoir en parler avec plus d'à-propos dans ses ouvrages. Ils bénéficieraient sans aucun doute d'un peu plus de réalisme…

— Oui, oui, sûrement. Dites-moi, Catchpool, avez-vous la lettre d'invitation sur vous.

— Pardon ?

— Celle que vous a envoyée lady Playford.

— Oui, je l'ai là, dans ma poche.

Je la lui tendis, et il la parcourut rapidement avant de me la rendre.

— J'ai reçu exactement la même, constata-t-il. Peut-être avez-vous raison, et souhaite-t-elle nous consulter en faisant appel à nos capacités d'enquêteurs professionnels.

— Mais… vous l'avez vue. Ne lui avez-vous pas posé la question ?

— Mon ami, quel genre de malotru irait demander « Qu'est-ce que vous me voulez ? » à son hôtesse, à peine arrivé. Ce serait d'une grossièreté…

— Et elle ne vous a donné aucune information ? Pas le moindre indice ?

— Notre entrevue fut trop brève. Je suis arrivé juste avant qu'elle aille retrouver dans son bureau son avocat, avec qui elle avait rendez-vous.

— Celui qui a descendu l'escalier ? Le monsieur… corpulent ?

— Maître Orville Rolfe ? Non, non, effectivement, lui aussi est avocat, mais c'était avec un autre que lady Playford avait rendez-vous, à 16 heures. Je l'ai vu également. Il s'appelle Michael Gathercole, et c'est l'un des types les plus immenses que j'aie jamais rencontrés. Il semble d'ailleurs très encombré de sa personne.

— Que voulez-vous dire ?

— Seulement qu'il m'a donné l'impression d'être mal dans sa peau.

— Ah oui ?

Je n'insistai pas davantage, car avec Poirot, quand on cherche des éclaircissements, on obtient en général l'effet contraire.

— Allons, mon ami, ôtez votre manteau et asseyez-vous, dit-il. Cela reste une énigme. Surtout si l'on considère les autres personnes présentes.

— Croyez-vous qu'on pourrait demander à quelqu'un de nous servir une tasse de thé ? dis-je, en regardant autour de moi. J'aurais espéré que le majordome nous envoie une soubrette, puisque lady Playford est occupée.

— J'ai insisté pour qu'on ne nous dérange pas. En arrivant, on m'a offert un rafraîchissement, et l'on nous servira bientôt des boissons dans cette pièce, m'a-t-on dit. Nous n'aurons pas longtemps à attendre, Catchpool.

— Attendre… mais quoi ?

— Vous en sauriez plus, si vous vouliez seulement vous asseoir, me répliqua Poirot avec un petit sourire, d'un air plus posé que jamais.

Je m'assis donc, non sans quelque appréhension.

3

Un intérêt particulier pour la mort

— Laissez-moi vous dire quelles sont les autres personnes présentes, reprit Poirot. Car vous et moi ne sommes pas les seuls invités, mon ami. En tout, lady Playford comprise, nous sommes onze à séjourner en ce moment à Lillieoak. Plus trois domestiques : Hatton, le majordome, une servante nommée Phyllis, et Brigid, la cuisinière. Reste à savoir si nous devons les ajouter à notre liste.

— Notre liste ? Pourquoi ? À vous entendre, on pourrait vous prendre pour un agent venu procéder à un recensement de la population du comté de Cork afin d'établir une étude. Du genre, combien d'habitants par maison…

— Votre sens de l'humour m'a manqué, Catchpool, mais restons sérieux. Comme je vous l'ai dit, nous n'aurons pas longtemps à attendre. Bientôt, dans la demi-heure qui suit, on va nous déranger pour servir l'apéritif ici même. Alors écoutez. À Lillieoak, donc, à part nous-mêmes et les domestiques, il y a notre hôtesse, lady Playford, les deux avocats dont nous avons parlé, Gathercole et Rolfe. Puis le secrétaire particulier de lady Playford, un certain Joseph Scotcher, et une infirmière du nom de Sophie Bourlet…

— Une infirmière ? m'étonnai-je en me perchant sur le bras du fauteuil. Lady Playford serait-elle en mauvaise santé ?

— Non. Laissez-moi terminer. Il y a également les deux enfants de lady Playford, plus l'épouse de son fils, et un jeune homme, ami de sa fille. En fait, M. Randall Kimpton et Mlle Claudia Playford devraient bientôt convoler en justes noces. Elle habite à Lillieoak. Lui vient d'Angleterre. Il est Américain d'origine, mais c'est aussi un gars d'Oxford, d'après ce que m'en a dit lady Playford.

— C'est donc elle qui vous a fourni toutes ces informations ?

— Vous découvrirez quand vous la connaîtrez mieux qu'elle a le don d'en dire beaucoup en un temps record, avec moult détails et de façon très imagée.

— Là, vous m'inquiétez. Néanmoins, après avoir fréquenté le majordome, il est réconfortant de savoir que quelqu'un dans cette maison est doué de parole. Avez-vous terminé votre inventaire ?

— Presque. Je n'ai pas encore nommé les deux derniers. Le frère de Mlle Claudia, fils de lady Playford, s'appelle Harry, vicomte Playford de Clonakilty, sixième du nom. Lui aussi, je l'ai déjà rencontré. Il habite ici avec son épouse Dorothy, surnommée Dorro.

— Très bien. Pourquoi est-ce si important de dresser cette liste avant que tout le monde se retrouve pour boire un verre ? Soit dit en passant, j'aimerais me rendre dans ma chambre pour me rafraîchir un peu le visage avant que la soirée ne commence, aussi…

— Fi donc, mon ami, dit Poirot avec autorité. Vous êtes propre comme un sou neuf. Retournez-vous, et regardez ce qui est suspendu au-dessus de la porte.

J'obéis, pour découvrir une gueule béante remplie de crocs, des yeux pleins de fureur, et un gros museau noir.

— Grands dieux, quelle est cette horreur ?

— La tête empaillée d'un léopard, œuvre d'Harry, vicomte Playford. C'est un adepte de la taxidermie… si passionné qu'il essaie de persuader les inconnus qu'aucun autre passe-temps ne procure autant de satisfaction, ajouta Poirot en se renfrognant.

— Alors la tête de cerf qui se trouve dans le hall doit être également son œuvre.

— Sûrement. Comme je lui disais que je n'avais ni le matériel ni les connaissances nécessaires pour l'empaillage des animaux, il m'a assuré qu'il me faudrait seulement du fil de fer, un scalpel, une aiguille et du fil, du chanvre et de l'arsenic. J'ai jugé préférable de ne pas lui avouer combien l'idée même me répugnait.

— Un hobby comprenant l'usage d'arsenic n'est guère attirant, pour un détective qui a résolu des meurtres par empoisonnement, remarquai-je en souriant.

— Justement, c'est de cela que je veux vous parler, mon ami. La Mort. Le passe-temps du vicomte Playford tourne autour de la mort non pas d'humains, mais d'animaux, certes, mais morts tout de même.

— Assurément. Mais je ne vois pas où vous voulez en venir.

— Vous rappelez-vous que je vous ai parlé d'un certain Joseph Scotcher, tout à l'heure.

— Le secrétaire de lady Playford, oui.

— Il est mourant et invalide. Il souffre d'une insuffisance rénale chronique appelée maladie de Bright. D'où la présence d'une infirmière à domicile. Sophie Bourlet habite ici, afin de s'occuper de lui.

— Je vois. Donc le secrétaire et l'infirmière habitent tous deux à Lillieoak ?

— Oui, confirma Poirot. Cela nous fait trois personnes réunies en ces lieux, qui chacune à leur manière ont un rapport étroit avec la mort. Ensuite, il y a vous, Catchpool. Et moi. Nous avons tous deux rencontré de nombreux cas de mort violente au cours de notre carrière. Quant à M. Randall Kimpton, qui projette d'épouser Claudia Playford, quel métier exerce-t-il, à votre avis ?

— Dans ce même domaine ? Serait-il ordonnateur des pompes funèbres, ou graveur de pierres tombales ?

— Non, il travaille comme pathologiste pour la police du comté d'Oxfordshire. Lui aussi est en relation étroite avec la mort. Eh bien, voulez-vous m'interroger à propos de MM. Gathercole et Rolfe ?

— Cela me paraît superflu, puisque tous les hommes de loi traitent au quotidien d'affaires en rapport avec la mort.

— Oui, mais c'est particulièrement vrai pour le cabinet Gathercole & Rolfe, qui est réputé pour sa spécialité : les dispositions testamentaires et droits de succession des gens fortunés. Alors, Catchpool. Cela ne vous donne-t-il pas une vue d'ensemble ?

— Qu'en est-il de Claudia Playford et de Dorro, l'épouse du vicomte ? Quelle est leur relation avec la mort ? L'une travaillerait-elle dans un abattoir, tandis que l'autre s'occuperait d'embaumer les cadavres ?

— Plaisantez tant que vous voudrez, Catchpool, repartit Poirot avec gravité. Vous ne trouvez pas intrigant que tant de gens ayant un intérêt particulier pour la mort, d'ordre privé ou professionnel, soient réunis ici à Lillieoak au même moment ? Pour ma part, j'aimerais savoir ce que lady Playford a en tête. Je ne puis croire que tout cela soit fortuit.

— Eh bien, peut-être a-t-elle prévu une sorte de jeu de société après le dîner. Et comme tout bon écrivain de romans à énigmes, elle va sûrement faire durer le suspens. Mais vous n'avez pas répondu à ma question sur Dorro et Claudia.

— Je ne vois pas de rapport évident les concernant, admit Poirot après un moment de réflexion.

— Alors qualifions tout ceci de pure coïncidence ! Bon, si je veux faire un brin de toilette avant le dîner…, dis-je en m'apprêtant à quitter la pièce, mais Poirot m'interpella.

— Pourquoi m'évitez-vous, mon ami ?

Je me figeai, à quelques centimètres de la porte. Quel idiot d'avoir supposé qu'il n'aborderait pas le sujet.

— Je croyais que vous et moi étions bons amis, ajouta-t-il.

— Mais oui, Poirot. Seulement, j'ai été terriblement débordé, ces temps-ci…

— Ah, la bonne excuse ! Et vous voudriez que je me contente de cette explication ?

— Bon, je m'en vais tenter de retrouver la trace de ce fichu majordome et le menacer des pires sévices s'il ne se décide pas à me montrer ma chambre immédiatement, marmonnai-je en m'esquivant vers la sortie.

— Ah, vous autres Anglais ! Qu'importe l'émotion qui vous étreint, ou la fureur qui bouillonne en vous, votre désir de n'en rien laisser paraître est le plus fort.

À cet instant, la porte s'ouvrit sur une femme d'une trentaine d'années qui s'avança dans la pièce, en robe de soirée pailletée de vert et étole blanche. En fait, elle ne semblait pas tant marcher qu'onduler, et son allure féline, son air hautain indiquaient qu'elle voulait démontrer sa supériorité sur tous ceux qui se trouvaient dans les parages, en l'occurrence, Poirot et moi.

Elle était aussi d'une beauté frappante : des cheveux d'un brun profond coiffés avec art, un visage à l'ovale parfait, avec de hautes pommettes, des yeux bruns ourlés de longs cils, des sourcils arqués. Elle faisait grande impression, et le savait. Il émanait d'elle et de son regard de chat une sorte de malice affûtée qu'on ressentait avant même qu'elle ait ouvert la bouche.

— Ah, des invités, mais rien à boire, dit-elle en se campant, la main sur la hanche. Si seulement c'était l'inverse ! Je suppose que je suis en avance.

Poirot se leva et se présenta, puis fit de même pour moi. Et nous échangeâmes une froide poignée de main.

De sa part, il n'y eut aucun « enchantée de vous connaître », « charmée de vous rencontrer », ni aucune formule de ce genre.

— Je suis Claudia Playford. Fille de la célèbre romancière et sœur du vicomte Playford. Sœur aînée, devrais-je préciser. Le titre revient à mon frère cadet et non à moi, pour la simple raison qu'il est un homme. Vous trouvez cela normal ? Je ferais un bien meilleur vicomte que lui. Remarquez, ce n'est pas difficile. C'est une telle nullité. Alors, vous trouvez ça juste ?

— J'avoue que je n'y ai encore jamais réfléchi, répondis-je avec franchise.

— Et vous ? s'enquit-elle en se tournant vers Poirot.

— Si l'on vous accordait ce titre, là, tout de suite, diriez-vous « Maintenant que j'ai obtenu ce que je voulais, me voilà comblée » ?

— Non, je ne dirais pas ce genre d'âneries, de peur d'avoir l'air d'une petite idiote qui croit aux contes de fées, répondit Claudia en relevant le menton avec dédain. De plus, qu'est-ce qui vous fait croire que je ne suis pas comblée ? Je suis très heureuse. D'ailleurs il n'est pas question là de bonheur, mais de justice. Qu'avez-vous fait du brillant esprit qu'on vous prête, monsieur Poirot ? L'auriez-vous laissé à Londres ?

— Non, il a fait le voyage avec moi, mademoiselle, et puisque vous êtes l'une des rares personnes en ce bas monde qui puisse déclarer sincèrement « Je suis très heureuse », je puis vous assurer que la vie a été beaucoup plus juste envers vous qu'envers la plupart des gens.

— Je parlais de mon frère et de moi, de personne d'autre, répliqua-t-elle en se renfrognant. Si vous jouiez franc-jeu, vous limiteriez votre jugement à nous deux. Au lieu de ça, vous introduisez sournoisement une foule innombrable de gens obscurs pour soutenir vos arguments, sachant que vous ne pouvez gagner qu'à ce prix, en changeant la donne !

La porte s'ouvrit de nouveau sur un homme en tenue de soirée.

— Chéri ! s'extasia Claudia en joignant les mains, comme pour dire : « J'avais si peur qu'il n'arrive pas, mais le voilà, mon sauveur ! »

Le contraste entre cette dernière attitude et la grossiéreté dont elle avait fait preuve envers Poirot et moi n'aurait pu être plus frappant.

Le nouveau venu était un bel homme brun au sourire engageant, soigné de sa personne, avec une raie sur le côté et des cheveux retombant sur le front.

— Vous voilà enfin, mon adorée ! dit-il tandis que Claudia courait se blottir dans ses bras. Je vous ai cherchée partout. Et voici, j'imagine, deux de nos invités, c'est merveilleux ! Bienvenue à vous…

— Ce n'est pas à vous d'accueillir qui que ce soit, mon chéri, lui dit Claudia en feignant la sévérité. Vous n'êtes pas l'hôte de cette maison, juste un invité parmi d'autres.

— Disons que je l'ai fait en votre nom, alors.

— Je ne l'aurais certainement pas formulé en ces termes, repartit Claudia.

— Mais si, vous nous avez accueillis, et de façon très éloquente, mademoiselle, lui rappela Poirot.

— Vous êtes-vous donc montrée infecte avec eux, comme vous savez le faire avec tant de talent, ma divine ? Ne vous en offusquez pas, messieurs, nous dit-il en nous tendant la main. Kimpton. Dr Randall Kimpton. Ravi de vous rencontrer.

Outre un sourire d'une blancheur éclatante, il avait une façon de s'exprimer étonnante que je remarquai aussitôt, à l'instar de Poirot, j'en étais sûr. À mesure qu'il parlait, il écarquillait les yeux, et son regard étincelait par instant, comme pour donner à ses propos plus d'intensité. Il semblait se délecter de chaque mot qu'il prononçait.

Par ailleurs, Poirot m'avait dit que l'ami de Claudia était Américain. Or, il n'avait pas la moindre trace d'accent, ce qui était aussi très étonnant.

— C'est un grand plaisir de vous rencontrer, docteur Kimpton. Mais… lady Playford m'a dit que vous veniez de Boston ? s'enquit Poirot à l'instant précis où je m'interrogeais.

— En effet. Vous voulez peut-être souligner par là que je n'ai pas l'accent américain. J'espère bien que non ! À peine ai-je posé le pied à l'université d'Oxford que j'en ai profité pour me dépouiller de tous mes attributs encombrants. À Oxford, on ne saurait parler qu'un anglais châtié, vous savez.

— Randall a un certain talent pour se dépouiller de ce qui l'encombre, n'est-ce pas, chéri ? lança Claudia, sans aménité.

— Oh ! réagit Kimpton, en perdant soudain toute sa superbe.

L'attitude de Claudia aussi avait changé du tout au tout. Elle le fixait telle une maîtrese d'école fustigeant un élève désobéissant et attendant qu'il lui rende des comptes.

— Mon ange, je vous en prie, ne me brisez pas le cœur en me rappelant cette lamentable erreur, déclara-t-il posément. Messieurs, dans un moment d'égarement, après avoir déployé toute mon énergie à persuader cette merveilleuse créature de devenir ma femme, j'ai été assez idiot pour douter de mes propres désirs et…

— Vos regrets et récriminations n'intéressent personne, Randall, l'interrompit Claudia, à part moi, qui ne me lasse jamais de les entendre. Et sachez-le, il vous faudra encore faire amende honorable avant que j'accepte de fixer une date pour le mariage.

— Très chère, je ne ferai dorénavant que battre ma coulpe jusqu'à la fin de mes jours ! promit Kimpton avec ardeur, le regard flamboyant.

Apparemment, ils avaient tous les deux complètement oublié notre présence.

— Bien. Dans ce cas, je n'épouve pas pour l'heure le besoin de me dépouiller de vous, conclut Claudia en souriant, comme si tout ce temps-là elle n'avait fait que le taquiner.

Kimpton sembla retrouver son aplomb, et il lui baisa la main.

— Une date sera fixée pour le mariage, et très prochainement, mon ange !

— Ah oui, vraiment ? remarqua Claudia avec un rire de gorge. Nous verrons. En tout cas, j'admire votre détermination. Aucun autre homme sur terre n'aurait pu me gagner à sa cause, encore moins à deux reprises.

— Aucun ne saurait être aussi obsédé et dévoué que je le suis, ma divine.

— Je veux bien le croire. Je n'imaginais pas que l'on pourrait un jour me persuader de porter cette bague à nouveau, pourtant, la voici, dit-elle en contemplant le gros diamant qu'elle avait au majeur de la main gauche.

Alors la porte s'ouvrit pour la troisième fois, sur une jeune servante, qui resta sur le seuil.

— Je suis venue pour préparer l'apéritif, bredouilla-t-elle en tapotant nerveusement ses cheveux blonds ramenés en chignon.

Claudia Playford se pencha vers Poirot et moi.

— Je ne saurais trop vous conseiller de renifler votre verre avant de le boire. Phyllis n'a pas un grain de cervelle, nous murmura-t-elle, assez fort néanmoins pour être entendue de la domestique. Je me demande bien pourquoi nous la gardons encore à notre service. Elle ne ferait pas la différence entre du porto et du petit-lait.

4

Un admirateur inattendu

Il est un phénomène que j'ai pu remarquer en plusieurs occasions, dans ma vie professionnelle et sociale : quand il arrive qu'on rencontre collectivement un certain nombre de personnes qui nous sont inconnues jusqu'alors, on sait d'instinct avec lesquelles on aura envie de parler et celles qu'on préférera éviter.

Ainsi en fut-il quand, après m'être habillé pour le dîner, je me retrouvai dans le salon, que je vis peu à peu se remplir de monde. Je sus aussitôt que j'aurais envie de me rapprocher de l'avocat que Poirot m'avait décrit, Michael Gathercole. Il était effectivement plus grand que la moyenne et se tenait un peu voûté, comme pour minimiser sa stature.

Poirot avait tout à fait raison : Gathercole donnait l'impression d'être mal dans sa peau. Avec ses bras ballants, il avait une façon de bouger maladroite, presque syncopée, comme s'il essayait de se débarrasser d'une chose qui le gênait considérablement, mais que personne d'autre ne pouvait voir.

Ce n'était pas à proprement parler un bel homme, avec son air de chien battu. Pourtant, il semblait de loin le plus intelligent de toutes mes nouvelles connaissances.

Les autres personnes étaient plus ou moins telles que Poirot me les avait décrites. Lady Playford était entrée dans la pièce en racontant une anecdote apparemment compliquée, sans s'adresser à personne en particulier. Comme je l'escomptais, elle me fit grande impression, avec sa voix aux sonorités mélodieuses et ses cheveux remontés en une sorte de spirale légèrement inclinée. À sa suite venait Orville Rolfe, l'avocat éléphantesque ; puis le vicomte Harry Playford, un jeune homme blond au visage sans relief et au sourire un peu mélancolique, comme s'il courait après un bonheur perdu. Son épouse Dorro était une grande femme à tête d'oiseau de proie, une créature au long bec et au long cou, doté à sa base d'un creux profond où une tasse de thé aurait pu se nicher.

Les deux derniers arrivants furent Joseph Scotcher, le secrétaire de lady Playford, escorté d'une femme brune qui poussait le fauteuil roulant dans lequel il était assis. Ce devait être l'infirmière, Sophie Bourlet. Elle affichait un sourire aimable et un air de modeste efficacité, parfaitement adaptés à son rôle et aux circonstances. De toute cette société, c'était vers elle qu'on se tournerait en cas de problème pratique. Elle portait des papiers sous le bras, qu'elle déposa dès qu'elle le put sur un petit bureau situé près de l'une des fenêtres. Ensuite, elle s'approcha de lady Playford pour lui dire quelque chose. Lady Playford jeta un regard aux papiers et hocha la tête.

Je me demandai si Sophie avait endossé certaines des tâches qui revenaient à Scotcher, dont les forces déclinaient. Sa tenue était celle d'une secrétaire plus que d'une infirmière. Toutes les autres femmes présentes étaient en robe de soirée, mais Sophie s'était juste habillée avec une sobre élégance, comme pour une réunion de travail.

Physiquement, Scotcher était aussi blond que son infirmière était brune. Ses cheveux dorés, sa peau translucide, ses traits délicats, presque féminins, et son extrême minceur lui donnaient un air éthéré, celui d'un ange qui s'étiolerait peu à peu. Je me demandai s'il était plus robuste avant que sa santé ne se dégrade.

Je réussis à me rapprocher discrètement de Gathercole, et nous nous présentâmes l'un à l'autre. Il s'avéra plus chaleureux qu'il ne le paraissait de prime abord. Il me raconta qu'il avait découvert les livres d'Athelinda Playford à l'orphelinat où il avait pratiquement passé son enfance, et qu'il était à présent avocat. Il parlait d'elle avec une admiration mêlée de révérence.

— Vous semblez l'aimez vraiment beaucoup, lui fis-je remarquer.

— Comme tous ceux qui ont lu ses livres, répondit-il. Pour moi, c'est un génie.

Songeant aux peu convaincants sergent Mollasson et inspecteur Godiche, je m'abstins pourtant de critiquer ouvertement la veine créatrice de mon hôtesse alors qu'elle se trouvait à quelques pas de moi.

— Parmi les grandes demeures appartenant à des familles anglaises, beaucoup ont été incendiées ces derniers temps, durant les regrettables événements qui se sont déroulés ici.

J'acquiesçai, pourtant ce n'était pas un sujet qu'un Anglais venu passer une semaine de vacances avait envie d'approfondir.

— Mais personne ne s'est approché de Lillieoak, poursuivit Gathercole. Les livres de lady Playford sont si appréciés que même ces hordes sans foi ni loi n'ont pu se résoudre à attaquer son foyer, ou bien ils en ont été empêchés par des gens qui valent mieux qu'eux, pour lesquels le nom d'Athelinda Playford signifie quelque chose.

Cela me sembla fort improbable. Quelle horde sans foi ni loi irait annuler ses plans de destruction par respect pour Shrimp Seddon et ses petits copains ? La jeune Shrimp avait-elle réellement autant d'influence ? Se pouvait-il qu'Anita, sa grosse chienne à longs poils, attendrisse un rebelle en colère au point de lui faire oublier sa cause ? J'en doutais fort.

— Je vois que vous êtes sceptique, remarqua Gathercole. Vous oubliez que les gens ont lu et aimé les livres de lady Playford dans leur enfance. Ce genre d'attachement est difficile à rompre, quelle que soit votre appartenance politique.

Gathercole était orphelin, me rappelai-je. Pour lui, Shrimp Seddon et sa bande étaient sans doute ce qui se rapprochait le plus d'une famille.

Un orphelin…

Encore un lien étroit entre un invité de Lillieoak et la mort. Les parents de Michael Gathercole étaient morts jeunes. Poirot le savait-il ? Certes l'avocat était déjà lié à la mort de par son métier ; et puis chacun en ce bas monde a perdu un proche ou un être cher. Non, décidément, cette idée de soirée à thème tournant autour de la mort qu'avait eue Poirot était aussi ridicule que macabre, estimai-je.

Gathercole me laissa pour aller remplir son verre. Derrière moi, Harry Playford discutait avec enthousiasme de taxidermie avec Orville Rolfe. Je ne me souciais guère de l'entendre exposer tous les stades de sa technique, aussi, je traversai la pièce pour écouter Randall Kimpton et Poirot, en grande conversation.

— J'ai entendu dire que vous faisiez grand cas de la psychologie, dans la résolution des crimes, est-ce exact ? lui demanda Kimpton.

— C'est exact, reconnut Poirot.

— Ah ! Eh bien, si vous le permettez, j'aimerais exprimer mon désaccord. La psychologie est une pseudo-science si intangible. C'est à se demander si elle est un tant soit peu fondée.

— Elle l'est, monsieur, je puis vous l'assurer.

— Ah oui ? Je ne nie pas que les gens soient mus dans leurs actes par des pensées, évidemment, mais de là à croire qu'on peut tirer des déductions de vagues suppositions sur ce que sont ces pensées et à quoi elles mènent… Cela ne me convainc guère. Même lorsqu'un meurtrier confirme que vous avez raison et déclare : « C'est tout à fait ça. Je l'ai fait parce que j'étais fou de jalousie, ou parce que la vieille dame que j'ai étouffée avec son oreiller me rappelait une gouvernante qui était cruelle envers moi… » Comment savez-vous que ce type dit la vérité ?

Tout cela était accompagné par de nombreux éclairs de triomphe qui passaient dans les yeux de Kimpton à mesure qu'il parlait, pour mieux attester la supériorité de ses arguments. Le docteur semblait tenir son sujet et ne pas avoir envie d'en changer. Je songeai à Claudia disant de lui qu'il l'avait gagnée par deux fois à sa cause, et je me demandai s'il n'était pas entré une part d'intimidation ou de harcèlement dans son entreprise de séduction. Certes, Claudia ne semblait guère le genre de femme à se laisser intimider, mais tout de même… Il y avait quelque chose d'effrayant dans l'arrogance de Kimpton, ce besoin qu'il avait de gagner, de l'emporter, d'avoir raison.

Peut-être, après tout, serait-il plus distrayant d'écouter Harry décrire par le menu comment il avait décervelé la tête du léopard.

Je fus sauvé par Joseph Scotcher, que Sophie Bourlet avait fait avancer jusqu'à moi.

— Vous devez être Catchpool. J'étais si impatient de vous rencontrer, me dit-il chaleureusement en me tendant une main que je serrai aussi délicatement que possible.

Sa voix était plus ferme et assurée que son apparence physique ne le laissait supposer.

— Vous semblez surpris que je sache qui vous êtes, reprit-il. C'est que j'ai entendu parler de vous, bien sûr. Les meurtres du Bloxham Hotel à Londres, en février dernier.

Ce fut comme si j'avais reçu une gifle. Pauvre Scotcher, il ne pouvait se douter que ses paroles auraient cet effet-là.

— Désolé, j'ai omis de me présenter. Joseph Scotcher. Et voici la lumière de ma vie. Mon infirmière, amie et porte-bonheur, Sophie Bourlet. C'est grâce à elle, et à elle seule, si je suis encore de ce monde. Un patient qui a Sophie pour veiller sur lui peut pratiquement se passer de médicaments.

Ces éloges parurent bouleverser l'infirmière, au point qu'elle détourna le visage. Elle l'aime, pensai-je. Elle l'aime, et elle ne supporte pas de le voir partir.

— Sophie se montre assez futée pour me garder en vie en refusant de devenir ma femme, déclara Scotcher en me faisant un clin d'œil. Comprenez-vous, il est inconcevable pour moi de mourir tant qu'elle n'aura pas accepté.

Sophie se retourna vers moi, les joues encore rosies par l'émotion, mais elle avait retrouvé son sourire de circonstance.

— Ne l'écoutez pas, monsieur Catchpool, dit-elle. La vérité, c'est que Joseph ne m'a jamais demandée en mariage. Pas une seule fois.

Scotcher se mit à rire.

— C'est seulement parce que si je me mettais à genoux, je ne m'en relèverais pas. Pour le soleil, il est facile de se coucher et de se lever à nouveau, mais pas pour moi, dans mon état.

— Lever ou pas, Joseph, vous brillez plus fort que le soleil ne le fera jamais, murmura l'infirmière.

— Vous voyez ce que je veux dire, Catchpool ? Elle mérite qu'on s'attarde en ce bas monde, même si je dois lutter contre ceux que j'ai surnommés mes rognons du diable.

— Excusez-moi, messieurs, dit Sophie, et elle nous laissa pour se diriger vers le petit bureau afin de consulter les papiers qu'elle y avait déposés.

— Quel égoïste je fais ! déclara Scotcher. Je devrais plutôt parler de vous que de moi-même et de mes histoires de reins, qui n'intéressent personne. Cela doit être terriblement difficile pour vous, dit-il en indiquant Poirot d'un signe de tête. J'ai été désolé de voir la cruauté avec laquelle on vous a ridiculisé dans la presse. On aurait dit que ces maudits journalistes n'avaient pas remarqué le rôle que vous avez joué pour boucler cette vilaine affaire du Bloxham. J'espère que vous ne m'en voulez pas de l'évoquer ?

Je fus contraint de répondre par la négative.

— J'ai tout lu à ce sujet, comprenez-vous, poursuivit-il. Toute l'histoire. Je l'ai trouvée fascinante, et sans votre brillante déduction dans le cimetière, l'affaire aurait pu n'être jamais résolue. Cet aspect de la question a échappé à tout le monde, semble-t-il.

— En effet, marmonnai-je.

Scotcher ne me laissait pas le choix : j'étais forcé de repenser à la découverte de ces meurtres, qui resteraient certainement dans les annales du crime sous le nom de « Meurtres en majuscules ». L'affaire avait été résolue de façon ingénieuse par Poirot, mais elle avait aussi suscité beaucoup de mauvaise publicité, surtout à mon égard. Poirot en était sorti la tête haute, mais je n'avais pas eu cette chance. Les journalistes m'avaient accusé d'être un inspecteur incompétent, qui se reposait trop sur Poirot pour se sortir d'une mauvaise passe. Naïvement, lors d'interviews, j'avais fait quelques remarques un peu trop honnêtes, insistant sur l'aide de Poirot sans laquelle je me serais fourvoyé, et elles avaient été citées dans la presse. Quelques lettres avaient été publiées, demandant pourquoi Scotland Yard employait cet Edward Catchpool, un inspecteur incapable d'enquêter sans faire appel à un ami qui n'était même pas policier. Bref, j'étais devenu l'objet de moqueries durant quelques semaines, jusqu'à ce que tout le monde m'oublie.

Depuis lors, comme je me surpris à l'expliquer à Joseph Scotcher, qui semblait compatir sincèrement à mes malheurs, mon travail m'avait confronté à une autre affaire de meurtre, que j'avais finalement été incapable de résoudre. Pourtant, cette fois, on avait loué la ténacité dont j'avais fait preuve dans ma recherche de la vérité. J'avais lu avec stupéfaction dans les pages des journaux consacrées au courrier des lecteurs que j'avais l'étoffe d'un héros ; dans ces circonstances, personne n'aurait pu être plus brave ni plus consciencieux que moi, selon l'opinion générale.

J'en avais tiré la conclusion qui s'imposait : il valait mieux pour moi échouer seul, que réussir avec l'aide d'Hercule Poirot. Voilà pourquoi je l'avais évité (je m'abstins de faire part de cette confidence à Joseph Scotcher) : parce que je me méfiais de moi-même, et craignais de ne pouvoir m'empêcher de lui demander son aide pour le meurtre que je n'avais pas réussi à élucider. Il n'y avait tout simplement aucun moyen d'expliquer ma réserve à Poirot sans qu'il exige de connaître tous les détails de cette dernière affaire.

— Je suis certain que beaucoup de gens auront remarqué l'indigne façon dont la presse vous a traité, et qu'ils auront trouvé que c'était parfaitement injustifié, dit Scotcher. En vérité, je regrette de ne pas avoir écrit moi-même une lettre au *Times* à cette fin. J'en ai eu l'intention, mais…

— Ne vous souciez pas de moi, lui dis-je. Vous devez avant toute chose veiller sur vous.

— Eh bien, je tenais à ce que vous sachiez combien je vous admire, dit-il en souriant. Je n'aurais jamais pu ajouter cette dernière pièce au puzzle comme vous l'avez fait. Cela ne me serait pas venu à l'idée. Vous avez de toute évidence un esprit hors du commun. Poirot aussi, bien sûr.

Embarrassé par tant d'éloges, je le remerciai. Je savais que mon esprit n'avait rien de spécial, et que Poirot aurait résolu les meurtres du Bloxham Hotel avec ou sans mon éclair de lucidité, mais je n'en étais pas moins grandement réconforté par les paroles de Scotcher. Le fait qu'il soit mourant rendait tout cela encore plus touchant. J'avoue sans honte que j'en fus très ému.

Comme le silence se répandait dans la pièce, je me retournai et découvris Hatton, le majordome, planté sur le seuil. Il nous regardait comme s'il était porteur d'une nouvelle importante qu'il ne devait en aucun cas nous révéler.

— Ah ! Hatton est venu annoncer que le dîner est servi, ou plutôt me prévenir de le faire à sa place, déclara lady Playford, qui se trouvait près de Sophie, installée devant le petit bureau. Merci, Hatton.

L'air mortifié, le majordome fit un petit salut et se retira. Comme tout le monde se dirigeait vers la porte, je restai en arrière. Dès que je fus seul dans la pièce, je me rapprochai du petit bureau. Les feuilles qui y étaient posées étaient écrites à la main et presque illisibles, mais je discernais le mot « Shrimp » en plusieurs endroits. Il y avait deux couleurs d'encre, bleu et rouge : des cercles rouges autour de mots écrits en bleu. Sophie effectuait bien des travaux de secrétariat pour lady Playford, semblait-il.

Une ligne disait quelque chose comme « Shrimp… Podge… cheville… les parasols ». Ou était-ce « parasite » ?

Je renonçai à comprendre et m'en fus rejoindre la salle à manger.

5

Des larmes avant le dîner

Je sortis du salon sans savoir vers où me diriger, pourtant l'écho de rires et de voix lointaines m'indiqua le chemin, et je m'en rapprochais quand j'entendis, venant de l'autre côté de la maison, un son plus troublant : quelqu'un sanglotait à fendre l'âme.

Je m'arrêtai, hésitant. Certes j'étais affamé après ce long voyage, d'autant qu'on ne m'avait rien offert à mon arrivée pour me sustenter, mais je me voyais mal ignorer une personne dans la détresse, tout près de l'endroit où je me trouvais. La gentillesse que Scotcher m'avait manifestée m'avait remonté le moral. C'était réconfortant de savoir qu'un complet inconnu comme lui me tenait en haute estime ; peut-être n'était-il pas le seul dans ce cas. Bref, j'étais de bien meilleure humeur que tous ces derniers temps. Je décidai donc d'aller témoigner à mon tour un peu de compassion à la personne éplorée.

En soupirant, je partis à sa recherche pour découvrir qu'il s'agissait de Phyllis, la jeune servante que Claudia avait taxée d'écervelée. Assise sur une marche de l'escalier, elle séchait ses larmes d'un revers de manche.

— Tenez, dis-je en lui tendant un mouchoir propre. Ce n'est sûrement pas si grave que ça.

— Elle prétend que c'est pour mon bien, dit-elle en levant les yeux vers moi d'un air chagrin. Elle me crie dessus du matin au soir, pour mon bien, qu'elle dit ! J'en ai assez ! Puisque c'est comme ça, je veux rentrer chez moi !

— Êtes-vous nouvelle dans cette maison ? lui demandai-je.

— Non. Ça fait quatre ans que j'y travaille. Et ça devient de pire en pire ! Elle me traite de plus en plus mal !

— Mais de qui parlez-vous ?

— De Brigid, la cuisinière. « Sors de ma cuisine ! » qu'elle me hurle, alors que j'ai rien fait de mal.

— Pauvre petite. Eh bien…

— Après elle me poursuit, comme si je m'étais enfuie alors que c'est elle qui vient de me chasser ! « Qu'est-ce que tu as encore fichu, hein ? Le dîner ne va pas se servir tout seul ! » Elle me harcèle sans arrêt. Vous allez voir, je parie qu'elle va bientôt rappliquer !

Phyllis était-elle censée nous servir le dîner ? Elle ne semblait guère en état de le faire. J'avoue que cela m'inquiéta plus que ses pleurs et grincements de dents. J'avais si faim que la tête me tournait un peu.

— Je serais partie depuis longtemps s'il n'y avait pas Joseph ! déclara Phyllis.

— Joseph Scotcher ?

— Oui. Vous êtes au courant, monsieur… ?

— Catchpool. Vous voulez dire, de son état de santé ?

— Il n'en a plus pour longtemps. C'est tellement injuste !

— En effet.

— C'est la seule personne qui se soucie de moi. Si seulement un des autres mourait à sa place ! Aucun d'eux ne m'a jamais regardée.

— Allons, courage. Ne prenez pas les choses trop à…

— Que ce soit cette snob de Claudia ou cette despote de Dorro, elles me croisent comme si je n'existais pas, ou alors elles me parlent comme si j'étais une moins que rien ! Je vous le jure, dès que Joseph ne sera plus là, je partirai aussi. Je ne pourrais pas rester ici sans lui. Heureusement qu'il est là. Il me dit tout le temps : « Phyllis, vous avez une grande force et une grande beauté en vous. Cette vieille rosse de Brigid ne vous arrive pas à la cheville. C'est pour ça qu'elle vous crie après. C'est une preuve de faiblesse. »

— Il y a une part de vérité là-dedans.

J'entendis alors Phyllis glousser, à mon grand étonnement.

— Ai-je dit quelque chose de drôle ?

— Non, pas vous. C'est Joseph qui me fait rire, quand je pense à sa façon de parler. Par exemple il me dit : « Phyllis, si un jour je deviens l'heureux propriétaire d'une cuisine digne de ce nom, je jure solennellement que je ne vous en chasserai jamais. Au contraire, j'exigerai que vous y passiez vos journées, pour la bonne raison que je ne sais même pas me faire cuire un œuf ! » Vous voyez ? C'est comme ça qu'il parle ! Je vois bien que ce pompeux de Randall Kimpton essaie de le copier, mais il aura beau essayer, il n'a pas le charme de Joseph et il ne l'aura jamais. Il est si gentil, Joseph. Je ne reste qu'à cause de lui.

Décidément, ce Joseph Scotcher semblait être doué pour trouver les mots qui font du bien. C'était vraiment généreux de sa part de se donner cette peine avec des inconnus de passage comme moi, et avec de simples domestiques.

Quant à l'affirmation de Phyllis selon laquelle Randall Kimpton s'efforçait de copier Scotcher, elle me laissa sceptique. Kimpton m'avait frappé comme étant une personnalité construite d'un bloc, le genre de gars décidé et guère influençable. D'après le peu que j'en avais vu, je l'imaginais mal changer de cap pour complaire à quelqu'un. À la rigueur à sa bien-aimée Claudia, mais certainement pas à Joseph Scotcher. Pourtant, Phyllis connaissait sans doute mieux ces deux hommes que moi.

Je me demandai combien de vagues ou de tempêtes dans un verre d'eau Scotcher avait pu apaiser depuis qu'il était arrivé à Lillieoak. Comment les autres habitants de la maison se débrouilleraient-ils après sa mort ?

Certaines personnes sont indéniablement plus vertueuses et altruistes que d'autres. Claudia Playford, en revanche, m'avait l'air d'une femme qui ne ferait jamais rien pour personne sinon pour elle-même.

À cet instant, le sol se mit à trembler et Phyllis se leva d'un bond.

— La voilà ! murmura-t-elle, paniquée. Ne lui dites pas que je vous ai parlé, sinon elle va m'étriper !

Une femme trapue et ronde comme une barrique avançait vers nous à pas pesants. Elle avait le teint rougeaud et des cheveux gris, qui formaient comme une couronne de fer autour de sa tête.

— Ah te voilà ! lança-t-elle en s'essuyant les mains sur son tablier. J'ai mieux à faire que de te courir après ! Tu crois peut-être que le dîner va aller tout seul des cuisines à la salle à manger, hein ?

— Non, madame Brigid.

— Alors remue-toi un peu, ma fille !

Phyllis s'empressa de s'éloigner. Je tentai moi-même de m'esquiver, mais Brigid me bloqua le passage.

— Se retrouver seule à seul avec un type dans votre genre au pied de l'escalier quand il n'y a personne alentour, vous trouvez ça convenable pour cette jeune fille ! vitupéra-t-elle après m'avoir scruté des pieds à la tête. Elle n'en a que pour ce Scotcher, et c'est rien qu'une perte de temps, si vous voulez mon avis. Mais la prochaine fois, évitez de la coincer alors que j'essaie de faire servir le dîner, ne vous déplaise.

J'en restai bouche bée et n'eus pas le temps de protester, car Brigid était repartie d'un pas martial vers les cuisines, en faisant trembler le sol sous ses pieds.

6

La déclaration

Je pensais être le dernier à regagner la salle à manger, mais quand je les eus rejoints, tous les convives s'interrogeaient sur l'absence d'Athelinda Playford. La place d'honneur qui lui était réservée en bout de table était vacante.

— N'étiez-vous donc pas avec elle ? me demanda Dorro Playford d'un ton impérieux, comme si cela allait de soi.

Je lui répondis que j'avais parlé avec Phyllis, mais n'avais point vu lady Playford.

— Dorro, cessez donc de faire la mégère, dit Randall Kimpton tandis que je m'asseyais entre Orville Rolfe et Sophie Bourlet. Un petit conseil, Catchpool : ne répondez jamais aux questions de Dorro, car elle a la manie de vous en bombarder. Contentez-vous de siffloter en regardant ailleurs. C'est la seule attitude à adopter.

Je bus une gorgée d'eau pour éviter d'avoir à répondre. J'aurais préféré du vin, mais il n'avait pas encore été servi.

— Eh bien, j'aimerais juste savoir où elle a bien pu passer ! repartit Dorro, tout empourprée. N'était-elle pas avec nous dans le salon ? Vous l'avez tous vue ! Quelqu'un a-t-il remarqué qu'elle nous faussait compagnie ?

— Surtout ne répondez pas, me glissa Kimpton, toujours tourné vers moi, sans baisser la voix.

À cet instant, la porte s'ouvrit sur lady Playford, qui s'avança. Elle avait changé de coiffure. L'actuelle était difficile à décrire, aussi je ne m'y risquerai pas. En tout cas, l'élégance de notre hôtesse s'accordait à celle de la pièce où nous nous trouvions, une salle à manger carrée avec un haut plafond, des lustres, des rideaux rouge et or. C'était un cadre beaucoup plus charmant et agréable que le salon. L'architecte avait sûrement cherché à en faire la pièce principale de la maison, pensai-je.

Sa mère était à mi-chemin de la table quand Harry l'interpella.

— Ah, la voilà ! Coucou, Maman !

— En effet, la voilà, dit Claudia. Heureusement que personne n'a paniqué.

— Paniqué ? s'étonna lady Playford en riant. Qui aurait paniqué, et pourquoi ?

— Ne vous voyant pas venir, je m'inquiétais, dit Dorro d'un air crispé. Le dîner est retardé, et nous n'avons eu aucune explication.

— Eh bien, c'est facile, répondit lady Playford. La raison de ce retard n'est pas nouvelle : Brigid et Phyllis se sont encore disputées. De loin, j'ai entendu Phyllis pleurnicher, et sachant que le repas ne serait pas servi de sitôt, j'en ai profité pour changer de coiffure.

— Quelle drôle d'idée ! Pourquoi donc ?

— Encore une question, Dorro, remarqua Kimpton. Vous allez bientôt battre votre record.

— Vous vous croyez drôle, Kimpton ?

— Allons, cessons de nous égratigner, intervint Joseph Scotcher. Nous avons des invités, dont certains viennent pour la première fois à Lillieoak. Monsieur Poirot, monsieur Catchpool, j'espère que vous appréciez votre séjour.

Je fis la réponse qui s'imposait. Certes je ne m'ennuyais pas à Lillieoak, et puis j'étais content de retrouver Poirot, maintenant que le premier choc était passé, mais est-ce que j'appréciais cette soirée ? Il m'aurait fallu prendre un certain recul pour pouvoir répondre en toute sincérité à cette question.

Poirot déclara quant à lui qu'il passait de merveilleux moments, et que ce n'était pas tous les jours qu'on était invité par un célèbre écrivain.

— Je n'aime guère le mot célèbre, commenta lady Playford.

— Elle préfère d'autres adjectifs tels que populaire, estimé, ou réputé, dit Kimpton. N'est-ce pas, Athie ?

— Je suis bien certain que tous conviennent, remarqua Poirot en souriant.

— Il en est un plus simple, qui a ma préférence, intervint Scotcher.

— L'usage de mots compliqués aggraverait-il l'état de vos reins ? lui demanda Claudia.

Quelle remarque déplaisante ! songeai-je. Méchante, même. Pourtant, à ma grande stupéfaction, personne ne réagit.

— La meilleure, voici ce qu'est lady Playford dans son domaine, tout simplement, continua Scotcher comme si de rien n'était.

— Oh, Joseph ! répondit cette dernière d'un petit air de reproche, tout en étant visiblement ravie du compliment.

Je m'aperçus alors que Claudia me fixait avec insistance, ce qui me donna la désagréable sensation d'être coincé dans une machine infernale d'où je ne sortirais pas indemne.

— Joseph nous a précisé à tous qu'il ne souhaitait pas être considéré comme un invalide. Je lui réserve donc le même traitement qu'à tout le monde, dit-elle.

— C'est-à-dire odieux à souhait, renchérit Kimpton avec un petit sourire en coin. Désolé, très chère, vous savez que je n'en pense pas un traître mot. Qui suis-je pour me plaindre, alors que j'adore les mauvais traitements que vous m'infligez.

Claudia lui décocha un petit sourire charmeur.

Non, décidément, tranchai-je, je n'appréciais pas du tout cette soirée.

Tandis que Scotcher expliquait humblement à Poirot quel honneur c'était pour lui d'être le secrétaire particulier de la grande Athelinda Playford, Claudia se tourna vers Kimpton pour lui parler en aparté. Dorro en profita pour réprimander Harry de ne pas avoir pris sa défense quand Kimpton l'avait attaquée.

— Tout de suite les grands mots ! Allons, ma fille ! Ce n'étaient que des taquineries sans méchanceté ! lui répondit celui-ci, et bientôt, au lieu d'un seul grand groupe, les convives furent séparés en plusieurs petits, menant des conversations parallèles.

Heureusement, l'entrée arriva peu après, servie de façon pitoyable par une Phyllis aux yeux rougis. Je remarquai que Scotcher interrompait ses échanges avec Poirot pour la remercier quand elle lui servit de ce « bon vieux bouillon de mouton à l'ancienne », comme l'avait présenté lady Playford, en semblant dire qu'il n'y avait rien de meilleur au monde. En effet, il sentait délicieusement bon, et j'y plongeai ma cuillère dès que les convenances le permirent.

Le brouhaha des conversations s'atténua peu à peu comme les convives commençaient à manger. À côté de moi, Orville Rolfe remua sur son siège, qui craqua dangereusement sous son poids.

— Ça va, votre chaise, Catchpool ? me demanda-t-il alors. La mienne est bancale. Autrefois les artisans construisaient du solide, des meubles faits pour durer. Mais c'est du passé. Aujourd'hui rien ne dure, tout se jette.

— C'est un avis que partagent bien des gens, répondis-je avec tact.

— Et alors ? me lança Rolfe, qui avait la manie d'exiger une réponse quand on venait de lui en donner une.

— Je le partage aussi, répondis-je avec gêne, en espérant que cela allait clore le sujet.

Quant à lui, il semblait parfaitement à l'aise et il eut vite fait d'engloutir sa soupe.

— En reste-t-il ? lança-t-il à la cantonade, puis il revint à moi en remuant sur sa chaise, produisant des craquements de plus en plus inquiétants. Je me demande pourquoi on fait des bols si petits de nos jours. Pas vous, Catchpool ?

Je me contentai d'opiner du chef en priant pour que sa chaise tienne au moins le temps du dîner. Joseph Scotcher parlait toujours avec Poirot des livres de lady Playford.

— En tant que détective, vous devriez y prendre plus de plaisir que quiconque, disait-il.

— J'ai hâte de m'y plonger durant mon séjour ici, lui répondit Poirot. J'avais l'intention d'en lire un ou deux avant mon arrivée, mais hélas, je n'ai pas pu.

— J'espère que vous n'avez pas eu d'ennuis de santé, au moins, s'enquit Scotcher avec sollicitude.

— Non, rien de la sorte. On a réclamé mon avis sur une affaire de meurtre dans le Hampshire et… disons qu'elle s'est révélée complexe et particulièrement déroutante.

— Je suis certain que vos efforts auront fini par aboutir, dit Scotcher. Quelqu'un de votre envergure ne connaît surement pas l'échec.

— Quel roman de lady Playford me recommanderiez-vous en premier ? demanda Poirot.

Intéressant, songeai-je. Comme Scotcher, je ne pouvais imaginer Poirot échouant à résoudre une affaire, et j'attendais qu'il dise quelque chose sur l'issue du meurtre du Hampshire, mais au lieu de ça, il avait changé de sujet.

— Oh, vous devez absolument commencer par *Shrimp Seddon et la Dame de pique*, répondit Scotcher. Ce n'est pas le premier, mais c'est le plus abordable et, à mon humble avis, la meilleure façon de faire connaissance avec Shrimp. C'est aussi le premier que j'ai lu, aussi a-t-il pour moi une valeur toute sentimentale.

— Non, dit Michael Gathercole en s'adressant à lady Playford et à Sophie Bourlet, puis il se tourna vers Poirot. On doit les lire par ordre chronologique, lui déclara-t-il.

— Oui, je pense que je préférerais procéder ainsi, confirma Poirot.

— Alors, comme Michael ici présent, vous devez être terriblement conventionnel, dit lady Playford, l'œil pétillant de malice. Selon la théorie de Joseph, que je trouve très pertinente, il vaut mieux lire les livres dans le désordre, quand ils forment une série. Il dit…

— Qu'il nous expose lui-même sa brillante théorie, puisque nous avons encore le plaisir de sa compagnie, intervint Claudia. Il ne sera pas toujours là, et nous aurons ainsi tout le loisir de méditer sur ses sages paroles après sa mort.

— Claudia ! dit sa mère en la rappelant à l'ordre. Tu dépasses les bornes !

Sophie Bourlet se couvrit la bouche avec sa serviette et cligna des yeux pour chasser ses larmes. Quant à Scotcher, il semblait prendre la situation avec humour.

— Franchement, cela ne m'atteint pas, au contraire, même. Rire des choses aide à les dédramatiser. Claudia et moi nous comprenons fort bien.

— Oh, ça ne fait aucun doute, confirma Claudia en lui souriant.

Il y avait quelque chose dans son sourire que je n'aurais su définir. Non pas de la séduction, mais… une sorte de complicité. Comme si tous deux comprenaient un sous-entendu qui échappait au reste de l'assistance.

— En fait, les médecins et les malades en phase terminale plaisantent tout le temps au sujet de la mort, dit Scotcher. N'est-ce pas, Kimpton ?

— En effet, répondit Kimpton avec froideur. Pour ma part, je m'en abstiens. J'ai tendance à croire que la mort mérite d'être prise au sérieux.

Rabrouait-il Scotcher pour s'être moqué de l'idée de sa propre mort, ou pour s'être montré trop familier avec Claudia ? C'était difficile à dire.

— Ma théorie est simple, expliqua Scotcher à Poirot : en prenant les aventures de Shrimp Seddon dans le désordre, on rencontre l'héroïne, Podge et sa bande non pas à leurs débuts, mais alors que certains événements leur sont déjà arrivés. Et donc, si l'on veut en savoir plus, il faut lire les livres précédents. D'après moi, c'est un procédé bien plus fidèle à la vie réelle. Par exemple, voici que je rencontre aujourd'hui pour la première fois le grand Hercule Poirot ! Pour l'instant, je connais seulement de lui ce que je vois et ce qu'il me dit. Mais s'il parvient à piquer mon intérêt, ce qui va de soi dans son cas, j'aurai envie d'en savoir plus sur ses aventures passées. C'est ce que j'ai ressenti à l'égard de Shrimp Seddon après avoir lu *La Dame de pique*. Cette intrigue-là est terriblement ingénieuse, Poirot, et on y voit Shrimp au sommet de son art, lorsqu'elle découvre que la Dame de pique dont il est question depuis le début n'est pas une simple carte à jouer, mais un véritable personnage !

— Vous venez de révéler la clef du mystère, intervint Gathercole avec agacement. Pourquoi M. Poirot irait-il lire ce livre maintenant que vous lui avez gâché le plaisir ?

— Voyons, Michael, ne soyez pas idiot, le tança lady Playford en balayant sa remarque d'un geste. Cette intrigue est un tel méli-mélo qu'il reste encore des tas de choses à découvrir dont Joseph n'a rien dit. Et puis j'espère qu'on ne lit pas mes livres uniquement pour leur dénouement. M. Poirot n'a pas l'esprit aussi borné, j'en suis certaine. Ce qui compte, c'est le déroulement des faits, ainsi que la psychologie des personnages.

— Oh non, pas vous, Athie ! grommela Kimpton. Seriez-vous aussi une adepte de ce hobby pour dégénérés ?

Mais Scotcher semblait regretter d'en avoir trop dit.

— Gathercole a tout à fait raison, reconnut-il. Comme c'est stupide de ma part d'avoir révélé la clef de l'énigme. Quelle tête en l'air je suis ! Je me suis laissé emporter par mon enthousiasme pour l'œuvre de lady Playford, dit-il d'un air contrit, tandis que Gathercole, à l'autre bout de la table, secouait la tête d'un air dégoûté.

— Je ne suis pas étroit d'esprit, mais j'apprécie un mystère, et je préfère effectivement tenter de découvrir la solution par moi-même, reprit Poirot. Est-ce si mal, lady Playford ? C'est sûrement tout l'intérêt d'un mystère, non ?

— Eh bien, certes mais..., répondit-elle en hésitant. J'espère qu'on va bientôt nous servir le poulet, ajouta-t-elle en lançant un coup d'œil vers la porte.

— Joseph ne fait jamais rien de mal. Contrairement à moi, déclara Dorro d'un air stoïque, sans que l'on sache au juste si c'était une autocritique, ou un reproche voilé adressé à sa belle-mère.

— Personne n'aime voir un mystère éventé avant l'heure, c'est une évidence, dit Scotcher en battant sa coulpe. Cela gâche tout le plaisir. Quelle négligence de ma part ! Mille excuses, monsieur Poirot. Je suis impardonnable.

Claudia se mit à rire à gorge déployée.

— Oh, Joseph, vous êtes impayable !

— Si seulement Phyllis voulait bien débarrasser le premier plat et apporter la suite, dit lady Playford. J'ai une déclaration à faire, mais je préfère attendre que le plat de résistance arrive.

— Ah, ah… une déclaration qui exige d'avoir le ventre plein, c'est ça ? la taquina Kimpton.

Dès que Phyllis eut servi le plat en question, du poulet en sauce rose, la grande spécialité de Brigid, lady Playford se leva.

— Je vous en prie, commencez à manger. J'ai quelque chose à vous dire à tous. Il se peut que certains n'apprécient guère la nouvelle, et les contrariétés sont en effet déconseillées sur un estomac vide.

— Tout à fait d'accord, dit Orville Rolfe en s'attaquant à son poulet avec un féroce enthousiasme.

Quand les convives eurent tous bien entamé le plat de résistance, lady Playford se décida enfin à parler.

— Cet après-midi, j'ai établi un nouveau testament.

Dorro faillit s'étrangler.

— Un nouveau testament ? Pourquoi ? En quoi est-il différent du précédent ?

— Nous n'allons pas tarder à l'apprendre, la tança Claudia. Dites-nous tout, Maman chérie !

— Seriez-vous déjà au courant, Claudia ? s'insurgea Dorro. On le croirait, à vous entendre !

— Ce que je m'apprête à dire va certainement causer un choc à plusieurs d'entre vous, commença lady Playford. Mais je vous demande à tous de me faire confiance. Je suis certaine que ce sera pour le mieux.

— Finissez-en, Athie, la pressa Kimpton.

Dans le silence qui suivit, qui ne dura qu'une dizaine de secondes même s'il parut considérablement plus long, je perçus les respirations oppressées des convives qui attendaient, assis autour de la table. Dorro surtout tenait à peine en place, et son long cou se contractait nerveusement.

— Selon les dispositions de mon nouveau testament, établi cet après-midi par Michael Gathercole et attesté par lui-même et par Hatton, tout ce que je possède ira à Joseph Scotcher après ma mort, déclara lady Playford d'un ton assuré, qui laissait penser qu'elle avait répété ces paroles.

— Hein ! s'exclama Dorro d'une voix tremblante, les traits déformés par la peur, comme face à un spectre effroyable qu'elle seule pouvait voir.

— Qu'entendez-vous par tout ce que vous possédez ? intervint Claudia sans se départir de son calme.

Kimpton et elle donnaient l'impression d'assister à une amusante pantomime.

— Tout, répondit lady Playford. C'est-à-dire le domaine de Lillieoak, les maisons de Londres. Bref, tout ce que j'ai.

7

Réactions en chaîne

Scotcher se leva d'un bond, si soudainement que sa chaise bascula et tomba en arrière avec un grand fracas.

— Non, protesta-t-il, livide, je vous en prie… Jamais je n'ai voulu… Ce n'est pas nécessaire…

— Joseph, est-ce que ça va ? s'enquit Sophie en se levant, prête à se précipiter vers lui.

— Tenez, donnez-lui ça, lui dit Kimpton en lui tendant son verre d'eau. Il semble en avoir besoin.

Une fois auprès de Scotcher, l'infirmière glissa une main sous son coude, comme pour l'aider à tenir debout.

— C'est tellement éprouvant de découvrir qu'une immense fortune va vous revenir un jour, remarqua sèchement Kimpton.

— Ma parole, vous êtes tous devenus fous, intervint Dorro. Joseph est mourant. Il sera mort et enterré avant d'avoir eu l'occasion d'hériter de quoi que ce soit ! Qu'est-ce que c'est que cette blague de mauvais goût ?

— Je suis on ne peut plus sérieuse, affirma lady Playford. Michael le confirmera.

— C'est la vérité, acquiesça Gathercole.

— J'aurais dû le deviner, remarqua Claudia en souriant. J'imagine que cette idée vous trotte dans la tête depuis un bon moment, Maman. Pourtant je suis surprise que vous déshéritiez Harry, votre petit préféré.

— Je n'ai pas de préféré, Claudia, et tu le sais pertinemment.

— Disons, pas dans la famille, murmura sa fille.

— Mince alors ! Si je m'attendais ! s'exclama Harry, les yeux ronds, sans autre commentaire.

Quant à Poirot, il restait figé comme une statue.

Orville Rolfe saisit l'occasion pour me donner un coup de coude dans les côtes, qui me fit l'effet d'un coup de battoir.

— Ce poulet est excellent, Catchpool. Il faudra féliciter Brigid. Qu'en dites-vous ? Attaquez, mon vieux, ne vous gênez pas, hein ?

Je ne pus me résoudre à répondre.

— N'est-il pas absurde de laisser son argent à quelqu'un qui va mourir, quand on a toutes les chances de lui survivre un bon nombre d'années ? demanda Kimpton à lady Playford.

— Randall a raison, intervint Scotcher. Vous connaissez tous mon état. De grâce, Athie, vous vous êtes toujours montrée si… Ce n'est vraiment pas nécessaire…

On aurait dit qu'il était trop anéanti pour formuler une phrase complète. Sophie releva la chaise qu'il avait fait tomber et, après l'avoir aidé à se rasseoir, elle lui tendit le verre d'eau.

— Buvez-en autant que vous le pourrez, le pressa-t-elle. Vous vous sentirez mieux.

Scotcher étant à peine capable de tenir le verre, Sophie dut l'aider à le porter à sa bouche.

Je trouvai toute cette scène fort intrigante. Bien sûr, la déclaration de lady Playford avait provoqué un choc, mais pourquoi accablait-elle Scotcher à ce point ? Une phrase du style, « Voyons, c'est idiot, chacun sait que je mourrai sans doute bien avant vous », aurait semblé mieux convenir aux circonstances.

Dorro se leva et resta un instant bouche bée, comme voulant parler mais ne trouvant pas ses mots.

— Pourquoi me détestez-vous, Athie ? lança-t-elle enfin en tirant nerveusement sur sa robe. Vous devez savoir qu'Harry et moi serons les seuls à souffrir de votre décision, et je ne puis croire que vous haïssiez votre fils ! Est-ce une façon de me punir pour ne pas avoir eu d'enfant ? Claudia n'aura pas besoin de votre argent, puisqu'elle va bientôt entrer dans une famille richissime.

Kimpton s'aperçut que je le regardais. Il sourit comme pour dire, vous ne vous en doutiez pas, hein ? Eh bien oui, figurez-vous, je suis riche comme Crésus.

— Donc, c'est sûrement à moi que vous cherchez à faire du mal ! poursuivit Dorro. À Harry et à moi. Vous nous avez déjà cruellement spoliés de ce qui nous revenait de droit. Je sais que ce fut de votre fait, et non selon la volonté du défunt père d'Harry, Dieu ait son âme.

— Quel tissu d'absurdités, répliqua lady Playford. Qu'est-ce que vous allez chercher ! Vous détester, vraiment, quelle idée ! Quant à votre allusion au testament de mon défunt mari, s'il vous a causé de la déception, n'allez pas tout confondre en m'accusant de cruauté.

— Dorro, si Scotcher vient à mourir avant Athie, tout ira sûrement à Harry et à vous comme prévu précédemment, argua Kimpton. Alors pourquoi vous en faire ?

— Est-ce que Randall dit vrai, maître Gathercole ? demanda Dorro.

L'allusion au testament du défunt vicomte de Playford m'avait laissé perplexe. Mais au beau milieu de ce drame familial où chacun exposait ses griefs, j'aurais pu difficilement chercher à en savoir plus en interrogeant Dorro.

— Oui, confirma Michael Gathercole. Si Scotcher devait prédécéder lady Playford, les termes de l'ancien testament redeviendraient valables.

— Vous voyez, Dorro ? dit Kimpton. Ne vous faites donc pas de bile.

— Je souhaiterais comprendre pourquoi on a procédé à ce changement, insista Dorro en tirant toujours farouchement sur sa robe au risque de la déchirer. Pourquoi tout laisser à un homme qui pourrira bientôt sous terre ?

— Quel mauvais goût ! remarqua Scotcher.

— Parfaitement, cela me laisse un goût amer, et il y a de quoi ! Que deviendrons-nous, Harry et moi ? se lamenta Dorro en s'adressant à lady Playford. Vous devez dès maintenant revenir sur votre décision !

— Quant à moi, je suis contente d'en avoir enfin la preuve, dit Claudia.

— Tant mieux pour vous, mon ange, mais la preuve de quoi, si je puis me permettre ? lui demanda Kimpton.

— Du peu de cas que notre mère fait de nous.

— Il n'y a que lui qui compte pour elle, renchérit Dorro en pointant un doigt accusateur sur Scotcher. Et il n'est même pas de la famille !

À cet instant, mon regard tomba par hasard sur Gathercole, et je fus saisi de stupeur. Son visage était marbré de taches rouges, ses lèvres tremblaient. Était-ce de rage ou d'angoisse ? Manifestement, il s'efforçait de réfréner une émotion puissante. Jamais je n'avais vu un homme si près d'exploser. Personne d'autre ne semblait l'avoir remarqué.

— Je suis une vieille dame, et vous, Joseph, un homme relativement jeune, dit lady Playford. Je ne souhaite pas vous survivre, et je n'en ai pas l'intention. Je suis habituée à obtenir ce que je veux, comprenez-vous. Ma décision est prise. Le facteur psychologique influe grandement sur l'état physique, les meilleurs médecins en conviennent, et donc je vous ai donné une raison de vivre, une chose pour laquelle certains seraient prêts à tuer.

— Et c'est reparti ! grommela Kimpton. Voilà maintenant qu'une bonne humeur retrouvée peut guérir des reins tout racornis ! Bientôt on considérera l'intervention de la vraie médecine comme secondaire et superflue !

— Vous êtes vraiment dégoûtant, Randall, dit Dorro. Que vont penser nos invités ?

— Voudriez-vous nous expliquer en quoi mes propos sont plus choquants que les vôtres, Dorro ?

— Taisez-vous ! s'écria Sophie Bourlet. Si vous pouviez vous entendre ! Vous êtes des monstres, tous autant que vous êtes !

— C'est la nature humaine qui est monstrueuse, et non les personnes assises autour de cette table, remarqua lady Playford. Demain, vous viendrez avec moi consulter mon excellent médecin, Joseph. Si quelqu'un peut vous guérir, ce sera lui. Ne protestez pas ! Tout est arrangé.

— Mais il n'y a pas de guérison possible, dans mon cas. Vous le savez, chère Athie. Je vous l'ai expliqué.

— Je n'y croierai pas tant que mon médecin personnel ne me l'aura pas confirmé. Les docteurs ne sont pas tous de même niveau, Joseph. Cette profession compte aussi des individus attirés de façon malsaine par la faiblesse et la maladie.

— Je sais comment régler le problème, intervint Dorro en joignant les mains. Joseph doit établir un testament nommant Harry et Claudia comme ses bénéficiaires. Maître Gathercole, maître Rolfe, vous y veillerez, n'est-ce pas ? Cela peut-il être fait rapidement ? Je ne vois pas ce qui l'empêcherait ! Vous ne souhaitez sûrement pas dépouiller cette famille, Joseph, et ce serait rien de moins que du vol, si vous permettiez que ce qui nous revient de droit vous soit légué sans qu'on y mette bon ordre…

— Ça suffit, Dorro, l'interrompit lady Playford avec fermeté. Joseph, ne faites pas attention. Du vol ! Non mais, quelle idée !

— Et Harry et moi dans tout ça ? reprit Dorro. Comment survivrons-nous si vous nous mettez sur la paille ? Où irons-nous ? N'avez-vous donc pris aucune disposition à notre égard ? Oh, ne prenez pas la peine de répondre, surtout ! Cela vous plaît, n'est-ce pas, de me voir ramper devant vous et vous supplier !

— Voilà qui n'est pas banal, observa doucement lady Playford.

— Tout ça, c'est à cause de Nicholas ! bredouilla Dorro, l'œil farouche. Dans votre esprit, Joseph a pris la place de Nicholas, votre fils mort prématurément, et revenu à la vie sous ses traits ! La ressemblance est évidente : deux blonds aux yeux bleus, faibles et maladifs. Mais ce nouveau testament ne fera pas sortir Nicholas du tombeau ! Nicholas est mort et enterré, et il le restera !

Tous les convives se figèrent. Quelques secondes plus tard, lady Playford se levait sans un mot pour quitter la salle à manger en refermant la porte derrière elle.

— Si vous voulez mon avis, Dorro, les enfants que vous n'avez jamais eus sont de sacrés veinards, déclara Kimpton.

— Vous imaginez ? Rien que d'y penser, j'en ai le frisson, renchérit Claudia.

— Maître Gathercole, maître Rolfe, je vous en prie, allez la rejoindre, gémit Dorro en faisant un geste frénétique vers la porte. Ramenez-la à la raison !

— Je crains de ne pouvoir accéder à votre requête, répondit posément Gathercole en évitant Dorro du regard, comme si elle offrait un spectable trop lamentable. Lady Playford assume entièrement sa décision, et je suis convaincu qu'elle est parfaitement saine d'esprit.

Apparemment, la crise intérieure qui l'avait assailli était passée, et il semblait avoir retrouvé son calme.

— Maître Rolfe, vous devez tenter au plus vite de l'en dissuader, puisque maître Gathercole n'a pas le cran de le faire, insista Dorro.

— De grâce, n'allez pas déranger lady Playford, intervint Poirot. Elle préfère sûrement qu'on la laisse seule un moment.

— Écoutez-le ! lança Claudia en riant. Il est arrivé cet après-midi, mais voyez comme il parle de Maman avec autorité.

Harry Playford se pencha en avant pour s'adresser à Scotcher.

— Et vous, comment prenez-vous cette nouvelle, mon vieux ? Plutôt farfelue, non ?

— Harry, vous devez me croire. Je n'ai ni réclamé ni espéré cela, jamais. Je ne veux pas en entendre parler ! Bien sûr, cela me touche profondément d'apprendre que cette chère Athie se soucie autant de moi, mais jamais je n'ai imaginé…, dit-il, puis il fit la grimace et changea de sujet. J'aimerais vraiment comprendre ce qu'il y a derrière tout ça, voilà tout. Je n'arrive pas à croire qu'elle puisse envisager un nouveau traitement pour un cas aussi désespéré que le mien.

— Vous dites que vous ne voulez pas en entendre parler ? Eh bien dans ce cas, couchez donc vos souhaits sur le papier ! s'exclama Dorro. Rien de plus simple ! Écrivez que vous désirez que tout revienne à Harry et à moi, et nous signerons comme témoins.

— À Harry et à vous ? remarqua Claudia.

— Je voulais dire à Harry et Claudia, bien sûr, rectifia Dorro en rougissant. Veuillez me pardonner. Je ne sais plus ce que je dis ! Tout ce que je veux, c'est remettre les choses dans le bon ordre !

— Vous parlez de mes souhaits, Dorro, dit Scotcher. Mon seul souhait, le voici. Je m'agenouillerais si je le pouvais, mais j'avoue que je ne me sens pas très bien, après toute cette émotion. Sophie… Voudriez-vous me faire le grand honneur d'accepter de devenir ma femme, dès que les démarches préalables seront remplies ? C'est tout ce que je désire.

— Oh ! s'exclama Sophie en reculant d'un pas. Oh, Joseph ! Êtes-vous certain de le vouloir ? Vous venez d'avoir un choc. Peut-être devriez-vous attendre d'être un peu remis…

— De ma vie, je n'ai jamais été plus sûr de moi, mon ange.

— Mon ange, c'est ainsi que je m'adresse à Claudia, marmonna Kimpton. Soyez gentil, Scotcher, trouvez autre chose, comme mot tendre.

— Que savez-vous de la gentillesse ? s'indigna Sophie en se tournant vers lui. Qu'en savez-vous, tous autant que vous êtes ?

— Nous devrions tous vous laisser seuls, monsieur Scotcher et vous-même, mademoiselle, intervint Poirot. Venez, ils ont besoin d'un peu d'intimité.

Un peu d'intimité ! Pas mal, venant de Poirot, que j'avais vu bien souvent intervenir dans les affaires de cœur d'autrui en y mettant son grain de sel.

— Vous prenez donc cette demande en mariage au sérieux, monsieur Poirot ? demanda Claudia. À quoi bon, alors que Scotcher n'a plus que quelques semaines à vivre ? Dans ces circonstances, un invalide doté d'un peu de bon sens préférerait sûrement s'épargner tous les efforts qu'exigent des préparatifs de mariage.

— Vous ne valez pas mieux que Randall ! Vous êtes tous les deux des gens cruels et sans cœur ! lança Sophie en fixant Kimpton et Claudia d'un regard chargé de haine.

— Sans cœur ? dit Kimpton. Mais non. Comme vous, j'ai un cœur avec valves, oreillettes, veines caves et artères. Mon sang circule dans mon corps de la même façon que le vôtre, déclara-t-il, puis il se tourna vers Poirot. Voici les effets de votre psychologie, mon ami, nous parlons tous d'un muscle comme s'il était capable des sentiments les plus subtils. Croyez-moi Sophie, quand vous aurez ouvert autant de cadavres que moi et vu ce qu'ils contiennent…

— Allez-vous cesser ! Il y a de quoi nous dégoûter de manger ! s'insurgea Dorro en repoussant son assiette.

Les uns et les autres, nous n'avions guère touché à la nourriture, à part Orville Rolfe, qui avait englouti tout ce qu'on avait placé devant lui, le temps de dire ouf.

— Sophie, mon ange, dit Scotcher, Randall et Claudia ont raison : je n'ai pas beaucoup de temps devant moi. Mais j'aimerais passer celui qui me reste à vivre avec vous, avec toi, comme ton mari aimant et dévoué. Si tu m'acceptes, évidemment.

On entendit un cri étouffé, et tout le monde leva les yeux.

— Quelle est donc l'oreille indiscrète qui écoute aux portes ? lança Kimpton en haussant la voix, intervention qui fut suivie d'un bruit de pas précipités, s'éloignant au plus vite.

— Joseph, vous savez que je vous aime plus que tout au monde, dit Sophie d'un ton implorant, qui me parut étrange. Vous savez que je ferais n'importe quoi pour vous.

— Eh bien alors ! répondit Scotcher avec un sourire chagrin.

— Mais M. Poirot a raison, dit Sophie. Nous devrions discuter de ça en privé.

Deux par deux, nous quittâmes donc la pièce. Claudia et Kimpton sortirent les premiers, suivis d'Harry et Dorro. Devant Poirot et moi allaient Gathercole et Rolfe. J'entendis par mégarde Rolfe se plaindre qu'on lui avait promis un gâteau chiffon au citron. Maintenant qu'on l'obligeait à quitter la table, quand pourrait-il y goûter ? M. Scotcher n'aurait-il pu avoir la courtoisie de remettre sa demande en mariage à plus tard afin de ne pas bouleverser le bon déroulement du dîner ?

Quant à moi, j'avais complètement perdu l'appétit.

— J'ai besoin de prendre l'air, marmonnai-je à Poirot. Désolé. Je sais que c'est un besoin que vous ne comprenez pas.

— Oh que si, mon ami, me répondit-il. Ce soir, je le comprends. Mieux, je le partage.

8

Promenade nocturne dans les jardins

La première chose que je fis, une fois dehors, fut d'inspirer une grande goulée d'air, comme si j'en avais été privé. Il y avait quelque chose d'étouffant à Lillieoak, quelque chose qui me donnait envie d'échapper à l'atmosphère oppressante de la maison.

— Il n'y a pas de meilleur moment pour faire un petit tour dans un jardin, déclara Poirot. Lorsqu'il fait nuit et que l'on ne voit ni les plantes ni les fleurs.

— C'est un peu paradoxal, non ? répondis-je en me moquant gentiment de lui. Aucun jardinier ne serait de cet avis.

— J'aime humer les parfums émanant d'un jardin plongé dans l'obscurité. Vous sentez ? Le pin, la lavande, oh oui, une note très affirmée de lavande. Le nez compte autant que les yeux, mon ami. Interrogez n'importe quel horticulteur et vous verrez, affirma Poirot avec un petit rire. Si vous et moi devions rencontrer celui qui a créé ce jardin, je suis sûr que c'est moi qui lui ferais la meilleure impression.

— Il en irait de même dans n'importe quel cas, que nous rencontrions un jardinier ou un facteur, non ? répliquai-je, un peu sèchement.

— Qui était derrière la porte ?

— Pardon ?

— Quelqu'un écoutait derrière la porte de la salle à manger, quelqu'un qui a poussé un cri de dépit juste après que Joseph eut demandé Sophie en mariage.

— Oui, et cette personne a ensuite détalé.

— Qui était-ce, à votre avis ?

— Eh bien, si nous excluons tous les convives qui se trouvaient dans la salle à manger, il reste lady Playford, qui avait quitté la pièce, Brigid la cuisinière, Hatton le majordome et Phyllis la servante. Tous pouvaient se trouver derrière la porte, mais je pencherais plutôt pour Phyllis. Elle voue à Scotcher une adoration sans bornes. Elle me l'a déclaré elle-même, avant le dîner.

— Et c'est pour cette raison que vous êtes arrivé à table en retard ?

— Oui.

— Bon. Si nous faisions quelques pas ? proposa Poirot. Je distingue bien le sentier, à présent. Il fait tout le tour de la pelouse et il nous ramènera à la maison.

— Quant à moi, je ne suis pas pressé d'y retourner, lui dis-je.

Au lieu d'un petit tour sur une allée pavée, j'aurais aimé marcher à grandes enjambées dans l'herbe, droit devant moi, sans me préoccuper du chemin du retour.

— Vous vous trompez, me déclara Poirot alors que nous nous engagions sur le chemin de son choix.

— À quel propos ?

— La personne qui écoutait aux portes et qui s'est enfuie pourrait en effet être lady Playford, Hatton ou Phyllis, mais pas Brigid, la cuisinière. Je l'ai aperçue quand je suis arrivé. Je doute qu'elle soit capable d'une telle vélocité, et son pas aurait été plus pesant.

— Effectivement, c'étaient plutôt les pas d'une personne au pied léger.

— Ce qui évoque quelqu'un de jeune.

— En effet. Ce devait donc être Phyllis. Comme je le disais, nous savons qu'elle est folle de Scotcher. Et puis elle est jeune et vive, n'est-ce pas ? Or, Hatton et lady Playford sont tous deux âgés et lents à se mouvoir.

— C'était donc Phyllis, conclut Poirot, tout content de notre déduction. Passons à la question suivante. Pourquoi lady Playford a-t-elle décidé de modifier son testament dans ce sens ?

— Elle nous l'a expliqué. Elle espère ainsi que l'inconscient de Scotcher exercera une influence puissante sur…

— C'est absurde, rejeta Poirot avant que j'aie pu terminer ma phrase. Toutes les richesses du monde ne peuvent enrayer la progression d'une maladie incurable. Lady Playford est une femme d'une grande intelligence, et elle le sait pertinemment. Je ne crois pas ce soit là sa véritable motivation, dit Poirot, qui marqua un arrêt. Bien que la capacité des gens à s'abuser eux-mêmes soit sans limites, mon ami, ajouta-t-il, objectant ainsi à son propre raisonnement. Si lady Playford aime vraiment beaucoup Joseph, peut-être espère-t-elle en effet…

J'attendis en vain de voir s'il en dirait plus avant de renchérir.

— Là, une fois n'est pas coutume, je trouve que vous avez raison, lui dis-je. S'il y a une chose que m'ont appris les livres d'Athelinda Playford sur son auteur, c'est qu'elle est capable d'inventer toutes sortes de mobiles et de machinations que personne d'autre n'irait imaginer. À mon avis, elle est du genre à aimer jouer et se jouer des autres. Et c'est bien à un jeu qu'elle s'est livrée ce soir, au dîner.

— Croyez-vous donc que ce testament qui lègue tous ses biens à Scotcher ne soit pas réel ? remarqua-t-il en reprenant sa marche.

— Je pense que si, il est bien réel, dis-je en essayant de préciser ma pensée. Ce testament fait partie de son jeu. Lady Playford est sérieuse, je vous l'accorde, mais cela ne veut pas dire pour autant qu'elle ne se joue pas de tout le monde.

— Pour quelle raison, mon ami ? Par esprit de revanche, peut-être ? En guise de punition, sans montrer trop de sévérité ? Il y a eu une allusion des plus intéressantes au sujet du testament du défunt vicomte de Playford.

— Oui, moi aussi cela m'a intrigué, confirmai-je.

— Essayons de deviner. D'ordinaire, les biens d'une famille auraient dû passer au fils, c'est-à-dire au nouveau vicomte. Or, en l'occurrence, ce n'est pas ce qui s'est produit. Comme nous l'avons appris ce soir, c'est lady Playford qui possède le domaine de Lillieoak, ainsi que plusieurs maisons à Londres. Donc le défunt vicomte Playford a dû prendre des dispositions inhabituelles. Peut-être son épouse et lui n'ont-ils pas jugé le jeune Harry capable d'assumer une telle responsabilité…

— Si c'est le cas, on ne saurait les en blâmer. Harry donne l'impression d'avoir de la semoule en guise de cerveau, non ? remarquai-je, et Poirot murmura son assentiment.

— Ou peut-être que les réticences de lady Playford et de son défunt mari concernaient davantage leur belle-fille, dont nous avons découvert l'heureux caractère en l'espace d'un dîner, proposa-t-il. Une femme méchante, toujours à récriminer.

— Que voulez-vous dire au sujet de lady Playford cherchant à punir, mais pas trop sévèrement ?

— Disons qu'elle ne souhaite pas déshériter ses enfants, ce qui serait une mesure trop extrême. Pourtant cela la met en rage qu'ils prennent ce futur héritage pour acquis. Peut-être manquent-ils d'attentions à son égard. Donc, elle fait un nouveau testament léguant tout à Joseph Scotcher. Elle sait qu'il ne lui survivra pas et que ces nouvelles dispositions n'y changeront rien, sinon qu'elles sont un beau témoignage d'affection. Dorénavant, ses enfants et sa belle-fille s'angoisseront tant que Scotcher vivra. Après tout, un accident peut arriver… Et si elle disparaissait avant lui ? Quand Scotcher sera mort de sa maladie, ils pousseront tous un grand soupir de soulagement et ne tiendront plus pour acquis que la fortune de lady Playford leur reviendra un jour. Cela pourrait les incliner à montrer à cette dernière un peu plus de considération.

— Cette théorie ne me plaît pas du tout, observai-je. Oui, tout peut arriver, et je ne puis croire que lady

Playford conçoive un plan si incertain. Si vraiment elle désirait que ses biens aillent à ses enfants, elle ne prendrait pas le moindre risque. Comme vous dites, elle pourrait demain tomber dans l'escalier et se rompre le cou, et tout irait à Scotcher.

J'escomptais que Poirot contesterait ces arguments, mais il n'en fit rien. Nous continuâmes à marcher en silence. Je commençais à avoir des crampes dans les jambes à force d'adapter mon allure à la sienne. On devrait créer une nouvelle discipline sportive consistant à marcher très, très lentement ; cela fait travailler les muscles en les sollicitant d'une tout autre façon.

— J'ai une hypothèse saugrenue, dis-je. Imaginez que lady Playford ait des raisons de croire que l'un de ses enfants a l'intention de la supprimer.

— Ah !

— Vous y avez déjà pensé, je présume ?

— Non, mon ami. Continuez.

— Elle se fait du souci pour son secrétaire Joseph Scotcher, dont les jours sont comptés. Lui est orphelin, et elle a perdu un enfant. Se voyant comme une sorte de figure maternelle, elle ne veut pas mourir tant qu'il est encore en vie et qu'il a besoin d'elle. Elle espère rester en vie afin de lui apporter aide et réconfort durant la phase terminale de sa maladie. Par ailleurs, elle sait que si l'un de ses proches, Harry, Claudia, Dorro ou Randall Kimpton, compte sérieusement la supprimer, elle n'aura pas le pouvoir de l'empêcher.

— Et donc, elle change les termes de son testament pour s'assurer que son assassin potentiel attende la mort de Scotcher avant de la tuer ?

— Oui. Elle se dit que celui ou celle qui veut attenter à ses jours attendra d'être certain de mettre la main sur l'argent, les maisons, les terres. Et que lui importe à elle de vivre ou de mourir, après la mort de Scotcher ? Son mari n'est plus de ce monde, et perdre Scotcher sera pour elle comme perdre de nouveau un enfant.

— En suivant votre hypothèse, pourquoi lady Playford ne va-t-elle pas demander protection à la police, si elle croit sa vie en danger ?

— Bonne remarque, qui fiche en l'air ma brillante théorie, convins-je, mais j'entendis alors Poirot glousser à côté de moi, dans la pénombre.

Comme Athelinda Playford, lui aussi aimait bien se jouer d'autrui, de moi en particulier.

— Vous abandonnez trop facilement, Catchpool, me déclara-t-il. Lady Playford n'est plus toute jeune. Or, les gens âgés n'aiment guère voyager, en général. Donc, au lieu d'aller à la police, elle a fait venir la police chez elle. Vous, mon ami. Mieux encore : elle a réussi à amener jusqu'à elle Hercule Poirot en personne.

— Vous croyez donc que mon hypothèse a du bon ?

— Elle tient la route, en tout cas. Pour une mère, imaginez quelle épreuve ce serait d'avoir à dénoncer l'un de ses enfants en disant qu'il a l'intention de la tuer, surtout à un inconnu. Elle pourrait donc être tentée d'aborder la question d'une façon moins directe. Et puis peut-être n'en a-t-elle pas la preuve absolue. Avez-vous remarqué des réactions intéressantes dans notre assemblée, à la nouvelle du changement de testament ?

— Ils ont tous été sous le choc, non ? La nouvelle a fait pas mal de vagues, et à mon avis, c'est loin d'être fini.

— Non, tout le monde n'a pas semblé sous le choc, remarqua Poirot.

— Vous voulez parler d'Harry Playford ? C'est vrai, vous avez raison. Apparemment, rien ne l'ébranle, ni la détresse de sa femme, ni l'odieuse allusion de Dorro à son frère mort, ni le départ soudain de sa mère. C'est le genre de gars qui pourrait se retrouver en plein tremblement de terre sans rien remarquer. Il n'a pas l'air très vif ni très attentif aux autres… Bon sang, quel jugement intempestif de ma part ! Je vais peut-être un peu loin.

— Non, mon ami. Je suis d'accord avec vous. Donc nous pouvons mettre de côté pour l'instant le manque de réaction d'Harry Playford, qui, chez lui, n'a rien d'insolite. Je le soupçonne de se reposer sur sa femme, dont l'émotivité débordante vaut bien pour eux deux.

— Pour dix, même, confirmai-je. Vous avez évoqué des réactions inhabituelles… Avez-vous remarqué celle de Gathercole ? Il a semblé en proie à un tourment effroyable, chagrin ou fureur, difficile à dire, et à deux doigts d'exploser. J'ai bien cru à un moment qu'il ne parviendrait pas à se maîtriser.

— Vous le décrivez à merveille, dit Poirot. Cependant, ce n'est pas l'annonce du nouveau testament qui a bouleversé maître Gathercole. Rappelez-vous, il était au courant depuis plusieurs heures, et il a semblé parfaitement serein lorsque nous avons tous pris place autour de la table. Donc, qu'est-ce qui a pu changer son humeur ?

— Oui, cela m'a intrigué, moi aussi. Qu'est-il arrivé qu'il n'avait pas prévu ? Je suppose que la réaction de Scotcher était inattendue : ces nouvelles dispositions n'ont vraiment pas eu l'air de le réjouir, non ?

— Cela peut se comprendre. Scotcher sait sa fin toute proche. Qu'a-t-il à gagner à ce nouveau testament ? Rien. Il ne vivra pas assez longtemps pour profiter de cette manne, et cela ne lui vaut que des ennuis, dont du ressentiment de la part de Dorro, de Claudia… ce qui me fait m'interroger.

— À quel propos ?

— Sur les véritables intentions de lady Playford… Et si au lieu de privilégier Scotcher, elle cherchait plutôt à le mettre dans l'embarras et à le plonger dans le désarroi ? Après tout, tels sont les effets que nous avons observés chez lui, et lady Playford semble être quelqu'un qui atteint toujours son but.

— Et si Joseph Scotcher et elle avaient conçu ensemble un genre de complot ? dis-je.

— Qu'entendez-vous par là ? demanda Poirot.

Nous avions atteint l'extrémité de la pelouse, l'endroit censé offrir le meilleur point de vue sur la maison.

— Oh, je ne sais pas. C'est juste que leurs comportements m'ont paru assez similaires. Lady Playford laisse tout à un mourant qui ne profitera pas de sa générosité. Quant à Joseph Scotcher, il demande en mariage une jeune femme qui, si elle accepte, devra le veiller sur son lit de mort en guise de lune de miel, avant de devenir veuve. Dans les deux cas, on observe la promesse d'un avenir radieux, débouchant sur une réalité bien plus sombre.

— Voilà une observation intéressante, dit Poirot tout en cheminant. Pourtant je puis imaginer que le désir d'épouser l'être cher devient plus pressant à mesure que la vie s'éteint. Il y a une grande consolation dans cette union, même symbolique.

— Et si l'infirmière Sophie finissait par emporter le magot ? remarquai-je.

— Pendant que je nage en plein romantisme, vous me ramenez à des choses très terre à terre, mon ami.

— Vous n'y avez pas pensé ? S'ils se marient, et que lady Playford meure avant Scotcher, à qui ira la fortune ? À Sophie, épouse légitime de Scotcher.

— Catchpool, quel est ce bruit ?

Nous nous arrêtâmes pour écouter. Cela semblait venir des buissons sur notre droite : des pleurs, vite suivis par des chuchotements, ceux d'une personne effrayée qui tente de communiquer avec une autre de façon discrète, mais pressante.

— Ils sont deux, dirait-on, murmurai-je à Poirot. Allons-nous à leur recherche ?

— Dans ces jardins qui nous sont inconnus, alors qu'ils n'ont pas de secrets pour d'autres ? Non, mon ami, autant chercher une aiguille dans une botte de foin. Il serait plus judicieux de nous en retourner. Nous avons du pain sur la planche. Une fois rentrés, nous serons en mesure de voir qui est dans la maison et qui n'y est pas.

— Qu'entendez-vous par « du pain sur la planche » ? demandai-je.

— Je sais maintenant pourquoi on nous a invités ici, vous et moi. Ce n'était pas pour goûter à notre agréable compagnie. Oh non. Nous sommes ici pour faire fonctionner nos petites cellules grises. Cela fait partie du plan de lady Playford.

Je n'eus pas le temps de lui demander de quel plan il s'agissait.

— Nous sommes ici pour empêcher un meurtre, ajouta-t-il, comme s'il réfléchissait à haute voix.

9

« Le Roi Jean »

Hatton nous fit rentrer dans la maison. Comme c'était prévisible, il ne dit rien, même si son attitude suggérait que nous gagnerions tous les trois à faire comme si Poirot et moi ne nous étions pas aventurés dehors pour qu'il ait de nouveau à nous ouvrir la porte.

Nous entrâmes d'abord dans la salle à manger, qui était vide, puis dans le salon, où nous trouvâmes Harry, Dorro, Claudia et Randall Kimpton. Malgré le feu qui crépitait dans l'âtre, la pièce était encore froide. Ils étaient tous assis et buvaient une sorte d'eau de vie, à part Kimpton, qui se servait un verre. Après l'avoir rempli, il le tendit par courtoisie à Poirot, qui le renifla et le reposa sur la table la plus proche sans en boire une gorgée. Apparemment, cet alcool n'était pas à son goût. Comme Kimpton était occupé à me servir, il ne le remarqua pas.

— Avez-vous du nouveau ? s'enquit Dorro en se penchant en avant pour nous scruter, Poirot et moi, d'un regard anxieux.

— À quel propos, madame ?

— La demande en mariage de Joseph Scotcher à Sophie Bourlet. Par délicatesse, nous les avons laissés seuls dans la salle à manger, mais nous ne les avons pas revus depuis. J'avais supposé qu'ils nous rejoindraient ici. J'aimerais en connaître l'issue.

— Comme c'est touchant de votre part, Dorro, ironisa Kimpton.

Il alluma une cigarette, tandis qu'Harry Playford sortait un étui en argent de sa poche pour en tirer une des siennes.

— Elle aura dit oui, cela va de soi, dit Claudia en bâillant. Je ne vois pas comment on pourrait en douter. Ils vont sûrement se marier, en supposant que la grande faucheuse leur en laisse le temps. Ça ressemble terriblement au *Mikado*, non ? Connaissez-vous cette opérette de Gilbert et Sullivan, monsieur Poirot ? Une merveilleuse musique, et des rebondissements à mourir de rire. Nanki-Poo veut épouser Yum-Yum, mais pour y parvenir, il doit accepter d'être décapité par Ko-Ko, l'exécuteur des hautes œuvres, un mois plus tard exactement. Il accepte, bien sûr, car il adore Yum-Yum.

— Bon petit gars, commenta Kimpton. Moi aussi je vous épouserais, même s'il me fallait pour ça me faire couper la tête dans un mois, mon ange.

— Alors quel dilemme se poserait à moi ! Devrais-je garder votre tête, ou votre corps ? Je crois que j'opterais pour la tête, tout bien réfléchi.

Cette remarque d'un goût doûteux parut enchanter Kimpton.

— Pourquoi ne pas garder les deux, ma divine ? lui demanda-t-il. Existe-t-il une règle qui l'interdise ?

— Je pense que oui, sinon ce ne serait pas drôle, répondit Claudia. Donc si je refusais de choisir entre la tête et le corps, on emporterait les deux pour les incinérer, et je me retrouverais sans rien. Je choisis la tête !

— Certes mon esprit en est flatté, mais comme il est consciencieux, il transmet un signal de détresse à mes extrémités, qui s'en trouvent grandement offensées.

Claudia rit à gorge déployée.

— Quand allez-vous cesser ? s'exclama Dorro en couvrant son visage de ses mains. Ce n'est pas le moment de plaisanter. L'heure n'est pas aux frivolités, avec ce qui est arrivé.

— Je ne suis pas d'accord, rétorqua Kimpton. Chacun est libre de plaisanter quand bon lui semble, non ? Qu'on soit une riche héritière ou une pauvresse déshéritée.

— Vous êtes infect, Randall, lança Dorro en le fusillant du regard. Harry, n'avez-vous rien à dire ?

— Nous nous sentirons tous mieux après un ou deux petits remontants, dit Harry d'un ton prosaïque en contemplant le verre qu'il tenait à la main.

Kimpton prit le sien et traversa la pièce pour se placer derrière le fauteuil de Claudia. Il se pencha, l'embrassa sur le front, et déclama :

— *Il est la moitié de l'homme idéal, qui doit être achevé par elle ; elle est la perfection partagée, dont il est le complément suprême*[1].

1. *Le Roi Jean*, de William Shakespeare. Toutes les citations issues de cette pièce proviennent de la traduction de François-Victor Hugo. *(N.d.T.)*

— Oh, grogna Claudia, cet infernal *Roi Jean*. Il est ennuyeux à mourir. Je préfère vos idées à celles de Shakespeare, chéri, elles sont plus originales.

— Où sont les autres ? s'enquit Poirot.

— Tous au lit, je présume, répondit Claudia. Maître Gathercole et maître Rolfe nous ont souhaité bonne nuit. Je ne comprends vraiment pas pourquoi ils se sont retirés, alors que la grande fête de la famille Playford vient à peine de commencer.

— J'ai entendu maître Rolfe dire qu'il ne se sentait pas très bien, avança Dorro.

— Ce pauvre Scotcher non plus n'avait pas l'air en forme, ajouta Harry.

— Je suis certaine que Sophie l'aura bordé dans son douillet petit lit de mort, ironisa Claudia.

— Arrêtez ! Je n'en peux plus ! gémit Dorro d'une voix tremblante.

— Je dirai ce qui me plaît, lui répliqua Claudia. Contrairement à vous, Dorro, je sais quand on peut rire des choses et quand on ne le peut pas. Harry, cela vous plairait-il d'empailler le cadavre de Joseph pour l'accrocher au mur, avec vos autres trophées ?

Je vis Poirot se crisper en l'entendant, et je partageais sa répugnance. Le Dr Randall Kimpton tenait-il vraiment à épouser une femme capable de tourner en dérision la fin prochaine d'un homme vivant sous le même toit qu'elle ?

Dorro reposa violemment son verre sur la table à côté d'elle et serra les poings, mais très vite, ses doigts recommencèrent à s'agiter en tous sens.

— Personne ne se soucie de moi, s'écria-t-elle. Même vous, Harry, vous vous en fichez.

— Pardon ? dit son mari en la dévisageant quelques secondes. Allons, ma fille, haut les cœurs. On s'en sortira.

— Vous êtes mal placée pour vous offusquer d'une petite plaisanterie macabre, Dorro, dit Claudia en toisant sa belle-sœur d'un air mauvais. Si Maman sanglote en ce moment dans sa chambre, c'est bien grâce à vos gentillesses. Vous l'avez accusée de faire de Joseph un substitut de Nicholas. Ce qui d'ailleurs n'a pas un grain de bon sens.

— N'insistez pas, je vous en prie ! Je me serais volontiers coupé la langue si j'avais pu ! se lamenta Dorro en s'effondrant. Je n'étais plus moi-même et… c'est sorti malgré moi.

— Pourtant, vous l'avez dit à haute et intelligible voix, remarqua Kimpton avec allégresse. Mort et enterré, c'est l'expression que vous avez utilisée pour parler de Nicholas, si je me souviens bien ?

— De grâce, n'en parlons plus ! supplia Dorro.

— C'est bien cette expression qui a fait qu'Athie s'est levée de table pour se réfugier dans sa chambre. On peut dire que vous avez fait mouche, Dorro ! Cette méchanceté semblait parfaitement délibérée.

— C'est vous qui n'avez pas une once de gentillesse, se lamenta Dorro en sanglotant.

Harry Playford se redressa, réagissant enfin.

— Écoutez, Randall, ces chamailleries sont-elles vraiment nécessaires ?

Kimpton sourit.

— Si je pensais que vous désiriez réellement une réponse, Harry, je vous la donnerais volontiers.

— Eh bien alors, restons-en là, vieux frère, hein ? le pria Harry d'un ton incertain.

— Dacodac, frérot, répondit Kimpton, ce qui fit encore rire Claudia aux éclats.

Sincèrement, de toutes les réunions de famille auxquelles j'avais assisté, les miennes y compris, jamais je n'en avais connu d'aussi détestable que celle de ce soir-là, dans l'ambiance délétère du salon de Lillieoak. J'étais resté debout, et n'avais guère envie de m'asseoir. Poirot, qui ne manquait jamais de le faire dès qu'il en avait l'occasion, restait planté à côté de moi.

— Pourquoi les mots ont-ils un tel pouvoir sur nous ? lança Kimpton à la ronde, tout en arpentant la pièce d'un pas nonchalant. À peine sortis de notre bouche, ils s'évaporent dans l'air, pourtant ils laissent à jamais leur empreinte en nous, lorsqu'ils sont tournés comme il faut pour marquer nos esprits. Comment trois petits mots tels que « mort et enterré », sitôt prononcés, peuvent-ils bouleverser davantage que le pieux souvenir d'un enfant mort ?

— Et la façon dont Athie a traité ses deux enfants encore en vie ce soir ? N'avez-vous rien à dire à ce sujet ? s'insurgea Dorro en se levant de sa chaise. Comment osez-vous me donner le rôle de l'agresseur et faire d'Athie la victime, comme si c'était une pauvre petite chose fragile. Elle est plus coriace que nous tous !

Posté près des portes-fenêtres, Kimpton se mit à nouveau à déclamer.

— *La douleur occupe la place de mon fils absent ; elle couche dans son lit ; elle va et vient avec moi ; elle prend ses jolis airs, me répète ses mots, me rap-*

pelle toutes ses grâces et habille ses vêtements vides de sa forme. J'ai donc bien raison de raffoler de la douleur ! Connaissez-vous *Le Roi Jean* de Shakespeare, Poirot ?

— Non, monsieur. C'est l'une des rares pièces que je n'ai pas lues.

— Elle est sublime. Débordante d'amour pour le roi et le pays, et sans la camisole de force que Shakespeare cherche si souvent à imposer. En avez-vous une préférée, parmi ses pièces ?

— Je les apprécie presque toutes, mais si je devais en choisir une… ce serait *Jules César*, trancha Poirot.

— Ah… Un choix intéressant et inhabituel. Je suis impressionné. Figurez-vous que c'est parce que *Le Roi Jean* est ma préférée que j'ai embrassé la carrière médicale. Sans Shakespeare, je serais homme de lettres et non médecin. Si jamais certains de mes patients se plaignent de moi, je leur dirai d'en imputer la faute à Shakespeare.

— Ces pauvres cadavres qui s'ennuient à mourir sur votre table d'autopsie, chéri, dit Claudia, ce qui fit rire Kimpton.

— Vous oubliez, très chère, que j'ai affaire à des vivants autant qu'à des morts.

— Toute personne dont le cœur bat encore ne pourrait mettre en cause vos talents de médecin. Je croyais que vous parliez des cadavres dont vous vous occupez, fatalement mécontents de leur sort. Heureusement, ils sont incapables de récriminer.

— S'il vous plaît, je ne veux plus penser à la mort ni en entendre parler ! protesta Dorro.

— En quoi devez-vous votre carrière dans la médecine à la pièce du *Roi Jean* ? s'enquit Poirot.

— Hein ? Ah oui. Effectivement. Je m'en serais sans doute sorti avec *Jules César*. C'est un choix peu commun, mais respectable. Je n'aurais sans doute pas subi la condamnation de mes pairs, ni des discussions sans fin dont personne ne peut sortir vainqueur. Quand j'étais étudiant en lettres, on nous serinait tous les jours que *Hamlet*, *Le Roi Lear* et *Macbeth* étaient infiniment supérieures au *Roi Jean*. Je n'étais pas d'accord, mais comment aurais-je pu prouver de façon définitive que j'avais raison ? Impossible ! Mes ennemis comptaient une floppée de partisans parmi les étudiants, comme si une armée de béni-oui-oui prouvait quoi que ce soit. Il n'y a qu'à regarder la situation politique actuelle pour voir qu'il n'en est rien. Sur cette petite île, un grand nombre d'habitants croient qu'ils vivraient mieux dans un pays complètement indépendant…

— S'il vous plaît, pouvons-nous éviter de parler politique, après tout ce qui s'est passé ce soir ?

— À vos souhaits, Dorro, répondit Kimpton. Présentez-moi une liste de sujets que j'aurai le droit d'aborder, dites-moi quelle autorité, morale ou légale, vous autorise à imposer vos restrictions, et je me plierai à vos exigences. En attendant, laissez-moi terminer mon explication au sieur Poirot. Bien des citoyens de l'État libre d'Irlande considèrent les Anglais non pas comme des alliés leur apportant des avantages, mais comme des adversaires, ce qui me confirme dans l'idée que les imbéciles sont foison. Certes cela ne règle pas la question en suspens. Ce que j'essaie de dire, avec quelques circonvolutions, je le reconnais, c'est que certaines choses sont subjectives et ne peuvent être prouvées de façon absolue. *Le Roi Jean* est-elle ou non la meilleure pièce de Shakespeare ? Cette question en fait partie.

— Tandis que la médecine n'est pas sujette à caution, remarqua Poirot.

— Exactement, approuva Kimpton en souriant. Étant quelqu'un qui aime gagner et préfère que chaque victoire soit sans ambiguité, j'ai compris que j'étais fait pour un autre domaine. Je suis ravi de constater que j'ai pris la bonne décision. Cela m'a grandement simplifié la vie. Quand je déclare que si l'on n'ampute pas la jambe de ce gars-là, il va mourir, ou que cette dame est morte d'une tumeur au cerveau de la taille d'un melon, personne ne met mes paroles en doute. La tumeur en question est visible aux yeux de tous, ainsi que le pauvre gars décédé de la gangrène avec ses deux jambes, grâce à un benêt qui a péché par excès d'optimisme au lieu de faire preuve de prudence.

— Bref, vous avez choisi une profession qui vous permet de prouver que vous avez raison, résuma Poirot.

— En effet. J'ai laissé l'étude de la littérature à ceux qui aiment se livrer à des spéculations. Moi, je préfère savoir. Dites-moi, tous ces meurtriers que vous avez coincés… dans combien de cas aviez-vous une preuve irréfutable de leur culpabilité, s'ils n'avaient pas avoué leur crime ? Car une confession ne prouve rien du tout. Je vais vous le démontrer : moi, Randall Kimpton, j'ai assassiné Abraham Lincoln. Je n'étais pas né quand c'est arrivé, néanmoins… comme je suis un jeune gars ambitieux, cela ne suffit pas à m'arrêter. J'ai tué le président Lincoln !

Claudia gloussa de contentement, une réaction que Kimpton fut bien le seul à apprécier.

— Il existe aussi des mystères dans la médecine, dont un bon nombre ne peuvent être élucidés preuve à l'appui, remarqua Poirot. La tumeur au cerveau, la jambe amputée… vous avez choisi des exemples qui servent votre démonstration. Vous ne mentionnez pas les patients qui viennent vous consulter en se plaignant d'une douleur dont vous ne parvenez pas à trouver la cause.

— Il y en a eu quelques-uns, je vous l'accorde. Mais en général, si un type éternue, a le nez qui coule et des narines rouges et gonflées, je puis dire qu'il a un rhume, et personne ne va perdre son temps à essayer de me prouver le contraire. C'est pourquoi je préfère de loin mon métier au vôtre, mon vieux.

— Eh bien moi, mon ami, je préfère le mien. Si l'on peut déduire de symptômes évidents un diagnostic tout aussi évident, où est le défi ?

Kimpton se mit à rire sous cape, mais il fut vite pris d'un fou rire irrésistible qui le fit trembler des pieds à la tête.

— Hercule Poirot ! s'exclama-t-il quand il se fut enfin calmé. Comme je suis content que vous existiez et que vous soyez ici ! Quelle merveille, après tout ce que vous avez accompli, que vous vous plaisiez à relever le défi que jette l'incertitude. Vous valez mieux que moi. Pour moi, l'incertitude est une peste. Un fléau. Mais je suis content que vous ne soyez pas de mon avis.

Je sentis que Poirot luttait pour garder son sang-froid. Quant à moi, j'aurais bien volontiers cogné ce crâneur prétentieux pour lui rabattre son caquet. En comparaison, Poirot semblait timide et effacé, ce qui n'est pas peu dire.

— Puis-je changer de sujet, monsieur ?

— Oh, ce n'est pas moi qui en décide, répondit Kimpton. Dorro, quand publierez-vous cette liste officielle des sujets de conversation à aborder ? Nous avons besoin de vos lumières.

— Depuis que vous avez quitté la salle à manger, êtes-vous restés ensemble, tous les quatre ? demanda Poirot. Et vous êtes-vous rendus directement ici ?

— Oui, répondit Claudia. Pourquoi ?

— Aucun de vous n'était donc dans le jardin il y a un petit quart d'heure ?

— Non, confirma Dorro. Nous avons quitté la salle à manger ensemble pour nous rendre ici. Personne de nous quatre ne s'est éloigné.

Ils en convinrent tous.

Cela éliminait Harry, Dorro, Claudia et Kimpton. À moins qu'ils ne mentent, aucun d'eux n'était la personne qui avait pleuré dans le jardin, ni celle que Poirot et moi avions entendue chuchoter.

— J'aimerais vous demander une faveur, dit Poirot en s'adressant à tous les présents. Restez ensemble dans cette pièce, jusqu'à ce que je revienne pour vous en libérer.

— Puisque les boissons sont ici, j'imagine que nous accepterons tous d'obtempérer, dit Claudia en tendant son verre vide à Kimpton. Resservez-moi, mon chéri.

— Pourquoi devrions-nous nous laisser enfermer ? demanda Dorro d'une voix plaintive. De quoi s'agit-il ? Je n'ai rien fait de mal !

— Je ne sais pas encore de quoi il retourne, madame, mais j'espère le découvrir bientôt. Merci pour votre coopération à tous, conclut Poirot. Venez, Catchpool.

Je le suivis donc dans le hall et nous arrivâmes au pied de l'escalier.

— Trouvez le majordome, M. Hatton, me murmura-t-il alors. Demandez-lui de vous montrer à qui sont attribuées les différentes chambres. Frappez à la porte de chacune des personnes qui passent la nuit à Lillieoak et assurez-vous qu'elles vont toutes bien.

— Mais… cela ne va-t-il pas m'obliger à les réveiller ? Lady Playford dort peut-être déjà à poings fermés, elle ou l'un des invités.

— Ils vous pardonneront de les avoir réveillés quand vous leur aurez dit que c'était nécessaire. Lorsque vous aurez vérifié que tout le monde va bien, votre prochaine tâche consistera à vous poster près de la chambre de lady Playford, dans le couloir, et à y demeurer toute la nuit pour faire le guet, jusqu'à ce qu'elle descende au matin.

— Quoi ? Et quand dormirai-je ?

— Demain. Je prendrai le relais dès le début de la matinée… Je ne serai pas capable de rester éveillé toute la nuit, ajouta Poirot en voyant mon air ahuri.

— Moi non plus ! protestai-je.

— Je me suis levé très tôt ce matin…

— Moi aussi ! Je suis arrivé d'Angleterre aujourd'hui, vous vous rappelez ?

— Vous avez une bonne vingtaine d'années de moins que moi, mon ami. Fiez-vous à moi. Le dispositif que j'ai imaginé est le mieux à même d'assurer la sécurité de lady Playford.

— Ainsi c'est d'elle qu'il s'agit, hein ? Quand vous avez dit qu'on nous avait invités ici pour empêcher un meurtre… selon vous, lady Playford serait la victime potentielle ?

— C'est possible, répondit Poirot en fronçant les sourcils. D'après le Dr Kimpton, il est interdit à quelqu'un exerçant une profession aussi subjective que la mienne d'être jamais sûr de rien.

10

Cercueil ouvert

Pour Hatton, ce fut apparemment une véritable torture de devoir me dire quelles chambres étaient occupées et par qui. En conséquence, le processus prit plus longtemps que nécessaire. Je réussis à lui soutirer par la douceur presque toutes les informations dont j'avais besoin, mais il sembla très réticent à me révéler où se trouvait la chambre de Sophie Bourlet, au point que j'en éprouvais un certain malaise. Après une pause qui s'étira deux longues minutes, je fus enfin récompensé par une réponse à peine audible :

— Adjacente à la seule chambre qui ne se trouve pas à l'étage, monsieur.

Je devinai aussitôt que la chambre de Sophie se trouvait juste à côté de celle de Scotcher, ce qui semblait logique, puisque c'était elle qui devait chaque matin l'amener en fauteuil roulant jusqu'à la table du petit déjeuner. Il n'y avait aucune raison de suspecter qu'il se passait entre eux quoi que ce soit d'inconvenant, et cette éventualité ne m'aurait pas traversé l'esprit si Hatton n'avait tant tergiversé, comme si ce simple détail risquait de jeter l'opprobre sur cette maison. Quel crétin !

Je me rendis en premier lieu dans l'aile réservée aux domestiques pour découvrir combien il est désagréable de déranger les gens à un moment inopportun. Coiffée d'une résille et vêtue d'une robe de chambre à gros boutons roses, Brigid Marsh en profita pour m'agresser verbalement, en manière de représailles. Pour quelque obscure raison, elle assortit cette tirade des menus prévus pour le déjeuner et le dîner du lendemain, qu'elle me lança à la figure avec une telle violence que je me retirai.

Quant à Phyllis, elle était dans sa chambre et tarda à me répondre. Lorsque enfin elle vint m'ouvrir, son apparition me fit un choc, car elle avait tout le visage enduit d'une épaisse couche de crème blanche et visqueuse, qui ne suffisait pas à dissimuler des yeux rouges, gonflés de larmes.

— Je me suis fait un masque, dit-elle, et je hochai la tête tout en m'interrogeant.

Pourquoi une personne dotée comme elle d'un teint éclatant recourait-elle à ce genre de soins et ouvrait-elle sa porte afin que d'autres la voient dans cet état ? Si cette jeune fille crédule espérait ainsi pousser comme par magie Joseph Scotcher à vouloir l'épouser à la place de Sophie Bourlet, elle allait vers une cuisante déception.

Je m'excusai de l'avoir dérangée, et me retirai.

Comme je venais juste de m'entretenir avec Hatton, je regagnai la partie principale de la maison, où je frappai d'abord à la porte de Joseph Scotcher. Il n'y eut pas de réponse. Je frappai encore. Rien.

Il avait paru bouleversé au dîner, et devait plus que quiconque avoir besoin de se reposer. Poirot tenait-il vraiment à ce que je le réveille ? Devrais-je le rejoindre pour le lui demander ?

Non, je décidai de laisser Scotcher tranquille. Même si, plus j'y réfléchissais, plus sa sécurité me semblait un enjeu essentiel. Si Poirot avait raison et que lady Playford nous avait invités tous deux chez elle afin d'empêcher un meurtre, Scotcher faisait une victime évidente, puisqu'il était le bénéficiaire du nouveau testament.

Je frappai donc encore et cette fois, la porte s'ouvrit aussitôt.

— Oui ? s'enquit Scotcher d'une toute petite voix.

Il était en pyjama rayé bleu et jaune sous une robe de chambre bleu marine, et il avait une mine atroce, pire qu'au dîner.

— Je m'excuse, dis-je. Vous ai-je réveillé ?

— Non. Je vous ai bien entendu frapper, mais je n'ai pu arriver à la porte assez vite pour vous ouvrir. Même en y allant à pied…

Il s'interrompit en grimaçant de douleur.

— Laissez-moi vous aider.

— Ce n'est pas la peine, je vous assure, assura Scotcher tout en s'appuyant sur moi. Je me débrouille très bien tout seul. J'irai mieux demain matin. C'est juste le contre-coup. Pourquoi a-t-elle pris cette décision ?

— Lady Playford ? Je crains de ne pouvoir vous aider, la connaissant si peu…

— Oui, évidemment.

Je l'aidai à se remettre au lit et il me remercia en louant abondamment mon esprit généreux et ma grande gentillesse. Cet éloge me parut excessif, mais cet homme m'était décidément bien sympathique. C'est si rare de rencontrer quelqu'un qui sache ainsi vous apprécier.

— Bonne nuit, Catchpool, me dit-il en fermant les yeux. Vous aussi vous devriez prendre un peu de repos. Ce fut un long voyage, depuis Londres.

Je le rassurai, puis passai à la chambre de Sophie Bourlet, en maudissant Poirot de m'avoir imposé cette tâche, et moi-même d'avoir eu la faiblesse de l'accepter.

Quand je frappai à la porte de Sophie, elle s'ouvrit en grand sous ma poussée.

— Mademoiselle Bourlet ? lançai-je.

Comme personne ne répondait, je me permis d'entrer. Les rideaux étaient à moitié tirés, et la pièce tapissée d'un papier peint bleu clair à fleurs roses était impeccablement rangée, comme pour une inspection. Il y avait un lavabo dans un coin.

De nouveau, je ne sus que faire. Devais-je aller trouver Poirot pour lui dire que l'infirmière n'était pas dans sa chambre ? Ou bien partir à sa recherche dans la maison ? Puisqu'elle n'était pas là ni dans la chambre de Scotcher, où pouvait-elle bien être ?

Pour finir, je décidai de vérifier la présence des personnes dormant à l'étage avant de rejoindre Poirot, car j'ignorais combien de chambres j'allais trouver inoccupées. Peut-être tomberais-je sur Sophie Bourlet, Michael Gathercole et Athelinda Playford jouant aux cartes… Autant avoir toutes les informations en main avant de faire mon rapport.

Lady Playford m'ouvrit aussitôt sa porte.

— Oui ? dit-elle, et comme je lui demandais si tout allait bien, elle répondit sèchement : Oui, merci, je vais bien, Edward ! tout en sous-entendant que j'étais la dernière personne qu'elle solliciterait dans le cas contraire.

Du moins ce fut ce que je ressentis. Car elle avait adopté un ton impatient et cavalier, qui n'était guère celui qu'on attendrait d'une personne craignant qu'on attente à sa vie.

Je frappai à la porte de Gathercole. Rien. En soupirant, je frappai encore, puis tournai à tout hasard la poignée, et la porte s'ouvrit. J'entrai dans la pièce, qui était plongée dans la pénombre. Après m'être avancé à tâtons en me rapprochant de la fenêtre, je tirai un peu l'un des rideaux, ce qui me donna assez de lumière pour constater que le lit de Gatherole n'était pas défait. L'avocat n'était visible nulle part.

Je quittai la pièce en refermant la porte derrière moi, et passai à la chambre suivante, celle d'Orville Rolfe. Fort heureusement, c'était la dernière à vérifier, puisque Harry, Dorro, Claudia et Kimpton se trouvaient tous en bas, dans le salon.

Orville Rolfe ouvrit sa porte en pyjama de flanelle rayé. À ma stupéfaction, il me saisit le bras de sa main boudinée.

— Oh, Catchpool, ce que je souffre ! Je suis à l'agonie ! Impossible de trouver une position tenable. Où est ce médecin, Kimpton ? Allez le chercher tout de suite, voulez-vous ? Dites-lui qu'on m'a empoisonné.

— Grands dieux. Je suis certain que vous n'avez pas été empoisonné, maître Rolfe, mais…

— Et moi je vous dis que si ! Comment sinon expliquer cette douleur atroce ? Irez-vous chercher Kimpton avant qu'il soit trop tard ?

Et si Poirot et moi avions été invités à Lillieoak pour empêcher le meurtre d'Orville Rolfe par empoisonnement ? Tout semblait possible.

— Bon, très bien, j'y vais. Attendez ici.

— Et où voulez-vous que j'aille, bon sang, dans l'état où je suis ? Je suis plié en deux tant j'ai mal ! Regardez-moi ! Si vous ne trouvez pas Kimpton, faites venir cette infirmière ! Ce sera mieux que rien.

Je descendis l'escalier quatre à quatre en priant pour que Kimpton n'ait pas disparu comme Sophie Bourlet et Gathercole.

Étaient-ils ensemble ? Pourquoi Gathercole avait-il paru si tourmenté au dîner ? Cela concernait-il Sophie, et la demande en mariage de Scotcher ? Non, car la demande avait eu lieu plus tard. Il s'agissait donc d'autre chose.

Kimpton, Dieu merci, était encore dans le salon avec Poirot, Claudia, Harry et Dorro.

— Orville Rolfe est en pleine crise ! lançai-je à la ronde. Il dit qu'on l'a empoisonné !

Claudia poussa un soupir de lassitude tandis que Kimpton riait de bon cœur.

— Tiens donc ! Eh bien, cette soirée ayant été peu banale, il faut s'attendre à tout, mais je vous en prie, ne prenez pas cet air catastrophé, Catchpool. Avez-vous vu à quelle allure ce goinfre a englouti son poulet ? Il s'agit sûrement de vulgaires douleurs gastriques, même si elles donnent l'impression qu'un millier de démons vous tordent tripes et boyaux. Mais je parierais que je puis l'en guérir en quelques secondes en enfonçant mon doigt au bon endroit de son anatomie !

— Prenez garde que ce doigt-là reste ensuite à bonne distance de la mienne, intervint Claudia, et Dorro la tança pour sa vulgarité.

— Docteur Kimpton, s'il vous plaît, allez au chevet de maître Rolfe sans tarder, l'enjoignit Poirot. Catchpool, accompagnez-le.

— D'accord, mais ce n'est pas tout : Gathercole et Sophie Bourlet ne sont ni l'un ni l'autre dans leurs chambres respectives. J'ignore où ils se trouvent.

— Le vicomte Playford et moi-même, nous les chercherons, dit Poirot. Quant à vous, mesdames, veuillez demeurer ensemble dans cette pièce, je vous prie. C'est entendu ?

— Si vous insistez, répondit Claudia. Mais ne faites-vous pas preuve d'exagération ? À quoi bon s'exciter de la sorte ? Il ne s'est rien passé, à part une indigestion de M. Rolfe. Y a-t-il une raison de supposer qu'il soit arrivé quelque chose à Gathercole et à Sophie ?

— Je prie pour que ce ne soit pas le cas, répliqua Poirot.

Tandis que je suivais Kimpton à l'étage, j'entendis Claudia dire à Dorro :

— C'est moi qui devrais fouiller les bois, tandis que ce petit Belge attendrait dans le salon en s'agitant comme une vieille fille hystérique !

Quand Kimpton et moi nous eûmes rejoint Orville Rolfe, sa peau avait pris une effrayante teinte jaunâtre. Il était couché sur le dos, une jambe pendante.

— Se pourrait-il qu'il s'agisse de poison ? demandai-je à Kimpton, alarmé.

— Que voulez-vous que ce soit d'autre ? grogna Rolfe. Je suis fichu ! Je n'arrive plus à respirer !

— Poison, mon œil ! dit Kimpton avec brusquerie en lui prenant le pouls. Vous irez bien mieux d'ici une heure tout au plus, je vous le garantis. Pouvez-vous vous retourner pour vous coucher sur le flanc ? Puis remonter les genoux sur votre poitrine ? Plus vous pourrez changer de position, mieux ce sera.

— Je ne peux pas bouger, vous dis-je !

— Hum…, fit Kimpton en se frottant le menton d'un air pensif. J'imagine que vous ne me permettrez pas de m'asseoir sur votre estomac, n'est-ce pas ?

Rolfe gémit comme un animal blessé. Puis ses yeux s'agrandirent et il essaya de se redresser, en vain, avant de retomber sur le lit.

— Je les ai entendus ! dit-il.

— Qui ça ? demanda Kimpton, qui s'approcha du gisant tout en pliant les doigts des deux mains, comme s'il allait s'asseoir devant un piano pour jouer un concerto. Le problème, c'est de savoir où enfoncer le doigt précisément, ajouta-t-il à mon adresse. Sur un patient de taille normale, la peau est bien plus près de l'organe, comprenez-vous ?

— Je les ai entendus en parler, marmonna Rolfe, dont le front dégoulinant de sueur mouillait l'oreiller. Lui a dit que je devais mourir, que c'était inévitable. Et ils ont même parlé de mes funérailles !

— Si vous vous décidiez à moins manger, et plus lentement, personne n'aurait besoin d'évoquer vos funérailles avant un bon moment, remarqua Kimpton en se courbant pour examiner le flanc droit de Rolfe, et il plia à nouveau ses doigts.

— Attendez, dis-je. Monsieur Rolfe, qu'avez-vous entendu exactement, et qui parlait ?

— Eh bien, « il faut que le cercueil soit ouvert », voilà ce qu'ils ont dit. « Le cercueil ouvert : c'est le seul moyen. » Donc c'est bien de poison qu'il s'agit, comprenez-vous. Quand on empoisonne quelqu'un… Oh ! quelle douleur atroce ! Faites quelque chose, Kimpton, êtes-vous médecin, oui ou non ?

— Certes je suis médecin ! répliqua Kimpton, et sur ce, il enfonça vivement son index dans l'abdomen de Rolfe.

L'avocat poussa un hurlement effaré. Je reculai d'un pas. Des voix approchaient venant de l'extérieur de la maison, celles de deux personnes discutant.

— Ah ! déclara triomphalement Kimpton. Du premier coup, ma parole ! Vous devriez très vite vous sentir mieux, mon vieux.

J'ouvris la fenêtre.

— Poirot ? Est-ce vous ? criai-je dans l'obscurité.

— Oui, mon ami, je suis avec le vicomte.

— Coucou, là-haut ! lança Harry Playford avec entrain, comme s'il avait complètement oublié qu'il venait d'être déshérité plus tôt dans la soirée.

— Venez vite, leur lançai-je. Rolfe a peut-être été empoisonné.

L'avocat n'avait pas pu terminer sa phrase, mais je pensais deviner ce qu'il essayait de dire : si l'on veut que les obsèques d'une personne aient lieu avec le cercueil ouvert, le poison est un moyen de tuer idéal, car il laisse le visage intact.

— Balivernes, Catchpool, me tança Kimpton, que je venais manifestement de décevoir. Mon diagnostic était correct : crampes d'estomac dues à des flatulences. Regardez-le. Il ne transpire plus. Bientôt, toute douleur aura disparu. Vous n'êtes guère observateur, hein ?

— J'espère l'être assez, répondis-je froidement.

— Eh bien, n'avez-vous pas remarqué que rien de ce qui arrive à Orville Rolfe ne lui est jamais imputable ? Si sa chaise craque sous son poids, c'est parce qu'elle est mal faite ; si ses pieds le font souffrir, c'est qu'aujourd'hui les chausseurs ne connaissent plus leur métier. Naturellement, ses crampes d'estomac sont dues à un mystérieux empoisonneur, et non au fait qu'il s'obstine contre toute raison à engloutir un poulet entier en une seconde. Regardez-le maintenant !

Sur le lit, Rolfe s'était mis à ronfler.

Dorro et Claudia apparurent sur le seuil.

— Quelle est cette puanteur ? demanda Dorro. Est-ce le cyanure qui sent aussi mauvais ?

— Il n'y a pas de cyanure, maître Rolfe se porte à merveille, et voici le héros du jour, déclara Kimpton en levant son index, qu'il agita dans l'air. Même s'il est trop modeste pour attirer l'attention sur sa brillante performance.

Harry Playford apparut, tout essoufflé.

— Du poison ! déclara-t-il à son épouse. Rolfe a été empoisonné. C'est Catchpool qui nous l'a dit.

— Hein ? Mais il dort comme un bébé, remarqua Dorro.

— Il a dit quelque chose d'étrange, commençai-je en m'adressant à la ronde.

Apparemment, le diagnostic de Kimpton était correct, mais comment quelqu'un pouvait-il ainsi exulter d'avoir réussi à libérer des flatulences incommodantes tout en ignorant superbement le commentaire de Rolfe à propos de personnes qui avaient évoqué sa mort prochaine ? Quant à moi, cela m'avait fort intrigué.

Mais personne ne me posa de question à ce sujet. Ils étaient tous trop occupés à rire du doigt de Randall Kimpton, à se reculer en feignant le dégoût, ou (dans le cas d'Harry) à contempler l'index avec une admiration béate, comme s'il s'agissait du Poète lauréat. En fait, Harry ne se serait guère intéressé au poète en question, me dis-je, à moins d'avoir une chance d'empailler sa noble tête pour l'accrocher en trophée sur un mur.

Mais où diable était passé Poirot ?

11

Indiscrétions

Poirot finit par réapparaître, et à son air inquisiteur, je compris qu'il s'apprêtait à me poser une foule de questions, tenaillé par la curiosité. Je ne lui en laissai pas le temps et me mis aussitôt à lui rapporter l'essentiel.

— Il se remet vite. Au début, il a crié à l'empoisonnement, ce qui m'a quelque peu effrayé. Mais il s'avère que mes craintes n'étaient pas fondées et que personne n'en voulait à sa vie. Regardez, ses joues reprennent un peu de couleur. D'après Kimpton, tout va bien, et c'est lui le médecin.

— Même si le patient s'est permis de mettre en doute mes références et qualités, intervint Kimpton. Quel ingrat !

Je me rapprochai de Poirot afin de ne pas être entendu.

— Rolfe a dit quelque chose qui m'a inquiété, lui glissai-je, bien décidé à rapporter cette anecdote à quelqu'un qui la prendrait au sérieux.

— Attendez, mon ami. Avez-vous vérifié si lady Playford allait bien ?

— Oui. Elle va on ne peut mieux. Sa chambre se trouve juste de l'autre côté du palier. Avec nous tous réunis autour de Rolfe, personne ne réussirait à s'approcher d'elle dans l'intention de la tuer sans se faire repérer. De plus, je crois qu'aucun de nous n'est resté seul un instant.

— Certains assassins travaillent par deux, non ? dit Kimpton. Même s'il semble difficile d'imaginer un complot de cette envergure à Lillieoak, je vous l'accorde, ajouta-t-il.

Que le diable l'emporte ! Cet indiscret semblait ravi d'avoir réussi à nous entendre malgré nous. Poirot lui lança un regard glacial, puis il m'enjoignit de continuer. À quoi bon garder cela pour nous, puisque Kimpton l'avait entendu lui-même.

— Rolfe a dit des choses étranges à propos d'un cercueil ouvert…, commençai-je.

— Attendez un instant, s'il vous plaît. Vicomte Playford, docteur Kimpton, veuillez aller voir dehors si vous retrouvez Michael Gathercole et Sophie Bourlet. Ils manquent toujours à l'appel.

— Dacodac, mon vieux, dit Harry en quittant aussitôt la pièce.

— Moi, je vais me coucher, déclara Dorro. Quelle horrible soirée ! Je suis épuisée.

— Gathercole et Sophie manquent peut-être, dit Kimpton à Poirot, mais ce sont tous deux des adultes libres d'agir à leur guise. Il en va de même pour moi, à présent que les problèmes digestifs de maître Rolfe sont résolus. Et j'ai envie d'avoir un petit moment d'intimité avec mon aimée ici présente pour échanger avec elle quelques mots doux avant de me retirer pour la nuit. Me l'accorderez-vous, Poirot ? Je ne comprends pas pourquoi Catchpool et vous avez décidé de faire comme si un meurtre allait être commis, mais vous ne pouvez guère attendre de nous tous que nous participions à votre petit jeu de société.

— Faites comme bon vous semble, monsieur.

— Très bien ! Bonne nuit, alors ! conclut-il en prenant Claudia par le bras pour l'entraîner hors de la pièce.

Poirot et moi restâmes seuls avec Rolfe. De petits ronflements lui échappaient à intervalles réguliers et il battait des paupières.

Je fus enfin en mesure de rapporter à Poirot ce que Rolfe avait dit sur la dispute au sujet du cercueil ouvert. Poirot m'écouta attentivement. Alors, sans prononcer un mot, il s'accroupit près du lit et gifla l'avocat sur ses grosses joues roses.

— Hé, du calme, mon vieux ! s'exclama Rolfe en ouvrant les yeux.

— Vous devez vous réveiller immédiatement, dit Poirot.

— Ne le suis-je pas déjà ? répondit Rolfe d'un air confus.

— Si. Mais ne vous rendormez pas, je vous prie. D'après Catchpool, vous avez entendu quelqu'un déclarer que vous deviez mourir, et que lors de vos funérailles, le cercueil devrait être ouvert. Est-ce vrai ?

— Oui. C'est pourquoi je me suis cru empoisonné… mais la douleur s'est considérablement atténuée, aussi, je tire mon chapeau au Dr Kimpton. Ce n'était pas du poison, en fin de compte.

— Veuillez me répéter, je vous prie, les mots exacts que vous avez entendus à propos du cercueil ouvert, exigea Poirot.

— L'homme a dit que je devais mourir, et qu'il n'y avait pas d'autre moyen. Et ils ont parlé de mes funérailles… le cercueil devra être ouvert, voilà ce qu'ils ont dit.

— Qui est l'homme dont vous parlez ?

— Je l'ignore. Je n'entendais pas très bien. C'était un homme, c'est tout ce que je puis dire. Avec une femme qui essayait de l'en dissuader… Oui, reprit Rolfe en fronçant les sourcils. Je crois que l'homme était le seul à souhaiter ma mort.

— Avez-vous reconnu la voix de la femme ? demanda Poirot.

— Non, hélas.

— Quand avez-vous surpris cette conversation ?

— Je regrette, répondit Rolfe un peu confus, mais je ne saurais le dire. Dans l'après-midi. Ils discutaient dans le petit salon, à voix basse. Ils ignoraient que j'étais dans la bibliothèque au même moment, à lire le journal.

— La bibliothèque se trouve donc près du petit salon ? demanda Poirot.

— Oui, les deux pièces sont adjacentes, juste séparées par une porte, qui était un peu entrouverte. Et ce n'était pas une conversation, mais une dispute en règle. La femme n'était pas d'accord, elle ne voyait pas la nécessité que le cercueil soit ouvert. Elle était en colère, alors lui aussi s'est mis en colère, et elle a dit « Seriez-vous si sévère avec elle, ou l'aimiez-vous trop ? » Alors il a protesté en disant « Mais qu'allez-vous chercher ? » Et il lui a assuré qu'il n'en était rien, et qu'elle était son seul et unique amour.

Mon esprit s'emplit d'un certain nombre de couples éventuels, et je suis bien certain qu'il en fut de même pour Poirot. Harry et Dorro, Claudia et Randall, Joseph Scotcher et Sophie Bourlet. Mon quatrième couple était plus tiré par les cheveux, comme on dit : Michael Gathercole et Sophie Bourlet. Je n'avais aucune raison de supposer entre eux un quelconque lien sentimental, si ce n'était qu'ils se trouvaient être les deux seules personnes manquantes.

— Je me rappelle distinctement cette phrase : « mon seul et unique amour », dit Rolfe. Mais… plus j'y réfléchis, plus je me demande si je n'ai pas tout imaginé.

Je craignis que Poirot ne lui donne encore une gifle, en y mettant cette fois plus d'ardeur.

— Imaginé ? dit-il d'un ton qui ne présageait rien de bon.

— Oui. Comprenez-vous, je me rappelle avoir entendu tout cela, mais pas avoir pensé que je l'avais entendu. Je ne me rappelle pas m'être dit à moi-même « Qui cela peut-il bien être ? Et si j'allais jeter un coup d'œil pour voir ? » Alors qu'étant donné le sujet de cette conversation, à savoir un meurtre prémédité, j'aurais sûrement voulu savoir. Même si j'ai trouvé les mièvreries sentimentales de la fin si stupides qu'elles m'ont peut-être dégoûté du reste… Et si la douleur m'avait fait délirer ? suggéra Rolfe, visiblement perplexe.

— Croyez-vous avoir tout imaginé ? lui demandai-je.

— Eh bien, je n'en sais rien ! Je crois plutôt que quelque chose m'aura distrait. Je me demande si... oui, je me rappelle maintenant que j'ai eu une terrible douleur dans le pied droit plus tôt dans la journée. Cela m'a fait penser que les artisans chausseurs d'aujourd'hui sont vraiment d'une négligence criminelle... je me souviens d'un temps où des chaussures vous soutenaient la voûte plantaire. Plus maintenant !

— Vous n'avez parlé à personne de ce que vous aviez entendu par mégarde, je suppose ? s'enquit Poirot d'un air mécontent.

— Non.

— Comment avez-vous su que l'homme et la femme parlaient de vous quand ils ont évoqué des funérailles avec un cercueil ouvert ? L'un ou l'autre vous a-t-il mentionné nommément ?

L'avocat réfléchit en écarquillant les yeux.

— Non, je ne crois pas. J'ai juste supposé qu'ils parlaient de moi puisque je me croyais empoisonné. Non, ils ont parlé d'un homme, ça oui, mais sans mentionner de nom... Bon, dit Rolfe en bâillant. Je vais faire un petit somme, messieurs, pas à cause du poison, mais de la fatigue. Si ça ne vous dérange pas...

— Nous allons vous laisser en paix, répondit Poirot. Deux dernières questions, si je puis me permettre : à part vos maux d'estomac, aviez-vous une raison de penser que quelqu'un voulait vous empoisonner ?

— Non. Pourquoi ? Pensez-vous que quelqu'un le veuille ?

— Je l'ignore. Tous les habitants de cette maison me sont étrangers, comme je le suis pour eux.

— Je suppose que c'est envisageable, remarqua Rolfe avec flegme.

— Et pourquoi voudrait-on vous tuer ?

— Sans raison précise. Les gens sont polis en général, surtout avec quelqu'un d'influent comme moi. Mais sait-on jamais ?

Poirot hocha la tête.

— Maître Rolfe, j'aimerais vous interroger à propos du testament du défunt vicomte Playford. Dorro Playford y a fait allusion lors du dîner.

— En effet, et ce n'était pas la première fois… oh que non. C'est une histoire longue et compliquée. Pourriez-vous questionner Gathercole à ce sujet ? J'avoue que je ne me suis jamais senti aussi fatigué…

Il avait fermé les yeux.

— Nous devrions le laisser dormir, dis-je.

Poirot et moi quittâmes la chambre en refermant la porte derrière nous. Je proposai d'aller rejoindre Harry dehors pour chercher Gathercole et Sophie Bourlet.

— Apportez-moi d'abord une chaise, un fauteuil plutôt, confortable si possible, dit Poirot. Je vais m'y asseoir jusqu'à votre retour, juste devant la porte de M. Rolfe. Ensuite vous prendrez ma place afin que je puisse aller me coucher. Je vais sûrement m'endormir, mais qu'importe. Si quelqu'un désire entrer, il faudra d'abord m'enlever du chemin !

— Entrer dans la chambre de Rolfe ? Vous avez donc changé d'avis sur la victime éventuelle ? Vous croyez que c'est Orville Rolfe et non lady Playford ?

— Vous avez entendu ce qu'a dit M. Rolfe, Catchpool. La personne qu'on désire supprimer est un homme. Et pourquoi parler d'empoisonnement, si rien ne s'est passé qui y ressemble de près ou de loin ? Il est possible qu'Orville Rolfe soit en danger, mais je l'ignore. Pour l'instant, je dispose de trop peu d'informations pour savoir comment agir avec efficacité. C'est extrêmement frustrant.

— Je suppose qu'il y a une petite chance pour que Kimpton ait raison et que personne à Lillieoak n'ait l'intention de faire du mal à autrui, avançai-je. Rolfe a peut-être rêvé son histoire de cercueil ouvert tandis qu'il délirait à cause de la douleur, comme il l'a dit lui-même. Et lady Playford nous a peut-être invités ici pour une tout autre raison, parfaitement innocente. Elle nous annoncera demain qu'elle souhaite nous consulter sur une idée qu'elle a pour un prochain livre… Allez savoir.

— Il est possible en effet que la situation soit moins critique que je ne l'imagine, concéda Poirot. Demain, j'insisterai pour que lady Playford nous révèle la raison pour laquelle elle nous a fait venir. Mais rappelez-vous, il est aussi possible que le danger ne concerne pas une personne, mais deux.

J'appréciai ce « Rappelez-vous » qu'il avait employé, comme s'il s'agissait d'une chose que je savais déjà.

— Si Orville Rolfe a été la victime d'un empoisonnement raté, m'expliqua Poirot, une possibilité que je n'ai pas encore éliminée, alors il est en danger, d'après ce qu'il a entendu depuis la bibliothèque. Et si l'homme qui était l'objet de la dispute à propos du cercueil ouvert n'est pas maître Rolfe, alors quelqu'un d'autre est en danger.

Je savais ce que deux victimes de meurtre potentielles signifiaient : pas de sommeil pour moi dans un avenir prévisible. À cette perspective, mes paupières me semblèrent s'alourdir tandis que je gagnais le jardin à la recherche de Michael Gathercole et de Sophie Bourlet.

12

Le doigt de Sophie

Je ne rencontrai pas âme qui vive dans les jardins alentour, et j'aurais trouvé que ces recherches étaient une perte de temps si le vent vivifiant et la pluie qui tombait à verse n'avaient à eux deux chassé ma torpeur.

Harry était-il encore dehors ? En tout cas je ne vis pas trace de lui. Je l'avais appelé ainsi que Gathercole et Sophie en criant leurs noms, jusqu'à me casser la voix. En vain.

Je finis par renoncer et regagnai la maison. Après être monté à l'étage d'une traite, je vis que Poirot ne s'était guère trompé dans ses prédictions : il était profondément endormi dans le fauteuil que j'avais placé là pour lui. Au début, je crus qu'il ronflait en alternant un son profond de basse avec un léger sifflement, mais en fait, les ronflements les plus sonores provenaient de derrière la porte close d'Orville Rolfe.

Je pris un certain plaisir à secouer Poirot jusqu'à ce qu'il se réveille, et à peine eut-il ouvert les yeux que sa main alla machinalement tortiller ses moustaches.

— Eh bien ? s'enquit-il d'un ton exigeant.

— Je n'ai trouvé personne. Ni Gathercole, ni Sophie Bourlet. Ni même le vicomte. Serait-il rentré ?

— Je ne saurais dire, répondit vaguement Poirot, et je devinai qu'il avait dû s'endormir juste après que je l'eus laissé.

Il se retourna vers la porte close derrière lui.

— Quel est ce bruit infernal qui sort de chez maître Rolfe ?

— À mon avis, il signifie qu'il n'est pas nécessaire de garder sa porte. Si Rolfe arrêtait de respirer, et de ronfler, nous le saurions vite, et nous pourrions nous précipiter ici pour prendre son assassin sur le fait.

Poirot se leva, puis il écarta le fauteuil du passage, ouvrit la porte et entra dans la chambre de Rolfe.

— Que faites-vous ? lui chuchotai-je. Sortez de là !

— Non, vous, venez, dit-il.

— On n'entre pas comme ça dans la chambre de quelqu'un qui dort…

— J'y suis déjà. Cessez de ronchonner et entrez.

Je le suivis à contrecœur et il referma la porte quand je fus à l'intérieur.

— On aurait pu nous entendre, m'expliqua-t-il. Maître Rolfe ne nous en voudra pas de discuter à son chevet. À mon avis, il n'a pas le sommeil léger. Donc, reprenons : maître Gathercole et l'infirmière Sophie ont tous deux disparu. Intéressant. Peut-être sont-ils amants. Il arrive que des amants complotent ensemble…

— Non, cela me paraît fort douteux, dis-je, plus fermement que je n'en avais l'intention.

— Pourquoi ? Vous les connaissez à peine.

— Peut-être complotent-ils ensemble, mais en tout cas, d'après moi, ils ne sont pas amants. Je ne saurais vous dire pourquoi, mais on sent ces choses-là, non ? D'ailleurs Sophie semble profondément attachée à Joseph Scotcher.

— Bon, passons au point suivant : pourquoi serait-ce si important qu'un cercueil soit ouvert pendant des funérailles ? Quelle différence cela ferait-il, qu'il soit ouvert ou fermé ?

— Je ne vois qu'une raison à cela : afin que quelqu'un assistant à la cérémonie puisse voir le corps et vérifier que la personne est vraiment morte, ou que c'est la bonne qui se trouve dans le cercueil. Si le cercueil était fermé, ce serait impossible.

— Peut-être qu'une personne en a chargé une autre de tuer quelqu'un contre de l'argent, en exigeant de pouvoir constater de ses propres yeux que la victime est bien morte, dit Poirot.

— Je suis certain que tout s'éclaircira quand vous aurez parlé avec lady Playford demain matin…

Je fus interrompu par un cri perçant, qui semblait venir de sous mes pieds. Il se mua bientôt en un long hurlement. C'était une voix de femme.

Je me ruai vers la porte et l'ouvris en grand.

— C'est en bas ! me dit Poirot, derrière moi. Vite ! Ne m'attendez pas, vous êtes plus rapide.

Je courus sans réféchir, en manquant de trébucher. Le hurlement s'arrêta un bref instant pour reprendre de plus belle. C'était insupportable, comme la plainte d'un animal auquel on arracherait le cœur. Durant le bref silence, j'avais entendu des exclamations venant de l'étage, et le bruit de portes qu'on ouvre.

Une fois au rez-de-chaussée, je courus au salon et le trouvai désert. Alors je me rendis compte que les cris semblaient plus distants que lorsque j'étais sur le palier ; ils devaient venir de l'autre côté de la maison.

Je revins dans le hall à toute allure et vis Poirot et Dorro qui se hâtaient de descendre l'escalier. J'entendis Poirot murmurer « Le petit salon », tandis qu'ils filaient vers la salle à manger. Je suivis le mouvement, et découvris bientôt l'origine des cris. C'était Sophie Bourlet. Elle était en manteau et chapeau, non pas face à la salle à manger, mais devant la pièce opposée. Sans doute s'agissait-il du petit salon où s'était déroulée la polémique opposant un homme et une femme à propos d'un cercueil ouvert, à en croire Orville Rolfe.

Sophie se trouvait sur le seuil de la pièce. Elle gémissait et hurlait, comme confrontée à une horreur sans nom. Poirot fut vite à ses côtés.

— Mon Dieu, murmura-t-il en essayant d'éloigner l'infirmière en pleurs, ne regardez pas, mademoiselle. Ne regardez pas.

— Mais… c'est horrible ! Qui a pu faire une chose pareille ? s'exclama Dorro en cherchant son mari du regard. Harry, Harry ! Où êtes-vous ? Il est arrivé quelque chose d'épouvantable dans le petit salon !

J'étais moi-même sur le seuil de la pièce à présent, et je découvris enfin la vision de cauchemar qu'elle offrait. J'épargnerai au lecteur de ce récit une description trop détaillée. Qu'il me suffise de dire que Joseph Scotcher gisait sur le tapis à côté de son fauteuil roulant, le corps étrangement distordu. Il était mort sans doute possible, assassiné de la plus effroyable façon. Une sorte de gourdin en bois était posé près de son corps, dont l'extrémité la plus large était couverte de sang et de cervelle. Le sang s'étalait sur le tapis, et il restait très peu de choses de la tête du pauvre Scotcher ; seule sa mâchoire inférieure révélait une bouche tordue par la souffrance.

Harry surgit derrière moi.

— Je suis là, ma fille, dit-il à Dorro. Pourquoi diable tout ce raffut ?

— Vous avez raison, le diable y est pour quelque chose, vicomte Playford, observa posément Poirot. C'est là son œuvre.

J'eus l'impression que toute la maisonnée nous avait rejoints tant il y avait de monde autour de moi. Claudia, Harry, lady Playford en robe de chambre de soie jaune et, derrière elle, Randall Kimpton et Orville Rolfe, côte à côte. Kimpton semblait vouloir intervenir, peut-être pour prendre les choses en main, mais ses instructions se perdaient dans le chaos ambiant. Brigid, Hatton et Phyllis se tenaient derrière lady Playford. À l'arrière, un peu en retrait, il y avait Michael Gathercole. Lui aussi était en manteau, remarquai-je. Lui et Sophie étaient-ils restés ensemble dans le jardin durant tout ce temps ? Seraient-ils amants, en fin de compte ?

Lady Playford se couvrit la bouche de sa main, mais personne ne cria, à part Sophie.

— Joseph ! gémissait-elle. Joseph, mon chéri ! Non, non, ce n'est pas possible !

Se libérant de l'emprise de Poirot, elle courut s'agenouiller auprès du cadavre.

— Est-ce lui, Poirot ? demanda lady Playford en posant la main sur le bras de mon ami. Est-ce lui sans l'ombre d'un doute ? La tête est tellement… Comment en être sûr ?

— Oui, c'est bien M. Scotcher, madame, confirma Poirot. Il est reconnaissable à ce qui reste de son visage, et à la minceur de son corps. Personne d'autre n'est aussi frêle, à Lillieoak.

Randall Kimpton murmura une phrase, dont les premiers mots m'échappèrent :

— *... le joyau de la vie avait été volé et emporté par quelque main infernale.*

Une citation extraite du *Roi Jean*, sans doute.

Je considérai Gathercole. Il semblait grave, mais calme, presque… apaisé. En tout cas, aucune manifestation d'une quelconque détresse chez lui, remarquai-je.

— Elle l'a tué ! Je l'ai vue !

En entendant ces mots surprenants, je me retournai vers le petit salon. C'était Sophie qui avait proféré cette accusation et, toujours agenouillée près du corps de Scotcher, elle nous regardait tous d'un air farouche.

— Mademoiselle, intervint Poirot en s'avançant d'un pas. Soyez très prudente quand vous répondrez à ma question. Vous êtes bouleversée, ce qui est bien compréhensible, mais vous devez dire la vérité, et vous concentrer un instant sur les faits. Êtes-vous prête à déclarer que vous avez vu qui a tué M. Scotcher ?

— Je l'ai vue, c'est elle ! Elle avait le gourdin à la main et elle… elle lui tapait sur la tête à coups redoublés. Elle s'est acharnée sur lui ! Il la suppliait, mais elle n'a pas voulu arrêter. Elle l'a tué !

— Qui donc, mademoiselle ? Qui accusez-vous de meurtre ?

Lentement, Sophie Bourlet se releva et, d'un bras tremblant, pointa son doigt.

DEUXIÈME PARTIE

13

La Garda entre en scène

Le lendemain matin, les véritables enquêteurs arrivèrent. Par « véritables », je veux parler de ceux qui étaient autorisés à procéder à des arrestations dans le comté de Cork, et non ceux venant d'Angleterre, ou de Belgique, et qui traînaient par hasard sur les lieux du crime, déguisés en invités.

Dans l'État libre d'Irlande, les policiers font partie de la Garda Siochána, et eux-mêmes se nomment les *gardaí*, ce qui signifie gardiens de la paix. L'un des deux policiers envoyés par le commissaire de Dublin pour enquêter sur la mort suspecte de Joseph Sotcher correspondait parfaitement à cette appellation. Avec sa face de lune et ses lunettes un peu de travers, le sergent Daniel O'Dwyer contribua à établir un climat d'harmonie en opinant du chef à tout ce qu'on lui suggérait, comme un acteur n'ayant pour registre qu'une approbation sans réserve.

Mais il n'était que l'officier subalterne. Son chef, l'inspecteur Arthur Conree, était un personnage beaucoup moins accomodant. La cinquantaine bien sonnée, avec des cheveux gris surplombant son front telle une saillie rocheuse, il avait un curieux jeu de menton, le baissant et le relevant tout à tour quand il vous écoutait, puis prenait la parole.

La première chose que Conree fit à son arrivée, ce fut de nous adresser en guise d'introduction un petit discours, qui prit vite le ton d'une sévère mise en garde.

— Je n'ai pas demandé qu'on m'envoie ici, nous déclara-t-il. Oh que non ! La demande est venue de mes supérieurs. Arthur, il faut que ce soit toi et personne d'autre, m'ont-ils dit. C'est une affaire extrêmement importante, et tu es l'homme de la situation. J'en ai parlé à ma femme, et je puis vous assurer qu'elle n'avait aucune envie que je fasse tout le trajet jusqu'à Clonakilty, ni que j'endosse cette responsabilité, étant donné mon âge, et les nombreuses tâches qui m'incombent déjà.

— Pourtant vous voici, inspecteur, remarqua Poirot d'un ton doucereux. Comme c'est étrange…

— Étrange, oui, vous l'avez dit, acquiesça le sergent O'Dwyer.

Mais l'inspecteur n'en avait pas terminé.

— Mais voilà, Arthur, a poursuivi ma femme, malgré ses réticences. S'ils veulent absolument que ce soit toi, ils ont sûrement de bonnes raisons. Regardons les choses en face, qui d'autre que toi en serait capable ? Étant moi-même plutôt modeste, jamais je ne me serais permis une telle outrecuidance. Je me contente de rapporter l'opinion de mon épouse, vous le pensez bien. Alors nous avons consulté nos trois garçons… façon de parler, car ce sont des hommes faits, aujourd'hui.

Bref, les jeunes Conree et Mme Conree s'inquiétaient que leur vénérable chef de famille puisse crouler sous cette surcharge de travail, mais tous convenaient que sans son auguste expérience, jamais ce crime ne serait résolu, ni justice rendue.

— Et donc, me voici, conclut enfin Conree. Je resterai ici jusqu'à ce que cette sombre affaire soit résolue, et j'insiste pour que chaque personne dans cette maison y reste aussi. Ceux qui auraient des obligations professionnelles doivent les annuler ! Vous demeurerez tous sous ce toit tant que ce sera nécessaire. Et je me dois encore d'insister sur un autre point avant d'aller plus loin, prévint-il, brandissant sa main droite en lui donnant la forme d'un revolver, index pointé vers le haut, pouce vers l'arrière.

Nous découvririons vite qu'il aimait parler en ponctuant ses propos de gestes éloquents.

— Voici comment l'on devra procéder : je suis responsable de cette enquête et c'est moi qui la dirigerai, poursuivit-il. C'est moi et moi seul qui assignerai à chacun ses devoirs et ses tâches…

Au fur et à mesure, les hochements de tête du sergent O'Dwyer s'étaient accélérés.

— Il ne se passera rien dont je ne sois informé, continua Conree. Rien sans mon autorisation préalable. Personne ne se permettra de procéder de lui-même à des investigations en comptant sur ses petites lumières, affirma-t-il, en saupoudrant ses oreilles de confettis invisibles. Votre réputation vous précède, monsieur Poirot, et je serai content d'avoir votre coopération dans cette affaire, mais vous devrez suivre mes instructions à la lettre. Est-ce clair ?

— Très clair, inspecteur, répondit Poirot.

Face aux provocations de Conree, qui n'étaient sans doute qu'un reflet de sa manière d'être en général, il affichait un air si complaisant qu'il éveilla mes soupçons. Que mijotait-il ?

— Me permettrez-vous de vous poser une question ? continua Poirot, dont l'attitude déférente prêtait à rire tant elle me paraissait surfaite. Oui ? Merci. J'aimerais savoir si vous avez l'intention de commencer par arrêter Mlle Claudia Playford. Vous avez été informé, je présume, du fait que l'infirmière Sophie Bourlet…

L'inspecteur chassa les paroles de Poirot d'un geste de la main, comme on ferait d'une odeur nauséabonde.

— Je n'ai aucunement l'intention d'arrêter la fille du vicomte Guy Playford sur le seul motif qu'une obscure infirmière a porté contre elle une accusation aussi brutale, déclara-t-il, ce que Poirot reçut sans faire de commentaire.

Conree nous distribua aussitôt nos tâches à chacun. O'Dwyer resterait à Lillieoak pour diriger l'équipe de police locale, qui passerait la maison au crible en quête d'empreintes et de tout ce qu'elle pourrait trouver en guise d'indices. Le médecin légiste viendrait aussi examiner le corps de Scotcher.

Quant à moi, je devais également rester à Lillieoak, et mon rôle se bornerait à tenir la famille Playford, ses invités et les domestiques hors du chemin de la police, tout en obtenant d'eux autant d'informations que je le pourrais.

Je me surpris à hocher la tête à toutes les instructions que Conree m'assénait, au point que je me demandai quel genre de gars était le sergent Daniel O'Dwyer à ses débuts. Peut-être que tous ceux qui se trouvaient dans l'entourage de Conree finissaient fatalement par opiner du chef à répétition.

— Monsieur Poirot, vous et moi allons emmener cette infirmière, Sophie, au commissariat de Ballygurteen, où vous l'interrogerez en essayant de voir ce qui se cache derrière son témoignage, quand elle prétend avoir vu Claudia Playford fendre la tête de Scotcher à coups de gourdin.

— Peut-être découvrirons-nous que l'infirmière Sophie dit la vérité, avança Poirot de l'air le plus innocent du monde. Elle a beau ne pas appartenir à la noblesse, nous ne devons pas moins envisager cette possiblité. Si je puis me permettre, inspecteur… Mlle Claudia nie énergiquement l'accusation proférée contre elle, comme elle le ferait qu'elle soit coupable ou innocente, mais ce qui me gêne un peu, c'est… comment dire… l'humeur qui émane de ses dénégations. Elle n'a l'air ni effrayée, ni en colère, ni troublée le moins du monde. Elle se contente d'affirmer avec un sourire narquois « Je ne l'ai pas fait », comme certaine de s'en tirer à bon compte. Voilà le hic ! Je ne la crois pas coupable de ce crime. Non. Pourtant, cette assurance…, conclut Poirot en secouant la tête.

— Nous ne devons pas nous livrer à ce genre de conjectures, répondit Conree avec force. Cela ne mène à rien. Voyons ce que l'infirmière aura à dire. Je vous permettrai de lui poser toutes les questions que vous jugerez bon, Poirot. Quant à moi, je ne ferai qu'écouter.

Ainsi, il n'était pas question de conjecturer ni de faire des hypothèses, songeai-je à regret. C'était malheureux, car toute cette affaire avait largement de quoi vous rendre perplexe. Depuis qu'elle avait pointé un doigt tremblant sur Claudia, Sophie n'avait pas prononcé un mot, que ce soit pour retirer ou confirmer son accusation de meurtre. La jeune infirmière semblait juste capable de pleurer à chaudes larmes et rien d'autre.

Quant à Poirot, s'il m'est permis de faire un petit saut dans le temps, il revint du commissariat de Ballygurteen passablement abattu.

— L'inspecteur n'a posé aucune question, Catchpool, me raconta-t-il plus tard ce soir-là. Il n'a pas participé du tout. C'est moi qui ai conduit tout l'interrogatoire.

— D'habitude, cela n'est pas pour vous déplaire, osai-je remarquer. De plus, c'était ce qui avait été convenu.

— Je n'avais rien contre le fait de poser les questions. Je n'ai protesté qu'après l'interrogatoire, quand Conree m'a déclaré tout de go qu'écouter était le plus important, en s'arrogeant ce rôle, évidemment. Comme si on ne pouvait à la fois parler et écouter ! Moi aussi, j'ai des oreilles pour entendre ! S'imagine-t-il que la faculté d'écoute d'Hercule Poirot se trouve amoindrie quand il parle ?

— Mon Dieu, Poirot !

— Quoi, mon Dieu ?

— Aussi pompeux et irritant qu'il soit, nous sommes condamnés à travailler avec lui, alors vous devriez vous calmer. Apprenez donc à hocher la tête, comme O'Dwyer et moi-même. Bon, cessez de rouspéter et racontez-moi ce qui s'est passé à Ballygurteen.

Poirot avait commencé par poser à Sophie une série de questions qui n'étaient pas censées l'effrayer :

— À votre avis, mademoiselle, allez-vous demeurer à Lillieoak comme secrétaire particulière de lady Playford ?

Sophie avait paru surprise.

— Je… Je l'ignore.

Poirot, Conree et elle se trouvaient dans une petite pièce basse de plafond, dont les fenêtres vibraient violemment sous les assauts du vent. Poirot s'en plaignit amèrement plus tard, disant qu'au lieu de se sentir à l'abri à l'intérieur, on était comme exposé aux intempéries.

Quant à Sophie, ses larmes s'étaient taries dès que la voiture s'était mise en route pour Ballygurteen, et depuis, elle avait l'air d'un fantôme piégé parmi les vivants, privé d'espoir et de vitalité, mais résigné à son sort. On aurait dit qu'elle s'était couchée tout habillée, et ses cheveux pendaient lamentablement autour de son visage. C'était la seule personne de la maisonnée dont l'apparence extérieure avait radicalement changé depuis le drame.

— J'ai juste remarqué que vous exécutiez pour lady Playford certains travaux de secrétariat, observa Poirot. Ai-je raison de supposer que vous faisiez le travail que M. Scotcher était censé accomplir pour notre hôtesse, depuis que son état s'était aggravé ?

— Oui, en effet, répondit Sophie d'une voix à peine audible.

— Et vous vous occupiez en même temps de M. Scotcher ? Vous étiez donc à la fois infirmière et secrétaire ?

— Oui, je parvenais à mener les deux activités de front.

— Lady Playford vous a-t-elle en conséquence demandé de rester en tant que secrétaire ?

— Non, finit par répondre Sophie au prix d'un gros effort. Et elle ne le fera pas. J'ai accusé sa fille de meurtre.

— Maintenez-vous cette accusation ?

— Oui.

— Veuillez nous rapporter exactement ce que vous avez vu, je vous prie.

— À quoi bon ? Ils diront tous que je ne l'ai pas vu, que ce n'est jamais arrivé. J'ai forcément dû tuer Joseph moi-même, voilà ce qu'ils diront, Athie y compris, car c'est la mère de Claudia et, comparée à sa fille, je ne suis rien pour elle.

— J'aimerais pourtant entendre votre témoignage, lui assura Poirot. Que portait Claudia ?

— Ce qu'elle portait ? Elle était en chemise de nuit et robe de chambre. Vous l'avez vue, non ?

— En effet. C'est pourquoi je vous le demande. La dernière fois que je l'ai vue avant que vous commenciez à crier, c'était vers 21 h 20 ou 25. À ce moment-là, elle portait la robe du soir verte qu'elle avait portée toute la soirée. Ce n'est qu'à 22 h 10 que vos cris nous ont fait nous précipiter au petit salon. Donc, Claudia avait eu amplement le temps de se changer. Mais la robe de chambre qu'elle portait quand nous nous sommes tous retrouvés en bas après avoir entendu vos cris était blanche. D'un blanc immaculé, sans la moindre tache ni goutte de sang. Si une personne vêtue de blanc frappe un homme à la tête à coups de gourdin en inondant de sang le tapis qui se trouve sous la victime, il devrait y avoir censément du sang sur ses vêtements.

— Je ne puis l'expliquer, même si ça n'a pas de sens, répondit posément Sophie. Je vous ai raconté ce que j'ai vu.

— Mlle Claudia portait-elle des gants ?

— Non. Ses mains étaient nues.

— À qui appartenait le gourdin ?

— À Guy, le défunt mari de lady Playford. Il l'avait rapporté de l'un de ses séjours en Afrique. Il était déjà dans la vitrine du petit salon, à mon arrivée à Lillieoak.

— Revenons un peu en arrière, dit Poirot. J'aimerais entendre ce qui s'est passé après le dîner. Commencez du moment où M. Scotcher et vous vous êtes retrouvés seuls dans la salle à manger. Veuillez n'omettre aucun détail. Nous devons essayer d'assembler tous ces éléments pour reconstituer la suite complète des événements.

— Joseph et moi, nous avons parlé. C'était étrange de nous retrouver seuls, après cette demande en mariage faite en public. Il avait hâte d'avoir ma réponse.

— La lui avez-vous donnée ?

— Oui. J'ai accepté sans hésitation. Mais alors, Joseph a voulu parler de notre mariage, des dispositions, de la date la plus proche que nous pourrions fixer, etc. Moi, je n'arrivais à penser qu'à une chose : combien il avait mauvaise mine et semblait terriblement affaibli. L'histoire du testament d'Athie lui avait causé un grand choc. Il avait besoin de repos. Lui ne s'en rendait pas compte, mais moi, si. Je lui ai dit que nous en parlerions tout à loisir le lendemain, sans savoir…

Elle s'interrompit brusquement.

— Sans savoir que pour lui, il n'y aurait pas de lendemain ? ajouta doucement Poirot.

— Oui.

— Donc vous l'avez persuadé de se retirer dans sa chambre ?

— En effet. Je l'ai installé pour la nuit, et ensuite, je suis sortie dans les jardins.

— Dans quel but ?

— Être seule, à l'écart. J'avais envie de fuir loin de Lillieoak. Oh, pas de Joseph, ça non, jamais je ne l'aurais laissé. Mais loin de ce tourment. C'était insupportable.

— Vous voulez parler de sa maladie ?

— Non… Peu importe, soupira Sophie.

— Mademoiselle, continuez, je vous en prie, la pressa Poirot.

— Même si Joseph m'avait conduite devant l'autel, à quoi bon ? Notre joie aurait été de courte durée. La mort me l'aurait arraché. Tout véritable bonheur était impossible.

Dans un coin de la pièce, à force de baisser le menton sur sa poitrine, l'inspecteur Conree semblait vouloir écraser son nœud de cravate.

— Excusez mon impertinence, mais avez-vous pleuré quand vous étiez dans les jardins ? demanda Poirot à Sophie. Assez fort pour que que quelqu'un vous ait entendue ?

— Non, répondit Sophie, l'air surprise. Non. J'ai marché, marché.

— Avez-vous rencontré quelqu'un ?

— Non.

— Vous n'avez parlé à personne, même en chuchotant ?

— Non, à aucun moment.

— Moi aussi, j'étais dans les jardins, avec Catchpool. Nous avons conversé un bon moment.

— Je n'ai rien entendu, dit Sophie. Juste le bruissement des feuilles et le vent.

— À quelle heure êtes-vous sortie et rentrée ? Vous rappelez-vous ?

— Je suis sortie peu après que tout le monde eut quitté la salle à manger, à part Joseph et moi, bien sûr. J'ignore quelle heure il pouvait être, hélas.

— C'était juste cinq minutes avant 20 heures, lui dit Poirot.

— Alors Joseph et moi avons dû quitter la pièce vers 20 h 10. Je l'ai aidé à se préparer pour la nuit durant un quart d'heure, vingt minutes, puis je suis sortie. Il devait être environ 20 h 30.

— Donc vous avez quitté la maison au moment où Catchpool et moi revenions de notre promenade dans les jardins. Nous ne vous avons pas vue.

— J'avoue que je n'avais pas la notion du temps. Peut-être était-ce cinq minutes avant ou après.

— Et à quelle heure êtes-vous rentrée ?

— Pourquoi me poser des questions dont vous connaissez la réponse ? repartit Sophie, en colère. Vous m'avez tous entendue crier. Vous êtes tous arrivés en courant.

— Vous avez commencé à crier à 22 h 10, cela, je le sais. Mais j'ignore depuis combien de temps vous étiez rentrée dans la maison, mademoiselle.

— J'étais revenue des jardins cinq minutes auparavant, pas davantage. J'ai immédiatement entendu des cris. Aucune des personnes qui se trouvaient à l'étage ne les aura entendus, mais moi oui, nettement, dès que j'eus refermé la porte de derrière sur le bruit du vent. J'ai entendu Joseph supplier qu'on lui laisse la vie sauve.

— Qu'a-t-il dit précisément ? demanda Poirot.

— C'est une torture pour moi d'y repenser ! Mais je le dois, j'en suis consciente. Il a dit « Arrêtez, arrêtez ! Je vous en prie, Claudia ! » Il savait qu'elle voulait le tuer. J'aurais dû me précipiter sur elle dès que je l'ai vue le gourdin à la main, mais c'était tellement invraisemblable… et alors, quel choc ! J'étais comme paralysée, monsieur Poirot. C'est ma faute si Joseph est mort. Si je m'étais jetée sur Claudia, j'aurais pu l'arrêter. J'aurais pu lui sauver la vie.

— M. Scotcher était-il la seule personne que vous avez entendu parler ? Claudia Playford a-t-elle dit quelque chose ?

Sophie plissa le front, puis soudain, ses yeux s'agrandirent.

— Oui ! oui, elle a parlé d'une femme nommée Iris. « Voilà ce qu'Iris aurait dû faire », ou quelque chose de ce genre. Elle l'a dit tout en s'acharnant sur Joseph.

— Veuillez être aussi précise que possible, insista Poirot. Il est important de me rapporter ses paroles exactes.

— « Voilà ce qu'Iris aurait dû faire », je suis certaine de cette partie-là. Puis, je crois, « mais elle était trop faible, elle vous a laissé la vie, alors vous l'avez tuée ». Ou peut-être était-ce « elle vous a laissé la tuer ». J'étais tétanisée, juste capable de hurler. Je ne… Je n'ai même pas tenté de lui porter secours, dit Sophie d'une voix brisée par le chagrin.

— Qui est Iris ?

— Je n'en ai aucune idée. Joseph n'a jamais mentionné son nom en ma présence.

— Pourtant Claudia Playford croit qu'il l'a tuée, dit Poirot.

— Joseph n'aurait pas fait de mal à une mouche. Claudia est un démon.

— Pourquoi êtes-vous restée si longtemps dans les jardins par une nuit aussi froide ?

— J'avais trop honte pour rentrer. Je n'étais pas du tout moi-même. Sophie l'efficace, Sophie la forte… c'est ainsi qu'ils me voient, tous autant qu'ils sont. Toujours prête à prendre soin de Joseph, de lady Playford, et à rendre service à tout le monde. J'étais si lasse d'endosser ce rôle auquel on me condamne, j'avais besoin d'un peu de répit.

— Je comprends, dit Poirot. Qu'a fait Claudia Playford quand elle a eu fini de massacrer ce pauvre M. Scotcher ?

— Elle a lâché le gourdin par terre et elle s'est enfuie de la pièce en courant.

L'inspecteur Conree releva le menton pour déclarer :

— Claudia Playford et Randall Kimpton ont une tout autre version des faits. Ils disent qu'à partir du moment où ils ont quitté la chambre d'Orville Rolfe, ils sont restés ensemble dans la chambre du Dr Kimpton jusqu'à ce que vous commenciez à crier en bas.

— Alors ils vous ont raconté des mensonges, dit simplement Sophie.

14

Lady Playford et ses deux listes

Tandis que Poirot et l'inspecteur Conree étaient à Ballygurteen avec Sophie Bourlet, le sergent O'Dwyer et moi-même nous trouvions dans le bureau de lady Playford, à Lillieoak. Depuis la mort de Scotcher, elle avait refusé de descendre. Le plateau du déjeuner était resté intact sur son bureau, remarquai-je, et son visage semblait s'être creusé, même s'il ne s'était passé que vingt-quatre heures depuis la tragédie.

— J'ai quitté la salle à manger pour me rendre directement dans ma chambre, déclara-t-elle au sergent O'Dwyer.

À son attitude, on voyait que la question qu'il venait de lui poser l'importunait, et qu'il en serait de même pour celles qui suivraient. J'avais la nette impression qu'elle essayait de découvrir quelque chose de son côté, et considérait les interventions des autres comme un obstacle.

— Je ne suis pas restée au dîner. Vous l'auriez découvert de toute façon, alors autant que vous l'appreniez par moi. M. Catchpool vous l'aura peut-être déjà dit.

Je précisai qu'il n'en était rien.

— Ma belle-fille, Dorro, a fait une remarque qui m'a fort contrariée. N'allez pas penser du mal d'elle. C'est le genre de personne qui s'inquiète excessivement, voilà tout. Personne dans cette maison n'est méchant ni malveillant, sergent. Même pas ma fille Claudia, qui a parfois la langue acérée..., commença lady Playford, puis elle se redressa pour donner plus de poids à ce qu'elle allait dire. Claudia n'est pas plus une meurtrière que moi un pirate des hautes mers. C'est absurde.

— Donc vous croyez que Sophie Bourlet ment ? dis-je.

— Non, répondit lady Playford. Sophie n'irait jamais accuser faussement quelqu'un de meurtre. Elle a bon cœur.

— Alors...

— Je ne sais pas ! Croyez-moi, c'est bien là le problème ! J'insiste : ma fille n'est pas une meurtrière, et Sophie Bourlet n'irait jamais porter de fausses accusations... Pourtant ces deux constatations sont inconciliables.

— Si je puis me permettre, madame la comtesse..., commença le sergent O'Dwyer, car c'était ainsi qu'il s'adressait à elle à chaque question qu'il lui posait. Vous avez rejoint votre chambre... En êtes-vous ressortie, y êtes-vous restée ? Bref, qu'avez-vous fait ensuite ?

— Je suis restée dans ma chambre, seule, jusqu'à ce que j'entende les cris de Sophie et les pas des gens qui couraient sur le palier. Entre-temps, je n'ai été dérangée qu'une fois, quand M. Catchpool a frappé à ma porte. Il voulait vérifier que rien ne fâcheux ne m'était arrivé.

— Poirot m'avait demandé de m'assurer que tout le monde était sain et sauf, dis-je à O'Dwyer. J'ai vérifié, et c'était le cas, à part pour Sophie Bourlet et Michael Gathercole, qui restaient introuvables, et pour Joseph Scotcher et Orville Rolfe, qui se trouvaient chacun dans sa chambre, fort mal en point.

— Si je puis me permettre, madame la comtesse… Scotcher souffrait de la maladie de Bright, une maladie des reins incurable, est-ce exact ?

— En effet.

— Quant à la remarque contrariante faite par votre belle-fille, j'aimerais en savoir plus à ce sujet, si vous le voulez bien.

— Elle a prétendu que j'essayais de faire comme si Joseph Scotcher était mon fils Nicholas, qui est mort enfant. Elle a dit que Nicholas était « mort et enterré ». C'est une évidence. Ce qui m'a contrariée, ce ne fut pas cette cruelle réalité, que j'ai acceptée depuis longtemps, mais le fait que Dorro ait pu me faire une telle remarque.

Je ne pus m'empêcher d'intervenir.

— Elle l'a regrettée peu après. Elle s'en est terriblement voulu, plus tard, dans le salon.

— Eh oui, remarqua lady Playford d'un air songeur. Il ne faut jamais laisser les mots dépasser sa pensée en parlant à tort et à travers. Une fois que les paroles nous échappent, on ne peut les rattraper. J'ai été fâchée ou contrariée en bien des occasions, mais j'ai toujours pesé soigneusement mes propos avant de m'exprimer.

— Là, je vous rejoins tout à fait, approuva O'Dwyer. Si quelqu'un sait choisir ses mots, c'est bien vous, madame la comtesse.

— Et pourtant, c'est à cause de moi que le pauvre Joseph est mort, dit-elle, les yeux brillant de larmes.

— Vous n'y êtes pour rien, lui dis-je.

— Là, l'inspecteur Catchpool et moi-même sommes du même avis, confirma O'Dwyer. La personne responsable du décès de M. Scotcher est celle qui lui a fendu le crâne avec un gourdin.

— C'est gentil à vous, messieurs, mais vous n'arriverez pas à me persuader que ce n'était pas de ma faute. J'ai changé mon testament à des fins de provocation. J'ai même fait de cette annonce une sorte de coup de théâtre, en plein dîner.

— Pourtant vous n'aviez pas prévu que Joseph Scotcher serait assassiné quelques heures plus tard, dis-je.

— Non. Si j'avais envisagé cette possibilité, je l'aurais aussitôt écartée comme improbable. Vous dirai-je pourquoi ? Parce que les seuls motifs valables de ce meurtre concernent des personnes qui n'auraient jamais commis un tel acte. Pour mon fils Harry, c'est tout bonnement impensable ! Quant à ma fille Claudia… Vous ne le croirez peut-être pas, Edward, puis-je vous appeler Edward ? Mais la psychologie ne correspond pas. Ce ne peut être Claudia.

— D'où tenez-vous cette certitude ?

— Un meurtre violent est le dernier recours d'une personne dont la rage ou le ressentiment ont été trop longtemps refrénés, dit lady Playford. La pression finit par faire sauter le bouchon, ou même exploser la bouteille. Or, la furie qui habite ma fille depuis son plus jeune âge, sans qu'on sache bien pourquoi, a eu tout loisir de s'exprimer au quotidien. Loin de la contenir, Claudia lui a laissé libre cours en en faisant largement profiter son entourage. Elle ne cache à personne son amertume, ni combien elle est mécontente de son sort. Je suis sûre que vous l'aurez remarqué, Edward.

— Eh bien…

— Vous êtes trop poli pour le dire. Claudia pourrait mettre une armée en déroute rien qu'en ouvrant la bouche pour exprimer haut et fort son opinion. Pour qu'elle prenne un gourdin et fracasse la tête d'un homme, il aurait d'abord fallu que les mots lui manquent, qu'elle ne parvienne pas à déverser sa fureur verbalement, et je puis vous assurer qu'une telle chose ne risque pas d'arriver.

— Et Dorro ? dis-je.

— Dorro, assassiner Joseph ? Quelle idée ! Vraiment, c'est risible, Catchpool. Certes elle n'était pas ravie d'être privée d'héritage, mais Dorro est quelqu'un de timoré. Plus encore, c'est une pessimiste. Elle ne pourrait commettre un meurtre sans être persuadée que la découverte, la condamnation et l'exécution s'ensuivraient à coup sûr, et cette triple perspective l'en dissuaderait. D'ailleurs, pourquoi Sophie prétendrait-elle avoir vu Claudia tuer ce pauvre Scotcher s'il s'agissait de Dorro ?

— Et le jeune ami de votre fille, Randall Kimpton ? demandai-je.

Lady Playford parut surprise.

— Pourquoi Randall aurait-il souhaité tuer Joseph ? Son seul motif serait l'argent, et il en a déjà plus qu'il n'en faut.

C'était très bien de sa part de démontrer que telle ou telle personne ne pouvait avoir tué Scotcher. Mais quelqu'un l'avait bel et bien fait.

— Qui suspectez-vous ? demandai-je.

— Personne. Le verbe suspecter évoque une ferme conviction, et je n'en ai aucune. J'ai deux listes en tête, rien de plus.

— Deux listes ?

— Ceux qui sont au-dessus de tout soupçon, et les autres.

— Quand vous dites « au-dessus de tout soupçon », sur quoi vous fondez-vous ?

— Sur ma connaissance des caractères de chacun.

— Pourriez-vous nous communiquer ces listes, madame la comtesse ? demanda O'Dwyer.

— Si vous voulez. Voici les innocents : Harry, Claudia, Dorro, Michael Gathercole, Sophie Bourlet. Et voici les autres, mille excuses, Edward : Edward Catchpool, Hercule Poirot…

— Pardon ? Poirot et moi sommes sur votre liste des meurtriers potentiels ?

— Je me doute qu'aucun de vous n'a tué Joseph, mais je n'en ai pas la certitude, répondit lady Playford avec une pointe d'impatience. Je ne puis affirmer que ni vous ni Poirot ne commettriez jamais de meurtre. Si cela peut vous rassurer, je ne pourrais pas non plus l'affirmer de moi-même. Dans certaines circonstances… par exemple, si je savais qui a tué Joseph, je pourrais bien prendre le couteau le plus large et le plus affûté de la maison pour le plonger dans le cœur du coupable. Oui, et j'y prendrais peut-être du plaisir !

On frappa à la porte.

— Je n'ai envie de parler à personne d'autre, protesta lady Playford, comme si cette conversation avec moi-même et le sergent O' Dwyer était déjà une épreuve assez pénible. Que l'un de vous aille le leur signifier.

C'était Hatton, le majordome. La situation de crise semblait lui avoir rendu la parole, en cas de nécessité.

— Il y a un message pour vous de M. Poirot, monsieur Catchpool, murmura-t-il distinctement en se penchant pour me glisser les mots à l'oreille. Il a téléphoné. Il souhaite que vous demandiez à chacun s'il connaît une femme du nom d'Iris.

Je me demandai si l'inspecteur Conree souhaitait la même chose que Poirot.

— Hatton, Brigid, Orville Rolfe… et Randall Kimpton dans certaines ciconstances, quoique jamais pour de l'argent, compléta lady Playford dès que le majordome fut sorti. Ils figurent tous sur ma liste des meurtriers potentiels, Phyllis étant le cas le plus critique. Elle adorait Joseph, elle buvait ses moindres paroles. Je ne crois pas qu'elle lui aurait fait du mal. D'un autre côté, elle a l'esprit lent, et il n'est jamais difficile de persuader ce genre de personne de mal agir.

— Pourrais-je abuser de votre temps en vous demandant de répondre à une autre question, madame la comtesse ? s'enquit O'Dwyer. C'est au sujet de votre nouveau testament.

— Je m'en doutais un peu.

— Pourquoi avez-vous décidé de le modifier en ce sens, alors que M. Scotcher était si près de sa fin ? Pensiez-vous qu'il mourrait certainement avant vous ?

— J'ai déjà répondu à cette question, répondit lady Playford avec lassitude. Je ne souhaite pas devoir encore me répéter. Edward ici présent pourra le faire à ma place.

J'acquiesçai, en me rappelant son impressionnant numéro dans la salle à manger. La santé étant influencée par des facteurs pychologiques, Scotcher pourrait être enclin à vivre un peu plus longtemps s'il savait qu'il hériterait un jour d'une grande fortune. Je n'avais guère été convaincu par cet argument à ce moment-là, et je ne l'étais pas davantage maintenant.

— Je me demande si vous consentiriez à parler un peu plus du testament de votre défunt mari, lady Playford, si cela ne vous dérange pas, dis-je en hésitant, craignant de me faire rabrouer.

— Guy ? Oh… vous faites allusion à ce que Dorro a dit au dîner ? Non, cela ne me dérange pas le moins du monde. Ce ne fut pas une décision facile à prendre, mais mon mari et moi savions que c'était la bonne. Vous avez vu Harry. Si Lillieoak et tout ce qui appartenait à Guy lui était revenu, selon le droit coutumier, ce n'est pas lui qui aurait géré les biens et le domaine, mais Dorro, et…

Lady Playford s'interrompit en pleine phrase. Après un petit grognement d'impatience, elle reprit :

— Maintenant que j'ai commencé, autant aller jusqu'au bout. Tant pis si cela vous donne une piètre opinion de moi. J'aime bien Dorro, mais je n'ai pas confiance en elle. Claudia non plus, or Lillieoak est son foyer autant que celui d'Harry. Et puis ce n'est pas parce que les choses se font habituellement d'une certaine manière qu'il faut toujours procéder ainsi. Je suis la veuve de Guy, et franchement, je ne vois pas pourquoi j'aurais été écartée. Pourquoi aurais-je dû quitter mon foyer que j'aime pour laisser Dorro s'en emparer ? D'ailleurs Harry et Claudia reçoivent tous deux des rentes confortables qui couvrent tous leurs besoins, n'en déplaise à Dorro. Guy s'est rangé à mon avis, ajouta-t-elle après réflexion.

J'étais content de penser que c'était là le genre de souci que j'avais peu de chances de rencontrer un jour.

— Connaissez-vous une personne répondant au prénom d'Iris ? demandai-je à lady Playford.

— Iris ? Non. Qui est-ce ?

Si seulement je l'avais su.

— Non. Je ne connais aucune Iris, affirma-t-elle, d'un air qui ne laissait pas de place au doute.

Pourtant je ne pus m'empêcher de penser que s'il existait au monde une personne capable de mentir de façon convaincante, c'était bien Athelinda Playford.

15

Voir, entendre et regarder

Tandis que le sergent O'Dwyer s'entretenait avec le médecin légiste et diligentait les *gardaí* chargés de fouiller Lillieoak, j'allai à la recherche de Gathercole. J'avais envie de lui parler seul à seul, et je pensais ne rien manquer d'important en laissant O'Dwyer se débrouiller de son côté. Après avoir organisé la fouille, il devait interroger Orville Rolfe. Or, Rolfe était la seule personne qui n'aurait pu tuer Joseph Scotcher, d'après moi. Entre le moment où j'avais frappé à la porte de Scotcher, qui était encore en vie, et celui où j'avais frappé à celle de Rolfe, en pleine crise, ce dernier n'aurait pu descendre de l'étage sans me croiser, ce qui ne m'aurait pas échappé, vu sa corpulence.

Ensuite, Poirot et moi-même étions tour à tour restés avec lui dans sa chambre, ou bien installés dans un grand fauteuil placé devant sa porte et qui en bloquait l'entrée, jusqu'à ce que Sophie Bourlet se mette à hurler. Cela semblait en conséquence éliminer Orville Rolfe de la liste des suspects.

Après avoir parcouru en vain la maison en quête de Gathercole, je sortis me promener au hasard dans les jardins, et au bout de dix minutes de marche, je finis par l'apercevoir. Debout, les mains dans les poches, il contemplait une rangée de rosiers. Je m'approchai lentement afin de ne pas l'effrayer.

Il leva les yeux, esquissa un sourire, puis se tourna vite pour jeter un coup d'œil vers la maison. Visait-il une fenêtre en particulier, ou la maison en général ? Je n'aurais su le dire.

Il regarda la façade encore quelques secondes avant de revenir à moi. À cet instant, une idée intéressante me traversa l'esprit.

— Vous allez bien ? me demanda-t-il.

— Oui, mais m'en voudriez-vous beaucoup si je vous soumettais une idée que je viens d'avoir ? Je vais avoir du mal à penser à autre chose tant que je n'en aurai pas discuté avec quelqu'un.

— Je vous en prie.

— Quand vous avez levé les yeux vers la maison il y a un instant, je me suis rappelé une chose que lady Playford a dite quand le sergent O'Dwyer et moi lui avons parlé.

— Continuez.

— C'était une question : pourquoi Sophie Bourlet prétendrait-elle avoir vu Claudia Playford tuer Scotcher si c'était en réalité Dorro Playford qu'elle avait vue ?

— Dorro ? Je ne comprends pas. A-t-il été suggéré que Dorro…

— Non. Bien au contraire, lui assurai-je. Lady Playford nous a dit que Dorro figurait sur sa liste des personnes qui sont pour elle au-dessus de tout soupçon. Pour appuyer ses arguments, elle a posé cette question : pourquoi Sophie dirait-elle avoir vu Claudia frapper Scotcher à mort si c'était Dorro qu'elle avait vue ? Lady Playford a posé cette question comme si la réponse allait de soi, pour le sergent O'Dwyer, comme pour moi.

— Et qu'en pensez-vous à présent ? demanda Gathercole.

— Si nous marchions ? proposai-je.

Il haussa les épaules, mais m'emboîta le pas.

Quel mal y aurait-il à lui faire part de mes réflexions ? Je pourrais même rapporter plus tard à Poirot notre conversation.

— Supposons que Sophie ait vu quelqu'un d'autre lever un gourdin pour l'abattre à plusieurs reprises sur la tête du pauvre Scotcher. Elle est si horrifiée par ce spectacle qu'elle se met à hurler, et chacun se précipite au rez-de chaussée.

— C'est ce qui s'est passé, d'après ce qu'elle dit, acquiesça Gathercole tandis que nous marchions entre deux rangées de tilleuls.

— Imaginez quelle horreur ce doit être de voir la personne qu'on aime tuée sauvagement devant vos yeux. N'importe qui hurlerait sans pouvoir s'arrêter.

— En effet.

— En état de choc, vous ne pouvez vous empêcher de hurler en faisant un boucan du diable. Les gens accourent aussitôt, vous entendez des bruits de pas, des cris affolés. Bientôt, toute la maisonnée vous a rejoint, et vous devez expliquer que vous venez d'assister à un meurtre… Alors cela vous vient soudain à l'esprit !

— Quoi donc ?

— La personne que vous avez vue fracasser le crâne de Scotcher est quelqu'un que vous ne pouvez vous résoudre à accuser, dis-je. Quelqu'un que vous voulez protéger à tout prix, malgré son crime. Que faites-vous ? Eh bien, vous dites la vérité dans la mesure du possible, en substituant simplement au véritable meurtrier une personne que vous n'aimez pas et qui ne compte pas à vos yeux, en l'occurrence Claudia Playford. Voilà ce qui m'a traversé l'esprit quand je vous ai vu observer la fenêtre du bureau de lady Playford ! Car je vous ai vu, comprenez-vous. Il aurait été vain pour vous de me dire que vous ne regardiez pas dans cette direction.

D'ailleurs pourquoi l'avait-il fait ? me demandai-je. Voulait-il s'assurer que lady Playford ne nous surveillait pas avant d'engager la conversation avec moi ?

— De la même façon, nous avons tous entendu Sophie Bourlet assister au meurtre de Joseph Scotcher, poursuivis-je. Elle ne peut s'empêcher de hurler, et donc il lui est impossible de prétendre qu'elle n'en a pas été témoin. Elle reste là, figée sur le seuil, à quelques mètres du cadavre de son bien-aimé ! Et puisqu'elle ne peut se résoudre à désigner le vrai coupable, elle décide de mentir en accusant Claudia. Pourquoi accuserait-elle Claudia si elle avait vu Dorro le faire ? s'interrogeait lady Playford. Dès lors, la réponse à cette question devient on ne peut plus simple : Sophie a voulu sauver le vrai meurtrier de la potence.

Gathercole s'arrêta soudain en chemin.

— Me pardonnerez-vous si je souligne une faiblesse dans votre raisonnement ?

— Faites donc.

— Si Sophie avait voulu protéger l'assassin de Scotcher, elle n'aurait tout simplement pas admis avoir assisté au meurtre. Ses hurlements pouvaient aisément se justifier : elle venait de trouver le cadavre ensanglanté de l'homme qu'elle aimait. Nous l'aurions tous accepté sans poser de question.

— C'est vrai. Mais dans l'état de choc et de détresse extrême où elle se trouvait, cela ne lui est peut-être pas apparu.

— Peut-être pas, concéda Gathercole, à contrecœur.

— Vous-même, êtes-vous descendu ? lui demandai-je alors que nous reprenions notre marche.

— Pardon ?

— Quand les hurlements de Sophie ont commencé, avez-vous descendu l'escalier avec nous autres ? Vous êtes apparu soudain, mais vous étiez en manteau, si je me souviens bien. Et auparavant, je n'ai pu vous trouver nulle part.

— J'étais sorti. Je suis allé jusqu'à la rivière et j'en suis revenu. Être au bord de l'eau m'apaise. Notre soirée n'avait rien eu d'apaisant…

— Où étiez-vous quand vous avez entendu Sophie crier, si je puis me permettre ?

— Je venais tout juste de rentrer dans la maison. Je me suis dirigé vers les cris, et vous étiez tous là. Je crois que j'ai été le dernier à arriver.

Ce que je m'apprêtais à dire me rendait un peu nerveux, aussi, je m'efforçai de prendre un air désinvolte.

— M'en voudrez vous si je vous pose encore une question ? J'avoue que cela m'intrigue, depuis ce fameux dîner.

— Qu'aimeriez-vous savoir ?

— Après que lady Playford eut quitté la pièce, vous avez à un moment semblé en proie à… une violente émotion. Comme si quelque chose vous avait bouleversé ou mis en rage. Je me suis demandé…

— Je me faisais du souci pour lady Playford, répondit Gathercole, d'une voix qui me parut un peu forcée. Elle avait quitté la pièce suite à la remarque de Dorro… qui était d'une cruauté impardonnable.

— Impardonnable ? Dorro a regretté ses paroles juste après, vous savez. Elle aussi était en état de choc, elle s'angoissait pour son avenir et celui d'Harry.

— Oui, je l'ai peut-être jugée trop sévèrement, convint Gathercole avec une certaine brusquerie.

Il gardait pour lui quelque chose d'important. À le voir accélérer le pas en détournant la tête, j'en devins certain, et décidai de prendre le risque.

— Écoutez, je travaille pour Scotland Yard. Quel que soit le crime, je me dois de soupçonner tout le monde. En l'occurrence, je fais preuve de négligence : je soupçonne tout le monde sauf vous.

— Eh bien vous avez tort, dit-il. Vous ne connaissez rien de mon caractère.

— Je crois que si. Et je crois que vous me cachez quelque chose, quelque chose en relation avec le moment de détresse que vous avez eu dans la salle à manger…

— Détresse, rien que ça ! Quelle imagination ! Pourrions-nous changer de sujet ?

J'en convins, puisque cela ne me menait nulle part.

— Connaissez-vous, ou avez-vous entendu parler d'une femme nommée Iris ? lui demandai-je.

Il sortit un mouchoir de sa poche et s'essuya le visage.

— Non, répondit-il. Non, je n'en connais pas.

16

Le moral à zéro

C'était vexant d'avoir à interroger tout le monde sur cette Iris sans même savoir qui elle était, ni pourquoi Poirot lui accordait autant d'importance. Quand le sergent O'Dwyer et moi-même fûmes assis avec Harry et Dorro Playford dans la bibliothèque, je décidai de commencer par ça pour déblayer le terrain.

— Iris est un joli prénom, remarqua Harry Playford. Mais je ne crois pas connaître aucune femme qui y réponde. Et vous, Dorro ? Quoique, attendez un peu ! Et la dame qui avait fait ce chapeau pour Maman ? Vous savez, avec de la dentelle rose. Elle avait un petit terrier blanc qui s'appelait Prince, non ? Un petit chien du tonnerre.

Harry semblait détendu et d'humeur joviale. Apparemment, un meurtre perpétré sous son toit ne l'avait pas affecté le moins du monde. S'il craignait d'être suspecté, ou déplorait la mort de Joseph Scotcher, son attitude ne le montrait en rien.

Son épouse, par contre, avait l'air d'une souris palpitante de frayeur. Ses yeux papillonnaient en tous sens au point que j'évitais de la regarder tant cela me donnait le vertige.

— Mais non, cette modiste s'appelait Agnes, dit-elle. Quant à moi, je ne connais aucune femme du nom d'Iris. Qui est-ce donc ? Est-ce Athie qui en a parlé ? Joseph la connaissait-il ?

— Je n'en sais pas plus que vous, hélas, lui dis-je.

— Ce chien s'appelait bien Prince, non ? insista Harry, hors de propos. Ou était-ce Duke ?

Au lieu de lui répondre, Dorro me mitrailla d'une foule de questions désordonnées.

— Est-il vrai que Sophie a déclaré avoir vu Claudia tuer Joseph Scotcher ? Je dois dire que je ne vois pas du tout Claudia faire une chose pareille. Si elle devait tuer quelqu'un, elle ne le ferait pas à un moment où n'importe qui peut la prendre sur le fait. Dites-leur, Harry.

— Leur dire quoi, ma fille ?

— Que Claudia est innocente ! Que Sophie ment forcément !

— Je n'ai jamais vu Sophie mentir, répondit Harry d'un air pensif. Ni ma sœur tuer quelqu'un. Cela ne leur ressemble ni à l'une ni à l'autre, conclut-il.

— Il y a une chose que personne n'a envisagée à part moi, dirait-on, reprit Dorro.

— Allez-y, l'invitai-je.

— Si Claudia est pendue pour meurtre, Harry se retrouvera seul héritier de tous les biens d'Athie. Je crains fort qu'un accident puisse alors lui arriver ! Il deviendra la prochaine victime de l'assassin. Cela crève les yeux ! Ne le voyez-vous pas, messieurs ?

O'Dwyer allait répondre quand il fut interrompu par d'autres remarques frénétiques de Dorro.

— Joseph Scotcher devait être le seul bénéficiaire, et il a été tué quelques heures après qu'Athie eut modifié son testament en sa faveur ! Puis nous apprenons que c'est Claudia – quelle ineptie ! – qu'on a surprise en train de lui fracasser le crâne ! Je vous le dis, c'est une tentative de meurtre par pendaison, voilà ce que c'est ! Et si ça réussit, qui est-ce qui reste ? Harry ! Je suis bien certaine que le tueur trouverait un moyen de se débarrasser de lui sans délai, et ce que je voudrais savoir, c'est pourquoi vous ne cherchez pas à découvrir qui hériterait, une fois qu'Harry, Claudia et Joseph Scotcher auront tous été éliminés ?

— Du calme, ma fille, intervint Harry, comme hébété, mais Dorro ne semblait pas près de se calmer.

— Posez donc la question à Michael Gathercole et voyez ce qu'il vous répond. Ce type ne me revient pas du tout. Je ne serais pas surprise qu'il soit le prochain sur les rangs. Athie en est dingue, allez savoir pourquoi. Mais c'est ainsi que vous trouverez le meurtrier. Non, je ne serais pas surprise que ce soit Gathercole, ou ce gros poussah d'Orville Rolfe. D'une manière générale, les gens obèses sont aussi cupides que goinfres. C'est sûrement l'un de ces avocats qui l'a fait, et il vous faudra le prouver. Moi, je n'en ai pas les moyens. En tout cas, Claudia doit au plus vite être innocentée avec preuve à l'appui. Dès que le meurtrier verra qu'Harry reste son seul obstacle avant de s'emparer d'une immense fortune…

Dorro enfouit son visage dans ses mains et se mit à pleurer. Son flot de paroles se tarit finalement, nous donnant un peu de répit.

Elle voulait que Claudia reste en vie pour servir de protection à Harry, et donc elle clamerait l'innocence de sa belle-sœur, qu'elle y croie ou non. Sa théorie laissait beaucoup à désirer, pensai-je. Je n'étais pas un meurtrier en puissance, mais si je l'avais été, je m'en serais sûrement pris à Harry avant Claudia. Cette dernière était d'un tempérament plus méfiant qui l'inclinait à se tenir sur ses gardes, alors qu'on aurait pu aller trouver Harry en lui demandant « Ça va, vieille branche ? Aucune objection à vous faire assassiner ? » pour qu'il réponde complaisamment « Faites donc, vieux frère ».

— Me souvenir de ce bon vieux Prince m'a donné envie de prendre un chien, dit-il en posant la main sur le bras de sa femme. Ce serait sympathique, d'avoir un petit toutou qui gambade autour de nous, non ? Moi, ça me plairait bien.

Dorro se libéra avec humeur.

— Où étiez-vous tous les deux le soir où Scotcher a été tué, entre le moment où nous avons tous quitté la salle à manger et celui où l'on a découvert son cadavre ? demandai-je.

— Nous étions avec vous ! s'indigna Dorro.

— Pas tout le temps, lui rappelai-je.

— Voyons, répondit Harry. Eh bien, d'abord Maman nous a tous secoués avec son annonce, et nous sommes restés un moment sous le choc. Puis l'ambiance est devenue assez remuante, comme on pouvait s'y attendre, et Scotcher nous a alors tous épatés en demandant Sophie en mariage. Pour une surprise ! Ce gars n'a plus que quelques mois à vivre, et il songe à prendre femme. J'imagine qu'on peut appeler ça de l'amour.

— Quelques mois ? J'avais entendu dire qu'il ne lui restait que quelques semaines à vivre, fis-je remarquer.

— Oui, vous devez avoir raison, convint Harry. Avec la maladie, on n'est jamais sûr de rien.

— Pourriez-vous décrire les réactions qui ont suivi la déclaration de madame la comtesse, vicomte Playford ? demanda O'Dwyer.

— Eh bien… je dirais que Scotcher a vraiment accusé le coup. Il semblait bouleversé.

— Dites plutôt qu'il a fait mine de l'être, rectifia Dorro. Voulez-vous savoir pourquoi il paraît autant se soucier des autres ? Par pur intérêt ! Et ça, Athie ne l'a jamais compris. Mais, moi, on ne me la fait pas !

— Allons, chérie, je ne suis pas sûr que…

— Mais si, Harry, je l'ai vu à l'œuvre. En tant que mon mari, vous devez me croire sur parole et me soutenir ! Joseph Scotcher était un habile personnage s'il en fut. Il avait trouvé le truc : faites comme si vous ne désiriez rien et l'on vous donnera tout. Ça a marché avec Athie, comme un sortilège. Évidemment qu'il lui fallait paraître choqué et troublé à l'annonce du nouveau testament. Que pouvait-il dire d'autre ? « Oh, génial ! Je suis arrivé à mes fins ! » Et j'en connais un autre, coulé dans le même moule que lui : Michael Gathercole ! Tous ces bons et loyaux services rendus depuis des années… tout ça, c'est par intérêt personnel, je puis vous l'assurer.

— Dorro, cessez donc de penser du mal de tout le monde, la tança Harry.

— Pas de tout le monde, Harry, répliqua-t-elle. Tenez, Brigid Marsh. Une sainte femme, à qui je confierais ma vie. Quant à Hatton le majordome et à cette gourde de Phyllis, c'est une autre histoire, mais Brigid vaut son pesant d'or. Et j'ai déjà affirmé que Claudia était innocente. Je ne pourrais pas en dire autant de Randall Kimpton. On parle de la fortune de sa famille, mais savons-nous au juste de combien d'argent il dispose ? Je verrais très bien Randall commettre un meurtre, figurez-vous. Nous, les Sawbridge, nous étions jadis de riches propriétaires terriens. Le saviez-vous, sergent ? Monsieur Catchpool ?

Nous secouâmes tous deux la tête en silence.

— Mon père s'est arrangé pour tout perdre, ce vieil imbécile ! Harry aurait pu rompre nos fiançailles. S'il avait eu un grain de bon sens…

— Je n'ai pas voulu en entendre parler ! protesta Harry. Mais Randall Kimpton ne pourrait avoir tué Scotcher, messieurs, ajouta-t-il à notre adresse. Il est tout le temps resté avec moi, Dorro et Claudia. Nous avons tous les quatre quitté la salle à manger ensemble pour nous rendre au salon. Il ne nous a laissés que quand vous l'avez appelé au chevet de maître Rolfe, Catchpool.

— Mais qui sait ce qui s'est passé ensuite quand Claudia et lui se sont retirés pour la nuit, fit remarquer Dorro. Il aurait pu facilement descendre l'escalier en douce pour tuer Joseph Scotcher.

— Vous aussi, ma fille, repartit Harry en grimaçant un sourire, comme s'il venait de marquer un point dans une partie à laquelle nous participions tous.

— Harry, êtes-vous devenu fou ? Comment pouvez-vous croire sincèrement que j'aurais pu…

— Fracasser le crâne d'un homme à coups de gourdin ? Ah ah ! Non, je n'y crois pas une seconde ! Je voulais seulement souligner que quand vous êtes allée vous coucher, je suis sorti un moment, comme Poirot me l'avait demandé. Vous auriez pu descendre l'escalier à pas de loup et régler son compte au pauvre Joseph. Je ne crois pas que vous l'ayez fait, mais vous en avez eu l'occasion autant que Randall.

Dorro prit un air chagrin.

— C'est monstrueux, de nous soupçonner ainsi les uns les autres…, gémit-elle en se frottant les mains comme pour essayer d'en ôter la peau. Je voudrais tant effacer tout ce que j'ai dit ! Ne faites pas attention à moi, sergent, monsieur Catchpool. Surtout pas. Bien sûr, Harry a raison. Randall, ce cher Randall ! Oh, si vous saviez comme j'ai honte ! J'ai accusé de meurtre la moitié de la maisonnée, alors qu'en réalité, je n'en crois aucun coupable. Ce M. Gathercole, si gentil, si raisonnable… Je dois avoir perdu la tête pour aller penser du mal de lui. C'est juste que j'ai tellement peur. Je ne suis pas du tout moi-même, comprenez-vous ? Rendez-vous compte ! Athie est la seule lady Playford que l'on considère et à qui l'on s'adresse comme telle. Moi aussi, je suis lady Playford, mais personne ne m'appelle jamais ainsi, oh non ! Ici, je suis juste cette pauvre vieille Dorro ! Je n'ai pas d'enfants, et donc on ne m'accorde aucun respect, aucune considération. Lillieoak devrait être à nous, à moi et à Harry. C'est elle qui s'est débrouillée pour nous mettre sur la touche ! Il ne serait jamais venu à l'esprit de Guy de faire une chose pareille, de nous humilier de cette façon, non, jamais ! Athie a toujours sous-estimé Harry. Mais c'est la dernière fois que je médis de quelqu'un, j'ai trop bon cœur, comprenez-vous, pour penser du mal de ceux que j'aime depuis si longtemps. Je vous en prie, oubliez tout ce que j'ai pu dire. S'il vous plaît.

— Il est tout bonnement impensable qu'un membre de cette maison soit un meurtrier, décréta Harry.

— Et pourtant Joseph Scotcher est bel et bien mort assassiné, vicomte Playford, remarqua O'Dwyer. Quelqu'un l'a fait, quelqu'un qui se trouvait à Lillieoak cette nuit-là.

Une ombre passa sur le visage d'Harry Playford. Était-ce de la colère, de l'angoisse, ou encore autre chose ?

— Oui, reconnut-il en soupirant. Scotcher était en vie quand nous étions tous assis à la table du dîner. Et une ou deux heures plus tard, il était… eh bien, il était mort, admit-il à regret.

— Exactement, dis-je. Ce qui signifie que quelqu'un ici, dans cette maison, l'a tué.

— En effet, acquiesça Harry. Quand on voit les choses sous cet angle, il y a de quoi broyer du noir. Nous aurons tous besoin de nous remonter le moral après ça, c'est sûr… Et si nous prenions un chien, hein, ma fille ? lança-t-il en se tournant vers Dorro. Un bon toutou comme Prince, ou était-ce Duke ? Ça manque, ici. Il y a comme un vide dans cette maison.

J'ignore pourquoi Maman n'en a pas repris… Oh, je suppose qu'elle est tellement occupée, maintenant. Mais quand j'étais enfant, il y avait toujours un chien qui gambadait autour de nous. Ça pourrait revenir !

17

L'horloge de grand-père

Le sergent O'Dwyer et moi-même, nous passâmes les deux heures suivantes en quête de la mystérieuse Iris, sans succès. Poirot n'était toujours pas revenu de Ballygurteen nous expliquer pourquoi nous étions censés la rechercher. Orville Rolfe ne connaissait aucune femme portant ce prénom. Brigid et Hatton, pas davantage.

Néanmoins, nos conversations avec les deux domestiques, qui étaient de longue date au service de cette maison, furent les plus fructueuses que nous ayons eues jusqu'alors. J'eus l'occasion d'abonder dans le sens du sergent O'Dwyer, plutôt que l'inverse, quand il déclara :

— Je regrette presque de ne pas avoir parlé en premier lieu avec Hatton et Mme Marsh. À eux deux, ils ont dressé un tableau net et précis des déplacements des uns et des autres durant la nuit en question.

— En effet, en supposant que nous puissions nous fier à leurs témoignages.

— Brigid Marsh m'impressionne favorablement, remarqua O'Dwyer en se tapotant le ventre. Si ses dires sont aussi bons que sa soupe de mouton, je suis partisan de m'y fier.

Je ne fis pas de commentaire. La soupe de mouton était peut-être parfaite, quant à ses propos… Plus tôt dans la journée, Brigid m'avait fait une sortie qui m'avait laissé perplexe. Comme elle me croisait dans le hall, elle m'avait lancé en plissant les yeux : « Je le savais bien, que vous étiez ce genre d'homme-là ! » « Lequel ? » ne manquai-je pas de lui demander. « Le genre qui boit de l'eau toute la nuit ! Je le vois à vos lèvres sèches ! » m'avait-elle répondu, d'un air aussi farouche que si elle m'accusait d'être un bourreau d'enfants ou de quelque crime aussi odieux.

Comme si tout cela n'était pas assez exaspérant, je dus alors subir une confuse histoire de bonbonnière, un héritage familial que son neveu avait cassé en voulant voler en cachette quelques-unes des pastilles de menthe qu'elle contenait. Il avait alors dû mentir en disant que c'était un accident, car s'il avait avoué que c'était pour voler des bonbons, Brigid lui aurait reproché sa mauvaise conduite.

Je ne bois jamais d'eau la nuit, et je ne comprenais pas du tout où elle voulait en venir, ni s'il y avait une quelconque analogie entre ces deux tirades, mais elle s'était alors éloignée à pas pesants en direction de la cuisine, sans fournir d'autres explications.

— Et Hatton ? demandai-je à O'Dwyer. Êtes-vous tenté de le croire aussi ?

C'était quand on lui posait des questions que O'Dwyer donnait le meilleur de lui-même. S'il se contentait d'acquiescer à vos déclarations, il répondait bien volontiers à une question en exprimant sa propre opinion.

— Eh bien, comme je vois les choses, inspecteur Catchpool…

— Appelez-moi Edward.

— Selon moi, Edward, le majordome ne nous a rien révélé qui puisse nous aider à désigner un coupable. Et si lui-même était le meurtrier, il aurait tout intérêt à faire planer un nuage de suspicion au-dessus des autres.

— Cette nuit-là, il a observé un bon nombre d'allées et venues. Cela entre d'ailleurs dans ses attributions, remarquai-je, et je commençai à établir une liste, destinée surtout à mon propre usage, de ce que Hatton avait pu observer durant la nuit du meurtre.

Travailler avec Poirot à Londres plus tôt dans l'année m'avait donné le goût d'établir des listes, une méthode que j'avais trouvée fort utile pour clarifier ses idées.

Ce que Hatton a vu et entendu
la nuit du meurtre :

1. Lady Playford a quitté la salle à manger en plein dîner. Elle semblait en grand émoi. Elle a précipitamment monté l'escalier jusqu'à sa chambre, fermé la porte, et y est demeurée, d'après ce que Hatton a pu constater.
2. Les personnes qui ont ensuite quitté la salle à manger furent Claudia Playford et Randall Kimpton. Ils ont été suivis de près par Harry et Dorro Playford. Tous les quatre se sont rendus directement au salon.

3. Ensuite Michael Gathercole et Orville Rolfe ont également quitté la pièce, ensemble. Le dernier se plaignait de ne pas se sentir bien. Gathercole a parlé d'une bonne nuit de sommeil réparatrice, et les deux hommes sont entrés brièvement au salon, le temps de prendre congé des autres, puis ils ont monté l'escalier. Chacun s'est rendu dans sa chambre.
4. Ont quitté à leur tour la salle à manger Hercule Poirot et Edward Catchpool, qui sont sortis ensemble faire un tour dans les jardins.
5. Gathercole est sorti de sa chambre dix minutes plus tard. Il est descendu, a enfilé son manteau, et a quitté la maison par la porte de derrière.
6. Environ cinq minutes après son départ, Joseph Scotcher et Sophie Bourlet sont sortis de la salle à manger. Scotcher semblait mal en point. Sophie l'a poussé dans son fauteuil roulant jusqu'à sa chambre. Elle l'a installé pour la nuit, puis elle a gagné sa propre chambre, et elle est sortie dans les jardins après avoir mis son manteau.
7. Environ quinze minutes plus tard, Poirot et Catchpool sont rentrés et se sont dirigés vers le salon.
8. Vers 21 h 50, Hatton s'est retiré pour la nuit. Alors que l'horloge de grand-père du vestibule sonnait 22 heures à l'instant où Hatton allait se coucher, il a aperçu par la fenêtre de sa chambre Sophie Bourlet qui marchait dans les jardins en direction de la maison.
9. Dix minutes plus tard, les hurlements ont commencé. Hatton a vite enfilé une robe de chambre et quitté sa chambre pour se diriger vers le bruit. Quand il est arrivé dans le hall, il a rencontré

Michael Gathercole, qui franchissait le seuil de la maison au même instant. Ensemble, ils sont allés en direction du petit salon pour voir ce qui avait provoqué ces cris.

— Nous ne pouvons éliminer Sophie Bourlet et Michael Gathercole de la liste des suspects, constata O'Dwyer. Chacun d'eux peut avoir commis le crime, puis être allé dehors, et faire en sorte qu'on le voie ensuite rentrer.

— Et Claudia Playford ? dis-je. Brigid Marsh jure qu'en arrivant précipitamment de l'aile des domestiques vers le petit salon, elle a vu Claudia avec Randall Kimpton. Ils étaient sur le palier, devant le bureau de lady Playford, et s'apprêtaient à descendre comme tous les autres. C'est plutôt déconcertant.

— Quoi donc ? demanda O'Dwyer.

— Entendre Hatton mentionner l'horloge de grand-père du vestibule m'a fait penser à la chronologie des événements, et cela ne tient pas debout. Écoutez : Sophie Bourlet est dehors. Elle regagne la maison, Hatton la voit franchir le seuil. À peine est-elle entrée qu'elle voit Claudia Playford battre à mort Joseph Scotcher avec un gourdin. Elle se met à hurler. Claudia lâche le gourdin et se précipite à l'étage, où Brigid Marsh la voit peu après. Comment Claudia s'est-elle rendue du petit salon à l'étage sans emprunter le grand escalier ? Il n'y a pas d'autre moyen de gagner le palier qui se trouve devant le bureau de lady Playford.

— Vous avez raison, il n'y en a pas, convint O'Dwyer.

— Rappelez-vous que durant tout ce temps, Sophie ne cesse de crier. En haut, Poirot, moi et d'autres, nous sortons des chambres à coucher pour nous précipiter vers l'escalier en question. Je pense avoir été le premier à arriver là, or je n'ai pas vu monter Claudia Playford et je n'ai vu personne sur le palier. D'où ma question : Claudia Playford aurait-elle pu se réfugier dans la chambre de Randall Kimpton ou dans la sienne entre le moment où Sophie a commencé à crier et celui où j'ai ouvert la porte de la chambre d'Orville Rolfe pour sortir moi-même sur le palier ?

— Eh bien, l'aurait-elle pu ? s'enquit O'Dwyer avec ardeur. Vous êtes le seul à pouvoir répondre à cette question. Voulez-vous dire par là que c'était impossible, et que donc elle n'aurait jamais pu au départ être au rez-de-chaussée et tuer M. Scotcher ?

— À moins que mon souvenir des événements soit déformé… Oui. Je dirais que c'est pratiquement impossible. Ce qui signifie, ou que Brigid se trompe quand elle dit avoir vu Claudia sur le palier alors que Sophie hurlait, ou bien que…

— Ou bien que c'est Sophie qui ment, conclut O'Dwyer.

— Elle a pu tuer Scotcher, puis être sortie dans les jardins, pour cacher les vêtements qu'elle portait quand elle a commis le meurtre, et qui devaient être couverts de sang… Puis elle s'assure qu'on la voie rentrer dans la maison, et s'apprête à hurler et à feindre la stupeur, pendant que nous autres, pauvres innocents, nous précipitons pour découvrir le cadavre de l'homme qu'elle aime.

— Et Phyllis, la servante ? observa O'Dwyer. Saviez-vous qu'elle était amoureuse de M. Scotcher ? Brigid pense que c'est Phyllis qui l'a tué. Elle me l'a dit sans détours. Je dois avouer que son récit de la passion de Phyllis pour le jeune monsieur défunt m'a convaincu, autant que ses muffins, qui sont délicieux. Si Phyllis savait que Scotcher aimait Sophie et pas elle, qui sait ce qu'elle a pu faire, m'a dit Brigid. Elle avait son avis sur la question, et ne s'est pas gênée pour me le donner : « Faut-il être idiote pour s'amouracher d'un moribond, alors que Clonakilty regorge de solides gaillards ? » Là, elle n'a pas tort ! Et voilà ce que j'aimerais savoir : puisque Phyllis n'était pas aux cuisines alors qu'elle aurait dû s'y trouver pour aider Brigid, où était-elle ? Elle n'apparaît à aucun moment dans les allées et venues que Hatton nous a rapportées.

— Allons donc interroger cette jeune fille, proposai-je.

18

Non partagé

Nous attendîmes dans le hall que Hatton nous amène Phyllis. Elle avait l'air terrifié d'un gladiateur qu'on force à entrer dans l'arène.

— Ce n'est pas moi, je n'ai rien fait ! gémissait-elle en reniflant et en traînant des pieds. Jamais je n'aurais fait de mal à Joseph, jamais au grand jamais !

— Personne ne vous accuse de quoi que ce soit, mademoiselle, dit O'Dwyer. Nous avons juste besoin de vous parler.

— Je suis innocente, protesta Phyllis. Moi, une meurtrière ? C'est ce que vous a dit Brigid ? Demandez à tous ceux qui me connaissent, ils vous jureront que jamais je ne pourrais commettre un crime.

— Si nous trouvions un endroit plus tranquille pour nous entretenir ? proposai-je.

— Non, répondit Phyllis en reculant comme si je lui tendais un piège. J'ai du travail, qu'est-ce que vous croyez ? Posez-moi vos questions et j'y répondrai. Autant en finir au plus vite.

— Connaissez-vous une certaine Iris ?

— Iris ? répéta Phyllis en jetant autour d'elle des regards effarouchés. Non, je n'ai jamais rencontré d'Iris. J'ai connu une Eileen, de Tipperary, et une Mavis, qui travaillait ici à Lillieoak. Quelle est cette Iris ?

— N'y pensez plus, dis-je.

— Vous n'avez pas à vous inquiéter, mademoiselle, la rassura O'Dwyer. Nous avons juste besoin de savoir quels ont été vos déplacements la nuit où ce pauvre M. Scotcher a connu une fin brutale.

À ces mots, elle éclata en sanglots et s'effondra sur le sol. O'Dwyer s'accroupit à côté d'elle.

— Allons, allons, mademoiselle. Vous aimiez beaucoup M. Scotcher, n'est-ce pas ?

— C'était le seul être au monde qui comptait pour moi ! Sans mentir, j'aurais préféré mourir à sa place ! Je voudrais le rejoindre dans la tombe.

— Voyons, mademoiselle. Une jeune et charmante personne comme vous… Je suis bien certain que vous trouverez sans mal d'autres garçons tout prêts à…

— Non ! Je ne veux pas en entendre parler ! gémit Phyllis. Comme si ça ne me suffisait pas d'avoir Brigid sur le dos, toujours à me sermonner en me traitant d'idiote à longueur de journée. Joseph était si gentil avec moi, toujours si prévenant, j'ai tout confondu. J'aurais dû m'en douter. Moi, une simple domestique, avec un type cultivé comme lui. J'ai voulu croire que mes sentiments étaient partagés. Et puis je l'ai entendu demander Sophie en mariage, alors…

Elle fondit en larmes. O'Dwyer lui tapota gentiment le dos en lui susurrant quelques mots de réconfort. À le voir faire, je devinai qu'il était marié, car mon père agissait exactement de même avec ma mère.

— Vous avez donc entendu Scotcher demander Sophie en mariage ? demandai-je à Phyllis.

Trop bouleversée pour répondre, elle se contenta de hocher vivement la tête.

— Pourtant vous n'étiez pas dans la salle à manger quand Scotcher a fait sa demande, Phyllis. Moi oui. J'étais à table. Vous aviez quitté la pièce peu de temps auparavant. Donc, si vous me permettez, comment avez-vous pu l'entendre ?

— J'écoutai derrière la porte, voilà tout ! Ce n'est pas un crime, tout de même ! Une gentille fille comme Sophie, évidemment qu'elle avait sa préférence, comparée à une petite boniche comme moi.

— Si je puis me permettre, mademoiselle..., commença O'Dwyer. Pendant que vous écoutiez à la porte, avez-vous entendu les modifications que lady Playford avait apportées à son testament ?

— Non, je les ai apprises plus tard. Je ne suis allée écouter en douce qu'après avoir entendu claquer la porte et vu lady Athie monter l'escalier en courant. Elle avait du mal à retenir ses larmes, ce qui ne lui ressemble pas. C'est quelqu'un de très pondéré, en temps normal.

— Donc vous vous êtes demandé ce qui s'était passé pour qu'elle abandonne la table du dîner ainsi que ses invités ? dis-je.

— Eh bien oui. Et quand je les ai tous entendus en causer, je n'en ai pas cru mes oreilles ! Joseph allait hériter de tout ! Ça ne faisait plaisir à personne, à lui encore moins qu'aux autres. Aussi, quelle idée, de tout léguer à un homme qui a déjà un pied dans la tombe.

— Effectivement, ça n'a pas de sens, acquiesçai-je.

— Alors j'ai entendu Joseph faire sa demande, et ça m'a brisé le cœur. Je savais qu'il aimait beaucoup Sophie, mais de là à l'épouser… Je n'y avais jamais pensé. Je croyais que c'était moi sa préférée. Quand il me croisait dans le hall, il disait « Ah ! vous voilà, Phyllis, lumière de ma vie », ajouta-t-elle, puis elle se tamponna les yeux avec son tablier.

— Les hommes ne sont pas toujours très sérieux dans leur façon de parler aux dames, commenta sobrement O'Dwyer.

— Phyllis, puis-je vous poser une question ? dis-je. Quand vous l'avez entendu faire sa demande, vous êtes-vous enfuie juste après ?

— Oui ! Je ne voulais pas qu'on me surprenne en larmes, et juste à ce moment-là, le Dr Kimpton a fait une remarque méchante à propos d'oreilles indiscrètes, alors je me suis enfuie.

Cela expliquait les sanglots étouffés que nous avions entendus, et les pas précipités.

— Où êtes-vous allée ?

— J'ai commencé par me diriger vers les cuisines, puis je me suis ravisée. Brigid allait encore me faire des remontrances, et je n'étais pas en état de le supporter. Elle n'aurait cessé de me traiter d'idiote en essayant de me persuader de fréquenter son neveu, Dennis. Merci bien, ce qu'il peut avoir mauvaise haleine, ce Dennis. Il ne me plaît pas, mais alors pas du tout. Aussi, je suis passée devant les cuisines en courant et je suis sortie par la porte de derrière pour descendre jusqu'à la rivière. J'avais l'intention de m'y jeter, autant vous le dire. Si j'avais eu plus de courage, c'est ce que j'aurais fait. Ce que je regrette !

— Et qu'avez-vous fait en fin de compte ? m'enquis-je.

— J'ai marché un moment de long en large, puis je suis revenue vers les jardins. Je me suis assise dans l'herbe près du grand étang, en espérant que l'humidité me ferait attraper la mort.

— Pendant que vous étiez dans les jardins, avez-vous entendu deux hommes discuter ?

— Vous voulez parler de vous et de M. Poirot ? Oh oui, je vous ai très bien entendus.

— Bon. Voilà un mystère résolu, constatai-je avec soulagement. Et… vous n'avez pas cessé de pleurer tout ce temps ?

— Oui, une vraie fontaine. J'ai cru que je ne pourrais jamais m'arrêter, confirma Phyllis.

— Étiez-vous seule ? Voyez-vous, nous aussi nous vous avons entendue, puis nous avons capté comme une conversation étouffée.

— C'était moi me parlant à moi-même pour essayer de me calmer l'esprit. Mais rien n'y faisait. Impossible de sécher mes larmes. Je vous ai entendus dire que vous alliez à ma recherche, aussi je suis rentrée dans la maison. Et je suis allée tout droit à ma chambre. J'ai fermé la porte à clef, je me suis allongée sur le lit, et j'ai pleuré toutes les larmes de mon corps. Le pire…, continua-t-elle, les lèvres tremblantes, c'est que Joseph n'était pas mort, à ce moment-là ! Il était encore en vie, et moi, j'étais si bouleversée qu'il en épouse une autre, mais maintenant… Eh bien maintenant, je ferais n'importe quoi pour qu'il revienne à la vie et pour que tout soit comme avant, même s'il devait en épouser une autre que moi.

Je crus en la sincérité de ses regrets, et dès qu'elle nous eut quittés, j'en fis part à O'Dwyer, qui s'empressa d'opiner du chef.

— Par conséquent, vous allez rayer son nom de la liste des suspects ? conclut-il.

— En aucun cas, répondis-je.

— Ah bon ? Avec ce que vous venez de déclarer, j'aurais pourtant juré que…

— Ce qu'on regrette le plus vivement, ce sont souvent les vilenies qu'on a commises et qu'on ne peut plus effacer, ne croyez-vous pas ?

Aussitôt, j'eus l'impression d'avoir accusé Phyllis du meurtre, ce qui n'était pas mon intention, même si je me refusais pour l'instant à l'écarter définitivement de ma liste mentale des suspects.

— Mais je suis certain que Phyllis n'est pas l'assassin, me sentis-je obligé d'ajouter, alors qu'en vérité, je n'étais sûr de rien.

19

Deux Iris pour le prix d'une

Une heure plus tard, incapable de trouver Claudia Playford dans la maison ni dans les jardins alentour, je marchai jusqu'à une hauteur d'où je pourrais avoir une vue d'ensemble du domaine. C'était aussi un lieu exposé à tous les vents, dont les rafales vous mordaient la peau. Pour je ne sais quelle raison, je repensai à ce que Phyllis avait prétendu à propos de Randall Kimpton, à savoir qu'il s'ingéniait à copier Scotcher. J'étais partagé : cette imitation devait être assez visible pour que Phyllis l'ait remarquée, mais d'un autre côté, si Kimpton avait décidé de copier quelqu'un, il s'en serait sûrement mieux tiré.

Vraiment, Scotcher et lui n'avaient rien en commun. Ils étaient même tout le contraire l'un de l'autre. La caractéristique de Scotcher, me semblait-il, c'était de toujours s'efforcer de rendre les gens plus contents d'eux-mêmes et de la vie en général, alors que Kimpton était très satisfait de sa petite personne et cherchait uniquement à se mettre en valeur.

J'ignore combien de temps je demeurai là à réfléchir, mais une voix derrière moi me fit soudain tressaillir. C'était Claudia, et je ne l'avais pas du tout entendue approcher. Était-elle déjà là ?

— N'est-ce pas moi que vous cherchiez ? me demanda-t-elle.

— Le sergent O'Dwyer et moi-même, nous désirions vous parler, en effet.

— Alors pourquoi venir vous perdre ici par un vent à décorner les bœufs ? Je suppose que vous désirez savoir si Sophie Bourlet dit la vérité quant à ce qu'elle m'aurait vue faire ? Vous aurez appris ce que j'ai dit aux autres, mais vous souhaitez me poser la question vous-même, afin d'observer ma réaction quand j'y répondrai.

— Précisément.

Claudia sourit. Elle semblait prendre un malin plaisir à me tenir en haleine.

— Sophie ne dit pas la vérité, finit-elle par dire. C'est un mensonge, à moins que quelqu'un d'autre portant mes vêtements et une perruque n'ait attaqué Joseph en détournant délibérément la tête, et que Sophie ait pris cette personne pour moi. Y avez-vous songé ?

— Non. Appréciiez-vous Joseph Scotcher, mademoiselle Playford ?

— Si je l'appréciais ? Non, pas du tout, répondit-elle en riant. Mais il m'amusait, et je trouvai sa présence à Lillieoak merveilleusement distrayante. La vie va sembler terriblement terne ici, sans lui.

— Vous voulez dire que c'était un conteur de talent ?

— Certes il avait une façon de s'exprimer bien à lui, mais non, je voulais dire qu'elles étaient toutes folles de lui, et que c'était très drôle à observer. Phyllis bavait devant lui, quant à Sophie, elle tombait en pâmoison chaque fois qu'il lui jetait un regard. Sans parler de Maman, bien sûr. Je trouvais fascinant de regarder comment Joseph s'y prenait, comment il les attrapait dans ses filets, puis les tenait en adoration devant lui, alors que lui-même n'éprouvait rien pour aucune d'entre elles, en réalité. Il aimait l'idée d'être irrésistible plus qu'il n'aimait réellement les gens.

— Vous comptez votre mère parmi ses admiratrices, dis-je. Vous voulez surement dire qu'elle l'aimait d'un amour maternel ?

— Dieu du ciel, vous aussi ! Vous ne devez accorder aucune attention à Dorro ni à sa théorie ridicule faisant de Joseph le substitut d'un fils mort trop tôt. Comme Dorro n'a pas pu avoir d'enfant, cela tourne à l'obsession chez elle, au point qu'elle voit des bébés partout. Maman n'est peut-être plus une jeunesse, mais elle a encore beaucoup de vitalité. Elle aimait Joseph du même amour que Phyllis et Sophie lui portaient. Oh, elle mourrait plutôt que de le reconnaître. Elle savait qu'elle aurait dû éprouver pour lui des sentiments d'ordre maternel, et donc elle faisait comme si. Pas par respect des conventions sociales, comprenez bien, Maman aime être non conformiste, mais pour éviter de se voir éconduite et moquée. C'est une femme très orgueilleuse…, conclut Claudia, puis elle me regarda en plissant les yeux. Vous n'avez pas l'air convaincu.

— Eh bien…

— Vous vous rendez bien compte que je n'éprouve pas pour elle la tendresse qu'une fille doit avoir pour sa mère, et donc vous vous demandez si c'est juste de la méchanceté de ma part. Je penserais de même, à votre place. Mais je vous garantis que je vous donne là un point de vue tout à fait objectif. Peut-être serai-je un peu méchante avec Maman plus tard, car cela m'amuse beaucoup et elle le mérite amplement, mais pour l'instant, j'essaie juste de vous aider à mieux comprendre. Maman était désespérément amoureuse de Joseph. Sinon, d'après vous, pourquoi aurait-elle modifié son testament en lui laissant jusqu'au dernier penny ? D'autant qu'il était condamné !

— Scotcher n'a pas bien réagi en apprenant le changement de testament en sa faveur, remarquai-je. Cette nouvelle l'a visiblement bouleversé.

Claudia émit un grognement impatient.

— Il a fait semblant, mais c'était du bluff. Qu'auriez-vous voulu qu'il fasse : sauter de joie en criant « Hip hip hip hourrah ! je vais devenir immensément riche ! »

— Il ne serait devenu riche que si lady Playford l'avait devancé dans la mort, et même en ce cas, il n'aurait guère eu le temps d'en profiter : quelques semaines ou quelques mois.

— Semaines ou mois ? répéta Claudia en riant. Si je comprends bien, vous êtes un spécialiste de la maladie de Bright ?

— Loin de là.

— Eh bien alors.

— La détresse de Scotcher, que vous prétendez feinte, m'a paru on ne peut plus convaincante, dis-je.

— Évidemment, répliqua Claudia. C'est bien pour cela que je regrette tellement qu'il ne soit plus parmi nous. Joseph était un vrai magicien ! Un illusionniste hors pair !

— Voulez-vous dire qu'il avait pour habitude de mentir ?

— Oh non, rien d'aussi banal. Tout le monde ment par habitude. Mais regardez ! Voici M. Poirot.

Baissant les yeux, j'aperçus en effet à travers des branches d'aubépine Poirot, l'inspecteur Conree et Sophie Bourlet, sur la grande allée courbe de Lillieoak. Claudia avait raison : ils étaient rentrés de Ballygurteen.

— Joseph était vraiment merveilleux, poursuivit Claudia. Il savait vous ensorceler rien qu'avec des mots. S'il était encore ici, il vous persuaderait en moins de cinq minutes que vous n'êtes pas un policier de Scotland Yard, mais un dompteur de lions échappé d'un cirque ambulant. Oh, Maman n'a pas tardé à tomber amoureuse de lui. C'est aussi quelqu'un qui manie bien les mots, vous comprenez. Jusqu'à ce qu'elle rencontre Joseph, elle n'avait jamais connu son pareil.

— Connaissez-vous une femme nommée Iris ? demandai-je.

— Iris Gillow ? dit aussitôt Claudia. Iris Morphet ?

— Vous connaissez donc deux Iris ! m'exclamai-je, éberlué. Jusqu'à présent, personne ne m'en a proposé aucune.

— C'est donc que vous n'avez pas posé la question à Randall, conclut Claudia.

— Non, pas encore.

— Je vois. Iris Morphet et Iris Gillow sont une seule et même personne. Étaient, plutôt, car Iris est morte. Randall vous en parlera lui-même. Je pourrais le faire, mais c'est son histoire. Autant que vous l'entendiez de sa bouche. D'ailleurs, le voici qui arrive ! s'exclama-t-elle, comme en extase, même si Kimpton était encore à bonne distance. Quoi ? s'enquit-elle en me scrutant avec méfiance. Peut-être avez-vous du mal à croire que je puisse aimer Randall à ce point, alors que je ne cesse de critiquer et de médire de tous les autres.

— Non, je n'ai aucun mal à le croire. Il est évident que vous l'aimez beaucoup. En parlant de ça…, commençai-je en hésitant.

Claudia esquissa un sourire engageant.

— Allez-y, je vous en prie.

— Lors de notre première rencontre, vous avez mentionné que le Dr Kimpton avait gagné votre affection par deux fois.

— En effet. Pourtant elle ne se gagne pas facilement.

— Je puis l'imaginer.

— La première fois, cela lui a pris des années. Je savais que je finirais par accepter, je l'adorais depuis notre première conversation, mais je craignais qu'il se lasse, si je succombais trop vite. Et mettre à l'épreuve quelqu'un comme Randall, un homme aussi tenace et intelligent, le voir déployer tant d'efforts pour me conquérir, c'était une telle satisfaction ! s'enthousiasma-t-elle, puis son sourire s'effaça, et elle redevint plus prosaïque. Évidemment, je comptais bien accepter, en fin de compte, et c'est ce que j'ai fait. Mais il y a cinq ans, non, six, son comportement envers moi a changé brusquement. Il semblait avoir perdu toute confiance en lui. C'était révoltant !

L'assurance est dans la nature d'un homme comme Randall. C'est son essence même. Je trouvais qu'il n'était plus lui-même, et j'ai fini par le mettre au pied du mur pour savoir ce qu'il en était.

— Qu'est-il arrivé ?

— Il a confessé qu'il avait des doutes, qu'il ne savait plus très bien s'il avait envie de m'épouser. Des doutes ! J'ai ôté ça et la lui ai jetée à la figure, s'insurgea Claudia en agitant sa bague devant mon nez. Naturellement, je lui ai dit que je ne voulais plus jamais le revoir. Mais le lendemain même, il était là, planté devant ma fenêtre. Oh non, pas ici, à Lillieoak. J'habitais Oxford, à ce moment-là. J'étais l'une des premières femmes à être admises à l'université, mais je parie que personne ne s'est soucié de vous le dire, n'est-ce pas ? Qui d'autre que moi irait vanter mes exploits, dans cette maison ? Donc je suis revenue ici pour m'éloigner de Randall, qui était désespéré et regrettait amèrement son moment d'égarement. Eh bien, me suis-je dit, vous n'êtes pas au bout de vos peines, mon ami, et je vais vous le faire chèrement payer.

« Ce fut alors que je revins m'installer à Lillieoak, poursuivit Claudia. Cela ne découragea pas Randall. Il venait sans cesse hanter le salon en implorant mon pardon et en brandissant son diamant dans l'espoir qu'il lui porte chance… C'était pathétique. Il était pathétique, et je le lui ai dit. J'étais si mauvaise avec lui qu'il se mettait en rogne et en devenait presque tyrannique, insistant en disant que je m'étiolerais et périrais sans son amour. Ce serait lui ou personne, parce qu'il étranglerait à coup sûr tout autre homme que je choisirais. Lorsqu'il eut fini de pleurer et de ramper devant moi, il me plut davantage. Randall devient irrésistible, quand il prend son air féroce. Je l'aimais mieux, de le voir ainsi chercher à m'imposer sa loi. Je finirais par l'épouser, que je le veuille ou non, disait-il, et je me rendis compte alors que je le voulais, en fait.

À mon avis, le genre de mauvais traitements mutuels qu'elle décrivait ne ressemblait en rien à de l'amour, mais je fus assez avisé pour garder mon opinion pour moi.

— Donc, vous lui avez pardonné et vous vous êtes fiancés pour la deuxième fois ?

— Oui, après l'avoir fait souffrir pendant des années comme un damné. Et il souffre encore. Je n'ai toujours pas accepté de fixer une date pour la cérémonie. Peut-être ne le ferai-je jamais. On peut aussi bien s'en passer, vous savez, ajouta Claudia, et elle rit de mon air choqué, que je n'avais pas réussi à dissimuler.

Sans se soucier ou non d'obtenir mon approbation, elle continua :

— On peut tout autant s'amuser et s'aimer, sans risquer que l'amour finisse par s'user avec le temps. En outre Randall et moi ne pouvons nous marier tant que nous n'aurons pas décidé où nous allons vivre. C'est-à-dire, vivre la plupart du temps, car nous aurons plusieurs lieux de résidence, évidemment. Randall a tellement hâte de quitter Oxford. Il insiste en disant qu'il trouvera un nouveau poste dans le comté de Cork et qu'il viendra vivre avec moi à Lillieoak, mais je préfère Oxford. À Oxford, il y a autre chose à faire que contempler les arbres et les moutons. Ou bien nous pourrions essayer Londres, ce serait excitant ! Êtes-vous content de vivre à Londres ? Chéri, vous voici enfin !

— Bonjour, ma divine, lança Kimpton en avançant vers nous. J'aurais aimé m'attarder et passer le reste de la journée à vous couvrir de baisers, mais je ne le puis. Catchpool, dépêchez-vous, on vous réclame.

— Qui donc ? demandai-je, percevant une certaine urgence dans le ton qu'il avait employé.

— Moi, même si je devrais plutôt dire Joseph Scotcher. Poirot, Conree et O'Dwyer nous attendent dans le petit salon… du moins ils y seront quand nous les aurons rejoints.

— Le petit salon ? répétai-je.

— Oui, confirma Kimpton en tournant les talons, et je me hâtai de le suivre vers la maison. Estimez-vous heureux d'être invité, me lança-t-il par-dessus son épaule. Ce casse-pieds de Conree a fait tout ce qu'il a pu pour me persuader de vous tenir à l'écart vous et Poirot, et de ne parler qu'à lui et à son lèche-bottes de service. Je lui ai rétorqué que s'il voulait entendre ce que j'avais à dire, il ferait mieux de ne pas s'opposer à ce que vous et Poirot l'entendiez aussi. Quitte à faire mon numéro, je préférerais avoir au moins un ou deux cerveaux en état de marche dans le public.

— Votre numéro ? Kimpton, mais de quoi parlez-vous ?

— Du meurtre de Joseph Scotcher, bien sûr. Vous tous, grands enquêteurs devant l'éternel, vous vous trompez du tout au tout à ce sujet… et je vous le prouverai.

20

Cause du décès

Le corps de Scotcher n'était plus dans le petit salon. Je supposai qu'on l'avait emporté jusqu'à la morgue la plus proche, même si Conree se borna à nous dire qu'il avait été enlevé, sans autre précision. Contraint par Kimpton d'inclure Poirot et moi dans cette petite réunion, il se vengeait en retenant autant d'informations que possible, tel un double de Hatton, le majordome, en plus virulent.

Scotcher était parti, mais son fauteuil roulant était resté au même endroit, offrant une image bien désolante en l'absence de son ancien occupant. La tache de sang sur le tapis oriental indiquait l'endroit où sa tête avait reposé, du moins ce qu'il en restait.

Poirot, l'inspecteur Conree et le sergent O'Dwyer étaient assis sur les sièges les plus éloignés du tapis taché, tels des spectateurs attendant avec une certaine appréhension que le spectacle commence.

— Je crois savoir ce dont il s'agit, déclara Conree tandis que Kimpton et moi entrions dans la pièce. Je vous autorise à aborder le sujet, docteur Kimpton.

Poirot, Catchpool, j'espère pouvoir compter sur votre discrétion.

Kimpton s'approcha du fauteuil roulant de Scotcher en marchant sur le tapis ensanglanté et posa la main dessus.

— *Voici mon trône, dites aux rois de venir le saluer !* murmura-t-il.

— Encore une citation tirée du *Roi Jean*, je présume ? lui demanda Poirot.

— En un pareil moment, quelle œuvre dramatique pourrait mieux s'y prêter ?

— Vous voyez donc le fauteuil roulant de Scotcher comme un trône ?

— Pas vraiment. Ne prenez donc pas les choses au pied de la lettre, mon vieux. Ah ! Ah ! s'exclama Kimpton avec une lueur ironique dans les yeux. C'est moi qui suis censé être sans imagination.

— Mais considériez-vous Scotcher comme un roi, le roi de Lillieoak ? insista Poirot.

Kimpton esquissa un sourire.

— Héritier du royaume d'Athie. Prétendant au trône. Oui, décidément, ça me plaît ! Vous avez raison, Poirot. Ce crime est un régicide, même si aucun journal ne le rapportera en ces termes.

— Auriez-vous été un loyal sujet du roi Joseph ? s'interrogea Poirot comme s'il pensait à haute voix.

— Subodorez, vieille branche. Jouez donc avec vos affabulations psychologiques. Ça ne fait de mal à personne, hein ? Même si je nous ai tous réunis ici pour parler de questions bien plus terre à terre, je le crains.

— Venez-en au fait, ordonna l'inspecteur Conree.

— J'y viens. La tache de sang, regardez-la bien. Est-ce que rien ne vous frappe ?

— Eh bien, vous allez peut-être me taxer de pessimisme, mais j'ai peur qu'elle ne s'efface jamais et que lady Playford doive changer de tapis, répondit O'Dwyer.

— Silence, O'Dwyer, grommela Conree.

— Bien, chef, acquiesça le sergent, comme si se taire figurait parmi ses activités les plus courantes.

— Rien d'autre ? s'enquit Kimpton en nous regardant tour à tour, Poirot et moi. À moi, alors. Je jurerais qu'il n'y a pas assez de sang pour un meurtre commis de la manière que nous avons tous supposée. Tous, sauf moi, devrais-je dire. Je me suis interrogé dès que j'ai vu Scotcher gisant là, sur ce tapis. Mais ce ne fut qu'une fois qu'on eut enlevé son corps que j'en ai eu la certitude.

— À savoir ? s'enquit Poirot.

— À savoir que Scotcher n'a pas été tué à coups de gourdin. Oui, quelqu'un lui a fracassé le crâne avec un gourdin, mais ce n'est pas ce qui l'a tué. Il devait être déjà mort quand c'est arrivé.

— Si je m'attendais…, commenta timidement O'Dwyer.

— D'après moi, il est mort environ une heure avant qu'on lui fracasse le crâne, poursuivit Kimpton. Sergent O'Dwyer, le médecin légiste a-t-il fait une semblable constatation ? Je vous ai vu lui parler. Franchement, je trouve difficile de croire que cela puisse échapper à un médecin digne de ce nom.

— Il eût été déplacé pour le Dr Clouder d'affirmer quoi que ce soit avant d'avoir effectué l'autopsie, contra l'inspecteur Conree d'un ton rogue, car il ne supportait pas que Kimpton cherche à prendre la main. Je l'ai dissuadé de se livrer à des conjectures prématurées. Une enquête judiciaire menée par le coroner va avoir lieu, et puisque nous ne pouvons prévoir ses conclusions, il serait inconvenant de s'y essayer.

— Inconvenant ? s'esclaffa Kimpton. C'est ridicule ! À moins que vous ne soyez décidé à entraver votre propre enquête, inspecteur.

Il contourna le fauteuil roulant pour se placer devant Poirot.

— Si Scotcher avait été tué à coups de gourdin, il y aurait deux fois plus de sang sur le tapis, affirma-t-il.

— Prétendez-vous que M. Scotcher est mort de maladie, et que son meurtrier ne s'est pas rendu compte qu'il était déjà mort ? demanda O'Dwyer. Je veux bien admettre qu'il arrive des choses étranges plus souvent qu'on ne pourrait le penser. Cela étant dit…

— Non, je ne crois pas que Scotcher soit mort d'aucune maladie, l'interrompit Kimpton. Poirot, vous souvenez-vous avec netteté de la scène de crime telle que nous l'avons découverte la nuit du meurtre ? Nous avons dévalé l'escalier pour nous trouver face à un horrible spectacle. Certes, la tête de Scotcher était en marmelade, il n'en restait pas grand-chose, pourtant elle n'était pas complètement détruite, si vous vous rappelez bien.

— En effet, le bas du visage était resté intact, dis-je. Sa bouche était figée en une horrible grimace de souffrance.

— Bravo, Catchpool, commenta Kimpton. Je suis ravi que vous mentionniez cette grimace.

— Mon Dieu, souffla Poirot sous sa moustache. Mais quel idiot j'ai été ! Idiot et aveugle.

— Voici, messieurs, mon hypothèse, déclara Kimpton. Elle a pour fondement certaines observations que j'ai pu faire dans l'exercice de mon métier de pathologiste. Sur l'ordre de la police, j'ai effectué de nombreuses autopsies dans des cas de morts suspectes. Dans l'un de ces cas, un meurtre, la cause du décès était l'empoisonnement. À la strychnine.

L'inspecteur Conree se dressa, rouge de fureur.

— Nous devons tout de suite mettre un terme à ces élucubrations. C'est moi qui dirige cette enquête…

— La victime d'un empoisonnement à la strychnine meurt la bouche tordue en une horrible grimace, acquiesça Poirot, comme si Conree n'était pas intervenu. Pourtant je n'y ai pas pensé. Je suis un imbécile !

— Le spasme des muscles faciaux, précisa Kimpton. Ils se contractent, et c'est ce qui provoque cet affreux sourire. On dit aussi des morts par strychnine que la victime finit le dos tellement cambré que sa tête et ses pieds se rejoignent presque. C'est exagéré, mais il y a du vrai là-dedans.

— Le corps de Scotcher gisait dans une position très étrange, rien moins que naturelle, confirma Poirot. Les deux symptômes étaient donc présents : le dos cambré, le sourire grimaçant. J'ai honte de ne pas avoir compris aussitôt ce qui avait dû se passer.

— Eh bien, moi-même je n'y ai pas pensé, et pourtant je suis médecin, dit Kimpton. Ce n'est qu'une fois le cadavre enlevé que j'ai pu vérifier la quantité de sang qui restait, et là, je n'ai plus eu de doute.

— Venez, O'Dwyer, ordonna Conree. Vous et moi ne nous associerons pas plus longtemps à une démonstration d'aussi mauvais goût, et il sortit de la pièce d'un pas martial, après avoir enfin rabaissé son menton.

O'Dwyer haussa les épaules d'un air impuissant avant de lui emboîter le pas.

— Vérifiez tous les liquides et boissons que vous pourrez trouver dans la chambre de Scotcher, leur lança Kimpton. Ce Conree, quel vieux ringard insupportable, dit-il ensuite en s'adressant à Poirot et à moi. Si seulement le sergent O'Dwyer lui tranchait la tête avec une hache, hein ? Mais revenons à Scotcher, maintenant que nous pouvons parler librement. L'enquête du coroner nous dira s'il est mort d'un empoisonnement à la strychnine. Ce qu'elle ne nous dira pas, c'est pourquoi quelqu'un lui a fracassé le crâne *post mortem*. À quoi bon dépenser autant d'énergie à tuer quelqu'un qui est déjà mort ? Des théories là-dessus, Poirot ? Moi, j'ai ma petite idée, si vous en manquez.

— Je suis tout ouïe, monsieur.

— Mais vous devez me promettre de ne pas m'en tenir rigueur s'il s'avérait que je me trompe, précisa Kimpton en souriant.

— Cela va de soi. Il arrive même à Hercule Poirot de se tromper, en de très rares occasions.

Kimpton s'approcha de la fenêtre pour regarder au-dehors.

— Je crois que le bras qui a brandi ce gourdin était celui de Sophie Bourlet, dit-il. Cela expliquerait son empressement à accuser Claudia. Elle a dû croire qu'elle pourrait tromper le médecin légiste. Elle a supposé à tort qu'en voyant cet horrible dégât de sang et de cervelle, il conclurait que la cause du décès était évidente, et qu'il n'était donc pas nécessaire de procéder à une autopsie ni à une enquête médico-légale. Quelle légèreté impardonnable de sa part ! En tant qu'infirmière possédant un minimum de connaissances médicales, elle n'aurait pas dû laisser intact le bas du visage de Scotcher. La bouche grimaçante est un symptôme bien connu de la mort par strychnine.

— Pourquoi diable aurait-elle cherché à tromper les gens sur la cause du décès ? demandai-je.

— Parce que…, commença Kimpton avec un sourire suffisant, comme si la réponse allait de soi. Tout le monde savait que Sophie avait pour tâche d'administrer les potions, boissons et médicaments à Scotcher. Elle avait donc tout loisir de le tuer en versant du poison dans l'un des flacons qui lui étaient prescrits. Mais si on le trouvait mort et manifestement empoisonné, tout accuserait Sophie, qui avait l'occasion de le tuer de cette façon plusieurs fois par jour.

— Donc, si l'on suit votre raisonnement, Sophie Bourlet a fait deux choses pour détourner d'elle les soupçons, dit Poirot. Première précaution : elle fracasse le crâne de Scotcher avec un gourdin après l'avoir empoisonné afin de déguiser la méthode qui l'aurait désignée comme coupable idéal. Deuxième précaution : elle prétend avoir vu Mlle Claudia attaquer la victime à coups de gourdin.

— C'est cela même, dit Kimpton.

— Sophie prétend non seulement avoir vu, mais entendu certaines choses, lui dit Poirot.

— Entendu ?

— Oui. Une conversation entre Mlle Claudia et M. Scotcher, juste après qu'elle l'eut attaqué avec le gourdin.

Kimpton poussa un gros soupir.

— C'est forcément un mensonge, puisque Scotcher était déjà mort quand on s'est acharné sur lui. Mais poursuivez, Poirot.

— Sophie jure qu'elle a entendu M. Scotcher supplier qu'elle lui laisse la vie sauve, et qu'en réponse, Mlle Claudia a dit : « C'est ce qu'Iris aurait dû faire. »

— Iris ? réagit Kimpton en se tournant pour nous faire face. Iris Gillow ?

C'était le nom que Claudia avait prononcé. Qui était-ce ?

— J'ignore de quelle Iris il peut s'agir, et Sophie Bourlet m'a dit l'ignorer aussi, répondit Poirot.

— Qu'a-t-elle entendu d'autre ? le pressa Kimpton.

— Elle ne se rappelle pas précisément les mots. « C'est ce qu'Iris aurait dû faire. » Puis, « Mais elle était trop faible. Elle vous a laissé la vie, et vous l'avez tuée. » Ou quelque chose d'approchant. Cela signifie-t-il quelque chose pour vous, docteur Kimpton ? Qui est Iris Gillow ?

Kimpton s'était affalé dans un fauteuil et il se tenait la tête entre les mains.

— Je vais vous le dire, mais… je vous en prie, donnez-moi le temps de rassembler mes pensées, murmura-t-il. Iris. Après toutes ces années… Mais c'est absurde !

Pour la première fois depuis que je l'avais rencontré, il semblait avoir perdu sa belle assurance.

— Claudia était avec moi à l'étage. Quelle que soit la personne que Sophie Bourlet a entendue parler d'Iris, ce ne pouvait être elle. C'était forcément quelqu'un d'autre.

Poirot tortilla les pointes de sa moustache de l'index et du pouce de sa main droite.

— Alors vous ne croyez pas que Sophie ait menti à propos de ce qu'elle a entendu par mégarde ? Si elle est capable d'administrer un poison mortel et de mentir en disant avoir vu Claudia assassiner Joseph Scotcher, elle ment peut-être sur d'autres choses ?

— Les paroles qu'elle prétend avoir entendues ont un accent de vérité, dit sombrement Kimpton, puis il ajouta avec une pointe d'humour : ce qui ne veut rien dire, bien sûr. Les meilleurs mensonges sont toujours les plus crédibles.

J'attendais depuis un certain temps de soulever un point qui m'intriguait. Et le moment semblait bien choisi.

— Docteur Kimpton, si vos soupçons sur Sophie Bourlet sont fondés, n'est-ce pas négligent de sa part d'avoir laissé intact le bas du visage de Scotcher ?

— Peut-être avait-elle l'intention de finir le travail, si je puis dire, mais que quelque chose l'en aura empêchée, suggéra Kimpton. Et si elle avait entendu des pas et avait manqué de temps pour peaufiner la mise en scène qu'elle avait prévue ?

— C'est possible, convint Poirot. L'ennui, c'est que tout reste possible. Docteur Kimpton, puisque vous croyez Sophie Bourlet coupable du meurtre, pourriez-vous me dire quel était selon vous son mobile ?

— Son mobile ? renifla Kimpton avec dédain.

— Parfaitement, son mobile. Scotcher venait de la demander en mariage le soir même. Pourquoi aurait-elle tué l'homme qu'elle aimait et qui, de plus, était moribond ?

— Je l'ignore et peu m'importe, dit Kimpton. Faites-la avouer, puis demandez-lui pourquoi elle l'a fait. Son mobile ! Vous persistez à croire que les êtres humains puissent obéir à une logique, Poirot.

— En effet, monsieur.

— Il n'y a pas de logique. Aucune cohérence. J'en suis la preuve vivante : j'accuse Sophie Bourlet de mensonge, mais je suis convaincu, sans aucune raison valable, qu'elle a bien entendu ce qu'elle vous a rapporté à propos d'Iris. Pourtant j'ai un esprit bien plus rationnel que la plupart des gens, je vous assure.

— Qui est Iris Gillow ? demandai-je.

L'expression de Kimpton se durcit et sa bouche prit un pli amer.

— Je suis tout disposé à vous parler d'elle, et je le ferai, juste après les conclusions du coroner.

— Pourquoi pas maintenant ? demanda Poirot.

— Je préfère procéder ainsi, répondit Kimpton tout en se dirigeant vers la sortie, mais il s'arrêta sur le seuil. Attendez-vous à une surprise, messieurs. Une surprise de taille.

— Vous voulez parler de la confirmation que la cause du décès est l'empoisonnement ? demandai-je.

— Non. Il s'agit de tout autre chose. Je n'en dirai pas plus, car il est possible que je me trompe. Mais je ne le crois pas.

Sur ces mots, Randall Kimpton quitta la pièce.

21

La question du cercueil

Le lendemain matin après le petit déjeuner, Poirot me fit savoir qu'il souhaitait me parler seul à seul, et me proposa de faire une promenade le long de la rivière. Je supposai bêtement que nous irions à pied jusqu'à la berge de l'Argideen, pour découvrir que ce n'était pas ce qu'il avait en tête. Une automobile nous y emmènerait. Hatton s'en était déjà occupé, et nous y serions dans l'heure qui suivait.

Un chauffeur se présenta comme prévu et nous nous mîmes en route, suivant d'abord la longue courbe qui nous éloignait de la maison en allant dans la mauvaise direction, étant donné que nous aurions pu marcher en droite ligne du porche jusqu'à la rivière.

— Le meurtre de Joseph Scotcher n'a sans doute rien à voir avec le nouveau testament, puisque cette nouvelle ne fut annoncée qu'au dîner, dis-je à Poirot. Le poison a donc dû être ajouté à l'une de ses potions avant le dîner.

— On a pu tout aussi bien verser la strychnine dans son assiette de soupe, mon ami. Nous n'en savons rien.

— Même dans ce cas, nous avons mangé la soupe avant que lady Playford nous annonce la nouvelle. Le mobile est forcément d'un autre ordre. À moins que le meurtrier ne soit Gathercole ou lady Playford. Ils étaient les seuls à connaître les termes du nouveau testament avant le dîner. Et voici un autre élément à prendre en compte : nous ne pouvons plus être certains qu'Orville Rolfe est innocent. Il pourrait être l'empoisonneur au même titre que les autres. Vous allez sans doute trouver cela un peu tiré par les cheveux, mais c'est Orville Rolfe qui a le premier évoqué le sujet du poison. Il l'avait en tête, ce qui est intéressant.

— Tout ce que vous dites, j'y ai déjà songé, mon ami, dit Poirot en souriant, ce que je pris comme un compliment. Mais vous négligez de mentionner le point essentiel.

— À savoir ?

Poirot me fit comprendre qu'il n'avait pas envie d'en dire davantage tant que nous ne serions pas seuls, aussi, nous passâmes le reste du trajet en silence.

— Voici l'Argideen, messieurs, nous dit notre chauffeur, en appuyant son coude sur le dossier de son siège comme nous arrivions enfin à destination. Ça vous aurait pris moitié moins de temps de faire le trajet à pied. Bon, je vais vous attendre ici pour vous remmener quand vous le désirerez, d'accord ?

Après l'avoir remercié, nous nous retrouvâmes à l'air libre, livrés aux assauts du vent, non loin de la rivière à l'eau grise et tumultueuse. Je me mis en chemin, mais je dus vite courber le dos tant les bourrasques étaient violentes. Quant à Poirot, il demeura sur place, à contempler la rivière. Apparemment, c'était ce qu'il appelait se promener.

— Rappelez-vous ce que nous a rapporté Orville Rolfe, Catchpool, cette discussion entendue par mégarde à propos de funérailles avec cercueil ouvert ou fermé. Peut-être la douleur l'a-t-elle fait délirer et a-t-il tout imaginé, ou nous a-t-il menti, mais je ne le crois pas. La coïncidence serait trop troublante.

— Je ne comprends pas. Quelle coïncidence ?

Poirot parut aussi satisfait de me voir patauger qu'il l'avait été en constatant que nous avions les mêmes idées. Me préférait-il intelligent ou stupide ? S'il pouvait se décider une bonne fois pour toutes, me dis-je, un peu agacé.

— Joseph Scotcher était déjà mort par empoisonnement, me répondit-il. Alors pourquoi lui fracasser le crâne avec un gourdin ? La raison peut être celle que nous a suggérée Randall Kimpton : un empoisonnement aurait de façon trop évidente attiré les soupçons sur Sophie Bourlet, qui était chargée d'administrer à M. Scotcher son traitement. Bien sûr c'est possible, mais… ma préférence va à une autre possibilité.

— Je crois deviner laquelle. Une victime empoisonnée garde le visage et la tête intacts. Un cercueil ouvert lors des funérailles est donc possible. Orville Rolfe y a fait allusion en se tordant de douleur, quand il s'est cru empoisonné. À l'inverse, si la tête de la victime est réduite en bouillie, le seul choix reste celui du cercueil fermé.

— Précisément ! Et Orville Rolfe nous a dit qu'il avait entendu un homme déclarer qu'il fallait absolument que le cercueil soit ouvert, alors que la femme qui discutait avec lui n'était pas d'accord. Vous voyez comment tout s'assemble ?

— Oui, oui, je vois. Voilà pourquoi la femme, peut-être Claudia Playford, aurait fracassé la tête d'un homme déjà mort par empoisonnement. Pour éviter qu'il puisse être exposé dans un cercueil ouvert lors des funérailles.

Mais Poirot regardait au loin d'un air contemplatif.

— Vous rappelez-vous quand nous avons marché dans les jardins, après le dîner ? me dit-il. Et si lady Playford croyait que l'un de ses enfants avait l'intention de la tuer ? avions-nous imaginé.

— Oui, je m'en souviens fort bien.

— Partant de cette hypothèse, essayons-nous à une variation. Et si lady Playford savait depuis quelque temps que son fils, sa fille, ou les deux ensemble, complotaient de tuer Joseph Scotcher, ou désiraient sa mort ? Cela expliquerait le nouveau testament, non ? Elle déclare de façon théâtrale qu'elle lègue tout à Scotcher, déshéritant ainsi ses propres enfants. Elle le fait en présence de deux hommes de loi, un policier de Scotland Yard, et Hercule Poirot en personne ! s'exclama-t-il avec emphase en levant les deux mains, au point que je m'attendis presque à voir la rivière Argideen se calmer soudain comme pour rendre hommage à sa grandeur. Cela expliquerait parfaitement les agissements de lady Playford, qui restent autrement incompréhensibles, conclut-il, puis il se mit à aller et venir en faisant de tout petits pas.

J'essayai bien de l'accompagner, mais c'était si peu commode que j'y renonçai et préférai demeurer sur place.

— Joseph Scotcher mourra avant d'hériter, lady Playford le sait pertinemment, reprit-il. Alors pourquoi révise-t-elle son testament en ces termes ? Se pourrait-il qu'elle veuille affubler ses deux enfants d'un mobile évident, aux yeux de la loi, de la police, et d'un grand détective connu pour son don à élucider les crimes ? Voilà Harry et Claudia Playford en fâcheuse posture. S'ils exécutent leur projet de tuer Scotcher, ils deviennent pour tout le monde les principaux suspects grâce au mobile que leur mère leur a fourni. Pareil pour Dorro Playford et, dans une certaine mesure, pour Randall Kimpton.

— N'aurait-il pas été plus simple pour lady Playford de faire appel aux *gardaí* en disant « Je crois que mon fils et ma fille complotent de tuer mon secrétaire » ?

— Non, je ne le pense pas. Sans détenir de preuve irrécusable, comment aurait-elle pu prendre le risque de porter ces accusations ? Il était bien plus subtil d'entraver ses enfants par le moyen d'un mobile flagrant, pour les dissuader de commettre ce meurtre.

— Eh bien dans ce cas, elle a raté son but, soulignai-je. Joseph Scotcher est bel et bien mort. En outre, pourquoi Harry, Claudia ou n'importe qui d'autre prendraient-ils le risque de tuer un homme condamné ? Et pourquoi cela compterait-il tellement de savoir si la victime, en l'occurence Joseph Scotcher, serait ensuite exposée dans un cercueil ouvert ou fermé ?

Poirot se détourna de la rivière pour revenir vers l'endroit où le chauffeur nous attendait. Lorsque je montai en voiture une minute plus tard, il était en train de s'installer commodément sur la banquette. À peine la voiture eut-elle démarré pour rejoindre Lillieoak que je l'entendis murmurer d'une voix à peine audible :

— Quand nous connaîtrons la réponse à la question du cercueil, nous saurons tout.

22

Dans l'orangerie

À mon retour, Hatton avait un message pour moi.

— Maître Gathercole vous attend dans l'orangerie, monsieur, me dit-il.

Sa faculté de parole perdurerait-elle jusqu'à ce que le meurtre de Scotcher soit élucidé ? me demandai-je, en craignant qu'il ne le soit jamais. Et Poirot, partageait-il mes inquiétudes à ce sujet ?

— L'orangerie ? m'étonnai-je, car j'ignorais qu'il existât pareil endroit à Lillieoak, et ne savais comment m'y rendre.

Gathercole avait décidément choisi un curieux lieu de rendez-vous.

— Suivez-moi, me dit Hatton, démontrant ainsi qu'il avait non seulement recouvré la parole, mais qu'il ne rechignait plus à nous indiquer le bon chemin, depuis que le drame avait frappé.

L'orangerie était un grand édifice en bois attenant à l'arrière de la maison. Malgré le temps froid et venteux, tous les arbres, citronniers, orangers, étaient luxuriants et en pleine floraison. La chaleur qui semblait agréable au début s'avéra très vite extrêmement pénible. Je vis d'ailleurs Gathercole s'éponger le front avec un mouchoir.

— Avez-vous appris que l'enquête du coroner sur la mort de Scotcher aura lieu mercredi prochain ? dit-il.

— Non. De qui le tenez-vous ?

— Du sergent O'Dwyer.

— Ah… et cette nouvelle vous contrarie ? m'enquis-je, car Gathercole semblait très mal à l'aise, et visiblement, ce n'était pas seulement à cause de la chaleur.

— L'inspecteur Conree insiste pour que personne ne quitte Lillieoak, dit-il. Ce n'est pas sain, de rester tous enfermés ici comme dans une prison, après ce qui s'est passé. Pas sain du tout. Je crains que…

Mais il s'interrompit et, le voyant secouer la tête, je décidai de jouer d'audace. S'il m'avait entendu, Conree aurait été furieux.

— Craignez-vous que l'enquête ne révèle la vérité, à savoir que la cause du décès est l'empoisonnement ? Vous n'aviez peut-être pas prévu que cela arrive aussi tôt.

Frappé de stupeur, Gathercole se figea, ce qui mit un terme à son agitation. J'eus alors la certitude que si le poison avait bien été la méthode employée, Michael Gathercole n'avait pas tué Joseph Scotcher.

— Que dites-vous là ? Suggérez-vous que Scotcher a été empoisonné et battu à mort avec un gourdin ? Cela paraît peu vraisemblable !

— En effet. Les gens tuent rarement deux fois, reconnus-je en souriant. Rien n'est clair, au stade où nous en sommes. Nous devons attendre que l'enquête du coroner nous confirme de quoi Scotcher est mort. Vouliez-vous me parler de quelque chose ? Hatton m'a laissé entendre que…

— Oui. Il y a une chose que je dois vous dire au plus vite.

— Puis-je vous demander pourquoi c'est à moi que vous choisissez de vous adresser ? Ne serait-il pas plus indiqué d'en faire part à l'inspecteur Conree ou au sergent O'Dwyer ?

Garhercole me scruta d'un regard perçant.

— Pas à mes yeux. Je détesterais que vous me preniez pour un menteur, Catchpool. Or, certains éléments importants peuvent vous incliner à le croire. Quelqu'un d'autre a-t-il cherché à vous aborder ?

— À qui pensez-vous ? Et m'aborder dans quel but ?

Il sembla ne pas avoir entendu mes questions.

— Peut-être vaudrait-il mieux que nous en parlions après l'enquête, dit-il. J'ai de fortes intuitions, mais pas encore de certitudes.

— Veuillez me dire ce qui vous tracasse, je vous en prie, le pressai-je. J'aimerais vous aider si je le puis.

Cela faisait à présent deux personnes qui s'étaient engagées à fournir des éléments éclairants après l'enquête judiciaire : Gathercole et Randall Kimpton. Je trouvais cela étonnant. Il aurait été plus avisé de leur part de cracher le morceau, comme on dit vulgairement, avant d'y être contraints par une révélation publique.

Gathercole s'était remis à tourner comme un lion en cage.

— Vous m'avez demandé si quelque chose m'avait contrarié, dans la salle à manger, le soir où Scotcher est mort, dit-il enfin. J'ai esquivé la question, de peur que vous me trouviez idiot de tant m'inquiéter pour une famille dont je ne fais pas partie. Athelinda Playford n'a aucun lien de parenté avec moi. Je suis son avocat, rien de plus. En fait, ce n'est pas tout à fait vrai, rectifia-t-il. Selon les nouvelles dispositions qu'elle a prises, je suis aussi dorénavant son exécuteur littéraire.

— Je ne vous aurais pas trouvé idiot, lui assurai-je. Nous sommes nombreux à nourrir un attachement profond pour des personnes qui ne nous sont pas liées par le sang.

— Comme vous le savez, je n'ai pas de famille, poursuivit-il avec une certaine brusquerie. Bref, ce qui m'a choqué lors du dîner, en me donnant envie d'attaquer au couteau presque tous les présents, c'est de constater que personne n'avait songé à aucun moment à interroger lady Playford sur son propre état de santé.

— Je ne vois pas où vous voulez en venir, dis-je.

Au même instant, un crissement sinistre se fit entendre. Baissant les yeux, je m'aperçus que j'avais marché sur une pelle remplie d'éclats de verre, qui se trouvait par terre. Un pot de confiture cassé gisait à côté de la pelle. Je compris à cet instant pourquoi des lieux comme les orangeries et autres jardins d'hiver me déplaisent souverainement. Malgré leurs noms poétiques, ils servent souvent de débarras ; on y laisse traîner des rebuts que personne ne prend la peine de débarrasser, et que de malheureux visiteurs viennent piétiner par inadvertance.

— Pourquoi une femme bien portante en apparence voudrait-elle désigner comme seul héritier un homme dont elle sait qu'il va mourir dans les semaines à venir ? dit Gathercole. De mon point de vue, la raison qui vient aussitôt à l'esprit, c'est qu'elle a récemment appris qu'elle-même avait encore moins de temps à vivre que lui. C'était ma crainte quand, cet après-midi-là, dans son bureau, lady Playford m'a demandé de modifier son testament. Incapable de réfréner mon angoisse, j'ai même eu l'impertinence de lui demander si elle s'attendait à précéder Scotcher dans la mort. Elle m'a assuré qu'elle était en pleine forme, et je l'ai crue. Ce fut un profond soulagement. Mais aucun d'eux n'y a songé un instant ! Cela ne leur a même pas effleuré l'esprit !

Gathercole avait prononcé ces derniers mots avec fougue, tout frémissant d'indignation.

— Personne ne s'est enquis de sa santé ! poursuivit-il. Je n'ai pu le supporter, Catchpool : c'était la preuve flagrante qu'ils étaient tous des monstres d'égoïsme et qu'ils ne valaient rien. Ils ne méritent pas l'hospitalité de lady Playford, ni sa générosité. Quant à Scotcher…, dit-il d'un ton venimeux, à cet instant, je l'aurais volontiers étranglé de mes propres mains.

— Vous en avez caressé l'idée, mais le passage à l'acte vous aurait rebuté, je puis vous l'assurer.

— Je n'attendais rien de Claudia, cette petite chatte sournoise, ni d'Harry, obtus comme il est, mais Scotcher était un type intelligent, qui nous faisait croire à tous qu'il était dévoué à lady Playford. Pourtant lui non plus n'a pas posé la moindre question sur sa santé. Je n'ai pas tendance à m'emporter facilement, mais là, j'ai vraiment cru que j'allais exploser de fureur. Aucun d'eux n'est digne d'elle… n'était, devrais-je dire, dans le cas de Scotcher.

— Merci de vous être confié à moi, lui dis-je.

— Eh bien…, commença-t-il avec gêne. La seule raison pour laquelle je ne l'ai pas fait la première fois, c'est que ma réaction révèle un sentiment dont je ne suis pas fier : l'envie. Je suppose que c'est le mot qui correspond à ce que j'éprouve.

— Vous avez pensé que si vous étiez l'enfant de lady Playford, elle aurait beaucoup plus d'importance à vos yeux que tout ce qu'elle pourrait vous léguer.

— Oui, j'en suis certain ! Si j'étais son fils, ou ne serait-ce que son secrétaire. D'ailleurs, c'est à cause de Joseph Scotcher que je ne le suis pas.

— Pardon ? m'étonnai-je en riant. Vous, le secrétaire de lady Playford ? Mais vous êtes associé dans un cabinet d'avocats conseils.

— Oui. Oubliez ce que j'ai dit. Je vous en prie.

— Attendez un peu…

— Non, nous avons des sujets plus importants à aborder que ce que m'inspire la profession que j'exerce ! Je vous ai menti. À vous, à Poirot et aux *gardaí*.

— À quel propos ?

Se tournant vers moi, Gathercole se mit à rire.

— Si vous voyiez la tête que vous faites ! Vous attendez peut-être que je vous avoue être le meurtrier… Ne vous inquiétez pas, je n'ai pas tué Scotcher. Ce mensonge concerne mon alibi.

— Cette promenade solitaire dans les jardins, que personne n'a pu confirmer ?

— Je n'étais ni seul ni dans les jardins, et quelqu'un pourrait en attester : Athelinda Playford. J'étais dans sa chambre.

— Dans sa chambre ? Quand, précisément ?

— Après que Rolfe et moi fûmes montés à l'étage. Nous nous sommes souhaité bonne nuit devant sa porte, et quand il a été hors de vue, je me suis rendu dans la chambre de lady Playford.

— Pour vérifier qu'elle allait bien ? Qu'elle n'avait pas pris trop à cœur la remarque cruelle de Dorro ? suggérai-je en me rendant compte aussitôt que je n'aurais pas dû répondre pour lui.

— Non. Je suis allé dans sa chambre parce que nous l'avions convenu elle et moi, avant que Dorro ne fasse sa sortie, expliqua Gathercole.

Il s'était machinalement emparé d'une orange comme pour la cueillir, mais il laissa retomber sa main. Associé à la chaleur, le parfum des agrumes me montait à la tête.

— C'est le service qu'elle m'avait demandé en dernier, lors de notre rendez-vous de l'après-midi, précisa Gathercole. Selon elle, quelqu'un risquait d'attenter à sa vie durant la nuit. Son plan, dont je faisais partie, même si je n'avais pas collaboré à sa préparation, était de se retirer de table pour aller se coucher comme d'habitude. Quant à moi, je devais me dissimuler derrière les épais rideaux et rester toute la nuit à faire le guet, prêt à bondir si j'entendais quelqu'un entrer dans la chambre.

— C'est impossible, dis-je, craignant d'être pris pour un idiot. Hatton vous a vu sortir dans les jardins deux minutes après qu'Orville Rolfe se fut retiré dans sa chambre.

— Il n'a rien vu de tel, affirma Gathercole. Lady Playford lui a expliqué que j'étais avec elle à ce moment-là, et que si on l'interrogeait, il devrait dire qu'il m'avait vu me diriger vers les jardins. Tout était arrangé.

J'avais envie de le croire, mais ne savais que penser.

— Ainsi, je n'aurais pas dû me fier à la parole du majordome, dis-je. C'est bon à savoir.

— Oh, Hatton est quelqu'un de très fiable. À moins que lady Playford ne lui ordonne de faire autrement, il dirait la vérité. Il est…, commença Gathercole, puis il s'interrompit et sourit. Bizarrement, reprit-il, je ne l'ai pas inclus, quand j'ai parlé de l'égoïsme de tous ceux qui séjournent à Lillieoak. À mon avis, Hatton se préoccupe plus de lady Playford qu'aucun de ses enfants, à sa façon tranquille et discrète.

— C'est louable, mais j'espère découvrir enfin une personne qui se préoccupe aussi de résoudre le meurtre brutal de Joseph Scotcher.

— Je n'ai aucun droit de vous le demander, mais si vous pouviez omettre de mentionner le… faux témoignage de Hatton à l'inspecteur Conree ou au sergent O'Dwyer, je vous en serais infiniment reconnaissant. Et je sais que lady Playford le serait aussi.

Fort heureusement, il ne m'avait pas demandé de le cacher à Poirot.

— Et votre manteau ? dis-je. Quand nous nous sommes tous rassemblés pour découvrir l'horrible scène du crime dans le petit salon, vous portiez un manteau.

— En effet, convint Gathercole.

— Pourtant vous maintenez que vous n'avez pas mis le pied dehors ?

Un grognement d'impatience lui échappa, et il se mit à tourner en rond autour de moi.

— Avez-vous une idée du froid de canard qui règne dans la chambre de lady Playford, près de la fenêtre ?

— Elle ne demande pas à tous ses invités de se cacher derrière les rideaux pendant son sommeil, lui répliquai-je, un peu sèchement.

— Grand bien vous fasse, riposta Gathercole avec vigueur. Je me suis retrouvé piégé dans un tourbillon d'air froid, avec les vitres qui vibraient dans mes oreilles… Je n'avais pas pensé au climat rigoureux du mois d'octobre, mais fort heureusement, lady Playford l'avait pris en compte au moment d'établir son plan. Elle m'a déclaré que je risquais d'attraper une pneumonie si je n'étais pas en manteau. Aussi en ai-je enfilé un, et je ne l'ai pas regretté, croyez-moi.

— Je vois. Et quelqu'un est-il venu frapper à la porte de lady Playford, tandis que vous étiez caché derrière les rideaux ?

Gathercole sourit tristement.

— Vous me mettez à l'épreuve. J'aurais dû m'y attendre… Puisque je vous ai menti, pourquoi iriez-vous me croire à présent ? Oui, quelqu'un est venu à la porte de lady Playford : vous.

— Alors je ne comprends pas. Vous étiez prêt à bondir pour sauver lady Playford, pourtant quand elle m'a ouvert la porte, vous n'avez pas bougé. Comment étiez-vous sûr que je n'allais pas lui plonger un couteau dans le cœur ?

Gathercole détourna les yeux.

— Oh… je comprends maintenant ! dis-je. Parce que vous saviez que ce n'était pas moi qui risquais de la tuer. Ce qui signifie qu'elle craignait qu'une personne en particulier attente à sa vie, et vous-même connaissez le nom de cette personne, n'est-ce pas ?

Gathercole prit un air ombrageux.

— Veuillez me le révéler, le pressai-je.

— Vous devriez en parler avec lady Playford, me dit-il.

Et malgré mon insistance, il se contenta de répéter ce conseil, en refusant de m'en dire plus.

23

L'enquête judiciaire

L'enquête judiciaire se déroulait au tribunal de Clonakilty. C'était un bâtiment sinistre à souhait, qui sentait le vieux et le renfermé, avec d'étroites fenêtres aux vitres opaques. Je demeurai à l'extérieur aussi longtemps que je le pus, songeant au contraste entre cet édifice et Lillieoak, où j'avais plaisir à résider pour un temps, même si un meurtre y avait été commis. En revanche, je n'aurais pas voulu passer une seule nuit dans ce tribunal.

Il n'y avait pas de chaises, seulement de longs bancs en bois qui remplissaient la vaste salle. Au moment d'entrer, Harry et Dorro Playford s'immiscèrent entre Poirot et moi. Au lieu de m'attendre, Poirot en profita pour me laisser en arrière. J'en fus contrarié, puis j'en devinai la cause en le voyant trottiner d'un pas vif en direction de lady Playford et… écarter Randall Kimpton sans ménagement pour prendre place à côté d'elle ! Je n'étais pas habitué à le voir se mouvoir avec une telle rapidité.

Comprenant fort bien ses intentions, je souris intérieurement. Je lui avais rapporté tout ce que

Gathercole m'avait dit, dont sa recommandation de m'adresser à lady Playford si je désirais en savoir plus. Cela s'était avéré impossible, car les jours suivants, elle s'était évertuée avec succès à se rendre invisible. Enfin elle était parmi nous, et devenait accessible. Poirot aurait-il le temps de la soumettre à un petit interrogatoire avant que l'enquête commence ?

Un homme dont je supposai qu'il était le coroner, avec une petite tête bosselée qui me fit penser à une cacahuète, était entré tout à l'heure, escorté de l'inspecteur Conree. Le sergent O'Dwyer les suivait de près, tout en bavardant avec un homme aux cheveux blonds et clairsemés ramenés sur le sommet du crâne, et une bouche aux coins affaissés qui lui donnait un air patibulaire.

Lorsque Poirot se glissa près de lady Playford, Kimpton fit à peine attention à lui. L'automobile transportant Claudia était arrivée quelques instants plus tôt et il regardait par-dessus son épaule, en étendant le bras.

— Vous voilà, mon ange, dit-il, et elle courut vers lui comme s'ils étaient séparés depuis des semaines, au lieu d'une demi-heure.

Je pris vite place sur le banc derrière Poirot, espérant pouvoir entendre la conversation qui se déroulerait entre lui et notre hôtesse, si conversation il y avait.

Il ne perdit pas de temps.

— Lady Playford…

— Lady Playford, lady Playford ! Quel nom à rallonge ! Je vous en prie, appelez-moi Athie.

— Bien sûr, madame. Mille excuses.

— Que me vouliez-vous ?

— Ce que j'ai appris à propos de M. Gathercole, la nuit du meurtre… est-ce vrai ?

— Qu'avez-vous appris ? Et par qui ?

— Je le tiens de… M. Gathercole, même si je n'ai pas moi-même entendu ses paroles. Disons qu'elles me sont parvenues par des moyens détournés… M. Gathercole prétend avoir passé presque toute la soirée du meurtre caché derrière les rideaux de votre chambre, pour le cas où quelqu'un chercherait à attenter à votre vie. Entre le moment où il a quitté la salle à manger avec Orville Rolfe et celui où Sophie Bourlet s'est mise à hurler au rez-de-chaussée, c'est là qu'il se trouvait, assure-t-il. Caché derrière un rideau. Il dit aussi que vous avez prié Hatton, le majordome, de mentir en disant qu'il avait vu M. Gathercole revenir des jardins.

— Oui, tout cela est vrai. Ne blâmez pas ce pauvre vieux Hatton, qui a péché par loyauté envers moi. J'ai voulu protéger Michael, qui n'avait rien fait de mal. Je savais qu'il avait un alibi, et j'ai décidé que cela n'aurait pas d'importance si ce n'était pas tout à fait celui qu'il fournirait à la police. Ce qui compte, au fond, c'est que nous savons tous qu'il n'a pas pu tuer Joseph.

Lady Playford sourit, sans grand enthousiasme, comme si elle était lasse d'avoir à s'expliquer.

Poirot garda le silence. Je supposai que, comme moi, il acceptait mal la désinvolture avec laquelle lady Playford prenait cette affaire. Toute romancière célèbre et imaginative qu'elle soit, elle ne se rendait pas compte que son témoignage serait dorénavant sujet à caution, maintenant qu'elle avait admis combien il lui était facile de travestir la vérité. La célébrité avait dû lui monter à la tête. Elle était sans doute trop habituée à décider de ce que disait, faisait et pensait chacun de ses personnages.

— Donc vous aviez le soupçon que, suite à votre annonce au dîner, on veuille vous assassiner ? lui demanda Poirot.

— Oh non ! s'exclama-t-elle avec un petit rire de gorge, comme si c'était une idée ridicule.

— Alors je ne comprends pas. D'après M. Gathercole…

— Arrêtez. Stop ! ordonna lady Playford en balayant d'un geste les paroles de Poirot. Au lieu de me mitrailler de questions, laissez-moi vous raconter les choses à ma manière. Je ferai en sorte de n'omettre aucun détail important, et de vous les présenter dans le bon ordre, qui plus est.

Sur le devant de la salle, le blond au crâne dégarni et à la mine patibulaire tira une chaise pour s'asseoir à la place réservée au coroner. Je m'étais donc trompé : c'était lui le coroner. Mais alors qui était l'homme à la tête en forme de cacahuète ? Et pourquoi était-il arrivé avec Conree et O'Dwyer ? Ce n'était pas le médecin de la police, que j'avais aperçu alors qu'il quittait Lillieoak, et qui n'était pas là aujourd'hui : un type débraillé dont les poches et la vieille sacoche en cuir brun qu'il transportait débordaient de chiffons et d'objets en tous genres.

À l'exception de Brigid Marsh et de Hatton, toutes les personnes séjournant à Lillieoak étaient là. Poirot et Athie Playford étaient donc assis devant moi, tandis que tous les autres étaient placés derrière : Claudia

Playford et Randall Kimpton côte à côte, avec de part et d'autre Phyllis Chivers et Sophie Bourlet. Harry et Dorro sur le banc tout au fond et… tiens, c'était curieux. Pourquoi Gathercole et Rolfe ne s'étaient-ils pas placés l'un à côté de l'autre ? Auraient-ils eu des mots ? Puis je compris qu'en fait, ils étaient assis aussi près l'un de l'autre que possible, étant donné la corpulence de Rolfe. Mais de là où j'étais placé, la perspective était trompeuse, et ils semblaient avoir laissé une bonne distance entre eux.

— Bon, d'accord, dit Athie Playford à Poirot. Je vais vous raconter, mais nous serons probablement interrompus. Oui, j'ai demandé à Michael de me faire la faveur de se cacher derrière mes rideaux durant toute la nuit. Et il a été assez gentil pour accepter sans hésitation d'être mon protecteur, quitte à renoncer à une bonne nuit de sommeil. Je pensais qu'il y avait une petite chance pour que, sous le coup de l'émotion, quelqu'un panique et essaie de me tuer pendant mon sommeil. Je suis peut-être âgée, mais je ne suis pas encore prête à mourir, ne serait-ce que parce que j'ai une délicieuse idée pour le livre que j'ai sur le feu. Vous raconterais-je ? Je n'ai pas encore résolu tous les tenants et les aboutissants de l'intrigue, mais il y est question d'un déguisement.

— Madame…

— Il faut que le visage soit couvert. J'ai donc pensé à un voile. Quelqu'un soupçonne Mme Untel de se cacher sous ce déguisement, tandis que d'autres se donnent beaucoup de mal pour…

— Madame, je suis certain que cette histoire est fascinante, mais l'autre m'intéresse davantage, l'interrompit Poirot. Vous-même soupçonniez-vous une personne en particulier de vouloir attenter à votre vie ?

— Oui. J'avais en tête quelqu'un de bien précis. L'identité de cette personne ne s'impose-t-elle pas à un brillant détective comme vous ? Faites un effort, Poirot ! Vous plairait-il que je vous donne un indice ? Certes, en ce moment, toutes les deux me détestent cordialement, mais ni Claudia ni Dorro ne s'en prendraient à moi, du moins pas physiquement. Quant à Harry et Randall… Eh bien, il n'y a qu'à regarder Harry, n'est-ce pas ? Et Randall est trop anticonformiste.

— Que voulez-vous dire ? s'enquit Poirot.

— Oh…, soupira lady Playford. C'est tellement ennuyeux. Il s'ingénie à dire, faire et se soucier de choses complètement ridicules. Cela n'a pas dû vous échapper. Il attaque la psychologie parce qu'il sait que vous en faites grand cas. Sa pièce de Shakespeare préférée est *Le Roi Jean*, il a même renoncé à une carrière prometteuse parce qu'il ne supportait pas de côtoyer ceux qui trouvaient que *Le Roi Lear* était une œuvre supérieure, ce qu'elle est incontestablement !

— Croyez-vous que le Dr Kimpton fait juste mine de ne pas être de cet avis alors qu'il le partage ?

— Non. C'est ce qui me tape sur les nerfs. Il se démarque systématiquement des autres au point que c'en est frustrant. Il aurait dû être furieux contre moi à cause du testament, ne serait-ce que par égard pour Claudia, et donc, évidemment, il ne l'a pas été ! Certes il est riche, mais il aurait aussi bien pris la chose en étant pauvre. Un jour qu'il avait reçu une carte de vœux au contenu tout à fait banal, il n'est pas arrivé à déchiffrer la signature, et n'a pu non plus deviner qui l'avait envoyée d'après le cachet de la poste… Eh bien il s'est mis dans tous ses états. Sans exagérer, il était au bord de la crise de nerfs. Il a fait le tour de toutes ses relations professionnelles et mondaines jusqu'à ce qu'il découvre le coupable.

— Fut-il alors satisfait ?

— Oh oui. Mais une personne normale aurait juste haussé les sourcils devant la signature illisible en disant, tant pis, cela restera un mystère, sans chercher plus loin.

— Vous rappelez-vous qui avait envoyé cette carte de vœux à Kimpton ? demanda Poirot.

Lady Playford éclata de rire.

— Oh, vous êtes merveilleux, Poirot. Toujours sur la brèche, hein ! Oui, il se trouve que je m'en souviens fort bien, car j'ai sans vergogne emprunté son nom à ce pauvre gars pour m'en servir dans le livre que j'avais en cours à ce moment-là. Jowsey… Trevor Jowsey. C'était un ancien professeur de Randall, qui enseignait à la faculté de médecine. J'en ai fait David Jowsey, conducteur de train de marchandises.

Sur le devant de la salle, le coroner s'éclaircit la voix et tapota la pile de papiers posée devant lui. L'enquête allait commencer d'un instant à l'autre.

Lady Playford se pencha pour parler à l'oreille de Poirot, mais sa voix sonore me parvint aisément.

— Laissez-moi vous raconter rapidement le reste de mon intrigue… vous plus que quiconque saurez l'apprécier, j'en suis sûre. Les méchants soupçonnent cette personne déguisée d'être Mme Untel. Shrimp et sa bande l'aident à cacher son identité, et ils assurent qu'il s'agit d'une autre femme. En fait, la femme déguisée n'est pas Mme Untel, qui se trouve ailleurs, en sécurité. Et Shrimp dit la vérité, mais avec l'intention d'égarer les poursuivants. N'est-ce pas bien trouvé ? Voyez-vous, on peut proclamer une vérité de telle manière qu'elle passe pour un mensonge.

— Je vois, vous n'avez pas votre pareil pour nouer une intrigue, lui dit Poirot en l'amadouant. Alors répondez donc à cette énigme : pourquoi un meurtrier tiendrait-il absolument à ce que sa future victime, une fois morte, soit exposée dans un cercueil ouvert et non fermé ?

— Ah, voilà en effet un scénario tout à fait intrigant, réagit-elle avec enthousiasme. Ce qui me viendrait en premier à l'esprit, c'est qu'il désire qu'on voie le visage de la victime, mais il ne faut pas s'arrêter là. Demandons-nous au contraire quelle raison plus subtile pourrait exister qui rende cette histoire tellement plus palpitante ?

Pouvais-je déduire de cette conversation que lady Playford n'était pas la femme qu'Orville Rolfe avait entendue se disputer avec un homme, le jour du meurtre ? Car elle paraissait entendre parler pour la première fois de cette histoire de cercueil ouvert ou fermé, et son ingénuité semblait sincère.

— De qui M. Gathercole devait-il vous protéger, lady Playford ? s'enquit Poirot d'un ton mordant.

— Eh bien, de Joseph, bien sûr, répondit-elle.

— Joseph Scotcher ?

— Oui. Je venais juste de lui annoncer qu'il hériterait d'une immense fortune, à ma mort.

— Mais…

— Je sais ce que vous vous dites. La plupart des gens ne légueraient pas tout ce qu'ils ont à un homme dont ils pensent qu'il risque de les assassiner. C'est cela ?

Poirot l'admit en effet.

— Vous avez tout à fait raison, approuva lady Playford, l'air très contente d'elle, mais Poirot repartit à l'attaque.

— D'autres choses me viennent en tête. Par exemple : pourquoi un mourant souhaiterait-il vous tuer ? Pour l'argent ? Alors qu'il se sait condamné et ne sera guère en état d'en profiter ? Cela ne me convainc pas. Car je suppose que tout ce dont avait besoin M. Scotcher pour se soigner était pris en charge ?

— Oh oui. J'ai fait en sorte que Joseph ait les meilleurs traitements sans regarder à la dépense.

— Alors pour quelle autre raison aurait-il voulu vous tuer ? Afin d'épouser dès que possible Sophie Bourlet et en faire une riche héritière ?

— Je suis sûre que vous prendrez grand plaisir à le découvrir.

Telle fut la réponse de lady Playford.

— Vous êtes une conteuse de talent. Vous-même ne prendriez pas grand plaisir à me le raconter ?

— Il est certaines choses dont je n'accepterai de parler qu'après l'enquête, quand nous aurons quitté ce tribunal.

L'éprouvant moi-même, je pus sans mal imaginer la frustration de Poirot. Ni lui ni moi n'avions le pouvoir d'obliger qui que ce soit à nous parler contre son gré. Conree l'avait, mais comment savoir s'il posait les bonnes questions ? D'après ce que j'avais pu voir de son comportement, j'étais sceptique.

Poirot ne se laissait pas abattre si facilement.

— Dites-moi juste une petite chose. Pourquoi ne pas avoir fermé à clef la porte de votre chambre, si vous craigniez que M. Scotcher ne cherche à vous tuer ? J'ai vérifié. Elle a bien un verrou.

— Après l'enquête, je me ferai un plaisir de vous le dire.

— Tiens donc !

— Quoi, qu'est-ce qui vous étonne ? demanda lady Playford.

— Randall Kimpton a dit exactement la même chose. Michael Gathercole également. On dirait que tout le monde ne s'engage à parler qu'après l'enquête. Pourquoi pas avant ?

— Quelle question idiote, Poirot. Si j'étais prête à y répondre… Ah ! Nous allons enfin commencer, dirait-on.

Elle avait raison. L'homme à la mine patibulaire se présenta comme étant Thaddeus Coyle, le coroner, et la procédure commença.

Nous écoutâmes attentivement, à mesure que les faits connus de certains d'entre nous étaient révélés à tous. L'homme cacahuète s'avéra être l'officier supérieur du médecin de la police, et son représentant. Le Dr Clouder ayant égaré les clefs de son automobile, il ne pouvait assister à la séance, nous dit-on.

Scotcher était mort d'empoisonnement à la strychnine, et d'après l'expert médical de la Garda, le poison avait été ingéré entre 17 heures et 19 h 30, ceci dépendant de la dose administrée. Il estimait que la mort était survenue entre 21 heures et 21 h 30. D'après les indices recueillis, Scotcher avait été transporté dans le petit salon *post mortem,* et c'était là qu'on lui avait fracassé la tête avec un gourdin. Sur cette arme appartenant à la famille Playford, on avait retrouvé du sang, de la cervelle et des fragments osseux venant de la tête de la victime.

Le coroner écouta Sophie Bourlet témoigner qu'elle avait vu Claudia Playford fracasser la tête de Scotcher, après quoi l'inspecteur Conree fut appelé à la barre pour parler des empreintes digitales. Le gourdin était couvert d'empreintes, nous déclara-t-il en relevant juste un peu le menton, dont certaines appartenaient à Claudia Playford. Cependant, des empreintes d'Athelinda Playford, Frederick Hatton, Phyllis Chivers, Randall Kimpton et Harry Playford s'y trouvaient également. L'explication en était simple : le gourdin était un objet de collection aisément accessible, et beaucoup l'avaient touché à un moment ou à un autre.

Des fioles présentes dans la chambre de Scotcher, une seule était complètement vide, et c'était celle-là, une fiole bleue, qui contenait des traces de strychnine ainsi que d'un remède médicinal inoffensif, tandis que les autres bouteilles contenaient divers fortifiants à base de plantes, mais nul poison.

Je fus surpris qu'aucune des fioles présentes dans la chambre d'un malade gravement atteint ne contienne rien de plus radical, mais peut-être son mal était-il trop avancé pour que des traitements chimiques conventionnels puissent soigner ou soulager Scotcher.

Sophie Bourlet témoigna que la bouteille bleue était pratiquement pleine la dernière fois qu'elle en avait administré le contenu à Joseph. Au coroner qui lui demandait quand c'était, elle répondit :

— Le jour de sa mort. Je lui en ai donné deux cuillerées à 17 heures pile. Comme tous les jours.

Cela aussi me déconcerta. Croire en l'efficacité de fortifiants à base de queues de cerises ou de teinture mère de calendula est une chose, mais pourquoi diable serait-il si important d'en boire à une heure précise de la journée ? J'aurais sans doute dû pressentir à ce moment-là ce qui allait suivre. Poirot me confessa plus tard y avoir songé, mais un Randall Kimpton aurait mis à coup sûr sa parole en doute, faute de preuve.

Le coroner décréta que la cause du décès de Joseph Scotcher était le meurtre, perpétré par un ou des individus inconnus. Puis, au lieu de conclure l'enquête, il se leva et se râcla de nouveau la gorge.

— Il me reste une chose à dire, qui fera partie du rapport officiel établi ce jour. Après avoir pris scrupuleusement connaissance des éléments de l'enquête en cours fournis par l'inspecteur Conree sur la mort de M. Scotcher, je suis conscient que l'un des aspects les plus mystérieux de cette affaire est la question de savoir pourquoi quelqu'un prendrait la peine de supprimer un homme à qui il reste si peu de temps à vivre. En outre, de même que l'inspecteur Conree, j'ai pris en considération le fait que le nouveau testament établi par lady Playford, qui faisait du défunt M. Scotcher son seul bénéficiaire, pouvait constituer un mobile pour ce meurtre. Et voici un mystère de plus : pourquoi changer son testament en faveur d'un homme qui a le pied dans la tombe ? À la lumière de ces questions restées sans réponse, et après avoir mûrement réfléchi, j'ai décidé qu'il était de mon devoir de rendre public un aspect de cette malheureuse affaire dont l'inspecteur Conree et moi-même croyons qu'il pourrait être significatif. Il n'a rien à voir avec la cause physique de la mort de M. Scotcher, mais n'en est pas moins pertinent. Comme ce n'est pas à proprement parler une question médicale mais plutôt, à mon sens, une question humaine, j'ai pris la décision de vous en faire part moi-même plutôt que de la présenter avec le rapport du médecin de la police.

— J'aimerais bien qu'il en vienne au fait, murmura lady Playford avec impatience.

Savait-elle de quoi il s'agissait ? J'en eus l'impression, et je sentis alors des fourmillements désagréables me picoter la peau.

— Joseph Scotcher n'était pas mourant, déclara le coroner.

Inutile de le préciser, Dorro fut la première à réagir.

— Quoi ? Comment ça ? Il est bien mort, non ? Après avoir avalé le poison. Alors qu'entendez-vous par là ?

— Mon Dieu, nous serons encore là pour la Noël, murmura Randall Kimpton.

— Silence, je vous prie ! protesta le coroner, qui semblait plus stupéfait qu'en colère.

Peut-être était-ce la première fois que quelqu'un se permettait de plaisanter durant l'une de ses enquêtes.

— C'est moi qui dirige cette audience, et personne ne parlera sans mon autorisation, affirma-t-il. Soyons clair : jusqu'à ce qu'il ingère la strychnine, Joseph

Scotcher n'était pas mourant. Il ne souffrait pas de la maladie de Bright, ni d'aucune maladie mortelle.

— Ce n'est pas vrai ! s'écria Sophie Bourlet. Le médecin serait là pour l'attester, si c'était vrai !

M. Cacahuète se leva.

— C'est la vérité vraie. J'ai lu le rapport *postmortem* du Dr Clouder, et me suis entretenu longuement avec lui à ce sujet. Les reins de M. Scotcher étaient parfaitement sains, aussi frais et roses qu'on peut le souhaiter.

— C'est pourquoi j'ai précisé que ce n'était pas une question médicale, mais humaine, expliqua le coroner. Un individu qui a déclaré à la ronde qu'il allait bientôt mourir de la maladie de Bright, alors qu'il n'en avait pas le moindre symptôme, constitue un cas intéressant du point de vue psychologique.

Je me retournai pour observer la salle, juste à temps pour voir Randall Kimpton renifler d'un air méprisant en entendant parler de psychologie. Ses yeux croisèrent les miens, et il me décocha un sourire triomphal. Le message était clair : il voulait me faire savoir qu'il savait que Scotcher n'était pas malade ni condamné, mais y avait-il de quoi en tirer une telle satisfaction ? Il était mieux à même que moi de deviner la vérité, étant médecin et fréquentant depuis des années Scotcher, que je venais tout juste de rencontrer, pauvre âme.

Mais il n'était pas le seul à l'avoir deviné, semblait-il. Claudia avait cette même expression de triomphe mêlé de soulagement disant : « Enfin la vérité éclate au grand jour. Quant à moi, je le savais depuis longtemps. »

Michael Gathercole avait un air contrit plutôt que triomphal. Le coup d'œil qu'il me lança semblait dire : « Moi aussi je le savais, désolé de ne pas vous en avoir parlé. »

Quant à Sophie Bourlet, elle restait immobile et silencieuse, le visage mouillé de larmes. Phyllis, Dorro, Harry et Orville Rolfe caquetaient comme une basse-cour en émoi. Aucun d'eux ne s'était douté un seul instant que Scotcher n'était pas condamné.

Frappé de stupeur, je demeurai assis, tandis que les paroles du coroner résonnaient dans ma tête : Joseph Scotcher n'était pas mourant. Il n'était pas atteint de la maladie de Bright, ni d'aucune pathologie mortelle.

Devant moi, Poirot secouait la tête en se parlant à lui-même. Lady Playford se tourna pour m'observer comme j'avais observé les autres. Elle aussi l'avait su.

— Les gens sont de singulières petites machines, Edward, me murmura-t-elle. Bien plus singulières que tout ce qui existe d'autre au monde.

TROISIÈME PARTIE

24

Sophie persiste et signe

Après l'enquête judiciaire, Poirot et moi nous rendîmes au commissariat de police de Ballygurteen, en compagnie de Sophie Bourlet, de l'inspecteur Conree et du sergent O'Dwyer. Conree nous avait exposé son plan avec sa rudesse coutumière tandis que nous quittions le palais de justice de Clonakilty. En outre, il nous avait bien fait comprendre que cette fois, ce serait lui qui poserait toutes les questions, et que nous autres ne devions pas piper mot.

D'ailleurs, sur les marches du palais de justice, personne n'avait échangé un mot ni un regard avec les autres. Moi-même je n'avais rien dit, pourtant mes pensées tournaient dans ma tête plus que jamais :

Les reins de Joseph Scotcher étaient sains avant qu'il soit assassiné. Frais et roses. Sans trace de la maladie de Bright ni d'aucune affection physique qui mette sa vie en danger. Pourtant Scotcher m'a été présenté comme un homme condamné à qui il restait très peu de temps à vivre. Lui-même évoquait son décès imminent...

Comment était-ce possible ? Pour quelle raison un

homme en parfaite santé se prétendait-il mourant ? Quelqu'un avait-il trompé Scotcher volontairement, un médecin irresponsable ou malveillant ? Le nom de Randall Kimpton me vint aussitôt à l'esprit. Il était de la partie, et je voyais assez bien ces deux adjectifs lui correspondre. Mais non, il ne pouvait être le médecin traitant de Scotcher, puisque Kimpton vivait à Oxford, et Scotcher à Clonakilty.

Néanmoins, il y avait là quelque chose de troublant et j'avais l'impression de tourner autour sans parvenir à en avoir le cœur net.

Scotcher a dit à tout le monde qu'il était condamné. Puis il est mort… empoisonné à la strychnine. Puis on lui a fracassé la tête pour faire croire à une troisième cause de décès.

De combien de manières Scotcher devait-il mourir, et pour plaire… à qui ? Cette question me semblait excellente, et je décidai qu'il pourrait être utile de la poser par tous les moyens, même si j'ignorais lesquels. La présence de Conree, O'Dwyer et Sophie Bourlet n'arrangeait rien. Je n'avais qu'une envie, parler seul à seul avec Poirot. J'aurais volontiers fait don d'un de mes reins frais et roses pour connaître la teneur de ses pensées.

Au commissariat de Ballygurteen, Conree nous conduisit dans une pièce située au bout d'un long couloir étroit, qui me fit penser à une salle de classe dès que j'y pénétrai. Il y avait des chaises, un tableau noir au mur, et il n'y manquait que les bureaux d'écolier. Sur l'une des chaises était posé un vase en verre poussiéreux contenant les tiges de fleurs qui avaient depuis longtemps perdu leurs pétales, liées par un ruban vert pâle. Il n'y avait plus d'eau dans le vase. Un coin du plafond était maculé d'une tache brune d'humidité.

— Eh bien ? lança Conree à Sophie Bourlet d'un ton mordant. Qu'avez-vous à dire pour votre défense ? Vous étiez son infirmière, vous deviez savoir qu'il était en parfaite santé.

— Votre Dr Clouder est un homme cruel et un sale menteur ! dit Sophie avec amertume. À l'en croire, j'aurais pu me marier avec Joseph et nous aurions été heureux en ayant toute la vie devant nous, si seulement il n'avait pas été assassiné. Pensez-vous qu'imaginer cela me fasse du bien ?

Sous sa moustache, Poirot remuait les lèvres sans qu'il en sorte aucun son. Je voyais bien que cela le démangeait et qu'il ne tarderait guère à intervenir.

— Le Dr Clouder n'a pas menti, la contra Conree. C'est vous, mademoiselle Bourlet, qui êtes la menteuse.

— Monsieur Poirot, monsieur Catchpool, dites-le-lui ! Joseph mourait de la maladie de Bright. Ses reins étaient pratiquement nécrosés. Ils devaient donc être bruns et racornis.

— Les avez-vous vus de vos yeux ? s'enquit Conree.

— Vous savez bien que non. Comment l'aurais-je pu ? Je n'étais pas présente à l'autopsie.

— Alors vous n'avez pas le droit de mettre en cause le médecin qui a procédé à cet examen en l'accusant de mensonge.

— Oh si, j'en ai le droit ! Joseph était mourant. Il suffisait de le regarder pour s'en rendre compte !

Avez-vous vu vous-même ces reins frais et roses ? Non.

— Il se trouve que si, justement, objecta Conree. Clouder m'a convoqué immédiatement. J'étais à ses côtés et il me les a montrés.

Sophie en resta sans voix.

— Votre futur mari était un menteur invétéré, mademoiselle Bourlet, et vous aussi, déclara Conree, d'un ton implacable.

— Je ne suis pas une menteuse, inspecteur, dit l'infirmière. Et je ne suis pas sans cœur comme vous. Je vous en prie, continuez vos affirmations sans ménager le moins du monde mes sentiments. On ne saurait mieux démontrer combien nos caractères diffèrent.

— Vous étiez l'infirmière de Scotcher depuis longtemps ? lui demanda Conree.

— Deux ans.

— Et durant tout ce temps il était mourant, c'est ça ?

— Non. Au début, le diagnostic était sévère, mais nous gardions espoir en priant le ciel. Et puis, il y a un peu plus d'un an…

Sophie s'interrompit en se couvrant la bouche de sa main.

— Il y a un peu plus d'un an, dites-vous ? Vous êtes-vous jamais renseignée sur la maladie de Bright ?

— Oui, bien sûr. J'ai glané toutes les informations que j'ai pu, afin de mieux aider Joseph.

— Dans ce cas, il ne vous aura pas échappé qu'à partir du moment où la maladie est déclarée en phase terminale, le malade a de la chance s'il survit deux mois ! Messieurs, poursuivit Conree en s'adressant à

Poirot et à moi, j'ai lu les lettres de recommandation que Sophie Bourlet a présentées à lady Playford quand elle a postulé pour entrer à son service. Je n'hésiterais pas à dire qu'elles m'ont semblé un peu trop élogieuses, au point que je les ai soupçonnées d'être des faux.

— Vous êtes ridicule, s'insurgea Sophie. C'est de la calomnie pure et simple.

— Je sais maintenant que je me trompais à ce sujet, répliqua Conree. J'ai envoyé un de mes hommes de Dublin s'entretenir avec les personnes qui vous ont recommandée. Voici comment je sais que vous êtes une infimière qualifiée, l'une des meilleures qui puissent exister.

— Et voilà comment vous me récompensez, en suggérant…

— Fermez-la ! la coupa Conree, ulcéré, en la visant de son index et de son pouce comme s'il s'agissait d'un revolver.

O'Dwyer marmonna quelque chose dans sa barbe.

— Vous avez quelque chose à dire ? s'enquit l'inspecteur.

— Oh non, c'est seulement qu'il m'est soudain venu à l'esprit… mais c'est sans importance.

— Allez-y, bon sang, gronda Conree.

D'un air craintif, O'Dwyer se jeta à l'eau :

— Quand j'étais enfant, mon frère et moi nous battions comme des chiffonniers. Notre mère nous regardait nous disputer sans dire un mot, mais si l'un de nous deux lançait à l'autre « Ferme-la ! », alors il fallait voir sa tête ! On aurait dit que c'était la plus ignoble des obscénités. Chef, je vous le jure, cela n'a rien à voir avec…

— Continuez, ordonna Conree.

— Eh bien, comme nous n'avions pas envie qu'on nous lave la bouche avec du savon, et que nous avions du mal à nous réfréner, nous avions inventé un truc à nous. « Ferme la porte sans porte ! », nous lançions-nous, ce qui revenait à dire « Ferme-la » tout court ! C'est quand vous avez dit « Fermez-la » que cela m'a fait y repenser, chef.

Moi qui retenais mon souffle depuis plusieurs secondes, je me remis enfin à respirer.

Comme si O'Dwyer n'avait rien dit, Conree repartit à l'attaque.

— Vous poussiez Scotcher en fauteuil roulant, sachant qu'il était capable de marcher aussi bien que n'importe qui. Vous lui donniez des médicaments qui se révèlent n'être que des remèdes de bonne femme…

— Je l'ignorais ! Les flacons étaient étiquetés par le médecin traitant de Joseph à Oxford.

— À Oxford ? réagit Conree, comme si elle avait parlé de la planète Mars.

— C'est là que Joseph habitait avant de venir vivre à Lillieoak, dit Sophie.

— Et pourquoi ne s'est-il pas trouvé un médecin à Clonakilty une fois qu'il s'y est installé ?

— Il appréciait beaucoup son médecin d'Oxford, qu'il connaissait bien.

— Et comment s'appelait ce médecin ?

— Je… je l'ignore, dit Sophie. Joseph n'aimait pas qu'on parle de lui.

— Sans blague ! Et à quelle fréquence se rendait-il à Oxford pour voir ce mystérieux docteur ?

— Une ou deux fois par an.

— Est-ce que vous l'accompagniez ?

— Non. Il préférait faire le trajet seul.

— Naturellement, un baratineur pareil, commenta Conree, puis il leva brusquement le menton pour le rabaisser d'un coup sec sur sa poitrine. Un moribond qui a besoin d'une infirmière pour le déplacer d'une pièce à l'autre, mais qui fait le trajet tout seul jusqu'à Oxford sans aucun problème, pour consulter un médecin qui n'existe pas ! Et ce même médecin imaginaire envoie des fioles de potions à base de plantes en les faisant passer pour un traitement de choc. Niez-vous encore que vous ignoriez la vérité ?

— Je la connaissais, et je la connais encore, repartit Sophie en le regardant droit dans les yeux. Joseph se mourait de la maladie de Bright. Il ne m'aurait pas menti.

— Il l'a fait, dit Conree. Il n'y a aucun doute là-dessus. Et en me mentant, vous aidez son meurtrier à échapper à la justice.

— Bien au contraire, répliqua Sophie en se levant. Je vous ai dit que j'avais vu Claudia Playford fracasser la tête de Joseph avec ce gourdin jusqu'à ce qu'il n'en reste plus qu'un amas de sang et d'os éclatés. Je vous ai dit tout de suite qu'elle était la meurtrière, pourtant vous ne l'avez pas arrêtée. Et vous vous demandez pourquoi je n'ai pas confiance en votre médecin ? Ni en votre brillante enquête judiciaire ? Tenez, j'ai presque pitié de vous.

Sophie se diriga à pas lents vers l'inspecteur Conree.

— Si vous tenez à attraper l'assassin de Joseph, vous m'écouterez une dernière fois. Ensuite, j'en aurai fini avec vous. J'ai entendu Joseph parler à Claudia Playford, quand il était censé être déjà mort depuis une heure d'un empoisonnement. Il était en vie ! Il a supplié Claudia de l'épargner, alors qu'elle brandissait le gourdin au-dessus de sa tête. Je ne nie pas qu'il avait peut-être ingéré de la strychnine, mais le rapport du Dr Clouder qui nous a été communiqué lors de l'enquête ne peut être vrai. Pourquoi vous fier à un homme aussi débraillé, qui n'est même pas capable de boutonner sa chemise correctement, dont les poches débordent et dont les lacets sont défaits ?

Conree se tourna vers O'Dwyer.

— Emmenez-moi cette menteuse, ordonna-t-il.

25

Jalousie entre filles

Le retour à Lillieoak en voiture ne fut guère agréable. J'étais assis à côté de Poirot, face à Sophie Bourlet. Il avait commencé à pleuvoir et le ciel était d'un gris ardoise. La nuit tombait peu à peu. À Londres, les nuits ne me gênent pas ; à vrai dire, c'est à peine si je les remarque. On a toujours l'impression que le lendemain se prépare déjà à arriver, non sans une certaine impatience. Mais à Clonakilty, l'impression est inverse : il peut faire grand jour et pourtant, on sent la nuit rôder, prête à bondir pour tout recouvrir, le moment venu.

Assis à côté de moi sur la banquette, Poirot gigotait sans arrêt, rajustant sa cravate, tortillant les pointes de sa moustache, se recoiffant machinalement au moindre cahot de la voiture, alors que pas un cheveu ne dépassait de sa tête. Il se risqua enfin :

— Mademoiselle, puis-je vous demander quelque chose ?

Il fallut quelques secondes à Sophie pour sortir du cocon de silence dont elle s'était enveloppée.

— Quoi donc, monsieur Poirot ?

— Je ne souhaite pas ajouter à votre peine, mais il y a une chose que j'aimerais savoir. Comment décririez-vous vos rapports avec Mlle Claudia ?

— Ils se sont dégradés depuis que je l'ai accusée de meurtre.

— Et auparavant, l'appréciiez-vous ? Et elle, vous appréciait-elle ?

— Vous auriez dû poser ces questions dans l'ordre inverse. Je n'ai pas eu le temps de me prononcer, car il est vite devenu évident qu'elle me détestait cordialement. Dès lors, il m'était difficile de penser du bien d'elle et de me montrer bien disposée à son égard.

— À vous entendre, on croirait que vous avez essayé.

— En effet. Claudia a certaines qualités admirables. Et ce n'est pas facile de vivre sous le même toit qu'une personne qui vous déteste. J'ai toujours cru que le meilleur remède, dans ce cas-là, c'est de se montrer amical et large d'esprit envers cette personne. Cela marche presque à chaque fois.

— Mais pas avec Claudia, n'est-ce pas ?

— Non, franchement pas. Elle était montée contre moi et me traitait systématiquement avec le plus grand mépris.

— Systématiquement ?

— Oui. Lady Playford m'appréciait, et elle s'est vite attachée à moi. Nous aimions toutes les deux Joseph et nous parlions beaucoup du traitement qui lui conviendrait le mieux. Cela a renforcé notre lien.

— Et Claudia était jalouse ?

— Je crois qu'elle me voyait comme la gentille fille de lady Playford qu'elle-même n'avait jamais été.

— Et Claudia appréciait-elle Scotcher ? m'enquis-je.

— Elle appréciait sa présence, oui, confirma Sophie. Lui et Randall Kimpton, dont elle raffole, étaient les deux seuls êtres qui lui inspiraient de l'intérêt.

— Pourquoi pensez-vous que Mlle Claudia aurait tué M. Scotcher si elle appréciait sa compagnie, comme vous le dites vous-même ? demanda Poirot.

Sophie ferma les yeux.

— Combien de fois me suis-je posé cette question… si vous saviez ! Je ne comprends pas pourquoi elle l'a tué. Je ne vois aucune raison à son acte, à part peut-être quelque chose en rapport avec cette Iris qu'elle a mentionnée. Avez-vous découvert qui est cette femme, et ce qu'elle était pour Joseph ? Il ne m'a jamais parlé d'elle.

— Pensez-vous que son acte puisse être lié à la demande en mariage que M. Scotcher vous a faite ? dit Poirot. Je songe encore à la jalousie. C'est un sentiment extrêmement pernicieux.

— Non. Claudia n'avait pour Joseph aucune inclination amoureuse. Randall Kimpton est tout pour elle, et elle n'a d'attirance pour aucun autre homme sur terre, assura Sophie, puis elle se mordit la lèvre. Vous allez croire que je me contredis, mais… je ne crois pas que c'était moi que Claudia enviait. Elle cherchait à s'en persuader, mais à mon avis, elle était jalouse d'une rivale bien plus puissante que je ne pourrais jamais l'être.

— Qui ?

Poirot et moi avions parlé d'une même voix.

— Shrimp Seddon. La jeune détective, héroïne de lady Playford. Je pense qu'enfant, Claudia a très mal vécu le fait que sa mère attache tant d'importance à Shrimp et passe si peu de temps avec elle. Il n'y a qu'à entendre lady Playford parler de ses romans pour savoir qu'ils la passionnent plus que tout au monde. Et Shrimp est assez futée pour être un personnage de fiction. Elle échappe ainsi à la vindicte de Claudia. Il fallait donc à Claudia un substitut, quelqu'un sur qui déverser toute la rancœur d'une enfance négligée. J'ai parfaitement correspondu à ce profil.

— Mademoiselle, j'aimerais vous poser encore une question, dit Poirot. Voudriez-vous, je vous prie, revenir une fois de plus au moment où vous avez découvert le corps de Joseph Scotcher, et à ce que vous avez vu quand vous êtes rentrée dans la maison ce soir-là ?

— Je vous ai déjà tout dit, répondit Sophie.

— S'il vous plaît.

— Je suis entrée. J'ai entendu les voix d'un homme et d'une femme. Je me suis dirigée vers le petit salon, d'où ces voix semblaient provenir. J'ai vu Claudia et Joseph. Joseph était à genoux, et il la suppliait de lui laisser la vie sauve.

Ce même Joseph Scotcher qui était mort depuis au moins une heure d'un empoisonnement à la strychnine, me rappelai-je.

— Et Claudia parlait de cette Iris en disant : « Voilà ce qu'elle aurait dû faire, mais elle ne l'a pas fait, et vous l'avez tuée », ou quelque chose d'approchant. Alors je me suis mise à hurler, Claudia a lâché le gourdin, et elle s'est enfuie en passant dans la bibliothèque. Pourquoi m'obliger à revenir sur tout cela ? C'est horrible.

Je ressentis une certaine fierté, je l'avoue, en entendant Poirot poser à Sophie une question que j'avais formulée le premier.

— Claudia Playford a été vue sur le palier du premier étage avec Randall Kimpton, mademoiselle, alors que tout le monde descendait l'escalier, alarmé par vos cris. Je ne vois qu'une seule façon pour elle de s'être trouvée là avant que les personnes situées à l'étage ouvrent leur porte : elle a dû remonter l'escalier à toute allure après avoir attaqué M. Scotcher. Auriez-vous par hasard entendu Claudia Playford remonter l'escalier au pas de course ? À mon avis, vous auriez entendu ses pas résonner dans le hall quand elle est sortie de la bibliothèque, car le sol du hall est carrelé, sans aucun tapis ni moquette. Et vous deviez être aux aguets, pour savoir si cette femme qui venait de tuer votre bien-aimé avait l'intention de s'enfuir.

Sophie jeta des regards en tous sens tandis qu'elle s'efforçait de réfléchir.

— Non, finit-elle par répondre. Je n'ai rien entendu. Comme vous dites, Claudia a dû monter l'escalier en courant, mais… je ne l'ai pas entendue. Tout ce que j'entendais, c'étaient mes propres cris.

26

Définition du verbe savoir par Kimpton

À peine la voiture s'était-elle arrêtée devant Lillieoak que Sophie Bourlet en sauta comme si Poirot et moi avions comploté de l'emprisonner contre sa volonté, et elle se précipita dans la maison.

— Tout a changé, Catchpool, dit Poirot en soupirant, tandis que lui et moi descendions de voiture.

— Pour ça oui. Deux reins frais et roses. Pas moyen d'y échapper.

— En parlant de s'échapper… quoi qu'en dise l'inspecteur Conree, qui considère que l'enquête est derrière nous, je dois vous demander de demeurer à Lillieoak tant que je n'aurai pas résolu cette affaire. Votre présence à mes côtés m'aide à canaliser le flot de mes pensées. Voulez-vous que je contacte Scotland Yard pour que vous…

— Non, ce n'est pas la peine. Je vais rester, lui affirmai-je, sans l'informer que j'avais téléphoné à mon chef le matin même, avant l'enquête judiciaire, et qu'à la simple mention du nom d'Hercule Poirot, on avait aussitôt accédé à ma requête.

Je n'avais donc nullement l'intention de partir de

Lillieoak tant que l'énigme du meurtre de Joseph Scotcher ne serait pas résolue.

— Je la résoudrai, Catchpool ! N'en doutez pas.

— Je n'en doute pas.

J'avais la plus grande confiance en lui, alors que Conree ne m'en inspirait guère.

— Cette affaire est décidément pleine de contradictions, en apparence du moins. Scotcher se meurt de la maladie de Bright, et finalement, il est en parfaite santé ! Scotcher a été battu à mort avec un gourdin, mais non ! il a été empoisonné. Les deux faits que nous pensions indéniables à propos de M. Joseph Scotcher se révèlent complètement faux.

Ces mots s'échappèrent de ma bouche comme malgré moi :

— Iris Gillow… et si elle était la clef de tout cela ?

— Que savez-vous d'elle ? s'enquit Poirot.

— Seulement que c'est à Randall Kimpton de nous dire qui elle est, car il me semble à moi qu'elle doit jouer un rôle essentiel dans cette histoire.

— Pas vraiment, lança une voix d'homme dans notre dos, alors que nous nous trouvions sur le seuil de la maison.

Je me retournai. C'était Kimpton, vêtu d'un long manteau gris, qui s'approchait en marchant les mains dans les poches.

— Je ne nie pas qu'Iris compte pour quelque chose, mais de façon accessoire. Elle ne concerne pas ou très peu ce qui nous occupe. Si nous rentrions ? J'ai dit que je vous en parlerai après l'enquête et nous avons déjà assez perdu de temps.

Il n'y avait aucune lumière allumée dans la maison, ce qui donnait l'impression de pénétrer dans une grotte.

— *Justement, je marchais par ici, à la face sombre de la nuit, pour vous trouver*, cita Kimpton avec humeur. Sauf qu'il ne fait pas encore nuit et qu'on n'y voit goutte.

Quand nous fûmes dans la bibliothèque avec les lampes allumées, Poirot prit la parole en premier :

— Docteur Kimpton, vous le saviez, n'est-ce pas ?

— Quoi donc ?

— Que M. Scotcher n'était pas mourant au moment du meurtre. Qu'il n'était pas atteint de la maladie de Bright, ni d'aucune autre pathologie mortelle.

— Eh bien… tout dépend de votre définition du mot savoir.

Nous attendîmes qu'il veuille bien développer son idée. De son côté, lui semblait attendre que nous parlions en affichant son habituel sourire charmeur, qui se mua bientôt en un froncement de sourcils.

— Soupçonner fortement n'est pas savoir, comme tout détective vous le dira, dit-il, mais je vois que cette piste-là ne vous intéresse guère, aussi je n'insisterai pas. Oui, dans le sens où vous l'entendez, je le savais. Je n'ai pas cru un seul instant que Scotcher était mourant, ni ses reins attaqués le moins du monde. Je n'y ai jamais cru.

— Pourquoi ne pas m'en avoir informé, monsieur ?

— Vous voulez dire juste après que Scotcher eut été assassiné, ou juste après votre arrivée à Lillieoak ?

— Juste après la découverte du corps, dit Poirot.

— Par économie d'énergie.

— Voudriez-vous prendre la peine de nous expliquer ce que vous entendez par là ?

— Je n'ai pas eu envie de provoquer une dispute, ni de perdre mon temps à essayer de vous en convaincre, répondit Kimpton. Pourquoi m'auriez-vous cru si je vous avais dit que Scotcher n'était pas plus mourant que vous et moi ? La plupart des gens ne font pas croire à leur entourage qu'ils vont bientôt passer l'arme à gauche alors qu'ils sont en bonne santé. Je savais que si je vous faisais part de mes soupçons, vous iriez aussitôt trouver Athie pour en avoir confirmation, ou Sophie, ou les deux, et je connaissais d'avance leur réaction. Elles se seraient insurgées en affirmant que c'était moi le menteur dans l'histoire. Et vous en auriez conclu que je m'étais laissé emporter par mon imagination en m'accusant de cruauté mentale, ou quelque chose dans ce goût-là. Mais qu'importe. Fort heureusement, nous n'avons plus besoin de nous quereller à ce propos, puisque la vérité est enfin révélée.

— Et Mlle Claudia ? Croyait-elle en la maladie de Scotcher ? s'enquit Poirot, ce qui fit s'esclaffer Kimpton.

— Claudia ? Pas un instant. Ni Athie, ni Sophie, ni Hatton, ni personne ayant un grain de bon sens.

— Sophie Bourlet maintient pourtant que Scotcher était condamné, lui rétorqua Poirot. Elle accuse le médecin de la police de mentir dans son rapport sur l'état de ses reins. Que dites-vous de cela, docteur Kimpton ?

— Balivernes. En tant que médecin, je puis vous dire qu'aucune infirmière digne de ce nom, et Sophie en est une, n'aurait pu passer autant de temps qu'elle à soigner Scotcher et à répondre à ses besoins sans deviner la vérité. Vous n'êtes pas vous-même de la partie, Poirot, je le vois bien, par conséquent laissez-moi vous expliquer : Scotcher évoquait volontiers sa mort imminente, et il était assez maigre. Autrement, sa façon d'être n'avait rien en commun avec celle des gens qui se savent condamnés. Il n'était jamais trop faible ni trop souffreteux pour manquer d'humour ou de gentillesse envers les autres. Or, interrogez n'importe quel médecin ou infirmière sur le comportement de leurs patients en phase terminale, et vous découvrirez qu'ils ne sont pas toujours aussi bien disposés. Scotcher, lui, restait spirituel en toute occasion, charmant, attentionné.

Après avoir pris une chaise placée devant une table ronde, Kimpton s'assit.

— Sophie Bourlet est loin d'être une idiote, reprit-il. C'est au contraire une femme très perspicace. Elle savait que Scotcher faisait semblant, mais cela ne l'empêchait pas de l'aimer. À présent, elle ment pour protéger la réputation de son bien-aimé.

— Et qu'en est-il du vicomte Playford et de son épouse ? demanda Poirot.

— Harry et Dorro ? Oh, ils croyaient Scotcher dur comme fer, ça ne fait aucun doute. Je parie que cette gourde de Phyllis le croyait aussi.

— Je ne comprends pas, dit Poirot. Si lady Playford savait que M. Scotcher la dupait sans vergogne, pourquoi ne l'a-t-elle pas congédié ?

— Ah ah ! C'est une excellente question. Vous

devriez la lui poser. J'aimerais sincèrement en connaître la réponse.

— Ne le lui avez-vous pas demandé ? Et Claudia ne lui a-t-elle pas elle-même posé la question, elle qui est la propre fille de lady Playford ?

— Non. Aucun de nous n'y a fait allusion.

— Pourquoi ?

— Pour des raisons différentes. Je vais d'abord vous exposer les miennes. Après y avoir mûrement réfléchi, j'en ai conclu qu'Athie, qui est aussi intelligente que moi, n'était sûrement pas dupe. Elle aussi passait chaque jour beaucoup de temps en compagnie de Scotcher. Elle était donc en mesure de le soupçonner, et j'étais certain que c'était le cas. Alors à quoi bon lui dire que je partageais ses doutes ? Elle avait de toute évidence décidé de ne pas en tenir compte, de garder Scotcher à son service, et de nous parler à tous de sa maladie comme si elle était réelle, ce qui faisait d'elle aussi, selon moi, une sacrée menteuse.

« Elle est même allée jusqu'à engager Sophie Bourlet pour s'occuper à temps plein de cet invalide imaginaire. En fait, question duperie, elle valait largement Scotcher ! Alors je n'allais pas la défier sur ce terrain-là sans être certain de mon fait. Athie aurait pris son parti contre moi en défendant Scotcher bec et ongles. Cela aurait terriblement contrarié Claudia. Certes, elle se plaît à malmener sa mère, mais ne se rend pas compte à quel point elle demeure sous son influence. Je ne crois pas qu'elle irait épouser un homme que sa mère aurait pris en grippe.

— Et pour quelle raison Mlle Claudia n'a-t-elle pas dénoncé à lady Playford les mensonges de Scotcher ?

— Par jeu, répondit Kimpton en grimaçant un sourire. Claudia n'y résiste pas. Elle adore deux choses : le théâtre et le pouvoir. À cet égard, elle est l'exacte réplique d'Athie. Elle se contentait de glisser des allusions à mots couverts pour faire savoir à Athie qu'elle l'avait deviné…

— Ah ! s'exclama Poirot triomphalement. Donc Claudia savait, alors que vous-même ne faisiez que le soupçonner ?

— Vous me décevez, Poirot, répliqua Kimpton en soupirant avec lassitude. Comment Claudia aurait-elle pu le savoir mieux que moi ? En revanche, elle avait des soupçons, et elle savait en tirer parti. Imaginez que Claudia ait un jour attaqué Scotcher de front à la table du petit déjeuner en disant : « Votre maladie, c'est du pipeau, mon cher Joseph ! » devant Athie et toute la maisonnée. Que serait-il advenu ? Scotcher et ses complices en menterie l'auraient nié, alors que Claudia et moi aurions tenu bon face à eux. Il n'y aurait eu aucun moyen de régler la question, plus aucun suspens animant les conversations à Lillieoak de divers sous-entendus et savantes allusions, plus de mystère pour donner un peu de piquant à nos vies monotones. Surtout, Claudia n'aurait plus eu toute latitude pour faire planer sur la maison la menace d'une révélation susceptible de provoquer une scène mémorable. J'avais l'impression qu'Athie craignait qu'elle le fasse un jour, ce qui conférait à Claudia un certain pouvoir. Or, ma bien-aimée adore le pouvoir. Y comprenez-vous quelque chose, Poirot ? Catchpool ? Je suppose que nos façons d'être doivent vous sembler très étranges.

— Pas plus que celles de n'importe qui, dit Poirot.

— Oh, je ne dirais pas ça, répliqua Kimpton d'un ton qui contenait comme un avertissement. Dites-moi, aviez-vous déjà rencontré un homme qui faisait mine d'être mourant alors qu'il était en parfaite santé ?

— Ce cas de figure en particulier ? Non, jamais.

— Vous voyez.

— Mais j'ai rencontré il y a plusieurs années un criminel qui voulait à tout prix éviter de jouer aux échecs…

Kimpton interrompit les réminiscences de Poirot.

— À propos, l'individu qui a tué Scotcher, quel qu'il soit… n'est pas en réalité le responsable de sa mort. S'il est mort, c'est d'avoir invité de façon tout à fait déplacée la Mort à entrer dans sa vie. J'en suis absolument convaincu. Madame la Mort ne l'avait pas repéré, ni cherché, elle se tenait à bonne distance de lui, mais il l'a appâtée avec tous ses mensonges, et la Mort lui a rendu la monnaie de sa pièce en lui arrachant la vie. Voilà ce que je pense.

— Voilà qui ne semble pas très scientifique, dit Poirot.

— Je vous le concède, convint Kimpton. Il doit y avoir en moi un reste de l'étudiant amateur de Shakespeare. Et comme si cela ne suffisait pas, il y a aussi Iris. Elle est la raison pour laquelle je ne pourrai jamais avoir un jugement objectif sur Scotcher.

— Iris Gillow ? demanda Poirot.

— Oui, confirma Kimpton en se levant pour se diriger à nouveau vers la fenêtre. Même si elle s'appelait Iris Morphet quand je l'ai rencontrée. Vous parlerai-je d'elle ?

27

L'histoire d'Iris

— J'ai rencontré Iris Morphet alors que j'étais étudiant à Oxford. C'est aussi là et au même moment que j'ai connu Joseph Scotcher. Je ne puis m'empêcher d'ajouter que ces deux rencontres eurent lieu le même jour, même si ce ne fut que plus tard qu'eux-mêmes firent connaissance.

« Est-ce que je regrette qu'ils se soient jamais rencontrés ? C'est ce qu'on appelle une question piège ! Car il est très difficile en vérité de choisir entre le présent et ce qui fut jadis un avenir possible.

« À l'université, Scotcher et moi étions voisins de palier. Nous nous rencontrâmes un jour que nous étions sortis au même instant de nos chambres respectives, un peu comme les deux personnages qui sortent de l'une de ces vieilles pendules à coucou allemandes et se croisent à l'heure dite ! Nous nous sommes vite liés d'amitié. Scotcher s'appliquait à me flatter, et moi, tout gonflé de ma propre importance, je buvais ses flatteries comme du petit-lait. Me montrer amical avec lui était bien le moins que je puisse faire. Au risque de paraître vaniteux… eh bien, à l'époque, il me paraissait évident que j'étais tout ce qu'il désirait être : riche, beau, plein d'assurance.

« Et Joseph, était-il bel homme, d'après vous ? Je suppose que oui, même si ses traits un peu trop délicats avaient quelque chose d'efféminé. Quant à la confiance en soi, je puis vous dire qu'en ce temps-là, il en manquait singulièrement. Il était d'une timidité presque maladive et m'écoutait religieusement, comme suspendu à mes paroles. À la longue, je remarquai d'ailleurs qu'il m'empruntait beaucoup de mes propos. Un jour, je l'ai même entendu raconter à un ami commun une anecdote amusante qui lui était arrivée à Sevenoaks, dans le Kent ; sauf que c'était à moi qu'elle était arrivée, pas à lui. Sans savoir que j'étais à portée de voix, il la racontait comme l'ayant vécue lui-même.

« Je commençai à me demander si tout ce qu'il me disait de lui-même était bien la vérité. Était-ce sa grand-mère qui avait un jour fait tomber sa résille dans un bol de gâteau de riz, ou celle d'un autre ? Était-ce la maison d'enfance de Scotcher qui avait subi une inondation détruisant tout ce qu'il avait de précieux au monde, ou celle d'un employé des wagons-lits qui lui avait porté sa valise ? Y avait-il même eu une inondation ? Comment savoir ?

« Quoi ? Non, je ne l'ai jamais mis au pied du mur. Oh, je ne sais pas. Je suppose que j'avais un peu pitié de lui. J'espérais qu'il disait généralement la vérité. Peut-être s'était-il comporté ainsi en cette seule occasion, parce que ma mésaventure de Sevenoaks était tellement cocasse qu'il avait eu envie de se l'approprier !

« Et puis il y avait les flatteries. Un jour, j'avais rédigé un essai pour mon directeur d'études qui le fit tomber en pâmoison. Il me demanda la permission d'en faire tirer des copies à ses frais, afin de pouvoir en faire profiter sa mère et son frère, qui partageraient à coup sûr son enthousiasme. Moi, je trouvais cet essai plutôt lourdaud et peu inspirant, mais une ou deux semaines plus tard, Scotcher me dit que son frère avait déclaré que c'était le meilleur qu'il ait jamais lu. Quels arguments puissants, exprimés brillamment, d'un niveau intellectuel peu commun… et patati et patata.

« Messieurs, veuillez je vous prie garder à l'esprit ce frère de Scotcher, car j'y ferai bientôt allusion, le moment venu. Il s'appelait Blake. Scotcher et lui avaient grandi à Malmesbury, et Scotcher était l'aîné des deux ; c'est tout ce que m'en dirait jamais mon nouveau meilleur ami d'Oxford, qui répugnait visiblement à parler de lui-même et de sa famille. En fait, j'avais l'impression que ses parents n'avaient pas de grands moyens et que Scotcher avait un peu honte d'eux, mais avec le recul, bien des années après, je ne me rappelle pas qu'il m'ait dit quoi que ce soit de ce genre. Mon imagination a dû combler les vides.

« Ce fut environ deux mois après notre rencontre qu'il aborda pour la première fois le sujet de sa santé. Il revenait d'une visite chez le médecin, du moins ce fut ce qu'il me dit, et me déclara qu'il avait appris une mauvaise nouvelle : ses reins étaient atteints d'une maladie qui pourrait être fatale. Je me sentis vraiment désolé pour lui ! Qui ne l'eût été ? J'étais là, brillant jeune homme en parfaite santé, sortant depuis peu avec la charmante Iris Morphet…

« Car c'est bien d'elle que je suis censé vous parler, et non de Scotcher, n'est-ce pas ? Seulement, les histoires sentimentales des autres sont d'un tel ennui, et l'homme que j'étais alors n'est pas celui que je suis aujourd'hui. En outre, j'ai hâte d'en arriver à la partie excitante de l'histoire. Mais il me faut bien en poser les fondations.

« Iris et moi, nous étions amoureux, que dire de plus ? Ce n'était pas une beauté comme Claudia, et elle n'avait pas non plus sa vivacité d'esprit, que je trouve si irrésistible, ni sa langue acérée. Ma bien-aimée est sacrément espiègle, hein ? Ce côté-là me plaît beaucoup, chez elle. Iris était plutôt la brave fille, d'une gentillesse sans faille. Elle avait une belle bouche charnue qui n'avait pas besoin de rouge à lèvres, une peau laiteuse, des cheveux d'un roux ardent. Il y avait chez elle quelque chose de réconfortant. Elle était calme et sereine, mais passionnée aussi : comme si elle avait réussi à apprivoiser le feu qui l'habitait. Pour le jeune Randall Kimpton, elle semblait être l'essence même de la féminité. Très différente de Claudia, encore une fois.

« Je suis convaincu que Claudia est en fait un cruel empereur romain déguisé en belle jeune femme, et obsédé par la vengeance. Aussi sûr que le soleil se lève, elle trouve chaque jour un motif d'en vouloir au monde entier, et rien ne la contente davantage. Or, Iris était bien différente : un sourire, une amabilité suffisaient à faire son bonheur, et elle était très rarement en colère ou de mauvaise humeur.

« Vous trouverez peut-être étrange que j'aie pu être attiré par deux femmes aussi différentes. Je ne suis pas d'accord. Les extrêmes s'attirent, on le sait, mais il y a aussi beaucoup de satisfaction à rencontrer la version féminine de soi-même. Claudia est tout bonnement une version de moi-même dont j'ai envie de jouir sans entraves. Quoi de mieux, vraiment ?

« Je vous choque, messieurs ? Je m'en excuse. C'est juste que je tiens à parler vrai. Je me fiche de la vertu… qui peut dire en quoi elle consiste, de toute façon ? Mais sans la vérité, nous sommes tous condamnés à vivre dans l'obscurité. Ce qui me ramène à Scotcher.

« Le mal qu'il avait appris lors de sa consultation médicale empira progressivement. Beaucoup de gens à Oxford étaient maintenant au courant, mais j'étais plus proche de lui que quiconque à cette époque, et personne d'autre ne le suivait d'aussi près. Quoi ? Oh oui, entre-temps, il avait maintes fois rencontré Iris. Et je ne rends pas justice à Iris en disant que j'étais plus proche de Scotcher que quiconque. Car Iris portait un intérêt bien plus vif que moi à l'état de ses reins souffreteux. Elle était toujours aux petits soins pour lui, notre pauvre ami malade, lui apportant des choses et lui prodiguant de sages conseils : il devait être stoïque et optimiste, mais garder l'esprit pratique ; il devait s'amuser et profiter de la vie, mais pas trop, etc., jusqu'à la nausée. J'en avais plus qu'assez d'entendre parler des reins desséchés de Scotcher.

« Étant quelqu'un d'observateur, il ne m'échappait pas qu'avoir les reins les plus racornis de toute l'Angleterre n'empêchait jamais Scotcher de faire les choses qui lui plaisaient, tout en s'épargnant d'assumer les basses besognes. Je ne vous ennuierai pas avec les détails. Qu'il me suffise de dire que je devins souçonneux. Je fis part de mes soupçons à plusieurs amis et à un administrateur de l'université, pour vite me rendre compte que la plupart des gens préfèrent ignorer une vérité gênante. D'ailleurs, comment prouver quoi que ce soit ? Scotcher flattait maintenant tout son entourage, alors que jadis il ne flattait que moi, et personne n'avait envie de penser du mal de lui. Les gens ne voulaient même pas envisager qu'il puisse être en parfaite santé et parfaitement malhonnête. Ils préféraient garder leur Joseph Scotcher malade et angélique.

« Je ne dis rien de tout cela à Iris, qui était folle de moi, mais me serinait sans cesse que je devrais être plus doux, plus gentil, bref plus comme elle.

« Un jour, je suivis Scotcher à son insu. Il se rendait soi-disant à un rendez-vous chez son médecin. À aucun moment il ne s'approcha d'un hôpital ni d'un cabinet médical, ce qui ne m'étonna guère, mais je le vis par contre retrouver l'épouse du directeur du département de… bref, je n'en dirai pas plus, par égard pour la dame en question. L'important, c'était que Scotcher, qui était censé consulter un néphrologue, faisait une promenade romantique dans les jardins botaniques avec l'épouse d'un autre.

« Puisqu'il s'occupe d'elle, il ne s'occupe pas d'Iris, supposai-je naïvement, bien à tort. Je n'avais pas encore demandé Iris en mariage. Comme un idiot, j'avais pris mon temps, guettant une sorte de signe qui m'aurait confirmé que c'était la femme qui me convenait. Imaginez mon choc lorsqu'un jour, elle m'annonça que Joseph Scotcher l'avait demandée en mariage et qu'elle avait accepté ! Scotcher avait tellement plus besoin d'elle que moi, m'expliqua-t-elle, les larmes aux yeux. J'étais fort, alors que lui était faible.

« Vous allez me demander si je lui ai fait part alors de mes soupçons. Eh bien non. Je m'en étais abstenu jusqu'à ce jour, et les lui confier soudain aurait poussé tout un chacun à s'interroger sur mes motivations et à douter de mon honneur. Iris aurait cru que j'étais prêt à raconter n'importe quoi pour discréditer Scotcher. Je ne souhaitais pas me rabaisser, d'ailleurs, je n'étais sûr de rien. Et si je me trompais ? On m'aurait pris pour un fameux crétin ! Personne n'irait inventer un mensonge aussi énorme, me disais-je en m'efforçant de m'en persuader.

« Pour être franc, j'étais tellement en colère contre Iris que cela m'amusait presque de la voir épouser ce charlatan. Les deux font la paire, songeai-je avec rancœur.

« Quant à Scotcher, il s'en remit à moi. Il me suffisait de le lui demander, m'assura-t-il, et il expliquerait à Iris qu'il ne pouvait finalement l'épouser, même s'ils étaient déséspérément amoureux l'un de l'autre. Ha, ha ! Eh bien je l'ai pris au mot, figurez-vous ! "Oui, lui ai-je répondu, j'aimerais beaucoup que vous annuliez vos fiançailles et me rendiez ma jeune amie." Vous auriez vu sa tête ! Il s'est mis à bredouiller, puis il m'a assuré qu'après réflexion, je comprendrais que je ne pourrais jamais être vraiment heureux avec une femme qui avait trahi ma confiance, qui plus est avec mon meilleur ami.

« Il avait raison. Je lui dis donc, très bien, mariez-vous, et que le diable vous emporte. Je ne voulais plus entendre parler d'eux ni les revoir. Dès lors, je réussis avec succès à les éviter, à part quelques fugitives apparitions en ville.

« Deux ou trois mois plus tard, je reçus une lettre d'Iris, m'annonçant qu'elle n'était plus fiancée à Scotcher. Évidemment, elle n'escomptait pas que je puisse un jour lui pardonner et la reprendre, m'écrivait-elle. Je ne pris pas la peine de lui répondre. Je me demandai si elle en était venue à le soupçonner comme moi. Sa lettre faisait une allusion indirecte à la confiance… mais j'ai oublié les détails. J'ai déchiré cette satanée missive en mille morceaux, que j'ai jetés au feu.

« Peu après la lettre d'Iris, une autre arriva, celle-ci venant du frère cadet de Scotcher, Blake, qui demandait à me voir. Comment aurais-je pu y résister ? Son propre frère saurait s'il était vraiment malade ou non, me dis-je.

« Blake Scotcher proposa de nous retrouver à la Turf Tavern, un lieu sordide s'il en est ! Je refusai en proposant le Queen's Lane Coffee. Il accepta, et une date fut fixée.

« Je ne sais trop comment vous raconter ce qui se passa ensuite. La façon dont on raconte une histoire compte beaucoup, n'est-ce pas ? On doit parfois faire des choix en espérant que ce sont les bons.

« Eh bien, quand je suis arrivé au lieu du rendez-vous, il était déjà là. Je fus d'abord frappé par leur ressemblance, bien que Blake fût brun et le timbre de sa voix plus rauque. Visiblement, Scotcher et lui sont de la même veine, me dis-je. Mais pourquoi diable ce gars ne taille-t-il pas mieux sa barbe ? Rousse au milieu et grise sur les bords, elle lui envahissait le visage en lui donnant l'air d'un pirate !

« J'oubliai vite cette face excessivement poilue quand il me dit que son frère Joseph se mourait, et qu'il désirait mon pardon plus que tout au monde. Il n'aurait pas dû laisser son amitié avec Iris se développer dans cette voie, sachant qu'elle était à moi, ou presque mienne.

« S'agissait-il de ses reins ? m'enquis-je. Blake me le confirma. Comme je demandai combien de temps il lui restait à vivre, la réponse fut "Quelques mois, un an tout au plus".

« Pour la première et la dernière fois de ma vie, j'étais bien désemparé. Je m'étais trompé sur Scotcher, gravement trompé. Forcément, car aucun homme d'honneur n'accepterait de dire à un inconnu que son frère se mourait s'il n'en était rien, même par loyauté familiale.

« D'un autre côté, c'était une supposition insensée mais… Si l'un des frères Scotcher était une canaille éhontée, pourquoi l'autre ne serait-il pas de la même étoffe ? Je renonçai vite à cette théorie, pensant qu'elle ne tenait pas debout.

« Tandis que je méditais sur tout cela, Blake Scotcher se mit à parler sur un débit de plus en plus rapide, ce qui me parut bizarre… J'essaie de vous raconter l'histoire comme elle m'est arrivée, mais c'est très difficile. Je dois essayer, pourtant.

« C'était comme si quelque chose l'avait soudain rendu nerveux, mais quoi ? Frère Blake avait-il supposé que je me précipiterais avec lui au chevet de Scotcher en m'écriant "Tout est pardonné" ? Était-ce de me voir réfléchir un peu trop longtemps ?

« “Si vous ne pouvez vous résoudre à rendre visite à Joseph, me suggéra alors frère Blake, de plus en plus impatient, pourriez-vous envisager de lui écrire une lettre ? J'hésitais à vous le demander, mais cela compte tellement pour lui. Même si vous ne vous sentez pas capable de lui dire que vous lui pardonnez, vous pourriez simplement lui souhaiter une fin paisible ? Mais je ne veux surtout pas vous forcer la main. Tenez, voici ma carte. Vous pourrez m'envoyer la lettre à mon adresse, et je veillerai à la remettre à Joseph.”

« Sur ce, Blake Scotcher s'en fut et disparut, en admettant qu'il ait jamais existé ! Ne me regardez pas comme ça, messieurs. Si je vous l'avais dit trop tôt, j'aurais raté mon effet. Je voulais que vous viviez l'épisode dans sa progression, comme je l'avais vécu. Imaginez mon choc lorsque frère Blake me tendit sa carte et que sa manche remonta sur son bras pour révéler un poignet et un avant-bras d'une nuance bien plus claire que ses mains, son cou et son visage. Certes la barbe, la peau mate, la voix rauque faisaient un déguisement assez réussi. Mais après son départ, à mesure que je repassais dans ma tête ce qui venait d'arriver, toujours assis à la table, je devins de plus en plus convaincu que l'homme qui venait de quitter le Queen's Lane Coffee House n'était pas Blake Scotcher, mais son frère aîné. Faux frère Blake, comme je l'ai surnommé depuis, affectueusement.

« Les yeux, l'ossature du visage, la forme du cou… oh oui, c'était bien Scotcher ! Joseph Scotcher. J'aurais dû m'en douter plus tôt. Mais comment imaginer qu'un homme puisse se faire passer pour son frère afin de donner du crédit à son histoire de mort imminente ?

« Un ou deux mois plus tard, j'appris qu'Iris avait épousé un certain Gillow, Percival Gillow, un individu malsain sous tous rapports, alcoolique violent, au bord de la misère. Sans doute Gillow avait-il trouvé le moyen d'émouvoir la compassion d'Iris, comme Scotcher l'avait fait avant lui.

« Iris m'écrivit encore une fois après son mariage, en me demandant si nous pouvions nous rencontrer. Elle avait besoin de me parler de quelque chose. À nouveau, je ne répondis pas. Deux semaines après avoir reçu sa lettre, j'appris qu'elle était morte. Elle était tombée sous les roues d'un train, à Londres. Son mari était avec elle sur les lieux du crime, ou de l'accident, selon le point de vue qu'on adopte. Il y eut des rumeurs disant que Gillow l'avait poussée, mais en fin de compte, la police décida qu'il n'y avait pas lieu à des poursuites contre lui. M. Gillow est aujourd'hui pensionnaire à l'hospice d'Abingdon, près d'Oxford. Charmant endroit !

« Bon, ainsi se conclut ma triste histoire. Il ne vous aura pas échappé que tout cela fait de moi le suspect idéal, l'unique personne présente sur les lieux du crime qui soit dotée de mobiles assez puissants pour avoir assassiné Joseph Scotcher.

« Pourtant je n'ai pas tué cette fripouille. Claudia non plus ne l'a pas tué, ce qui signifie que Sophie Bourlet ment. Selon moi, c'est donc elle la meurtrière ! Certes, cela paraît bizarre, alors qu'elle était sur le point d'épouser Scotcher pour devenir, le moment venu, une riche héritière. Maintenant qu'il est mort, tout reviendra de nouveau à Harry et à Claudia, et Sophie n'aura rien. Pourtant, si elle est innocente, pourquoi a-t-elle menti en accusant Claudia ?

« Décidément, tout cela est bien étrange.

28

Arrestation en vue

Le lendemain matin, l'inspecteur Conree et le sergent O'Dwyer arrivèrent à Lillieoak peu avant 9 heures. Poirot et moi fûmes invités par Hatton à les rejoindre, non pas dans une pièce où nous aurions pu nous entretenir posément tous les quatre, mais à la porte d'entrée. L'inspecteur Conree avait apparemment l'intention de mener cette conversation sur le seuil de la maison.

— Je suis ici pour vous informer tous les deux, par courtoisie, que je procéderai sous peu à une arrestation pour le meurtre de Joseph Scotcher, déclara-t-il.

Poirot se redressa pour avancer d'un pas, tandis que Conree reculait en regardant ses pieds, comme pour s'assurer que la distance désirée entre lui et Poirot était respectée, au centimètre près.

— Vous croyez donc que Sophie Bourlet est coupable de ce crime ? demanda Poirot.

— En effet, répondit Conree. Et cela depuis le début.

— Inspecteur, si je puis me permettre. J'ai la conviction que l'infirmière est innocente. J'espère en être bientôt certain. Je vous demande donc instamment…

— De ne pas l'arrêter, c'est ça ? dit Conree.

— Oui, du moins pas encore.

— Si vous m'aviez écouté patiemment au lieu de m'interrompre, vous sauriez que je ne suis pas ici pour arrêter Mlle Bourlet.

— Ah non ? s'étonna Poirot, puis il me regarda d'un air perplexe, et pour cause. Vous avez dit que vous étiez ici pour procéder à une arrestation, inspecteur. J'ai supposé…

— Votre supposition n'était pas fondée. Je suis ici pour arrêter Mlle Claudia Playford.

— Quoi ? m'exclamai-je. Mais vous venez de déclarer que vous suspectiez Sophie Bourlet.

Conree fit un signe de tête à O'Dwyer, qui prit le relais :

— Il n'y a aucune preuve que Mlle Bourlet ait agressé physiquement M. Scotcher. Dans le cas de Mlle Claudia, nous en détenons la preuve, et donc nous devons l'arrêter.

— Quelle preuve ? Il n'y a aucune preuve contre Claudia Playford, bafouilla Poirot.

Le voyant chanceler, je me plaçai derrière lui, prêt à le rattraper au besoin.

— Le témoignage de Sophie Bourlet incrimine Claudia Playford : elle l'a vue fracasser le crâne de M. Scotcher avec le gourdin, et elle a entendu la victime supplier vainement Claudia de lui laisser la vie sauve, dit O'Dwyer.

— Nom de nom ! s'indigna Poirot en se tournant

vers Conree. Inspecteur, je vous en prie, expliquez-nous ces absurdités !

— Rien ne m'oblige à vous fournir des explications, monsieur Poirot. Je suis responsable de cette enquête. Vous êtes un simple invité dans la maison où le meurtre a été commis. Et il en va de même pour votre ami Catchpool, ici présent.

— Sophie a peut-être été témoin du matraquage, mais nous savons que ce ne fut pas le meurtre à proprement parler, dis-je à O'Dwyer. Scotcher était mort d'un empoisonnement à la strychnine depuis au moins quarante minutes. Par conséquent, même si Sophie Bourlet a vu Claudia Playford lui fracasser la tête…

— Inspecteur, je vous en prie, renchérit Poirot. Réfléchissez avant d'agir. Pourquoi iriez-vous arrêter une femme que vous croyez innocente du meurtre, en vous fondant sur le témoignage d'une autre dont vous suspectez qu'elle est le véritable assassin ? Tout cela n'a aucun sens !

— Claudia Playford est fille d'un vicomte et sœur d'un vicomte, dit Conree.

— Elle l'est en effet, et la première fois que vous êtes venu à Lillieoak, ce fut précisément la raison que vous avez avancée pour ne pas l'arrêter. Vous avez dit : « Je n'ai aucunement l'intention d'arrêter la fille du vicomte Guy Playford sur le seul motif qu'une obscure infirmière a porté contre elle une accusation aussi brutale. » Et voilà que vous vous proposez maintenant de le faire !

— Nous n'en sommes plus au même point, répliqua Conree. Si nous arrêtons Claudia Playford, cela déclenchera un processus, et bientôt, nous saurons de quoi il retourne. O'Dwyer est d'accord avec moi pour trouver que c'est la bonne marche à suivre.

— En effet, confirma le sergent. Voilà comment je vois les choses : Sophie Bourlet est peut-être une menteuse, doublée d'une meurtrière, mais elle dit avoir vu Mlle Claudia matraquer M. Scotcher à coups de gourdin. Par ailleurs, personne n'est intervenu pour apporter un témoignage contraire, ou incriminant quelqu'un d'autre. Donc c'était bien Mlle Claudia. J'espère que vous me suivez ?

— Oh non sergent, loin de là, dit Poirot, puis il se tourna vers moi en m'adressant un regard plein de lassitude.

Je compris aussitôt : il attendait de moi que je prenne le relais, et je pouvais m'en charger aisément. Nul besoin d'une intelligence supérieure pour transmettre ce qui s'était déjà imposé comme une évidence.

— Vous êtes sur le point de commettre une grave erreur, dis-je aux deux *gardaí*. D'abord, vous supposez que la personne qui a agressé Scotcher avec le gourdin est sans doute celle qui l'a empoisonné, alors qu'il n'y a aucune raison de le croire. Dans un cas aussi particulier que celui-ci, il est impossible de faire une telle déduction sans connaître le mobile de l'acte, en l'occurrence les deux mobiles. Pourquoi quelqu'un désirait-il la mort de Scotcher ? Et pourquoi quelqu'un, après sa mort, a-t-il voulu faire croire qu'il était mort d'une manière différente, non pas empoisonné, mais la tête fracassée ? Il pourrait bien s'agir de deux individus distincts. J'oserais même avancer que c'est probablement le cas ! Quant à votre argument, O'Dwyer, selon lequel personne à part Claudia n'a été vu en train d'agresser Scotcher dans le petit salon avec un gourdin, eh bien, on peut tout aussi bien l'inverser !

« Écoutez plutôt : à part Claudia, personne n'a été accusé d'avoir matraqué Scotcher à mort, ni n'a été vu commettant cet acte. Cela signifie que tous les autres peuvent ou non l'avoir fait. Pour l'instant, Claudia Playford joue ce rôle, mais nous savons que d'autres parties de cette histoire sont entièrement fausses. Scotcher n'a pu implorer qu'on lui laisse la vie sauve ; il était déjà mort. Si le récit de Sophie est vrai, comment diable Claudia Playford s'est-elle retrouvée à l'étage, devant le bureau de lady Playford, sans que personne l'ait vue monter l'escalier en courant ? Pourquoi n'y avait-il aucune tache de sang sur la robe de chambre blanche que Claudia portait en attaquant Scotcher, d'après ce que Sophie Bourlet nous en a dit ? Messieurs, repris-je, le temps de souffler, Claudia Playford est la seule personne figurant dans une histoire où elle matraque Scotcher à mort, histoire dont nous savons qu'elle est par ailleurs un tissu de mensonges. Cela ne fait-il pas fortement douter de sa culpabilité ?

— Catchpool a raison, inspecteur, déclara Poirot avec une certaine solennité. Je vous en prie, ne procédez pas à cette arrestation. J'en sais bien davantage à présent qu'avant l'enquête judiciaire, et mes petites cellules grises sont entrées en action ! Mais je n'ai pas encore rassemblé toutes les pièces du puzzle. J'ai besoin pour cela de me rendre en Angleterre. Je dois m'entrenir de toute urgence avec certaines personnes. En mon absence, Catchpool aura aussi, de son côté, des questions urgentes à poser aux habitants de Lillieoak.

« Quand je reviendrai à Clonakilty, si mon voyage s'est avéré fructueux, je saurai tout. De grâce, inspecteur… accordez-moi quelques jours, et ne procédez à aucune arrestation avant mon retour. Toute action en justice manquant de base solide pourrait se révéler catastrophique.

— En Angleterre ? gronda Conree. Il n'en est pas question ! Je vous l'interdis !

C'était la première fois que moi-même j'entendais parler de ce voyage en Angleterre. Depuis la veille, Poirot avait dû progresser dans ses réflexions. Eh bien, il me manquerait, mais s'il était vraiment nécessaire qu'il parte, je m'efforcerais en son absence de tenir bon.

En représailles, Poirot décocha à Conree un sourire féroce.

— Inspecteur, combien de temps encore allez-vous maintenir cette… entrave à la liberté de mouvement ? Serait-ce que vous me suspectez moi, Hercule Poirot, de meurtre ? Très bien ! Je ne souhaite que me montrer utile dans cette affaire. Si vous m'ordonnez de ne pas partir, je ne partirai pas !

Je ne pus m'empêcher d'intervenir.

— Inspecteur Conree, je me vois obligé de contredire mon ami. S'il souhaite se rendre en Angleterre, alors il le doit. Poirot n'est pas homme à remuer du vent en se perdant en efforts inutiles. Il préfère de loin résoudre une affaire en y réfléchissant tout à loisir, assis dans un fauteuil confortable. Je vous assure qu'il n'envisagerait pas de se rendre en Angleterre si ce voyage n'était absolument nécessaire. Comme il est trop poli pour exposer certaines évidences, permettez-moi de le faire à sa place : si vous l'empêchez de partir, il ne sera pas en mesure d'obtenir des informations qu'il juge essentielles. Le meurtre de Joseph Scotcher restera non résolu, et vous retournerez à Dublin, déçu, certes, mais bien moins que ne le seront vos supérieurs. Considéreront-ils favorablement vos efforts, à votre avis, quand ils apprendront que vous avez refusé l'aide d'Hercule Poirot ? Ne préféreriez-vous pas retourner à Dublin triomphant, en déclarant que vous vous êtes assuré le concours du grand détective belge et que votre confiance en lui a été pleinement justifiée ?

— Très bien, répondit sèchement Conree au bout d'un long moment, en râpant son menton contre le col de sa chemise. Vous pouvez partir, Poirot.

— Merci, inspecteur, dit Poirot en me jetant un regard attendri, que Conree saisit au vol.

— Mais ne venez pas pleurer, quand vous aurez échoué et que nous finirons par arrêter Claudia Playford pour meurtre ! s'exclama l'inspecteur. Les tactiques que vous avez employées aujourd'hui ne vous honorent pas, Poirot. Et je vous préviens… je ne m'y laisserai plus prendre à l'avenir.

— De quelles tactiques parlez-vous ? lui demandai-je avec froideur. Nous n'avons fait appel qu'à la raison et au bon sens.

— Inutile de discuter avec lui, Catchpool, me murmura Poirot tandis que Conree et O'Dwyer remontaient dans la voiture qui les avait amenés à Lillieoak. Le bon sens et la logique passent pour une tactique des plus sournoises, aux yeux d'un homme qui en est si cruellement dépourvu.

29

L'hospice

Tard le lendemain après-midi, je reçus un coup de téléphone.

— C'est moi, Catchpool, votre ami Hercule Poirot.

— Inutile de vous présenter aussi cérémonieusement, Poirot. J'ai aussitôt reconnu votre voix. D'ailleurs, un Hatton étonnamment volubile m'a dit que c'était vous, quand il m'a prié de venir répondre au téléphone. Comment vous portez-vous, en Angleterre ?

— Mieux, maintenant qu'on m'a donné une chambre d'hôtel correcte, et que j'ai un verre de sirop à portée de main. La première chambre qu'on m'avait attribuée ne me convenait pas. D'ordinaire je ne fais pas le difficile…

— Non, bien sûr, vous n'êtes pas du genre exigeant, dis-je en souriant intérieurement.

— … mais m'étant rendu aujourd'hui à l'hospice, il était important pour moi de jouir d'un certain confort.

— À l'hospice ? De quel hospice parlez-vous, et que diable faisiez-vous là-bas ?

— Je vais vous le dire dans un moment, mais d'abord, je préfère vous demander où vous en êtes,

Catchpool. Qu'avez-vous récolté depuis mon départ de Lillieoak ?

— Moi ? Eh bien… pas grand-chose. Cet après-midi après le déjeuner, j'ai fait une bonne sieste qui m'a requinqué, comme on dit. À part ça… j'ai essayé de me tenir à l'écart. Ce n'est pas très gai ici, sans vous pour mettre de l'ambiance. Quand revenez-vous ?

— Je le savais ! Vous devez changer radicalement d'attitude, mon ami ! Au lieu de vous tenir à l'écart, cherchez au contraire toutes les occasions de discuter avec les gens, domestiques y compris. Parlez, écoutez, et enregistrez bien ce qu'on vous dit, au mot près. Plus les gens se laissent aller à parler, plus ils révèlent des choses intéressantes. Vous devez tirer parti de la moindre occasion, Catchpool, au lieu de gaspiller votre temps. Moi, je ne perds pas un instant. J'ai parlé, et j'ai écouté.

— Où ça, à l'hospice ?

— Oui. L'hospice d'Abingdon, à Oxford. C'est actuellement le foyer de Percival Gillow, veuf de la défunte Iris Gillow. J'ai eu une conversation très intéressante avec lui au sujet de la mort de son épouse. Quand j'en aurai terminé à Oxford, ce qui n'est pas encore le cas, je me rendrai à Malmesbury.

— À Malmesbury ? Et pour y faire quoi ?

— C'est là que naquit Thomas Hobbes, le saviez-vous, Catchpool ? L'auteur du *Léviathan*.

Non, je ne le savais pas.

— Et quel rapport le *Léviathan* a-t-il avec le meurtre de Joseph Scotcher ? m'enquis-je.

— Aucun. Même s'il existe, figurez-vous, une œuvre littéraire dont on pourrait affirmer le contraire. Oh que oui.

— Que voulez-vous dire, Poirot ?

— Chaque chose en son temps, mon ami. Laissez-moi d'abord vous parler de M. Gillow.

Après avoir ramené une chaise près du téléphone, je m'y assis pour l'écouter.

Apparemment, Percy Gillow avait trouvé aussi comique que moi la présence à l'hospice d'un homme de la classe et de l'élégance de Poirot. Quand son visiteur à l'allure insolite avait été introduit dans la chambre exiguë qui lui était réservée, il l'avait accueilli en s'esclaffant.

— On ne voit pas souvent des gars dans votre genre, par ici. Vous ne vous seriez pas trompé de chemin en vous rendant à un thé dansant, par hasard ?

— Non, monsieur, n'ayez crainte. En fait, je suis venu vous parler. J'espère que vous n'y verrez pas d'inconvénient ?

— Aucun, mon bon sire. Ah, vous regardez les murs… Ça, ils auraient besoin d'un bon coup de peinture, hein ? Et on est plutôt à l'étroit, ici. Mais ça me va. La boustifaille est plutôt meilleure qu'avant. Et on nous emmène au ciné une fois par semaine. Je parie que vous l'ignoriez, hein ?

— Cela semble tout à fait charmant. Monsieur… vous avez épousé une jeune femme du nom d'Iris Morphet ?

— En effet, confirma Gillow, surpris que Poirot en sache autant, alors qu'il ignorait tout du quotidien de l'hospice. Nous nous sommes mariés. J'étais un monsieur, en ce temps-là, comme vous… Vous n'allez pas le croire, mais c'est la vérité. S'adapter aux circonstances, voilà le secret. Mais c'est drôle que vous me parliez d'Iris. Elle est morte, la pauvre. Elle ne voulait pas m'épouser, au départ, oh non.

— Pourquoi dites-vous qu'elle ne le voulait pas ?

— Elle en aimait un autre. Randall Kimpton. Ce nom-là, je ne l'oublierai jamais. Elle l'avait quitté pour un sale type qui l'avait embobinée, et elle n'a pas pu le récupérer. Alors elle a pris un autre sale type : Percival Gillow, pour vous servir ! déclara-t-il avec un grand sourire qui révéla des chicots noirâtres, et il sortit d'une poche une petite tabatière au couvercle incrusté de pierreries pour pincer du tabac à priser entre ses doigts jaunis.

— J'ai récemment fait la connaissance du Dr Kimpton, lui apprit Poirot.

— Ah, et il vous a parlé de moi et d'Iris ? C'est pour ça que vous êtes ici ?

— Selon le Dr Kimpton, il y a eu des rumeurs à propos de la mort d'Iris… disant qu'elle n'était pas tombée devant un train par accident.

— Il n'était pas docteur, en ce temps-là.

— Revenons à la mort d'Iris, monsieur Gillow, dit patiemment Poirot.

— Ce ne fut pas un accident, mais un meurtre. C'est ce que Kimpton vous a dit ?

— Il suggère que vous avez peut-être poussé votre femme.

— Nan, ce n'était pas moi, répondit Percy Gillow, qui ne sembla pas s'offusquer pour autant d'être suspecté de meurtre, et continua à priser de son tabac.

C'était une femme habillée en homme ! Déguisée, quoi ! Je l'ai raconté à la police, mais les flics m'ont regardé de haut et ils n'ont rien voulu savoir. Qu'est-ce qu'un pauvre type comme moi aurait d'intéressant à dire, hein ?

— Alors vous avez vu l'accident ? Vous avez vu cette personne déguisée pousser votre femme sur les rails ? demanda Poirot.

— Non, monsieur. Voilà comment ça s'est passé. D'abord, j'ai vu Iris tomber. Bam ! J'ai rien pu faire. On aurait dit qu'elle avait brusquement sauté du quai comme ça, sans raison. Le train est arrivé droit sur elle dans un grand vacarme et l'a écrasée…

Gillow secoua la tête en montrant sa tabatière.

— C'est elle qui m'avait offert ça. Impossible de regarder cet objet sans penser à elle. Elle avait bon cœur, Iris. Et la tête bien faite. Sauf qu'elle ne s'en servait guère, et jamais dès qu'il s'agissait des hommes. Moi, c'était pareil avec les filles. Pour ça, on se ressemblait comme deux gouttes d'eau, Iris et moi. Mais elle n'a jamais compris qu'on était faits l'un pour l'autre, même une fois mariés. Elle voulait mieux que ça.

— Je comprends. Donc vous l'avez vue tomber et puis… ?

— J'ai détourné les yeux. Je n'ai pas voulu regarder, alors je me suis retourné et il était là. Ou plutôt « elle » était là. Chapeau, costume, barbe, tout y était. Une barbe rousse au milieu, grise sur les bords, on aurait dit la barbe d'un pirate comme on en voit dans les films d'aventures. Ouais, le déguisement n'était pas mal, mais je n'ai pas marché.

— Une barbe de pirate, voilà qui est intéressant, murmura Poirot.

— Elle est tombée, dit Gillow.

— Quoi donc ?

— La barbe. Je l'ai vue se détacher ! J'en ai jamais porté moi-même, mais je sais quand même qu'elles ne vous glissent pas du menton comme ça. C'est là que j'ai été sûr que c'était une femme déguisée en homme, voyez. Elle l'a rattrapée au vol et se l'est recollée aussi sec. Pour moi, c'était la preuve par dix. Mais essayez donc d'obtenir que la police vous entende, quand vous avez bu un coup de trop, que vous êtes sans emploi, et que votre femme vient juste de finir écrasée sous les roues d'un train !

Poirot eut un peu de mal à s'imaginer dans une telle situation, néanmoins il hocha la tête d'un air compréhensif.

30

Plus que de l'affection

À Lillieoak, dès le début de la matinée, gardant à l'esprit l'instruction que Poirot m'avait donnée de parler et d'écouter autant que je le pouvais, je partis à la recherche de lady Playford. Il s'avéra qu'elle aussi me cherchait, et elle cria victoire quand nos chemins finirent par se croiser.

— Edward ! Enfin je vous ai trouvé ! Avez-vous parlé avec Poirot au téléphone hier au soir ? Je suppose qu'il ne vous a pas dit quand il comptait rentrer à Lillieoak ? C'est drôle, je le connais à peine, mais c'est le genre de personne dont l'absence fait un grand vide, vous ne trouvez pas ?

Elle portait un long kimono sophistiqué au motif bleu pâle, or et orange. Il était magnifique, mais il me rappela surtout le *Mikado*, cette opérette de Gilbert et Sullivan dont Claudia avait comparé l'intrigue au futur mariage de Sophie Bourlet et Joseph Scotcher. Un mariage qui aurait pu durer plus que prévu, puisque Scotcher n'était pas mourant tout compte fait, mais qui n'avait pu advenir, ce dernier ayant été assassiné.

J'assurai à lady Playford que j'étais à sa disposition, et que Poirot reviendrait dès qu'il le pourrait.

— Il vaudrait mieux pour lui, sinon j'inscrirai son nom dans mon petit livre noir, me dit-elle en me prenant par le bras pour me faire traverser le hall d'entrée. Ce n'est pas un vrai livre, il n'existe que dans ma tête, poursuivit-elle. J'y tiens avec un soin jaloux la liste de ceux qui m'ont trompée et ne seront pas pardonnés ! Vous feriez mieux d'éviter que votre nom y figure jamais, Edward.

— Je m'y emploierai de toutes mes forces, promis-je, ce qui la fit rire. Et où allons-nous de ce pas ?

— Au petit salon.

— Le petit salon ? dis-je en me figeant sur place et en me dégageant.

— Oui. C'est là que j'ai pensé que nous devions nous entretenir.

— Mais…

— Je sais. C'est aussi là qu'on a découvert le corps de Joseph.

— En effet.

C'était une chose d'y entrer avec Randall Kimpton pour examiner la tache de sang, car on n'aurait pu le faire nulle part ailleurs, mais lady Playford et moi pouvions nous parler tout à loisir dans n'importe quelle pièce de Lillieoak.

— Le tapis taché de sang a été enlevé, dit-elle. Les *gardaí* en ont donné l'autorisation. J'ai su prendre Arthur Conree dans le sens du poil. Je lui ai dit que je comprendrais qu'il ne nous le permette pas, car il était en droit d'agir ainsi et savait à merveille nous empêcher tous de respirer… Vous l'auriez vu, il est devenu doux comme un agneau. Donc, le tapis a été enlevé hier. Nous ne trouverons aucune trace du meurtre dans le petit salon aujourd'hui, je vous le promets.

Je ne pus cacher mon manque d'enthousiasme, et elle me lança un regard sévère.

— C'est la pièce de la maison où le soleil matinal pénètre plus que dans aucune autre à Lillieoak, Edward. Même si je n'ai pas plus envie que vous d'aller m'y asseoir ce matin, nous devons le faire. Encore et encore, jusqu'à ce que toutes nos réticences soient évanouies.

— C'est la sagesse même, lady Playford, reconnus-je.

— D'autant que Joseph n'a pas été assassiné là-bas, fit-elle remarquer.

Je la suivis donc au petit salon, m'attendant à voir le parquet nu, mais un autre tapis avait été disposé à la place de l'ancien : bleu, vert et blanc, avec un motif d'oiseaux nichés dans des arbres.

— Asseyez-vous, Edward, me dit lady Playford en m'indiquant le fauteuil qu'elle avait choisi pour moi ; c'était le plus éloigné du lieu où reposait la tête fracassée de Joseph Scotcher, une délicate attention dont je lui sus gré.

Elle-même prit place sur la méridienne en face de moi.

— Vous avez un tas de choses à me demander, et moi j'ai des tas de choses à vous raconter, dit-elle. Si je commençais ? Il se trouve que j'ai depuis fort longtemps une histoire en réserve, que je n'ai pu partager avec personne. À présent que Joseph est mort et que l'enquête a démontré ce que je savais depuis longtemps, à savoir qu'il n'était pas malade et encore moins mourant, je puis parler librement. Je n'ai plus rien à garder par-devers moi. Quel soulagement !

— Je puis l'imaginer, dis-je obligeamment.

— J'ai cru que je n'aurais jamais la possibilité de raconter cette histoire, continua lady Playford. J'avais résolu de protéger la réputation de Joseph, mais à présent qu'il est mort assassiné, il est de mon devoir de tout vous dire. Si je veux aider à arrêter son meurtrier, je n'ai pas le choix. Dites-moi, Edward, dans quelle mesure vous souvenez-vous de la conversation qui a eu lieu durant le dîner, le soir où Joseph a été tué ?

— Assez bien, je pense, dis-je.

— Bon. Alors vous vous souviendrez que j'ai avancé une explication pour ce qui a dû sembler un acte incompréhensible de ma part. Pourquoi en effet déshériter mes propres enfants en faveur de mon secrétaire ? Je m'en suis donc expliquée à Joseph devant vous tous, à peu près en ces termes, car j'avais préparé mon discours à l'avance : « Le facteur psychologique influe grandement sur l'état physique, les meilleurs médecins en conviennent. » J'ai déclaré ensuite que je voulais donner à Joseph une raison de vivre, en l'occurrence une fortune considérable, dans l'espoir que son inconscient fasse son œuvre et guérisse comme par magie ses affections physiques. Vous rappelez-vous tout cela ?

— Fort bien.

— Bon. J'ai dit aussi que je n'étais plus disposée à donner carte blanche aux médecins qui soignaient Joseph, et que j'avais l'intention de l'emmener dès le lendemain consulter mon médecin, qui vaut tous les docteurs du monde. Cette partie-là est vraie, j'ai en effet un excellent médecin. Quant au reste, j'ai honte de le dire, mais c'était un mensonge. En tout cas, je le supposais. Car je n'étais absolument sûre de rien, d'où mon dilemme, comprenez-vous.

— Non, je ne suis pas certain de bien comprendre, admis-je.

— Eh bien, il est vrai que je ne voulais plus laisser les médecins de Joseph continuer de le soigner à leur manière, en supposant qu'ils existent bel et bien et ne soient pas le fruit de son imagination. Et je l'aurais emmené voir mon merveilleux médecin le lendemain matin, s'il n'était rien arrivé dans la nuit qui change la donne. Mais j'avais l'intuition qu'il allait se passer quelque chose, ajouta lady Playford en tressaillant. Même si je ne me doutais pas du meurtre qui allait être commis, évidemment. Sinon, je n'aurais rien fait du tout, ni le nouveau testament, ni l'annonce au dîner. Cette erreur de jugement, je ne me la pardonnerai jamais. Quelle suffisance de ma part d'avoir cru que je pouvais prévoir toutes les conséquences possibles de mes actes. C'est d'une légèreté injustifiable.

— Seul le meurtrier de Scotcher est responsable de sa mort, lui dis-je, ce qui la fit sourire.

— Cet argument ne tient pas debout, mais il est réconfortant, et donc, je ferai de mon mieux pour tenter de m'en persuader.

J'attendis en silence qu'elle en dise plus. Enfin, après plusieurs longs soupirs, elle reprit :

— Je ne crois pas que Joseph se mourait. Oh, j'y ai sans doute cru quelque temps après qu'il me l'eut annoncé, et j'avoue que cette nouvelle m'a complètement retournée. Car je m'étais prise très vite d'affection pour lui. Plus encore. Les jours d'après son arrivée à Lillieoak, j'ai rendu grâce à Dieu de toute mon âme de l'avoir envoyé sur mon chemin. Avez-vous eu l'occasion de lui parler, Edward ? Oui ? Alors vous savez ce que l'on ressentait : l'impression que personne au monde ne vous avait jamais mieux compris que lui ; que vous n'aviez jamais autant compté pour quelqu'un.

— Oui, il semblait remarquablement prévenant et attentif aux autres, dis-je.

— Et d'une rare perspicacité, renchérit lady Playford. Chaque fois que je lui parlais, c'était comme s'il détenait une clef magique qui lui donnait accès à mon esprit et me révélait à moi-même mes propres pensées, ainsi qu'une sagesse que je ne me soupçonnais pas. Si quelqu'un d'autre avait occupé mon esprit de cette manière, je m'y serais opposée avec force, mais Joseph me comprenait si bien. Personne ne m'a jamais comprise ainsi. Il était si intelligent ! Et ce qu'on pouvait s'amuser en sa compagnie ! C'était la présence la plus stimulante qu'on puisse imaginer. Quand il s'exprimait sur un sujet, j'étais toujours d'accord avec lui, même si des esprits conventionnels auraient trouvé beaucoup de ses opinions trop originales. Nous étions sur la même longueur d'onde… Vous connaissez cette expression ? Eh bien c'était ainsi : il disait toujours ce qu'il fallait, en trouvant les mots justes.

Lady Playford fit une pause, mais elle n'en avait pas terminé.

— Cela va vous paraître fantasque, Edward, mais il m'arrivait de me demander si quelqu'un ne s'était pas emparé d'un morceau de mon âme pour créer Joseph.

Après son arrivé à Lillieoak, j'ai dû me forcer à converser avec les autres. Ils étaient tous si ennuyeux, comparés à lui.

Lady Playford se redressa un peu sur la méridienne.

— Si je vous raconte tout cela, c'est pour que vous compreniez la suite. Quand Joseph m'a annoncé la première fois qu'il était gravement atteint d'une maladie des reins, j'en ai été surprise. Je n'avais rien remarqué jusque-là, il accomplissait tout ce qu'on lui demandait, et ne semblait pas si mal en point. Je fus horrifiée d'apprendre qu'il allait en mourir. Anéantie, même. Il n'y a pas d'autre mot. L'idée de le perdre m'était insupportable.

Elle s'interrompit un instant et ferma les yeux. Ce qui n'était qu'une idée était devenu réalité. La réalité est brutale, mais lorsqu'on y est confronté, on la supporte, parce qu'on n'a pas le choix, songeai-je.

— Aussitôt, j'ai engagé pour lui la meilleure infirmière que j'aie pu trouver : Sophie. J'ai tenté de le persuader de voir mon médecin, mais il ne voulait pas en entendre parler. Quand il est venu m'annoncer qu'il souffrait de la maladie de Bright, qu'elle en était au stade terminal, et qu'il ne survivrait pas longtemps… eh bien, disons qu'entre-temps, il m'était venu quelques soupçons. Pourtant, malgré mes doutes, je fus émue par le peu de cas que Joseph faisait de lui-même. Il ne semblait songer qu'à me réconforter. Il m'a assuré qu'il était un battant, et qu'il était décidé à demeurer avec moi aussi longtemps que possible. Comment ce pauvre condamné peut-il être assez altruiste pour s'inquiéter tellement plus de moi que de lui-même ? me suis-je dit. Ce doit être un saint !

Comment ai-je jamais pu douter de lui ? Feindre d'être gravement malade est une chose, mais aucune personne en bonne santé n'irait prétendre qu'elle est mourante, sans espoir de guérison.

« Mais le bon sens a vite repris le dessus. Je me suis rendu compte que Joseph pouvait se permettre d'être un saint et de penser à moi en premier, puisqu'il savait qu'il n'avait pas à s'inquiéter de sa santé.

— À quel moment avez-vous commencé à suspecter qu'il mentait sur son état ? demandai-je.

— Je ne pense pas qu'il mentait. Il m'arrive de mentir quand ça m'arrange, comme la fois où j'ai dit à Edith Aldridge que je lui avais envoyé une lettre de remerciements et que les services postaux avaient dû l'égarer. C'était un mensonge, et je le savais. Mais dans le cas de Joseph, je crois que c'était différent. Comme s'il se persuadait lui-même que tout était vrai.

— Vous pensez qu'il se croyait sincèrement malade ?

— Non, non, pas exactement. Simplement… je crois que ses mensonges n'étaient pas tant délibérés qu'irrésistibles, pour lui. Quelque chose devait lui être odieux dans ce qu'étaient réellement sa vie ou sa propre personne, et donc il se réfugiait dans la fiction, en se fabriquant une histoire qu'il pouvait supporter. Je suis convaincue qu'il s'efforçait d'y croire le plus possible, afin de vivre en accord avec elle. Tout cela a-t-il un sens, pour vous ?

— Guère, je l'avoue.

— Pour moi non plus, reconnut lady Playford. Néanmoins je crois que je connaissais Joseph mieux que quiconque, je parle du vrai Joseph, pour autant qu'un homme comme lui puisse être ainsi défini. Car à bien des égards, je crois qu'il ne se sentait pas plus réel qu'aucune des fables qu'il racontait. Vous n'êtes peut-être jamais tombé sur quelqu'un comme lui, Edward. Sinon, vous comprendriez mieux. Je jurerais que c'était lui-même que Joseph cherchait à duper plus que n'importe qui d'autre. C'est pourquoi je ne puis le juger trop sévèrement. Il était motivé par un besoin profond, puissant, d'ordre psychologique. J'ai hâte d'en discuter avec Poirot, car je sais que la psychologie est l'un de ses domaines de prédilection.

Je réitérai ma question :

— Quand avez-vous commencé à soupçonner que Scotcher n'était pas du tout malade ?

— Je ne saurais vous le dire précisément. Entre deux et trois semaines après qu'il m'eut parlé de sa maladie pour la première fois. Il y a eu ce rendez-vous chez le médecin qu'il a annulé sans raison valable, ce qui m'a paru bizarre, étant donné la gravité de son état. Et puis il n'avait pas du tout l'air malade. D'après mes observations, il paraissait en aussi bonne santé qu'Harry, Randall ou n'importe quel autre jeune homme. Certes, il était d'une maigreur affligeante, mais certaines personnes ont ce type de constitution et se portent à merveille. Souvent, vous le remarquerez, elles ont même un appétit d'ogre. Et puis, en une autre occasion, Joseph s'est rendu en Angleterre pour voir un médecin dont les compétences méritaient le déplacement, apparemment. Eh bien, cela paraissait absurde ! Pourquoi ne pas se faire suivre par un médecin résidant à proximité, qui pourrait le voir souvent ?

Pourquoi aucun médecin ne venait jamais en visite à la maison ?

« Je ne pus obtenir de Joseph qu'il me révèle le nom de cet éminent spécialiste anglais, car il changeait systématiquement de sujet. Par le plus grand des hasards, Claudia était au même moment en Angleterre, pour rendre visite à des amis d'Oxford et s'adonner à son sport favori : rappeler à Randall qu'elle ne lui accorderait jamais son pardon et ne voudrait jamais de lui. Quelles inepties !

« Le fait est que Claudia vit Joseph à 15 h 10, le jour où il était censé consulter le médecin en question. Au lieu de ça, il prenait le thé avec une femme brune dont les sourcils se rejoignaient en lui barrant le front, d'après Claudia. Vraiment, pourquoi garder ce genre de disgrâce physique alors qu'il est si facile d'y remédier ? Bref… Cette femme était bien plus âgée que Joseph, et elle mangeait un pain aux raisins. Oh, ce n'était pas un rendez-vous galant ni rien de ce genre. Claudia les a vus ensemble par la vitrine du Randolph Hotel.

— Et vous en avez conclu que Scotcher… qu'en avez-vous déduit au juste ? Quel rapport ce rendez-vous avait-il avec sa maladie ?

— Il se trouve que Joseph m'avait précisé l'heure de sa consultation : 15 heures. Or, à peine dix minutes plus tard, le voici au Randolph Hotel. Vous allez me dire, et si le rendez-vous avec le médecin avait été expédié en cinq minutes et qu'il ne lui avait fallu que cinq minutes de plus pour marcher jusqu'à l'hôtel ? Dans ce cas, vous me sous-estimez. Au moment où Claudia m'a alertée, le réceptionniste du Randolph a été assez obligeant pour lui permettre d'utiliser le téléphone de l'hôtel, et je lui ai demandé de me passer son directeur général. Ce dernier a été vite en mesure de me confirmer qu'une table avait été réservée pour deux à partir de 15 heures par un certain Joseph Scotcher !

— Je vois. Donc, quand Claudia l'a vu avec cette femme, nous pouvons supposer qu'ils s'étaient retrouvés à 15 heures et avaient déjà passé dix minutes ensemble.

— Exactement. Bien sûr, si Claudia l'avait vu avec un homme, j'aurais pu me demander si le médecin de Joseph était un excentrique qui tenait à recevoir ses patients dans des hôtels à la mode plutôt qu'à son cabinet, mais il s'agissait d'une femme, sans doute possible. Ce qui signifie que Joseph m'avait menti au sujet de ce rendez-vous.

— C'est choquant, dis-je. Sachant combien vous aviez d'affection pour lui, vous faire croire que vous pourriez bientôt le perdre à cause d'une terrible maladie… puis continuer à entretenir ce mensonge !

— C'était choquant, certes. Quant à moi, je n'étais pas choquée, répliqua lady Playford. Ma première réaction, eh bien… j'en ai eu plusieurs, à vrai dire. D'abord, un soulagement mêlé de joie : je ne le perdrais pas ! Joseph vivrait !

À ces mots, ses yeux s'emplirent de larmes.

— Je suis désolée. Il m'est insupportable de penser à ce que j'ai ressenti alors, s'excusa lady Playford en sortant un mouchoir de la poche de son kimono pour se tamponner les yeux.

— Vous n'avez pas à vous excuser, dis-je.

— C'est gentil à vous, mais je ne supporte pas les débordements d'émotion en public. Je préfère garder un certain recul pour mieux analyser les situations et leurs enjeux. À part la joie et le soulagement, j'étais aussi grandement déconcertée par le comportement de Joseph. Pourquoi un homme qui pouvait avoir le monde à ses pieds choisissait-il de se conduire de façon aussi singulière ? Cela m'intriguait… et je lui en étais reconnaissante.

— Reconnaissante ?

— Cela vous semble-t-il étrange ? Je suis une enfant unique. Mes parents étaient des gens tranquilles et sans histoires. Quand j'étais petite, si j'avais envie qu'il se produise quelque chose d'intéressant, je devais l'inventer par moi-même. Et donc je transformais mes ours en peluche en bandits, mes poupées en héroïnes, et je mettais en scène dans ma chambre d'incroyables drames, dont personne ne se doutait. Je n'ai cessé depuis d'inventer : personnages, intrigues, mystères, romances… Le temps passant, j'ai mûri, et rencontré des gens qui étaient bien plus intéressants que mes parents, mais jamais personne qui égale sur ce plan-là les personnages que j'inventais. Jusqu'à ce que…

Elle parut attendre que je termine sa phrase pour elle.

— Jusqu'à ce que vous rencontriez Scotcher ? dis-je.

— Oui. Joseph était merveilleusement déconcertant et surprenant, plus que tous les mystères que je ne pourrai jamais espérer inventer. Oh oui, j'en éprouvais de la gratitude. Tout cela était si excitant, si palpitant. À tel point que je me suis prise au jeu ! Le plus curieux, c'est que Sophie a fait de même. Elle a cautionné cette fausse histoire de maladie, car elle était tombée amoureuse de Joseph et ne souhaitait pas dévoiler au grand jour son imposture. Comme moi, Sophie voulait le protéger. Songez combien sa réputation en eût souffert, si la vérité avait éclaté !

— Certains trouveraient que Scotcher l'aurait amplement mérité, remarquai-je, en me comptant parmi ceux-là. D'ailleurs Sophie Bourlet persiste en assurant qu'elle le croyait malade et qu'elle le croit toujours. Elle accuse même de mensonge le médecin de la police.

— Sophie n'a pas le courage de confesser qu'elle a été complice d'une telle duperie. Je suis prête à parier qu'elle a deviné la supercherie durant les jours qui ont suivi son arrivée à Lillieoak. Oh, elle ne l'admettra jamais. La vérité blesse sa fierté, aussi reste-t-elle sur ses positions. N'oubliez pas, cher Edward, que la plupart des gens n'aiment guère regarder en face tout ce qui les gêne ou leur paraît bizarre. Un rien les effraie… gardez cela à l'esprit ! Il n'est que les écrivains et les artistes qui soient capables de se confronter aux ambiguités, à l'étrangeté des choses, ainsi que les esprits curieux. Je suis certaine qu'Hercule Poirot serait fasciné par tout cela.

— Sophie Bourlet savait-elle que vous connaissiez la vérité sur la santé de Scotcher ? demandai-je.

— J'espère sincèrement qu'elle a cru que j'étais dupe et que je le suis restée du début à la fin, répondit lady Playford, avec un sourire malicieux qui s'évanouit aussi vite qu'il était venu. Après tout, pourquoi aurais-je gaspillé de l'argent en payant une infirmière à plein temps pour un homme qui n'était pas malade ?

Pourquoi en effet ? Je ne demandai pas d'autre explication. Lady Playford croyait m'en avoir déjà fourni une, mais j'avais beau croire en sa bonne foi, je ne m'en satisferais jamais.

— Claudia avait deviné la vérité, bien sûr, et Randall également. Je craignais qu'à tout moment, l'un d'eux ne la fasse éclater de la manière la plus blessante qui soit pour Joseph. Claudia n'allait pas se satisfaire encore longtemps de le taquiner à coups d'allusions subtiles, et ses piques se faisaient de plus en plus fréquentes. Ce fut cette crainte qui me poussa à établir mon plan. Un plan qui me parut génial, sur le moment.

Lady Playford s'affaissa soudain, sous le coup d'une profonde détresse.

— Sauf que ce plan n'avait rien de génial. Quelle vieille folle j'ai été, persuadée que j'étais de pouvoir tout contrôler. Quelle vanité criminelle ! Si je n'avais rien fait, rien dit, Joseph serait encore en vie aujourd'hui.

— Quel était ce plan ? lui demandai-je. Se bornait-il à ce que vous m'avez déjà raconté, à savoir obliger Joseph à consulter votre médecin ?

— Oh non. Mon plan allait bien au-delà.

Avec quelque appréhension, je la priai de me raconter la suite.

31

Le plan de lady Playford

« Catchpool, c'est moi, Hercule Poirot.

— Je m'en doutais un peu, mon cher. D'autant qu'hier, vous avez téléphoné à cette heure précise. Laissez-moi deviner… je parie que vous avez un verre de sirop à portée de main, hein ?

— Si seulement. Non, mon ami. Je suis à l'hôpital.

— Bon sang…, m'écriai-je en me redressant brusquement. Que vous est-il arrivé ? Quel hôpital ? À Oxford ?

— Oui. J'attends de voir un éminent spécialiste, mais ne vous inquiétez pas, Catchpool. Je ne suis pas là pour raison de santé. Seulement pour poser des questions.

— Ah ! dis-je en riant de soulagement. J'aime mieux ça. Et la spécialité de cet éminent docteur ne serait-elle pas les reins, par hasard ?

— Eh oui, c'est aux reins qu'il s'intéresse plus qu'à aucun autre de nos organes.

— Alors ce n'est pas le médecin de Scotcher. En supposant que Scotcher en ait jamais eu un, m'empressai-je d'ajouter, rattrapant ainsi le petit retard d'assimilation des faits dont souffre parfois le cerveau.

— Je ne suis pas ici pour parler de Joseph Scotcher, mais d'une tout autre question, dit Poirot. Ah, bonjour, docteur !

— Il est arrivé ?

— Non, celui qui vient d'entrer est un autre genre de docteur… Veuillez rester en ligne, Catchpool.

Cela faisait moins de cinq minutes que nous discutions, et déjà je m'y perdais. Tous ces médecins… Pour l'instant, d'après moi, il y en avait trois : celui de Scotcher (le supposé), celui que Poirot attendait de voir, et celui qui venait juste d'entrer dans la pièce où se trouvait mon ami.

J'attendis tout en écoutant.

— Merci, docteur, disait Poirot. J'ai effectivement prié l'infirmière de vous expliquer que j'avais besoin de m'entretenir un long moment avec mon ami Edward Catchpool, de Scotland Yard. Oui, c'est une conversation très confidentielle. Peut-être existe-t-il un autre bureau que vous pourriez occuper pendant que… Oui ? Parfait. Merci mille fois.

— Poirot, auriez-vous flanqué un pauvre gars à la porte de son propre bureau ?

— Aucune importance, Catchpool. J'ai hâte d'entendre ce que vous avez à me dire.

— Ah oui ? répondis-je en soupirant, conscient des difficultés qui m'attendaient. Avant de commencer, j'ai une question pour vous. Votre hôtel d'Oxford… comment s'appelle-t-il ?

— Le Randolph.

— Tiens donc. J'avais l'intuition que ce serait celui-là.

— Pourquoi donc ?

— L'histoire que je m'apprête à vous rapporter se déroule au Randolph Hotel, figurez-vous.

— Allez-y, me pressa Poirot.

Je me mis à lui résumer ce que lady Playford m'avait raconté, puis je m'interrompis, tant j'étais frustré.

— Poirot, je vous conseille fortement de lui parler vous-même, lui dis-je. Elle a une façon bien à elle de raconter et… Elle sait insuffler à une histoire de la vie, de la fantaisie, ainsi qu'une certaine subtilité. Mon récit à moi est plat et sans saveur, en comparaison.

— Ne vous inquiétez pas, mon ami. Je saurai ajouter à votre version le sel qui lui manque en lui redonnant du relief, à la manière de lady Playford.

Je me remis donc à lui rapporter ce que m'avait dit lady Playford, et à force de parler, j'étais quelque peu enroué quand j'en arrivai au passage suivant :

— Alors, comme je lui demandais si c'était à cela que se limitait son plan : obliger Scotcher à consulter son propre médecin, elle m'a répondu que non. La suite est… eh bien, plutôt extraordinaire.

— Continuez, mon ami, m'exhorta Poirot avec avidité.

— Il se trouve que Michael Gathercole avait postulé pour le poste de secrétaire particulier de lady Playford ! C'est ainsi que Scotcher et lui… attendez, laissez-moi réfléchir. Je me demande si c'est par là que je dois commencer.

— Gathercole, l'avocat ? Pour être le secrétaire de la romancière ?

À mesure que je donnais à Poirot les informations qu'il désirait, j'avais l'impression de les traduire, comme si à l'origine, elles étaient exprimées dans une langue étrangère. C'était étrange, mais j'aurais trouvé plus facile de jouer le rôle de lady Playford, comme au théâtre, en récitant son texte mot pour mot, plutôt que de le restituer dans mon propre langage. Par conséquent, j'ai décidé que mes éventuels lecteurs auraient droit à la meilleure version. Quant au pauvre Poirot, il dut se contenter d'une version beaucoup plus pauvre et manquant de naturel.

— Je me dois à présent de faire entrer Michael Gathercole dans l'histoire, me dit lady Playford. C'est mon avocat, et il excelle dans cette profession, mais il n'a pas toujours été associé dans le cabinet londonien le plus select qui soit. C'est moi qui ai demandé à Orville Rolfe de l'engager en lui témoignant la plus grande bienveillance, et Orville, dont le cabinet familial, Rolfe & Sons, avait géré les affaires de mon père et de mon mari, ne m'a pas déçue dans mes attentes.

« J'ai rencontré Michael pour la première fois quand il m'écrivit pour poser sa candidature à un poste de secrétaire particulier, après une annonce que j'avais fait paraître. Il était clerc de notaire à l'époque, bien trop qualifié et intelligent pour ce type d'emploi. Souffrant d'un manque total de confiance en lui, il comptait rester clerc de notaire pour le restant de ses jours. C'est alors qu'il vit mon annonce. Il avait tant aimé mes livres, enfant, qu'il ne put résister et postula. Je ne souhaite pas me vanter, mais il était clair, d'après sa lettre de candidature, que mes livres étaient la seule chose qui l'avait aidé à traverser une enfance éprouvante. Donc, je lui accordai un rendez-vous pour une entrevue.

« Joseph Scotcher posa également sa candidature pour le même poste. Sa lettre était d'une politesse irréprochable, mais sans rien de personnel. Avant de les rencontrer, j'étais certaine de choisir Michael Gathercole plutôt que Joseph, mais je ne voulais pas me décider sans les avoir vus au préablable, et donc, je leur demandai à tous deux de venir à Lillieoak pour me rencontrer. Je crains de les avoir fait attendre fort longtemps, mais la faute en revient à ce majordome de malheur ! Fidèle à lui-même, Hatton se refusait obstinément à me dire quoi que ce soit ce jour-là ; à tel point que j'en devins anxieuse, m'imaginant que cela concernait peut-être Michael ou Joseph. Si c'était le cas, j'aurais préféré le savoir avant de les rencontrer, évidemment.

« En fin de compte, il s'agissait d'une vétille : le réglage de toutes les pendules de la maison, procédé qui était programmé pour le lendemain. J'aurais volontiers étranglé ce satané majordome ! Il me fallut une demi-heure pour retrouver mon calme. Durant ce temps, Michael et Joseph étaient restés assis à l'extérieur de mon bureau et avaient parlé. Longuement. Vous allez comprendre d'ici peu pourquoi cela a son importance.

« Je vis Joseph en premier. Eh bien, il n'y a pas de mots pour décrire combien il m'impressionna. Chacune de ses phrases regorgeait de références aux aventures de Shrimp, il semblait connaître toute mon œuvre par cœur et dans les moindres détails, et il avait même quelques théories audacieuses à ce sujet. C'était comme s'il avait creusé dans les profondeurs de ma créativité pour y voir des choses dont je n'avais pas moi-même conscience.

« Et donc, j'ai choisi Joseph. N'importe qui aurait fait de même. Vous aussi, Edward. C'était un être irrésistible, éblouissant. Cela me coûta de le laisser repartir ; j'aurais voulu le garder près de moi dès cet instant, mais évidemment, je devais sauvegarder les apparences. Je dus le laisser rentrer chez lui, et accorder à Michael une entrevue, l'ayant fait venir de Londres jusqu'à Clonakilty.

« C'est à peine si j'ai écouté Michael. Il était nerveux, et ma première impression de lui ne fut pas des meilleures. J'étais trop occupée, dans mon esprit, à rédiger la lettre que j'allais écrire à Joseph. Oui, je l'avais choisi avant même que Michael entre dans la pièce, j'ai honte de l'admettre. Michael est un homme charmant, et il méritait mieux. Il n'est pas éblouissant comme Joseph l'était, mais il est digne de confiance. Oui, j'en conviens : il est digne de confiance, ce que Joseph n'était pas.

« J'ai donc engagé Joseph comme secrétaire, et offert à Michael un prix de consolation. J'étais désolée pour lui, aussi glissai-je un ou deux mots à l'oreille d'Orville Rolfe en sa faveur, comme je vous l'ai déjà dit. J'obtins pour lui ce que j'escomptais, et mieux encore. Ensuite, j'avoue que Michael Gathercole me sortit de la tête, jusqu'à ce qu'un jour, deux ou trois années plus tard, je fisse à Joseph une allusion à une plaisanterie récurrente dans chacun de mes livres… Toute personne ayant lu ne serait-ce que l'un d'entre eux l'aurait comprise sans difficulté. Edward, je suppose que vous n'avez jamais…

« Si, vous en avez lu ? Que ne le disiez-vous ! Voyons un peu, que je vous mette à l'épreuve. Si je vous dis *capsule de bouteille de lait*, saurez-vous de quoi je parle ? Ah, vous voyez ! Bien sûr que oui. Dans chacune de ses aventures, Shrimp utilise cette expression, en jouant sur le comique de répétition. Or, de toute évidence, elle n'évoquait rien à Joseph, ce que je trouvai étrange, car j'aurais juré qu'il m'avait fait cette citation, quand je l'avais reçu en entrevue pour le poste.

« J'étais troublée. Pour le mettre à l'épreuve, je fis une ou deux références codées à mon travail, et là encore, il parut bien embarrassé. Je compris qu'il n'avait lu aucun de mes livres, alors qu'il avait prétendu les avoir tous dévorés, en avoir prêté à sa famille, en avoir proposé aux passants dans la rue, bref c'était tout juste s'il n'avait pas fondé une nouvelle religion dont mes livres seraient les textes sacrés… J'exagère bien sûr, mais pas autant que vous pourriez l'imaginer.

« Au moment précis où la malhonnêteté de Joseph m'apparaissait dans toute son ampleur, que ce fût au sujet de mes livres ou de sa santé, quelque chose d'autre me frappa. Un souvenir remonta des profondeurs de mon esprit. Je n'avais pas rêvé que l'expression *capsule de bouteille de lait* m'avait été citée tandis que je recevais les différents candidats au poste de secrétaire. Je l'avais bien entendue, mais pas dans la bouche de Joseph, non, dans celle de Michael Gathercole. Malheureusement, j'avais été si captivée par Joseph que je la lui avais attribuée au détriment de Michael. C'était très injuste de ma part. Certes, ce n'était pas volontaire. Mais cela m'a inquiétée et je me suis interrogée…

« Le lendemain, j'ai écrit à Michael pour l'inviter à revenir me voir. Il est venu, et je l'ai mitraillé de questions. Dans *Shrimp Seddon et l'œuf de Pâques*, quelle est la qualité la plus essentielle chez quelqu'un, selon le père de Shrimp ? Dans *Shrimp Seddon et le casque de pompier*, qu'est-ce qui donne une drôle d'odeur au foulard de Mme Oransky ? Et cetera. Michael m'a donné toutes les bonnes réponses. Alors je lui ai demandé s'il se rappelait ce qui s'était passé entre lui et Joseph, tandis qu'ils attendaient que je les reçoive dans mon bureau. Il en fut embarrassé, mais j'insistai, et il se résolut à me le raconter. Tout s'éclaircit. C'étaient les idées et les théories de Michael que Joseph m'avait présentées, avec plus d'adresse et d'éloquence que ne le fit leur véritable auteur, certes. C'était Michael qui connaissait par cœur les aventures de Shrimp. Joseph s'était contenté de répéter ce que l'autre candidat au même poste avait eu la candeur de lui transmettre, tandis qu'ils attendaient ensemble d'être reçus.

« Cela me fit un rude choc. Vous pensez que j'aurais dû aussitôt renvoyer Joseph, mais je n'en avais aucune envie, non, pas même après cette dernière découverte. Là encore, Edward, vous ne prenez pas en compte le besoin que l'on ressent de savoir. Quel intérêt aurait la vie sans mystère à résoudre ? Or donc, je continuai à m'interroger : qui était vraiment cet éblouissant jeune homme ? S'appelait-il Joseph Scotcher, ou était-il quelqu'un d'autre ? Pourquoi croyait-il se faciliter la vie à force de mensonges ? J'eus envie de l'aider. Car voyez-vous, une chose était vraie à propos de Joseph : il s'ingéniait à me rendre heureuse, à me faire plaisir, à m'aider, à me divertir. Cela semblait être son seul souci. Non, je ne l'abandonnerais pas.

« Mais d'abord, il me fallait rattraper le coup avec Michael. Je lui déclarai que désormais, il serait mon avocat. À cette époque, un autre cabinet s'occupait de mes affaires, mais je n'étais attachée à aucun avoué en particlier, et je fus heureuse d'en changer. En apprenant la nouvelle, Orville Rolfe invita Michael à devenir son associé dans un tout nouveau cabinet, et Gathercole Rolfe fut fondé. J'avais au moins soulagé ma conscience, par rapport à Michael. Je résolus aussi de parler dorénavant de mes nouveaux travaux littéraires avec Michael, et plus jamais avec Joseph. Voici donc comment je réglai le problème.

« Mais comment aider Joseph ? C'était une autre paire de manches ! Je ne voulais pas l'accuser, dévoiler au grand jour sa malhonnêteté, l'effrayer au point qu'il s'enfuie de Lillieoak. Je voulais qu'il se sente en parfaite sécurité avec moi… ce qui supposait de faire semblant de le croire. Je me torturais l'esprit pour savoir comment l'aider le mieux possible, d'une façon qui lui permettrait de sauver la face, et rien, aucune idée raisonnable ni pratique ne me venait. Alors, en désespoir de cause et en dernier recours… j'ai imaginé cette histoire de nouveau testament.

« Oh, je n'avais nullement l'intention de déshériter définitivement Harry et Claudia. Si tout s'était déroulé comme je l'espérais, j'aurais établi un nouveau testament dès que le problème de Joseph aurait été réglé.

Mon plan pour mon troisième et dernier testament était de partager mes biens en trois parts égales. Harry hériterait d'une, Claudia d'une autre, et la troisième serait partagée entre Joseph et Michael Gathercole. Dorro aurait râlé, l'ingrate, alors qu'un tiers de mes biens avait largement de quoi la contenter. Et puis ce n'est pas comme si Harry et Dorro avaient des enfants à prendre en compte !

« Mon testament léguant tout à Joseph devait avoir deux conséquences possibles. Si Joseph était vraiment malade, j'avais l'espoir que la nouvelle d'un héritage substantiel pourrait pousser son inconscient à persuader son corps de réagir afin de résister plus longtemps. Et s'il n'était pas malade ? Eh bien… cela devenait un peu plus compliqué. Ne vous inquiétez pas, Edward, je vais tout vous expliquer avec clarté. C'est la principale critique qu'on fait à mes romans, soit dit en passant. Ils seraient un peu trop alambiqués. Quelle ineptie ! Si mes intrigues étaient plus simples, les gens les devineraient trop vite, n'est-ce pas ? Et ce n'est pas le but d'un roman à énigmes. Je n'écris pas pour des imbéciles, et je ne le ferai jamais. J'écris pour des esprits capables de relever un défi intellectuel.

« J'ai établi mon intrigue concernant Joseph tout comme je construis celles de mes livres. Ficeler une intrigue est un talent comme un autre, et je me considère comme experte en la matière, après toutes ces années de pratique. Je vois que vous brûlez d'envie d'entendre ce que j'avais imaginé. Je m'en vais vous le dire…

« D'abord, je changerais mon testament et annoncerais ce changement à tout le monde. À présent, imaginez un Joseph, qui se prétend faussement atteint de la maladie de Bright et condamné à brève échéance, apprenant la nouvelle. Je déclare que je lui laisse tout et que, dès le lendemain, je compte l'emmener voir mon médecin. La panique s'empare aussitôt de lui. Dans ces circonstances, il ne pourra me le refuser, au risque que je change d'avis et modifie les clauses de mon dernier testament. Or, je ne pense pas qu'il souhaite prendre ce risque ; qu'ils soient honnêtes ou malhonnêtes, les gens apprécient d'entrer en possession d'une grande fortune. Donc, toujours dans cette hypothèse, mon médecin va l'examiner et conclure « voici un solide gaillard en parfaite santé ». Le jeu est fini ! Je pourrais alors chasser Joseph de Lillieoak et qu'il s'en aille couvert de honte. Bien sûr, jamais je ne ferais une chose pareille, mais il n'est pas censé le savoir, n'est-ce pas ? Il croit que ses fables m'ont bel et bien abusée.

« Sous la menace de cette visite obligée chez mon médecin, prévue pour le lendemain, Joseph n'a qu'une nuit, quelques heures, pour trouver comment se sortir du guêpier où il s'est fourré. D'après moi, il n'a que deux échappatoires possibles. Il peut essayer de me tuer, ou se jeter à mes pieds en implorant mon pardon ! Quoi ? Bien sûr que je lui aurais pardonné ! Je lui aurais même donné l'absolution ! Quoi ? Non, non, aucune inscription dans mon petit livre noir pour Joseph ! Si seulement il avait décidé, pour finir, d'être complètement loyal envers moi, je crois que j'aurais pu le guérir de son besoin compulsif de mentir.

« Je remarque que vous ne me demandez pas si je lui aurais pardonné si jamais il s'était glissé dans ma chambre avec un nœud coulant dans l'intention de m'étrangler ! Oui, je lui aurais pardonné. Nous sommes tous capables des pires égarements, quand nous nous sentons acculés. Si Joseph avait été assez désespéré pour recourir au meurtre, poussé par mon nouveau testament, c'eût été de ma faute. Disons que je l'aurais bien cherché. Néanmoins, je n'étais pas disposée à me faire assassiner, et donc, j'ai demandé à Michael Gathercole de se cacher derrière le rideau de ma chambre cette nuit-là, pour prévenir tout acte de ce genre.

« Ce que vous devez comprendre, Edward, c'est que si Michael était là, caché dans ma chambre, ce n'était pas seulement pour me sauver, mais aussi pour sauver Joseph. Surtout, dirais-je même. Imaginez la scène : Michael bondit de derrière le rideau et saisit l'arme, quelle qu'elle soit, que Joseph tient à la main. Je me réveille, et Michael m'informe de ce qui vient de se passer. Qu'aurait fait Joseph, alors qu'il était pris sur le fait, s'apprêtant à me tuer, moi, son employeur, son amie ? Peut-être aurait-il tout admis et supplié qu'on lui pardonne ? Alors j'aurais pu l'aider.

« Voyez-vous, dans le cours normal des choses, les gens qui mentent comme ils respirent ne se résolvent jamais à l'admettre. Ils ont une capacité inépuisable d'inventer de nouveaux mensonges pour expliquer les anciens. Ce n'est pas tant un problème moral, à mon avis, qu'une maladie mentale. Je vois que vous n'êtes pas d'accord, Edward, mais j'ai raison sur ce point, et vous avez tort. En tout cas... surprendre Joseph sur le point de commettre un meurtre était peut-être le seul moyen de lui extorquer la vérité, pensai-je. Parce que, comprenez-vous, il aurait pu alors invoquer sa duplicité maladive et son besoin désespéré de la cacher comme circonstances atténuantes, une fois qu'il aurait été accusé de tentative de meurtre, ce qui est bien plus grave que de mentir. À ce stade, il aurait pu être prêt à tout dire pour me faire croire qu'il n'était pas juste un tueur sans cœur qui n'en voulait qu'à mon argent. Alors, une fois qu'il aurait admis son vrai problème, lui et moi aurions pu nous attaquer ensemble aux racines du mal qui le tourmentait depuis si longtemps. Avec mon aide, Joseph Scotcher aurait pu devenir l'homme qu'il était destiné à être. Mais au lieu de ça…

« Mon intrigue tourna court, avec les conséquences que l'on sait… Jamais je n'ai imaginé que quelqu'un voudrait… que quelqu'un tuerait mon cher Joseph.

« Edward, je ne pensais pas que vous feriez un public aussi peu compatissant. Ne comprenez-vous pas que, pour moi, Joseph était une sorte de magicien ? Par le seul pouvoir des mots, il transformait ma vie entière. Même son énorme tromperie, une fois que je l'eus percée à jour, me ravissait. La vie prenait grâce à elle une tout autre dimension. C'était comme assister aux tours d'un prestidigitateur. Ah, vous semblez perplexe. Eh bien, quand je vous aurai expliqué la suite, je vous garantis que vous me considérerez comme folle à lier, et peut-être le suis-je, qui sait ? Bon, pour le dire simplement : Joseph avait guéri d'une maladie mortelle pour laquelle il n'y avait aucun remède. Là où les spécialistes des reins les plus brillants du monde avaient échoué, Joseph Scotcher, mon dévoué et talentueux secrétaire, avait réussi ! Comprenez-vous ? Il a guéri de la maladie de Bright, puisqu'il s'est avéré qu'il ne l'avait pas, en fin de compte !

« Non ! Inutile de me dire que se révéler être un fieffé menteur n'est pas pareil que de guérir d'une maladie. Cela, je le sais aussi bien que vous. Je veux simplement vous décrire l'effet que cela eut sur moi : alors que j'étais dans l'angoisse à l'idée de perdre mon bien-aimé Joseph, j'apprenais soudain qu'il n'était pas mourant finalement, et qu'il était même vraisemblablement en parfaite santé ! C'était comme s'il avait guéri d'une maladie mortelle. Je parle sur un plan métaphorique, et non en faisant un strict récapitulatif des faits.

« Quel air désapprobateur vous avez, Edward ! Seriez-vous en colère contre Joseph de vous avoir trompé vous aussi, durant le court laps de temps où vous l'avez fréquenté ? Comprenez donc : il n'a menti ni à moi, ni à vous, ni à personne en particulier. Il a juste… modifié la vérité, parce qu'il se sentait mieux ainsi. Hélas, désormais, je ne découvrirai jamais le fin fond de cette histoire. Je ne comprendrai jamais pourquoi il agissait ainsi.

32

Le cheval de course kidnappé

— Vous me demandez à quand remontent mes tout premiers soupçons sur l'intégrité de Scotcher et de sa conduite ? dit Michael Gathercole.

C'était le lendemain. Nous avions tous deux quitté Lillieoak pour nous rendre au O'Donovan Hotel, à Clonakilty. Quel soulagement de pouvoir s'asseoir, parler et boire du thé dans une salle où nous ne risquions pas d'être à tout moment coincés par une Dorro ou une Claudia, à subir les jérémiades de l'une ou les récriminations de l'autre !

Le salon du O'Donovan sentait le moisi et était encombré de meubles vieillots. Les rideaux avaient perdu leur couleur, mais le thé et les gâteaux étaient délicieux et, à dire la vérité, je me serais volontiers contenté d'une caisse d'emballage en guise de siège pour passer une ou deux heures dans une atmosphère agréable et détendue. Manifestement, Gathercole éprouvait le même sentiment : c'était comme si une sombre pesanteur s'était provisoirement dissipée, et il semblait bien plus à l'aise que d'habitude.

— Je me souviens précisément de l'instant où ces soupçons me vinrent pour la première fois, poursuivit-il. Mais cet épisode ne prit tout son sens que longtemps après. C'était le jour où nous attendions tous les deux d'être reçus par lady Playford. À un moment, Scotcher fit, à propos de l'une des aventures de Shrimp, un commentaire qui ne correspondait à rien : « Quel est le livre où l'on parle d'un cheval de course kidnappé ? Le titre ne me revient pas. » Cela me parut étrange, car l'instant d'avant, il avait prétendu connaître par cœur tous les ouvrages de lady Playford, et je lui avais confirmé que c'était aussi mon cas. Le hic, c'est que dans aucune aventure de Shrimp on ne parle d'un cheval de course kidnappé, et il devait certainement se douter que je le savais. Ce ne fut que bien plus tard que je compris enfin quelle était son intention.

— Lui avez-vous fait remarquer son erreur ?

— Oui. Je lui ai fait remarquer que la seule aventure de Shrimp où figurait un cheval, de façon tout à fait secondaire, était *Shrimp Seddon et le voyage autour du monde*. Dans cet épisode, sir Cecil Devaux, le constructeur naval, possède un cheval nommé Saphire, et Shrimp résoud le mystère quand elle comprend que M. Brancatisano, étant italien, prononce mal le nom anglais du cheval, ce qui le fait prendre pour Sphere, le nom du chantier naval de sir Cecil, confusion qui entraîne toutes sortes de malentendus et de quiproquos.

— Je crois bien que c'est l'un des livres de Shrimp que j'ai lus, lui dis-je.

— C'est l'un des meilleurs.

— N'y a-t-il pas un horrible individu, un certain Higgins, qui finit par tomber dans la mer, pour disparaître à tout jamais ?

— Oui, c'est bien celui-là ! confirma Gathercole en souriant. Parole, vous connaissez mieux les livres de lady Playford que Scotcher quand je l'ai rencontré la première fois ! Je n'ai compris que plus tard qu'il m'avait posé cette question erronée pour me faire parler. En le corrigeant, et au cours de la conversation qui suivit, je lui fournis assez de détails pour que, durant son entrevue avec lady Playford, il apparaisse comme un grand connaisseur de Shrimp Seddon et de ses aventures. Savez-vous ce qu'il m'a dit, quand je lui eus tout expliqué sur Sapphire, Sphere et lord Cecil Delvaux ? « Mais oui, bien sûr. » Ce fut alors que je mis en doute sa bonne foi et le soupçonnai d'être, non pas un drôle de type à la mémoire déficiente, mais un genre de fripouille. Ce n'étaient que des soupçons diffus, notez-le bien. Là où un gars honnête aurait dit « Bon sang, comment ai-je pu me gourer à ce point-là ? », Scotcher sous-entendait qu'il le savait depuis le début, et qu'il avait simplement besoin qu'on lui rafraîchisse la mémoire. Balivernes ! N'importe quel lecteur du *Voyage autour du monde* n'aurait jamais confondu les choses à ce point-là.

Gathercole semblait vouloir en dire plus, aussi, j'attendis. Une jeune femme vint nous demander si nous voulions encore du thé, ce que nous acceptâmes volontiers.

— Mais il était trop tard, reprit mon compagnon. J'en avais déjà trop dit à Scotcher sur les œuvres de lady Playford, en lui détaillant même les brillantes idées qu'elles m'inspiraient. Quand vint le moment de mon entrevue, ce fut à peine si lady Playford m'interrogea. Je dus rester assis à l'écouter faire l'éloge de Scotcher, s'extasier de son esprit pénétrant, et des remarques astucieuses qu'il lui avait faites sur la construction et les thèmes de ses romans. Toutes choses, inutile de le dire, qu'il venait d'apprendre de ma bouche durant l'heure précédente. Oh, je dois préciser que l'entrevue avec Scotcher avait duré une heure entière. La mienne ne prit qu'une vingtaine de minutes.

— Mais… n'avez-vous pas révélé cette supercherie à lady Playford ?

— Je n'aime pas déprécier autrui. Sans doute Scotcher avait-il décelé chez moi cette qualité, ou plutôt ce travers. Car je ne me suis jamais pardonné de ne pas avoir parlé, ce qui aurait protégé lady Playford des manœuvres de cet imposteur. Pourtant, je doute qu'elle m'aurait écouté.

— En effet, confirmai-je.

— Quoi qu'il en soit, j'ai été proprement éconduit après ma courte entrevue, et Scotcher a obtenu le poste. Puis, quatre ans, non, cinq ans plus tard, lady Playford m'a convoqué. « Je n'ai pas été juste envers vous, Michael. Je le comprends, maintenant. Pour me faire pardonner et compenser le tort que je vous ai causé, j'aimerais que vous deveniez mon avocat et que vous gériez désormais mes affaires », m'a-t-elle déclaré, ce qui m'a comblé de joie, vous le pensez bien. J'étais déjà au service d'Orville Rolfe, à qui elle avait demandé de me donner un emploi, peu de temps après m'avoir écarté pour engager Scotcher comme secrétaire.

— Oui, elle me l'a raconté.

— Je lui dois tout, me confia Gathercole en fronçant les sourcils. Le même jour, elle m'a aussi déclaré qu'en plus de faire de moi son avocat, ce qui n'avait rien à voir avec ses travaux littéraires, elle avait désormais l'intention de tester sur moi les nouvelles aventures de Shrimp, sans faire appel à personne d'autre. La façon appuyée dont elle dit « personne d'autre » me parut être une allusion très claire à Scotcher. Et aujourd'hui... bien des années plus tard, je sais que c'est précisément ce qu'elle voulait dire. « Vous êtes mon préféré, Michael, celui en qui j'ai toute confiance. » Scotcher avait beau être son secrétaire, ce n'était pas lui, mais moi, qu'elle consultait au sujet de ses livres.

Voyant combien c'était important pour Gathercole, je confirmai d'un hochement de tête.

— Ce même jour, poursuivit-il, elle m'apprit aussi que Scotcher souffrait de la maladie de Bright, une nouvelle qu'elle m'annonça en des termes plutôt surprenants. Au lieu de dire : « Il est condamné », elle déclara : « Joseph m'a dit qu'il était condamné. » Elle voulait m'indiquer ainsi qu'elle ne le croyait pas, sans l'exprimer de façon explicite.

« Sur le moment je n'ai pas pu me retenir. Vous allez me trouver mesquin, mais j'étais absolument certain que Scotcher n'avait toujours pas lu une seule ligne de ce que lady Playford avait publié, presque cinq ans après être devenu son secrétaire. Après avoir obtenu le poste, il aurait pu facilement lire toute son œuvre, mais non. Il préférait continuer à duper tout un chacun. Je crois qu'il se complaisait dans son imposture, même si je n'en ai aucune preuve, juste une impression. Vous rappelez-vous le soir précédant sa mort, lors du dîner, quand il a révélé la solution de *La Dame de pique* à Poirot, qui ne l'avait pas lu ?

— Oui, comment ne pas me souvenir de cette Dame de pique, qui n'était pas juste une carte à jouer, mais un véritable personnage !

— C'était la preuve évidente que Scotcher se fichait complètement des livres de lady Playford. Toute personne qui attache de la valeur aux histoires à énigmes n'irait pas en révéler la solution d'une façon aussi cavalière. Quant au conseil qu'il a donné à Poirot de lire les aventures de Shrimp non pas chronologiquement, mais dans le désordre, un procédé prétendument plus conforme à la vie réelle… Je n'en ai pas la preuve, mais Joseph produisait toujours des idées et des théories fascinantes sur les aventures de Shrimp qui n'étaient sûrement pas les siennes. Je le soupçonne fort de se les être appropriées à partir de courriers qu'il détruisait ensuite.

— Des lettres de lecteurs adressées à Lady Playford ?

— Oui… En tant que secrétaire, Joseph s'occupait de toute sa correspondance. Il ouvrait avant lady Playford toutes les lettres que son éditeur envoyait par sacs entiers et les triait. Cela a duré jusqu'au jour où il s'est prétendu trop faible pour continuer, et où Sophie a pris le relais. C'est peu charitable de ma part, mais je parie qu'il détournait à son profit les lettres les plus intéressantes, mémorisait leur contenu, puis brûlait les originaux. Je me rappelle être entré un jour dans le salon et l'avoir surpris en train de jeter des papiers au feu. Il a tressailli et s'est mis à bredouiller un prétexte incohérent.

— Vous avez dit que vous n'aviez pu vous retenir, quand lady Playford vous avait appris la prétendue maladie mortelle de Scotcher, lui rappelai-je. Qu'avez-vous fait ?

— Ah oui… Je n'ai pu m'empêcher de lui faire cette remarque : Pardon, lady Playford, mais qu'entendez-vous par « Si Joseph meurt » ? Va-t-il mourir, oui ou non ?

— Et qu'a-t-elle répondu ?

— Elle a souri tristement et dit « Telle est la question, Michael. En vérité, telle est la question. »

33

Vérités et contradictions

Poirot revint deux jours plus tard, dans la matinée. Après avoir dormi tout mon soûl, je m'étais réveillé tard en entendant gratter à ma porte. J'enfilai ma robe de chambre, allai ouvrir, et découvris Poirot sur le seuil.

— Grâce au ciel, vous voilà de retour !

Il fut visiblement touché par cet accueil enthousiaste.

— Oui, me revoilà, mon ami. En espérant que nous aurons progressé chacun de notre côté. Alors, qu'avez-vous de neuf à me raconter depuis que nous nous sommes parlé au téléphone ?

Je lui rapportai ma conversation avec Gathercole, puis je lui demandai s'il avait trouvé ce qu'il cherchait à Malmesbury.

— Oui… j'ai appris bien des choses, des choses intéressantes, concernant notre affaire. Mais j'en suspectais déjà une bonne partie. Habillez-vous, mon ami. Je vous attendrai dans la bibliothèque. Là, nous parlerons. J'y ai laissé sorti l'exemplaire du *Roi Jean* que je lisais.

— Pourquoi le lisiez-vous ?

Le Roi Jean... Serait-ce l'œuvre à laquelle Poirot avait fait allusion, celle qu'il croyait liée au meurtre de Scotcher ?

— Depuis notre arrivée, le Dr Kimpton a essayé d'attirer notre attention sur cette pièce, me confirma-t-il. Vous n'avez pas songé à la lire vous-même, pendant mon absence ?

— Non. Si vous désiriez que je la lise, il eût fallu me le dire.

— Tant pis, mon ami.

Sur ce, il me tourna le dos et se dirigea vers l'escalier.

Je fis ma toilette, m'habillai rapidement, et le rejoignis dans la bibliothèque vingt minutes plus tard. Il était bien installé dans un fauteuil, dans un coin de la pièce, avec *Le Roi Jean* sur la table à côté de lui.

— Dites-moi, alors, lui dis-je, passablement intrigué. Pourquoi être allé à Malmesbury ?

— C'est là que vit la mère de Joseph Scotcher. Avec l'aide de la police locale, j'ai été en mesure de la trouver.

— À quoi ressemble-t-elle ?

— Question intéressante s'il en est… On aurait pu s'attendre à ce que la mère de Scotcher soit d'une beauté délicate, presque angélique, n'est-ce pas ? Eh bien cette femme ne l'était pas, loin de là. En fait, elle n'était guère agréable à regarder. Elle avait…, commença Poirot, mais en le voyant désigner un point entre ses deux yeux, je terminai sa phrase à sa place.

— Des sourcils qui se rejoignaient en lui barrant le front ? devinai-je.

— Exactement. On aurait dit une moustache, sauf qu'au lieu d'être sous le nez, elle était au-dessus ! s'exclama Poirot, ravi d'avoir trouvé l'expression parfaite pour décrire ce trait physique, ce qui me fit sourire malgré moi. Comment le saviez-vous, mon ami ?

Je lui confiai alors le seul détail que j'avais omis de lui mentionner au téléphone : la femme que Claudia Playford avait vue en compagnie de Scotcher au Randolph Hotel avait des sourcils qui se rejoignaient.

— Bon sang de bois ! Ne vous avais-je pas dit de tout me raconter sans rien laisser de côté ? s'indigna Poirot en levant les mains.

— C'est tout à fait fortuit, lui dis-je, fâché d'être accusé de négligence alors que je ne demandais qu'à coopérer. Vous-même avez délibérément omis de me dire pourquoi vous étiez à l'hôpital et qui était cet éminent docteur. Au fait, combien de patients ont trépassé dans le couloir pendant que vous occupiez ce bureau pour me parler ?

— Il suffit, mon ami, revenons à ce qui nous occupe. Bon, j'ai fait quelques découvertes importantes. Et je m'en vais vous les raconter. Blake Scotcher, le cadet de Joseph. Il a bel et bien existé.

— Alors ce n'était pas Joseph Scotcher déguisé qui a rencontré Randall Kimpton au Coffee House de Queen's Lane ?

— Mais si, c'était lui, assurément. Et même dans le cas où je me tromperais, celui que rencontra le Dr Kimpton ne fut certainement pas Blake Scotcher, fils cadet d'Ethel Scotcher, de Malmesbury.

— Comment le savez-vous ?

— Parce qu'il est mort à l'âge de six ans, de la grippe.

— Grands dieux !

— Ayant déjà perdu un fils, Mme Scotcher est effondrée d'en avoir perdu un deuxième. Son chagrin est encore aggravé par la culpabilité qu'elle éprouve depuis longtemps à l'égard de Joseph. Elle l'a négligé quand il était enfant, m'a-t-elle confié. Il paraissait heureux et bien portant, tandis que son frère Blake était chétif, maladif, et requérait toute son attention.

— Tiens donc !

— Oui. Et dire que le Dr Kimpton assure que la psychologie n'a aucun fondement !

— Mme Scotcher ne vous a rien révélé d'autre ?

— Non. Mais j'ai récolté par ailleurs d'autres détails intéressants. Je me suis rendu au Balliol College d'Oxford, où Kimpton et Scotcher avaient tous deux fait leurs études, et où ils s'étaient rencontrés. Saviez-vous qu'avant d'obtenir le poste de secrétaire particulier de lady Playford, Scotcher était ce qu'on pourrait appeler un « Shakespearien » ?

— Ah bon ? Comme Kimpton l'était lui-même, avant de s'orienter vers la médecine ?

— Précisément. Beaucoup de gens à Balliol se rappellent très bien les deux jeunes hommes. D'après l'opinion générale, Scotcher idolâtrait Kimpton et le prenait pour modèle.

Phyllis s'était donc trompée du tout au tout en inversant les rôles : elle avait supposé que l'homme qu'elle aimait était l'original, et Randall Kimpton sa pâle copie.

— Voilà sans doute pourquoi Kimpton a changé d'orientation pour embrasser la carrière médicale, dis-je. D'autant que Scotcher lui avait pris Iris en la séduisant juste sous son nez, en plus du reste. Et si cette histoire ne concernait pas tant Iris que Kimpton ?

— Vous voulez dire que ce n'était pas tant la fille que Scotcher convoitait, mais qu'il voulait surtout être Randall Kimpton ? Comme cela lui était impossible, s'approprier Iris était pour lui une sorte de palliatif.

— Oui, c'est à peu près ça. Si Scotcher ne désirait Iris que parce que Kimpton l'avait, et s'il s'est mis à étudier Shakespeare par esprit d'imitation, cela a dû être horripilant pour Kimpton. Qui pourrait supporter d'être systématiquement copié de cette façon ? Quant à la raison invoquée par Kimpton pour expliquer son abandon des études shakespeariennes, à savoir que certains de ses camarades le désapprouvaient de préférer *Le Roi Jean* à d'autres pièces… j'ai toujours pris cela pour du boniment.

— Mais Sotcher aurait pu tout aussi bien entreprendre des études de médecine pour le suivre, non ? Et peut-être qu'il l'aurait fait, s'il n'avait trouvé mieux. Une fois Iris sortie de scène, Kimpton a reporté ses attentions sur l'éblouissante Claudia Playford, femme distante et apparemment inaccessible, fille d'un vicomte et d'une célèbre romancière. Kimpton met tout en œuvre et il finit par réussir à la convaincre de convoler en justes noces. Scotcher, qui fréquente les mêmes cercles à Oxford, constate que Kimpton, après beaucoup d'efforts, a gagné le cœur de cette jeune beauté, et par chance, la mère de Claudia, l'écrivaine, passe au même moment une annonce offrant un emploi de secrétaire… Voilà qui est bien plus prometteur pour Scotcher que la poursuite d'une carrière médicale. En parlant de médecins…, commença Poirot, puis il secoua la tête en laissant sa phrase en suspens.

— Allez-vous enfin me le dire ?

— Quand nous avons parlé au téléphone, vous avez suggéré que Scotcher n'avait peut-être aucun médecin. Eh bien, il n'était ni malade ni mourant, mais quand il vivait à Oxford, il figurait bien sur la liste de patients d'un médecin. J'ai rendu visite à cet homme chez lui. Ce que j'ai appris de lui est proprement facinant. Cela éclaire tant et tant de choses. Sauf qu'il y a un problème : ce qui est à présent clair à mes yeux… est malheureusement impossible.

— Veuillez vous expliquer, je vous prie, insistai-je, sans grand espoir.

— L'heure n'est pas aux explications, mais à la réflexion, Catchpool. Je vais m'y consacrer intensément, et je vous conseille de faire de même.

— Qu'est-ce qui est clair pour vous, et qu'est-ce qui rend cette chose impossible ? Par pitié, Poirot, comment voulez-vous que je réfléchisse, si vous n'éclairez pas un tant soit peu ma lanterne ?

Je fus surpris de l'entendre me répondre de bon gré.

— Comment tout cela peut-il s'assembler ? Sophie Bourlet jure que Joseph Scotcher était en vie, suppliant qu'on l'épargne, jusqu'au moment où Claudia Playford l'a attaqué avec un gourdin dans le petit salon. Pourtant l'enquête révèle que la cause du décès est l'empoisonnement, et qu'il a eu lieu bien plus tôt dans la journée. Quant à Kimpton et Claudia, ils prétendent qu'ils étaient ensemble à l'étage au moment où le matraquage avait lieu. En outre, Brigid, la cuisinère, les a vus ensemble sur le palier alors que nous nous précipitions tous dans l'escalier, alarmés par les hurlements de Sophie. Mais… si ma théorie au sujet de la personne qui a tué Scotcher et pourquoi se vérifie, alors Sophie doit dire la vérité sur ce qu'elle a vu dans le petit salon cette nuit-là. Elle n'aurait aucune raison de mentir.

— Exposez-moi votre théorie, s'il vous plaît.

— Laissez-moi terminer, Catchpool. Si ma théorie à propos de l'assassin de Scotcher est la bonne, l'hypothèse selon laquelle Claudia aurait fracassé le crâne de Scotcher à coups de gourdin alors qu'il était déjà mort prend tout son sens.

— Ah bon ? Pourquoi donc ? Parce qu'elle désirait que les funérailles de Scotcher se déroulent cercueil fermé, pour une raison particulière ?

— Non, pas du tout. Ses funérailles n'ont rien à voir là-dedans. Oui, le fait que Claudia ait infligé ces mauvais traitements au cadavre de Scotcher prend effectivement tout son sens. Ce qui n'en a aucun, par contre, c'est que Scotcher, qui aurait dû être mort empoisonné à la strychnine, n'était apparemment pas mort du tout ! Alors qui ment ? Sophie Bourlet ? Non, je ne le crois pas. Claudia Playford ? Non ! Si Scotcher était encore en vie dans le petit salon, elle n'aurait eu aucune raison de lui fracasser le crâne, par conséquent elle ne l'aurait pas fait.

— Pour moi, tout cela, c'est de l'hébreu. Je n'y comprends rien, lui déclarai-je, puis je me levai pour aller ouvrir la fenêtre sur la grande pelouse bordée d'arbres.

Cette vue me calma un peu l'esprit, car je venais de me rendre compte que fixer trop longtemps Hercule Poirot dans les yeux vous donnait le tournis.

— D'après le peu que j'ai pu comprendre, repris-je après un instant de réflexion, vous semblez dire que vous croyez Sophie Bourlet, mais que vous croyez également Claudia Playford ?

— Oui. Je crois l'infirmière Sophie. Mais je crois aussi aux conclusions de l'enquête.

— Dans ce cas, il semblerait que…, commençai-je, mais je m'interrompis, ne sachant comment exprimer mon idée. Quand on sait que deux choses sont vraies, et que ces deux choses semblent se contredire, au lieu d'en conclure que l'une doit être fausse, ne faut-il pas se demander s'il n'en existerait pas une troisième à laquelle on n'a pas encore pensé, permettant que les deux premières puissent se compléter ?

J'eus l'impression que Poirot grinçait des dents sous sa moustache.

— C'est bien joli, Catchpool, malheureusement, il est impossible que Scotcher ait pu être à la fois mort et vivant quand il a été attaqué à coups de gourdin.

— Bien sûr que non. Les deux choses vraies et apparemment inconciliables que j'avais en tête étaient, primo, Sophie Bourlet dit la vérité, ce dont vous êtes convaincu, et secundo, Claudia Playford n'avait aucune raison de fracasser le crâne de Scotcher avec un gourdin s'il n'était pas déjà mort.

— Catchpool ! s'écria Poirot, ce qui me fit tressaillir.

— Que vous arrive-t-il ?

— Du calme. Fermez cette fenêtre ! Venez vous asseoir, me lança-t-il, en proie à une grande agitation.

J'obtempérai, en espérant n'avoir pas été trop direct. Nous restâmes assis en silence pendant près d'un quart d'heure. De temps en temps, Poirot murmurait quelque chose d'inaudible. J'aurais juré à un moment l'entendre marmonner « Ferme la porte, sans porte », mais je n'osai lui en demander confirmation.

J'attendis. Cela devint plutôt lassant. J'allais protester quand il se leva, s'approcha de moi, me saisit la tête à deux mains et m'appliqua un baiser sur le sommet du crâne.

— Mon ami, sans savoir comment je pourrais exploiter votre suggestion, vous avez résolu l'énigme qui m'occupait l'esprit ! Je vous suis redevable plus que je ne saurais le dire. Enfin, le motif se révèle à moi dans son entier !

34

Mobile et occasion

Trois heures plus tard, le sergent O'Dwyer et moi-même avions réussi à rassembler tout le monde dans le salon. Poirot n'avait pas encore ouvert la séance que l'atmosphère était déjà tendue. L'inspecteur Conree était furieux d'avoir été évincé du premier rôle. Il avait cessé ses jeux de menton pour laisser sa tête ballotter à tel point qu'on aurait pu croire qu'il avait le cou brisé, si l'on n'avait connu ses manières.

À part Conree, O'Dwyer, Poirot et moi, les autres personnes réunies dans la pièce étaient lady Playford, Harry et Dorro, Randall Kimpton et Claudia, Michael Gathercole et Orville Rolfe, Sophie Bourlet, Hatton, Phyllis la servante et Brigid la cuisinière, qui fut la première à parler.

— À quoi bon tout ce raffut ? protesta-t-elle en nous foudroyant tour à tour du regard. Je ne vais pas m'asseoir en plein milieu de journée ! Les repas ne vont pas se faire tout seuls ! Vous vous imaginez peut-être que j'ai le temps de fainéanter ? Si vous ne voulez pas mourir de faim, vous avez intérêt à me laisser partir.

Elle semblait sur le point de jaillir à tout moment de sa chaise en se propulsant de ses bras musculeux, mais Claudia l'interpella :

— Je suis prête à faire la danse des sept voiles devant Buckingham Palace si vous n'avez pas déjà préparé le déjeuner et le dîner ce matin, entre cinq et huit, Brigid. Allons, admettez-le.

— Je ne voudrais rater ça pour rien au monde, renchérit Kimpton. Défendez-vous, brave Brigid, lança-t-il en faisant un clin d'œil à la cuisinière, qui réagit par un grognement désapprobateur. Si vous remportez la partie, Claudia devra tenir parole, et moi, je chercherai à me faire engager comme jardinier-chef de Sa Majesté.

— Mesdames et messieurs, commença Poirot qui se trouvait sur le devant de la pièce, en adressant un petit salut à la ronde. Je ne vous retiendrai pas plus longtemps que nécessaire. Docteur Kimpton, je vous serais reconnaissant de ne pas m'interrompre. Ce que j'ai à vous dire à tous est important.

— Je n'en doute pas, mon vieux, dit Kimpton. D'ailleurs je ne vous ai pas encore interrompu, que je sache, et j'ai… voyons, quatorze témoins pour le confirmer. Mais à vous la parole, Poirot. J'espère que vous serez en mesure de nous éclairer sur le meurtre de Joseph Scotcher.

— C'est bien mon intention, et la raison de notre présence ici.

Tout ce temps, j'étais debout à côté de Poirot, devant la cheminée sans feu. J'aurais bien aimé savoir ce qu'il s'apprêtait à dire.

— Ce n'est certes pas le premier meurtre sur lequel j'ai enquêté, commença-t-il. Pourtant, c'est l'un des moins compliqués. J'ai eu beau me débattre avec une foule de questions, la solution de ce puzzle n'en est pas moins d'une désarmante simplicité.

— Nous ne sommes guère en position d'en convenir ou pas, intervint Claudia. Pourquoi ne pas nous révéler ce que vous avez découvert, que nous puissions alors statuer ensemble sur la nature du crime ?

— Ne l'interrompez pas, mon ange, murmura Randall Kimpton.

— D'une désarmante simplicité, Poirot ? lança lady Playford depuis le fond de la pièce, où elle était assise devant les portes-fenêtres. On fracasse la tête de la victime avec un gourdin, et il s'avère ensuite qu'elle avait été empoisonnée plusieurs heures auparavant… Vous trouvez ça simple ?

— Oui, lady Playford. Conceptuellement et en théorie, c'était un crime méthodique et… qui ne manquait pas d'élégance, je dois le reconnaître. Mais la réalité fut bien différente. Le meurtrier a dû s'adapter à des changements de circonstances et à des événements imprévus. Tout ne s'est pas passé ainsi qu'il l'avait prévu, mais si tel avait été le cas…, commença Poirot, et son visage se fit grave. Quand le mal se fait méthodique, le danger est sérieux. Des plus sérieux en vérité.

Je frissonnai. Si seulement Hatton et Phyllis avaient songé à allumer le feu. C'était le jour le plus froid que nous ayons connu depuis notre arrivée.

— Face à n'importe quel meurtre, on doit prendre en considération le mobile et l'occasion, dit Poirot.

Commençons par l'occasion, car c'est la partie la plus simple. Il semblerait qu'hormis l'inspecteur Conree, le sergent O'Dwyer et Catchpool ici présent, n'importe quelle personne se trouvant dans cette pièce aurait pu tuer Joseph Scotcher. Pour l'instant, mettons de côté le matraquage qui eut lieu dans le petit salon. J'y reviendrai plus tard, mais d'abord, occupons-nous du meurtre proprement dit. Nous savons que des traces de strychnine ont été décelées dans la fiole bleue qui se trouvait dans la chambre de Scotcher, et nous savons qu'en la présence de Sophie Bourlet, Scotcher prenait un peu du contenu de cette fiole à 17 heures chaque jour, y compris le jour où il est mort. Sa mort fut causée par un empoisonnement à la strychnine, comme nous l'a appris l'enquête.

Il y eut quelques murmures approbateurs dans l'assistance.

— À part les trois messieurs que j'ai nommés, vous auriez pu tous sans exception entrer dans la chambre de Scotcher avant 17 heures ce jour-là pour mettre de la strychnine dans la fiole bleue, déclara Poirot. Donc, passons au mobile. La plupart d'entre vous avaient une raison de désirer la mort de Scotcher. Puis-je commencer par vous, vicomte Playford ?

— Hein ? s'étonna Harry en levant les yeux d'un air confus, puis il se reprit et retrouva ses bonnes manières. Mais oui, bien sûr, mon vieux. Faites donc.

— En tant que sixième vicomte Playford de Clonakilty, vous escomptiez naturellement hériter d'une partie des biens de votre mère, comme tout fils l'aurait fait. Vous étiez déjà mécontent des termes du testament de votre défunt père, en tout cas votre épouse l'était certainement. Et voilà qu'un soir, au dîner, vous apprenez que vous n'aurez rien du tout, et que vous avez été supplanté par Joseph Scotcher. S'il était éliminé cependant…

— Bien sûr qu'Harry y avait droit, en tant que fils ! s'exclama Dorro. Ce n'était que justice ! N'est-ce pas, Harry ?

— Quant à vous, madame, en tant qu'épouse du vicomte Playford, vous aviez les mêmes attentes, lui répondit Poirot en lui souriant. Ce que possède le mari, la femme le possède aussi. Cela vous donne, à vous aussi, un mobile. J'avancerai que le vôtre diffère nettement de celui de votre mari, cependant. Pour vous, ce nouveau testament est le début de la fin : la peur de la pauvreté, d'un avenir incertain, vous inspire le besoin d'être certaine que l'argent vous reviendra. Il n'en va pas de même pour votre époux.

— Non ? Ça alors ! s'étonna Harry, qui parut aussi surpris que sa femme. Finissons-en ! Quel aurait été mon mobile pour supprimer Scotcher, d'après vous ?

— Vous saviez comment réagirait votre femme, si Scotcher devait survivre, lui dit Poirot. Combien elle deviendrait amère et obsédée. Elle ne parlerait que du nouveau testament, et du fait que vous vous retrouviez dans la gêne. Vous auriez été condamné à écouter ses récriminations incessantes pour le reste de votre vie, avec peu ou pas d'argent pour tromper votre ennui en cherchant ailleurs quelques distractions.

— Comment osez-vous parler devant moi en ces termes ! protesta Dorro en se levant. Harry, faites quelque chose. Quelles absurdités ! Puisque le poison fut mis dans la fiole avant 17 heures… eh bien, Harry et moi n'étions pas au courant du nouveau testament à ce moment-là ! Nous ne l'avons appris qu'au dîner, qui fut servi à 19 heures !

— Veuillez vous asseoir, madame. Votre remarque est justifiée, mais rappelez-vous : pour l'instant, je ne parle que du mobile.

Poirot se tourna alors vers un Harry d'une nature beaucoup plus conciliante que sa femme, qui semblait bouillir de rage.

— Vicomte Playford, j'ai démontré que vous et votre épouse aviez tous deux un mobile. Cependant, aucun de vous deux n'a tué Joseph Scotcher.

— Ah ! Quand même ! s'exclama Harry, tout joyeux, en tapant sur le genou de Dorro.

— Mademoiselle Claudia…, commença Poirot.

— Suis-je la prochaine sur la liste ? Comme c'est excitant.

— Vous avez beau être fiancée au Dr Kimpton, le testament modifié par votre mère pourrait, d'après moi, constituer un mobile suffisant pour vous aussi. Peut-être n'aviez-vous besoin ni des terres ni de la fortune appartenant à votre famille, mais vous êtes quelqu'un de très sensible aux injustices. Or, vous trouvez injuste que votre frère ait hérité du titre de votre père. Pourquoi pas vous, alors que vous êtes l'aînée ? En apprenant que Joseph Scotcher allait faire main basse sur ce que vous considériez comme vous revenant de droit…

— Bien sûr que j'avais un mobile, l'interrompit Claudia en feignant un mortel ennui. C'est l'évidence même ! Pourtant c'est Maman que j'aurais dû supprimer, plutôt que Joseph. Après tout, lui n'y était pour rien. Il faut être très précis, quand il s'agit de désigner un responsable, ne croyez-vous pas ?

— On doit être précis en toute occasion, remarqua Kimpton.

— Il y aussi la question de l'exécution… Oh non ! dit Claudia avec un petit rire de gorge. Je ne parle pas d'exécution dans un sens aussi morbide. Je parle de l'accomplissement des projets qu'on a conçus. Aucun meurtre planifié par moi ne comprendrait un empoisonnement plus un matraquage à coups de gourdin. L'auteur de ces actes a vraiment gâché le travail, d'après moi.

— Vous mentez ! cracha Sophie Bourlet. Je vous ai vu brandir ce gourdin !

— Nous n'allons pas recommencer, ma chère, dit Claudia en levant les yeux au ciel. Je n'ai pas tué Joseph. Dites-le-lui, Poirot, par pitié. J'appréciais beaucoup la compagnie de Joseph, figurez-vous, dit-elle en s'adressant à Sophie. Je la trouvais fascinante. Et j'ai trop l'instinct de conservation pour choisir une façon de tuer qui me ferait pendre à coup sûr. Si je tuais un jour quelqu'un… Mais peut-être ne faut-il pas trop que je m'y attarde, car à force d'y penser, cette idée pourrait bien finir par me séduire, tant de gens le méritent. Donc, si je tuais un jour quelqu'un, reprit Claudia après sa parenthèse, je ferais en sorte de ne pas attirer les soupçons sur moi. Et si cela était impossible, alors j'épargnerais le misérable, bien à contrecœur.

— Voilà qui est parler, ma toute belle ! s'exclama Kimpton en applaudissant, tandis que Michael Gathercole se détournait d'un air dégoûté.

— Claudia Playford n'a pas tué Joseph Scotcher, décréta Poirot. Passons donc à Randall Kimpton.

— Ah ah ! Je suis tout ouïe, dit Kimpton.

— C'est vous, monsieur, qui aviez plus de raisons que n'importe qui de tuer Scotcher, et de très bonnes raisons, qui plus est. Scotcher vous avait volé votre premier amour, Iris Morphet. Et il allait s'accaparer, de votre point de vue, tous les biens de lady Playford. Quelle injustice ! Votre future épouse, à qui vous êtes tout dévoué, se trouvait soudain déshéritée ! Cela aurait pu constituer un mobile suffisant, même sans la question d'Iris Morphet.

— Amplement suffisant, convint Kimpton.

— Parlons un peu d'Iris, reprit Poirot. Elle vous a quitté afin d'épouser Scotcher, m'avez-vous dit, mais ce n'est pas ce qui s'est passé. En fait, sa relation avec Scotcher a pris fin. Comment, pourquoi ? Nous pouvons faire des suppositions à ce propos, mais sans avoir de certitude. Tout ce que nous savons, c'est qu'elle a regretté sa décision, mais il était trop tard. Vous n'avez pas voulu la reprendre.

— L'auriez-vous fait à ma place ? Reprendre une femme qui m'avait quitté pour un homme qui était mon inférieur à bien des égards ? Un homme qui m'imitait, qui essayait de reproduire mes manières d'être afin de se rendre plus populaire ? Je ne vois pas où vous voulez en venir en revenant sur ces événements, Poirot. Je n'ai rien de plus à dire au sujet d'Iris. Je croyais que nous allions parler de toutes les excellentes raisons que j'avais de tuer Scotcher.

— Je m'y efforce, mon cher. De grâce, soyez patient. Vous avez donc rejeté Iris, qui a ensuite épousé Percival Gillow, un douteux personnage, sans perspectives d'avenir. À peine un an plus tard, elle est morte. Tombée sous les roues d'un train, comme vous me l'avez dit.

— En effet, confirma Kimpton avec une certaine sècheresse de ton.

S'écartant de moi, Poirot se mit à arpenter la pièce tout en parlant.

— Avec une grande ingéniosité, vous m'avez dit deux choses l'une après l'autre : d'abord, que M. Gillow était un individu peu recommandable, ensuite, que la police avait été incapable de prouver qu'il avait poussé sa femme sous les roues d'un train. Vous vouliez me faire penser que si quelqu'un avait poussé Iris, c'était forcément son mari. La mort d'Iris était, soit un accident, soit un meurtre perpétré par Percival Gillow. Mais ce n'est pas du tout ce que vous-même croyez vraiment.

— Ah non ? commenta Kimpton en souriant, avec une désinvolture qui me parut affectée.

— Docteur Kimpton, rappelez-vous, je me suis rendu récemment en Angleterre. Je me suis entretenu avec un bon nombre de personnes, dont les policiers qui ont enquêté sur la mort d'Iris Gillow. Ils m'ont parlé des visites que vous leur avez rendues ; avec insistance, vous affirmiez que Joseph Scotcher avait tué Iris parce qu'elle avait découvert qu'il n'était pas malade comme il le prétendait, et qu'elle l'avait confronté à son imposture. Craignant qu'elle ne la révèle publiquement, il l'avait supprimée. C'est ce que vous avez suspecté alors, et c'est encore ce que vous suspectez aujourd'hui, n'est-ce pas ?

— En effet. Vous avez donc rencontré l'inspecteur Thomas Blakemore ? Dans ce cas, il vous aura dit que, faute de preuve, l'enquête conclut à une mort accidentelle.

— J'ai une question à vous poser, docteur Kimpton, dit Poirot. Puisque vous étiez persuadé que Scotcher avait supprimé Iris, pourquoi m'avoir encouragé à soupçonner Percival Gillow ?

— N'êtes-vous pas capable de le deviner tout seul, Poirot ? J'aurais cru que vos connaissances en psychologie viendraient facilement à bout d'une question aussi évidente. Non ? D'accord, je vais vous le dire. À Oxford, du temps où j'étais un jeune homme doué d'une grande énergie et d'une bonne dose d'optimisme sur la nature humaine, j'ai essayé de convaincre tous ces crédules que Scotcher les dupait allégrement sans qu'ils s'en doutent. J'étais quasiment certain que Scotcher était un menteur et un simulateur qui ne souffrait d'aucun mal physique, et donc, naturellement, j'ai tenté d'en informer notre entourage. Eh bien, figurez-vous que c'est moi qu'on a rejeté ! Scotcher s'est autant évertué à convaincre tout un chacun qu'il était malade que moi à les persuader qu'il ne l'était pas. Il a même organisé pour quelques personnes influentes d'Oxford une rencontre avec son faux médecin, tout comme il m'a invité à rencontrer son faux frère. Ces deux personnages de fiction étaient Joseph Scotcher déguisé : barbu et la peau mate, du moins jusqu'au poignet.

— Randall, comment se fait-il que je n'ai jamais entendu parler de cette histoire ? demanda lady Playford.

— Écoutez, et vous comprendrez pourquoi, répondit Kimpton. À eux deux, Scotcher et son médecin imaginaire ont fait en sorte que je devienne extrêmement impopulaire à Oxford. Or, je n'apprécie pas d'être impopulaire, et encore moins d'être le dindon de la farce. C'était ce qui se passait, et pour une raison très simple : les gens n'aiment guère écouter ceux qui leur jettent à la figure des scénarios de mauvais goût. Personne n'avait envie de croire que le gentil et si attentionné Joseph Scotcher, qu'ils adoraient tous car il les flattait avec assiduité, pourrait les tromper sans vergogne, et donc, ils n'ont pas voulu y croire. Voyons, qui irait faire une chose pareille ? se disaient-ils entre eux, et ils furent assez stupides pour s'en convaincre à force de platitudes.

« J'ai vite compris à mes dépens qu'il n'était pas dans mon intérêt de poursuivre cette campagne, que certains qualifiaient de dénigrement, continua Kimpton. Je suis un homme qui prend des décisions et qui s'y tient, Poirot. J'ai donc résolu de ne plus jamais tenter de convaincre personne de la malhonnêteté de Scotcher. J'avais essayé d'alerter les gens sur sa vraie nature, en vain. Soit, me dis-je. Au diable Scotcher. Qu'il prospère ou qu'il aille se faire pendre, je m'en lave les mains. Athie, vous m'avez demandé pourquoi vous n'avez jamais entendu parler de mes histoires avec Scotcher. Voilà pourquoi. Je n'en ai plus touché un mot, même pas à Claudia. D'ailleurs, elle a deviné la vérité par elle-même, dès que Scotcher a déclaré à Lillieoak qu'il risquait de mourir de cette terrible maladie, puis, plus tard, qu'il était condamné. Fallait-il être idiot ou aveugle pour ne pas voir qu'il n'était pas le moins du monde invalide. Et ma bien-aimée n'est pas idiote, loin de là.

« Elle me confia ses soupçons. Naturellement, j'admis que je les partageais, sans lui révéler pourtant toute l'histoire à ce moment-là. J'ai fait comme si mes soupçons étaient aussi récents que les siens.

« Quant à vous, Athie, vous êtes aussi futée que votre fille, et rien ne vous échappe. Or, plus les jours passaient, plus il devenait évident que Scotcher ne souffrait d'aucune maladie grave. Il se contentait de dire : "Je me sens faible, j'ai besoin de me reposer." Ce qui est à la portée de n'importe qui ! Mais l'avez-vous jeté à la rue comme il l'aurait largement mérité ?

— Certainement pas, répondit fièrement lady Playford.

— Non. Au lieu de ça, vous avez engagé une infirmière à son service, dit Kimpton. Vous avez modifié votre testament en sa faveur. C'est dire l'influence que cet ensorceleur exerçait sur son entourage. Loin de contredire ses mensonges, vous en êtes même devenue complice. Vous avez volontairement joué son jeu. Oh, avec brio, je vous l'accorde ! C'était impressionnant à regarder, et assez écœurant.

Kimpton revint ensuite à Poirot.

— Je vous ai laissé croire que je soupçonnais Percy Gillow d'avoir tué Iris, car si j'en avais accusé Scotcher, je serais revenu au même point qu'à Oxford des années plus tôt, quand j'essayais de convaincre les gens qu'il était un sale type. Vous auriez dit : « Voyons, Kimpton, le fait qu'il ait menti sur son état physique ne fait pas de lui un meurtrier. » Cette perspective me fatiguait d'avance, et j'ai préféré m'y dérober. Je savais que je n'aurais aucun mal à vous persuader qu'un bon à rien comme Percy Gillow avait peut-être tué sa femme. J'espérais que vous prendriez l'initiative d'enquêter plus avant, afin d'établir si Joseph Scotcher avait tué Iris ou non. Si quelqu'un pouvait le prouver, c'était vous.

— J'ignore si c'est envisageable, tant d'années après, répondit Poirot. Si c'est une preuve irréfutable que vous espérez…

— C'est la seule qui vaille, dit Kimpton avec fermeté. Puis-je vous préciser quelque chose ? Avant d'y renoncer, j'ai fait appel aux services d'un détective pour réunir tout ce que je pouvais en matière de preuves et d'indices. Oui, j'ai engagé un type comme vous, Poirot. Je l'ai payé pour qu'il suive Scotcher durant plusieurs semaines. Pendant tout ce temps, Scotcher ne s'est approché d'aucun membre de la profession médicale, même s'il s'est ingénié à me dire qu'il avait vu son médecin tel jour, etc. J'aurais pu en faire part à nos relations communes, mais savez-vous ce qu'elles auraient dit ? Quel triste sire j'étais, d'avoir ainsi fait suivre mon ami, ou ex-ami, par un limier. Ils auraient suggéré que le détective que j'avais engagé m'avait fourni des informations infondées, ou que Scotcher n'avait peut-être pas vu son médecin durant cette période-là, mais que cela ne signifiait pas pour autant qu'il n'était pas gravement malade. Ce qui est tout à fait plausible ! J'aurais été une fois de plus le méchant dans l'histoire. Ce fut alors que je compris que je pourrais dépenser une petite fortune et engager tous les détectives privés du monde sans jamais obtenir assez de preuves pour convaincre qui que ce soit, ni en avoir moi-même la certitude.

— Revenons-en à vos mobiles éventuels de tuer Joseph Scotcher, dit Poirot. Nous devons en ajouter deux autres à la liste, semble-t-il : en plus de votre rancune contre Scotcher qui vous avait volé Iris, il y a votre besoin de venger le meurtre d'Iris, plus le fait que Scotcher vous avait battu. Car il avait réussi à tromper tout le monde, et vos tentatives pour faire éclater la vérité s'étaient heurtées à un accueil hostile.

— Attendez un peu, intervint Kimpton. Non, désolé. Je ne vous permets pas d'ajouter la vengeance du meurtre d'Iris à cette liste. Poirot, on voit bien que vous ne me connaissez pas du tout ! Jamais je ne m'autoriserais à tuer quelqu'un pour venger un crime que cet individu n'a peut-être pas commis, même si je le soupçonnais fortement d'en être coupable. La présomption ne me suffisait pas. Jamais je ne m'en contenterais. De même, je ne savais pas si Scotcher avait menti au sujet de sa maladie. Je le suspectais seulement, comme j'ai essayé de vous le faire comprendre.

— Très bien, acquiesça Poirot. Mais le prochain mobile sur la liste ne laisse pas place au doute : Joseph Scotcher, cet homme qui vous inspirait tant de soupçons, cet imposteur, ce charlatan, refusait de vous laisser en paix. Je me suis rendu à Oxford, comme je vous l'ai dit, et voici ce que j'ai découvert : avant que vous ne vous orientiez vers la médecine, et avant qu'il vienne travailler à Lillieoak pour lady Playford, Scotcher était en lettres classiques et, comme vous, il étudiait plus particulièrement les œuvres de Shakespeare. Quelle fut la vraie raison pour laquelle vous avez abandonné votre vocation pour embrasser la carrière médicale, docteur Kimpton ? Scotcher s'obstinait à prendre modèle sur vous, à s'accaparer ce qui vous appartenait, à s'efforcer d'être vous de toutes les manières possibles, et donc, vous avez décidé de lui laisser Shakespeare pour vous consacrer à un tout autre domaine, une carrière dans laquelle vous pensiez que Scotcher n'oserait pas vous suivre. Un type en bonne santé se prétendant mourant n'irait sûrement pas choisir cette profession. Fut-ce votre raisonnement ?

— Non, absolument pas, répondit Kimpton. Mais je trouve vraiment admirable que vous réussissiez à donner tant de vraisemblance à cette supposition. Non… je puis vous certifier que l'idée de me débarrasser de Scotcher n'a pas influé le moins du monde sur mon choix de carrière.

— Néanmoins, vous deviez avoir envie de l'écarter de votre chemin une bonne fois pour toutes, constata Poirot. Après Iris, rencontrer Claudia fut pour vous un nouveau départ. Alors que vous faisiez connaissance avec la famille où vous espériez entrer un jour en l'épousant… devinez qui se pointe à l'horizon ? Joseph Scotcher ! Le voilà soudain propulsé secrétaire particulier de lady Playford ! Où que vous alliez, quoi que vous fassiez, il vous suivra. Vous devrez regarder les gens s'extasier devant lui et croire à ses mensonges tandis qu'il les flattera servilement ! Ce sera Oxford encore recommencé. Cela constitue d'après moi un excellent mobile de meurtre, docteur Kimpton.

— Accordé, convint Kimpton. Comptez-vous les points, Poirot ? Combien de mobiles ai-je à mon actif au total ?

— Le nombre importe peu. Ce n'est pas un jeu de société.

— Je suppose que non, mais… je ne puis m'empêcher de me sentir coupable d'avoir monopolisé l'attention tout ce temps, d'autant que je n'ai pas tué le bonhomme.

Au fond de la pièce, lady Playford se leva.

— Cela me chagrine beaucoup d'entendre parler de Joseph comme d'un imposteur et d'un charlatan, Poirot, déclara-t-elle. Et nous découvrons maintenant qu'il voulait étudier Shakespeare juste pour être comme Randall ? Ne voyez-vous pas, tous autant que vous êtes, combien ce pauvre diable était malade ? Non pas physiquement, mais mentalement ! Il est tout à fait déplacé de juger une personne ayant les problèmes de Joseph selon des critères de moralité conventionnels.

— Comme c'est pratique, remarqua Kimpton.

— Permettez-moi de laisser là le Dr Kimpton pour passer à la suite…, dit Poirot. Certes il a de nombreux et puissants mobiles, plus que toute autre personne ici présente. Mais rappelez-vous que c'est aussi un homme de science, qui a appris à se discipliner et à se contrôler. Dans sa situation, un autre aurait pu succomber à une passion vengeresse et commettre un meurtre ; mais pas Randall, ni quand Iris Morphet l'a quitté pour Scotcher, ni à aucun moment depuis. Sa fierté ne lui permettrait pas de se laisser aller à de tels égarements. Jamais !

Kimpton se mit à rire.

— Poirot, je retire toutes les remarques blessantes que j'ai pu faire sur vos méthodes. Vive la psychologie !

— Passons maintenant à..., commença Poirot en parcourant la pièce du regard.

35

Tout le monde aurait pu mais personne ne l'a fait

— Il y a trois personnes ici qui n'avaient aucune raison de tuer Joseph Scotcher : M. Hatton, Mme Brigid Marsh et M. Orville Rolfe. Ils peuvent être éliminés.

— Comment ça, éliminés ? Vous y allez un peu fort, non ? s'indigna Brigid Marsh.

— Éliminés de la liste des suspects, madame. Ce qui signifie que vous n'avez pas tué M. Scotcher.

— Comme si je ne le savais pas ! Et c'est pour ça que vous m'empêchez d'aller préparer le dîner de ce soir ? Vous feriez mieux de nous dire ce qui s'est vraiment passé, au lieu de nous bassiner en nous racontant ce qui n'a pas eu lieu !

— Brigid, surveillez votre langage, intervint lady Playford d'un air distrait, comme si son esprit était ailleurs et qu'elle faisait cette réprimande par pure forme.

— Qu'on me laisse aller écosser mes petits pois et faire cuire ma soupe au jambon, alors ! répliqua Brigid avec colère. Après, on s'étonne que des gens viennent piquer des trucs dans ma cuisine quand je n'y suis pas ! dit-elle en me décochant tout spécialement un regard furieux, et rien de moins qu'accusateur.

Je m'interrogeai en me rappelant l'anecdote de son neveu et du vol des bonbons, ainsi que la colère qu'elle m'avait déjà manifestée à ce moment-là. Me soupçonnerait-elle d'avoir dérobé l'un de ses ustensiles de cuisine ? Pourquoi cette acrimonie, alors que je n'avais rien à me reprocher ?

— Venons-en maintenant à Sophie Bourlet et à Phyllis Chivers, reprit Poirot.

— Moi ? s'exclama Phyllis, horrifiée. Pourquoi parler de moi ? Je n'ai rien fait !

Quant à Sophie, recroquevillée dans son fauteuil, elle ne protesta pas.

— Le mobile de Mlle Phyllis est clair : en écoutant à la porte de la salle à manger, elle a entendu la demande en mariage faite par M. Scotcher à Sophie, son infirmière. Or, la jalousie est une émotion puissante, qui peut facilement conduire au meurtre.

— Je ne l'ai pas fait, juré ! s'écria Phyllis en se levant d'un bond et en empoignant sa jupe à deux mains. Je n'ai jamais tué personne ! D'abord, si j'avais tué quelqu'un, ce serait elle, pas lui !

— Certes, confirma Poirot. Vous m'enlevez les mots de la bouche. Une femme jalouse a cent fois plus de chances de tuer sa rivale que l'objet de son amour. Phyllis Chivers n'a pas tué Joseph Scotcher. Quant à Sophie Bourlet, quel aurait pu être son mobile ? Elle aimait Scotcher, c'est indéniable. Je l'ai constaté dès le premier instant où je les ai vus ensemble. Mais sachant qu'il allait bientôt mourir, ou le croyant…

— Sophie savait pertinemment que Joseph était en aussi bonne santé que n'importe lequel d'entre nous, intervint Claudia. Elle s'obstine à faire semblant, comme si la réputation de Joseph était encore à sauver, ce qui est absurde.

Sophie se crispa. Pourtant elle garda le silence.

— Sachant que l'homme qu'elle aimait allait mourir d'une terrible maladie, ou qu'il passerait le reste de sa vie à feindre, ce qui l'obligerait du même coup à être complice de cette mascarade, Sophie Bourlet aurait pu recourir au meurtre comme solution à ses problèmes, tant sa détresse était grande, reprit Poirot. Il se peut aussi qu'ayant compris qu'il mentait et l'avait trompée sur son état, elle se soit sentie trahie par l'homme qu'elle aimait, assez pour mettre fin à ses jours.

— Aucune de ces deux théories ne tient le coup, commenta Randall Kimpton. Elles sont trop floues, trop approximatives. Pourtant, c'est sûrement Sophie la coupable, sinon, pourquoi mentirait-elle en accusant Claudia ?

— Si aucune de ces théories ne tient le coup, comme vous dites, docteur Kimpton, repartit Poirot, c'est parce que Sophie Bourlet n'a pas tué Joseph Scotcher.

— Quoi ? dit Kimpton en jetant un regard à Claudia. Allons, mon vieux, elle l'a forcément tué.

— Si ce n'est pas elle, alors qui ? s'emporta Claudia.

Sophie se leva. Aujourd'hui, pour la première fois depuis la mort de Scotcher, elle avait soigné son apparence : dans sa tenue d'une élégante sobriété, les cheveux bien coiffés, tirés en arrière, elle ressemblait un peu à l'ancienne Sophie.

— Monsieur Poirot, pardonnez-moi cette interruption, mais j'ai un aveu à vous faire, déclara-t-elle. J'aurais dû vous le dire plus tôt. Comme je regrette de ne pas l'avoir fait ! Mais je ne vous en ai pas non plus informé au commissariat de Ballygurteen, ni tout récemment dans le petit salon, quand nous nous sommes livrés à cette expérience…

— Quelle expérience ? s'insurgea lady Playford, comme si ce mot recouvrait quelque chose d'obscène, qui n'aurait jamais dû se dérouler chez elle.

— Je vous expliquerai la raison de cette expérience plus tard, lui répondit Poirot. Je vous en prie, veuillez continuer, mademoiselle, dit-il à Sophie.

Elle se tenait bien droite, les mains croisées. On aurait dit une bonne élève s'apprêtant à jouer un morceau de piano lors d'une audition.

— J'ai menti à propos d'un détail important. Certains d'entre vous se diront que si j'ai menti une fois, j'ai pu tout aussi bien le faire en beaucoup d'autres occasions. Pourtant je suis quelqu'un d'honnête. Mais là, j'ai paniqué, et j'ai fait un calcul qui s'est révélé désastreux.

— Allez-vous longtemps parler par énigmes ? s'insurgea Kimpton.

— Le dirai-je pour vous ? proposa Poirot. Vous faites référence à la robe de chambre blanche de Claudia Playford, n'est-ce pas ?

— Comment le savez-vous ? s'étonna Sophie, interloquée.

— Rappelez-vous, mademoiselle. Ce fut l'une des toutes premières questions que je vous ai posées. Quelle tenue Claudia Playford portait-elle quand vous l'avez vue fracasser le crâne de Scotcher avec le gourdin ? Vous m'avez répondu qu'elle était en chemise de nuit et robe de chambre. Je savais que c'était faux. Elle portait la robe de chambre quand elle a descendu l'escalier après vous avoir entendue crier. J'ai vu ce vêtement, il était d'un blanc immaculé, sans la moindre tache de sang. Or, je suis quelqu'un d'un peu maniaque, qui remarque toujours les défauts vestimentaires. Donc je me suis dit, Sophie Bourlet ment, soit quand elle dit avoir vu Claudia s'acharner sur Scotcher, soit sur la tenue de Claudia à ce moment-là.

— Je l'ai vue s'acharner sur Joseph, murmura Sophie. Je le jure sur ma vie.

— Vous l'avez vue, en effet, convint Poirot. Mais elle portait la robe verte qu'elle avait au dîner, n'est-ce pas ? Pourtant vous saviez que lorsqu'elle avait réapparu dans le petit salon juste après vos cris, elle portait une robe de chambre blanche. Vous n'avez pas compris comment elle pouvait en si peu de temps être montée à l'étage se changer, et cacher sa robe tachée de sang. Et donc, vous avez menti.

— Cela n'avait pas de sens ! s'exclama Sophie. Comment Claudia pouvait-elle porter une robe verte pour attaquer Joseph dans le petit salon, et l'instant d'après, être dans le hall en robe de chambre blanche ? Dans l'intervalle, j'avais juste eu le temps de crier, et presque aussitôt, les gens avaient accouru et descendu l'escalier pour me rejoindre. Le problème, c'était que cet intervalle était trop court. Je savais que si je disais que je l'avais vue porter la robe verte quand elle agressait Joseph, je passerais pour une menteuse.

— Et donc, pour l'éviter, vous avez menti, constata Poirot. J'ai maintes fois rencontré ce phénomène. Peu importe. Vous avez ajouté un faux détail… mais une fois qu'on supprime ce faux détail, il reste ce dont nous disposions précédemment. C'est assez semblable, si je puis me permettre, sergent O'Dwyer, à votre « Ferme la porte sans porte ». Étrange expression que vous et votre frère utilisiez pour vous épargner des ennuis. Si l'on enlève le mot porte, on a le vrai message, autrement dit « Ferme-la ».

— Poirot, qu'est-ce que cette histoire de porte sans porte vient faire là-dedans ? demanda lady Playford. Et quel rapport le frère du sergent a-t-il avec tout cela ?

— Qu'importe. Je constate juste qu'une fois supprimée la fausse information ajoutée par Sophie à son témoignage, nous disposons du vrai message qu'elle a voulu nous communiquer dans l'urgence : elle a vu deux choses qui semblaient inconciliables.

— Excusez-moi, s'écria Claudia. Pourquoi aurais-je eu envie de réduire en bouillie la tête d'un cadavre ? C'est une vision tout à fait exaltante, mais il faudrait peut-être remettre un grain de bon sens dans tout ce fatras.

— Je regrette tellement d'avoir menti, dit Sophie. Si seulement j'avais su… mais nous n'avions pas encore fait l'expérience.

— De quelle expérience parlez-vous, nom de nom ? s'irrita Kimpton. Ma patience est à bout, Poirot. Si Sophie n'a pas tué Scotcher, alors qui l'a fait ?

— Cela viendra à son heure, docteur Kimpton. Michael Gathercole, déclara Poirot en guise d'introduction en se tournant vers l'avocat, vous enviiez Joseph Scotcher depuis que lady Playford l'avait engagé comme secrétaire. Vous aussi, vous aviez posé votre candidature pour ce poste, mais vous avez été éliminé. Pire, Scotcher s'était servi des connaissances approfondies que vous aviez de l'œuvre de lady Playford pour gagner ses faveurs. Donc, vous avez pu le tuer par jalousie. Ou vous pouviez avoir un mobile plus altruiste, car je vous crois quelqu'un de généreux, qui se soucie des autres. Vous pourriez avoir tué Scotcher pour le bien de lady Playford, afin de la protéger. Vous saviez quelle sorte d'homme c'était, et d'après vous, cet aspect de sa personnalité échappait complètement à lady Playford. Elle ne semblait pas se rendre compte du danger qu'il y avait à le laisser s'incruster à Lillieoak, au cœur de son foyer et de sa famille.

Gathercole soupira.

— Oui, cet homme constituait une menace, dit-il. Je regrette, lady… Athie. C'est là mon opinion. J'aurais tout donné pour le voir plier bagages et s'en aller.

— Que dites-vous là, Michael ? demanda lady Playford, soudain très pâle. Vous l'avez tué ?

— Mais non, voyons, protesta Gathercole, tout confus. Bien sûr que non. Jamais je ne ferais… Monsieur Poirot…

— Ne vous inquiétez pas. C'est vrai : M. Gathercole n'a pas tué Joseph Scotcher.

— Je suis fort soulagée de l'apprendre ! s'exclama lady Playford. Mais dites-moi, Poirot, la seule personne qui reste, c'est moi, constata-t-elle d'un air dépité, comme si elle avait acheté un billet pour une nouvelle pièce de théâtre qui s'était révélée être un four.

— En effet, lady Playford. Vous, la protectrice de Joseph Scotcher, et son ardent défenseur quand personne d'autre n'a plus le désir de lui trouver des excuses.

— Quel fieffé coquin vous êtes, Poirot, dit Athie Playford en soupirant. Allez, je devine votre jeu. Vous comptez discourir longuement sur tout ce que j'ai fait pour Joseph, l'adoration sans limites que je lui vouais, combien je suis inconsolable depuis qu'il est mort, tout cela sur un ton qui laissera présager un gigantesque « mais ». Mais elle l'a tué parce que… pourtant vous savez pertinemment que ce n'est pas moi. Du moins, je l'espère…

Elle s'interrompit un instant, comme hésitante.

— Si je vous ai invités ici, vous et Catchpool, reprit-elle, c'est parce que j'avais lu avec quel brio vous aviez résolu les meurtres du Bloxham Hotel, à Londres. On m'avait dit que vous étiez le meilleur. Comme vous le savez, je craignais qu'on attente à ma vie…

— Votre vie ? s'étonna Dorro. Mais c'est Scotcher qui a…

— Merci, Dorro. Je sais que Joseph a été assassiné, et pas moi, la tança lady Playford, puis elle prit une profonde inspiration et s'adressa à Poirot et à moi. J'espérais que Joseph, face au choix qui s'offrait à lui, préférerait se confier à moi plutôt que de prendre le risque de me supprimer durant la nuit, alors que deux des plus brillants détectives d'Angleterre séjournaient à Lillieoak. La présence de Michael derrière le rideau n'était pas ma seule garantie. Vous deux étiez au moins aussi importants.

— Athie, j'exige des explications ! s'écria Dorro. Quel rideau ? Quel Michael ? Michael Gathercole ?

— Oh, fermez-la, Dorro, dit sa belle-mère. Avec ou sans porte, comme bon vous semblera, ajouta-t-elle avec un petit sourire.

— Oui, lady Playford, vous adoriez Joseph Scotcher, dit Poirot. Vous auriez donné votre vie pour lui. Vous l'aimiez plus que vos propres enfants, et que votre dévoué ami et avocat, M. Gathercole.

Vivement contrarié par ces propos, je m'efforçai de réprimer mon mécontentement. Scotcher était mort, par conséquent, plus rien ne pouvait l'atteindre. Et les vivants ? Pourquoi Poirot se souciait-il si peu de ce qui les attendait, et de ce qui menaçait l'harmonie de leurs relations futures ? Résoudre des meurtres, c'était très bien, mais quel besoin avait-il d'exposer aux membres d'une famille déjà dans la tourmente combien ils comptaient peu les uns pour les autres ?

— Lady Playford, si vous deviez être bannie pour l'éternité en un lieu reculé et si pouviez emmener une seule personne avec vous, vous auriez choisi Joseph Scotcher pour compagnon, poursuivit-il. Pourtant vous êtes une femme intelligente. Vous constatiez qu'il vous mentait tous les jours que Dieu fait, et qu'il profitait de votre générosité. Une femme comme vous, fière et puissante, accoutumée à écrire des livres dans lesquels les fripouilles et les méchants paient leurs fautes très cher… une telle femme laisserait-elle la duplicité obstinée de Scotcher demeurer impunie ?

— Finissez-en, Poirot, répliqua Athie Playford avec un geste de la main vaguement dédaigneux. Faut-il vous rappeler que la vie réelle n'est pas aussi nette et sans bavures que la fiction ? Dans la vraie vie, la femme orgueilleuse qui, sur le papier, jette les méchants en prison et les y laisse croupir (deux fois par an sans exception !) aimait un beau et brillant jeune homme qui lui mentait tous les jours, sans qu'elle élève le moindre murmure de protestation ! On ne pourrait raconter pareille histoire dans un livre, voyons. Ça n'aurait aucun intérêt.

— Vous dites que la vie n'est pas aussi nette et sans bavures que la fiction. Et en général elle ne l'est pas, convint Poirot. Mais le meurtre de Joseph Scotcher, du moins dans sa conception, fut net et précis, plus qu'aucun d'entre vous ne pourrait l'imaginer. Le meurtrier mis à part…

36

L'expérience

— Bon. Je m'en vais à présent vous exposer en quoi le meurtre de Joseph Scotcher fut admirable de netteté et de précision.

« Scotcher avait lui-même commis un meurtre : celui d'Iris Gillow. Quel était son mobile ? C'est évident : elle le soupçonnait d'avoir simulé sa maladie. Docteur Kimpton, n'allez pas m'objecter que je ne puis prouver que Scotcher a tué Iris, ni que son mobile était celui que je décris. Je n'ai pas encore révélé tout ce que j'ai à dire sur la question. Il vous faut attendre d'en avoir la preuve, preuve dont vous prétendrez sûrement qu'elle est indirecte et fondée sur des présomptions.

« Longtemps, Scotcher s'en est tiré sans problème. Personne n'a été en mesure de prouver qu'il avait poussé Iris Gillow sous un train. Mais son crime l'a rattrapé, avec une précision on ne peut plus satisfaisante. Car voyez-vous, le mobile du meurtre de Joseph Scotcher fut exactement le même que celui du meurtre d'Iris Gillow. Je le répète : Iris fut tuée parce qu'elle soupçonnait Scotcher ne pas être réellement malade et condamné à brève échéance. Et Joseph Scotcher fut tué pour la même raison : parce que son assassin le soupçonnait de ne pas être à l'article de la mort comme il le prétendait. Quelle étonnante concordance ! Donc Scotcher fut tué pour la raison qui l'avait poussé à tuer quelques années plus tôt. Il tenait juste un rôle différent dans les deux cas : celui d'auteur du meurtre dans le premier, et de victime dans le second. De sujet, il devint objet.

— Non, non, non, objecta Kimpton. Votre raisonnement ne tient pas, Poirot. D'abord, soupçonner que Scotcher n'était pas vraiment condamné ne constitue pas un mobile suffisant. Beaucoup d'entre nous le suspectaient, qui ne l'ont pas tué pour autant.

Poirot sourit, mais ne dit rien.

— Quant au mobile qui aurait poussé Scotcher à tuer Iris parce qu'elle ne croyait pas à sa maladie… beaucoup d'entre nous n'y croyaient pas non plus. Moi, par exemple. Or, Scotcher ne m'a pas tué.

— C'est une observation intéressante, docteur, concéda Poirot. Je ne puis l'affirmer, mais je crois que Scotcher craignait bien plus la menace que représentait Iris que celle venant de vous. Vous avez dit vous-même qu'à Oxford, vous n'aviez pu amener personne à vous croire, et que vous aviez fini par y renoncer. Imaginez un peu qu'Iris soit venue appuyer vos suppositions…

— C'est juste. Accordé, Poirot, convint Kimpton. Les dires de la gentille Iris auraient eu sûrement plus de poids que ceux d'un Randall arrogant et brutal. Par contre, ce que vous avez dit auparavant sur le mobile du meurtre de Scotcher…

— Je m'en vais à présent vous expliquer l'expérience évoquée un peu plus tôt par Sophie Bourlet, reprit Poirot en l'ignorant. Vous l'avez tous entendue parler du problème de temps, une véritable énigme, semble-t-il ! De son point de vue, en supposant qu'elle dise la vérité, voici ce qui s'est passé : elle a vu Claudia Playford, dans la robe verte qu'elle portait au dîner plus tôt ce soir-là, fracasser le crâne de Scotcher avec le gourdin. Sophie s'est mise à hurler, et à cet instant, Claudia a lâché le gourdin pour s'enfuir par la porte qui mène à la bibliothèque. Très peu de temps après, les gens dévalent l'escalier pour voir ce qui a provoqué ces cris. L'une de ces personnes est Claudia, en chemise de nuit et robe de chambre blanche !

« Quand j'ai entendu pour la première fois cet enchaînement des faits, j'ai eu la même impression que Sophie Bourlet : c'était tout bonnement impossible. Réfléchissez, mes amis, au temps qu'il faudrait pour traverser la bibliothèque et arriver au bas des marches afin de monter jusqu'au premier étage.

« Quand Sophie Bourlet s'est mise à crier, Catchpool et moi étions au premier, en pleine discussion. Vous pouvez tous constater que Catchpool a de longues jambes. Hélas, je ne me déplace pas aussi rapidement, mais lui s'est précipité, dès que les cris ont commencé. Or, en descendant, il n'a pas croisé de Claudia Playford en robe de soie verte tachée de sang, montant elle-même l'escalier. Pourtant si ma théorie était correcte, et j'étais certain qu'elle l'était, c'est ce qui aurait dû se produire ! Ce problème, cette énigme, était de taille. Alors, enfin, j'ai compris qu'il ne pouvait y avoir qu'une seule explication, et j'ai imaginé une petite expérience pour la prouver.

« À l'origine, Sophie Bourlet nous a dit qu'elle avait d'abord entendu une dispute entre Claudia Playford et Scotcher, où il était question d'une certaine Iris, puis qu'en voyant Claudia matraquer Scotcher avec le gourdin, elle s'était mise à hurler. En me fondant sur ce que je pensais être la seule solution de l'énigme, je me suis douté que le souvenir qu'avait Sophie de l'incident avait été déformé par le choc brutal qu'elle avait subi et son chagrin. Cela n'avait tout simplement pas pu se passer comme elle le décrivait. Mais comment donner un nouveau choc à sa mémoire qui l'incite à remettre les choses dans le bon ordre ?

— Pardon, mais plutôt qu'un choc salutaire pour sa mémoire, ne comptiez vous pas plutôt donner à cette menteuse une chance de dire la vérité sans perdre la face ? remarqua Kimpton, mais Poirot l'ignora superbement et continua sa démonstration.

— L'expérience s'est déroulée comme suit. Sophie se trouve à l'extérieur du petit salon – à ma demande, elle a mis chapeau et manteau pour mieux recréer l'événement. Catchpool et moi reproduisons alors la dispute qu'ont eue Claudia et Scotcher la nuit du meurtre. Catchpool joue Scotcher, et moi Claudia.

— Vous auriez dû m'engager, intervint Claudia. Je joue le rôle de Claudia Playford mieux que n'importe qui, bien mieux qu'un vieux bonhomme doté d'une ridicule moustache. Non mais, quelle impertinence !

— J'ai le gourdin à la main, poursuivit Poirot. Catchpool m'implore de lui laisser la vie sauve, « Arrêtez, arrêtez ! Je vous en prie, Claudia ! » Et moi je réponds « Voilà ce qu'Iris aurait dû faire, mais elle était trop faible. Elle vous a laissé la vie, alors vous l'avez tuée », en reprenant mot pour mot ce que Sophie nous a dit avoir entendu. Puis je brandis le gourdin avant de l'abattre de toutes mes forces, pour l'arrêter à quelques centimères de la tête de Catchpool. C'est là que je me suis tourné vers Sophie, et comme je l'avais espéré, je l'ai vue secouer la tête avec vigueur. « Non, non, m'a-t-elle dit, ça ne s'est pas passé comme ça. » Mademoiselle, peut-être pourriez-vous nous raconter comment les choses se sont vraiment déroulées. Mesdames et messieurs, ce que vous allez entendre est la vérité vraie. Veuillez, je vous prie, y prêter la plus grande attention.

— Tout était faux, commença Sophie. Soudain, tout s'est remis en place, et ce fut très différent de ce que j'avais raconté à la police et de ce que j'avais cru moi-même. La dispute n'est pas venue en premier, avant le… le matraquage. J'ai dit que c'était dans cet ordre, et j'étais de bonne foi, mais je me suis trompée ! Étant quelqu'un de très soigné, j'ai rangé les choses dans ma mémoire en déformant la réalité. En fait, Claudia frappait la tête de Joseph avec ce… cette arme dès le début. Cette horreur était déjà en cours, et quand je suis arrivée, c'était presque fini. Cette horrible agression a eu lieu en même temps que la dispute. Et la tête de Joseph était presque complètement détruite ! Ce qui signifie…, dit Sophie en jetant à Poirot un regard implorant, l'incitant à prendre le relais.

— Ce qui signifie que l'homme qui suppliait apparemment qu'on lui laisse la vie sauve, celui qui criait « Non, non ! Pitié Claudia » ne pouvait être Joseph

Scotcher, conclut Poirot. Comme nous le savons, ce dernier était déjà mort empoisonné à la strychnine, et je vois mal quelqu'un être aussi éloquent avec le crâne fracassé. Par conséquent… la voix que Sophie a entendue était celle d'un autre homme, un homme qui suppliait Claudia d'arrêter. Cet homme ne voulait pas qu'elle continue à réduire en bouillie la tête du déjà mort Joseph Scotcher.

— Un autre homme ? s'indigna Kimpton. Êtes-vous en train de dire que Claudia est amoureuse d'un autre ?

— Je n'ai pas parlé d'amour, dit Poirot.

— Ne soyez pas absurde, chéri, dit Claudia. Je ne lèverais pas le petit doigt pour sauver quelqu'un en ce bas monde si ce n'est vous, et vous le savez.

— Sophie Bourlet a fait une autre erreur, poursuivit Poirot, imperturbablement.

— Oui, elle a mis de la strychnine dans la fiole bleue d'un prétendu médicament, ricana Kimpton, qui semblait de meilleure humeur maintenant que Claudia l'avait rassuré. Et elle va être pendue pour ça. N'est-ce pas, Poirot ?

— Faux. Comme je l'ai déjà affirmé sans ambiguité, Sophie Bourlet n'a pas tué Joseph Scotcher.

— D'accord, mais vous nous avez tous disculpés, et il faut bien qu'il y ait un coupable, remarqua Kimpton.

— Il n'a pas encore parlé de moi, dit sombrement lady Playford. Je ne suis pas coupable, évidemment, mais cela me briserait le cœur qu'on puisse me soupçonner.

— Vous, lady Playford, êtes innocente, lui déclara Poirot sans ambages.

— Merci, Poirot. En effet, je le suis.

— Poirot, c'en est trop ! s'insurgea Kimpton.

— Nous exigeons de savoir immédiatement qui est le coupable, renchérit Dorro Playford.

— Et c'est bien ce que j'essaie de vous démontrer, répliqua Poirot. Pourrais-je continuer ? Merci. L'autre erreur de Sophie Bourlet fut de s'imaginer qu'elle avait crié quand Claudia Playford s'était mis à frapper Scotcher avec le gourdin. Il n'en est rien ! Rappelez-vous, nous avons établi que Claudia s'acharnait déjà sur Scotcher quand Sophie est apparue et l'a vue faire, tandis que la dispute avec l'autre homme se déroulait simultanément. En fait, cet homme, Sophie ne l'a pas vu. Il devait se trouver debout, dans la pénombre de la bibliothèque. Sophie ne se rappelle pas si la porte entre la bibliothèque et le petit salon était fermée ou non. Je pense qu'elle devait être ouverte.

« J'espère que vous comprenez tous que si Sophie avait commencé à crier en découvrant cette scène épouvantable ainsi qu'elle nous l'a dit à l'origine, elle n'aurait pas été en mesure d'entendre la dispute par-dessus ses hurlements, qui étaient assez forts pour réveiller les morts, si je puis me permettre.

« Voici donc ce qui s'est passé : Sophie, en état de choc, regarde sans réagir Claudia Playford fracasser la tête de Scotcher. Au même moment, elle entend la dispute entre Claudia et l'homme qui est caché dans la bibliothèque, mais qui voit ce qui se passe dans le petit salon. Alors Claudia aperçoit Sophie et s'enfuit, et nous pouvons supposer que l'homme prend également la fuite. Durant le temps qu'il leur faut à tous deux pour gagner le bas de l'escalier, Sophie reste frappée de stupeur devant cette vision de cauchemar : son bien-aimé, la tête réduite en bouillie, le corps contorsionné. Plusieurs minutes passent. Combien ? Il est impossible à quelqu'un qui est en état de choc de mesurer précisément le temps. Claudia et l'homme avec qui elle se disputait montent l'escalier et parviennent à se cacher sans qu'on les remarque. Alors Sophie revient brusquement à elle, comme au sortir d'un cauchemar. Sauf que pour elle, le cauchemar ne fait que commencer. Elle comprend que ce qu'elle a devant les yeux est horriblement réel. C'est là qu'elle se met à hurler. Entre-temps, Claudia a ôté sa robe verte pour enfiler la chemise de nuit et la robe de chambre blanche.

« Quand le sergent O'Dwyer est arrivé à Lillieoak aujourd'hui, je lui ai demandé si l'un des *gardaí* qui avaient fouillé la maison et les terrains alentour avait trouvé une robe verte tachée de sang. Non. Où donc est passée la robe verte que Claudia Playford portait quand elle s'en est prise à Scotcher ? Cela reste un mystère.

— Tout me revient maintenant, si nettement, dit Sophie avec des sanglots dans la voix. Je ne sais pourquoi je ne m'en suis pas souvenue tout de suite. J'avais beau être à l'intérieur, en manteau et chapeau, j'avais terriblement froid. C'était comme si j'étais tombée au fond d'un gouffre sombre et silencieux, où je me trouvais seule. Seule, et pensant à Joseph : il n'avait fait que dire la vérité en parlant de sa mort prochaine, et maintenant, il était mort. Mais non, impossible ! Ce ne peut être réel. Je ne le permettrais pas ! me disais-je, et tandis que ces pensées me traversaient l'esprit, j'étais comme enfermée en moi-même, sans proférer un son. Je n'ai commencé à crier qu'au bout d'un moment, quand le silence est devenu trop effrayant.

— Oh ! arrêtez, de grâce ! s'impatienta Claudia. Rien de tout cela ne nous dit qui a tué Joseph ni pourquoi. Et si je reconnaissais les faits, est-ce que cela presserait le mouvement ? Oui, j'étais dans le petit salon. Oui, c'est moi qui ai fracassé la pauvre vieille tête de Joseph. Vous êtes content ?

— Quoi ? s'exclama Kimpton, sidéré. Mon ange, que dites-vous là ?

— Pourtant je n'ai pas tué Joseph. N'est-ce pas, Poirot ?

— Non. Vous ne l'avez pas tué, mademoiselle.

— Alors qui l'a tué ? s'écria Kimpton avec colère, en se dressant d'un bond. Sacré nom de…

— C'est vous, docteur Kimpton, comme vous le savez pertinemment. Vous avez assassiné Joseph Scotcher.

— Moi ? Ah ah ! Balivernes, mon vieux. Il y a moins d'une demi-heure, vous avez dit que ce n'était pas moi… vous vous rappelez ? Ou votre mémoire est-elle aussi défaillante que celle de Sophie ?

— Nous avons tous une mémoire plus ou moins défaillante, monsieur. En ce qui me concerne, je suis plutôt bien loti. Mais là, c'est vous qui vous abusez. J'ai dit que vous aviez le choix entre de nombreux mobiles, et qu'un autre dans votre situation aurait pu succomber à une passion vengeresse et commettre un meurtre. Mais pas vous, à aucun moment. C'est vrai :

vous n'avez succombé à aucune passion de ce type. Ce crime que vous avez commis, à savoir le meurtre de Joseph Scotcher, vous l'aviez prémédité depuis des années. Il a été planifié avec soin, de façon rationnelle, logique. On pourrait même le qualifier de… scientifique.

— Que de compliments ! Je dois être drôlement doué, comme assassin !

— En effet, ce crime a exigé de vous beaucoup de travail et de discipline, poursuivit Poirot. Ce fut en fait, là aussi, une sorte d'expérience.

— Vous ne m'avez toujours pas convaincu, dit Kimpton en se rasseyant. Néanmoins, par curiosité, j'aimerais en savoir davantage.

Dans sa situation, face à un Hercule Poirot m'accusant de meurtre, j'aurais eu du mal à afficher autant de désinvolture, à moins d'être certain que ce brillant détective bluffait. Mais il est vrai que Kimpton n'était pas homme à montrer de la faiblesse en public.

— J'ai lu et relu plusieurs fois votre pièce préférée, *Le Roi Jean*, lui répondit Poirot. Je l'ai trouvée fascinante. Elle m'a aidé à me mettre sur la bonne voie et m'a éclairé.

— Ravi que vous ayez trouvé cette lecture enrichissante, commenta Kimpton.

— Voyez-vous, j'avais beau chercher, je n'arrivais pas à trouver un sens à la dispute entendue par mégarde par Orville Rolfe. D'après ce qu'il nous en avait dit, l'objet de cette dispute était un cercueil, ouvert ou fermé.

— En effet, confirma Orville Rolfe.

— Bien. Un jour que je réfléchissais aux nombreux mobiles du Dr Kimpton, lui qui connaissait Scotcher depuis plus longtemps que nous tous ici, un détail m'est revenu, auquel je n'avais guère prêté attention sur le moment. Au dîner, comme Scotcher semblait très ébranlé par l'annonce de lady Playford au sujet du nouveau testament, Kimpton a tendu son propre verre d'eau à Sophie Bourlet en lui conseillant de faire boire Scotcher. Mesdames et messieurs, pourquoi donc lui avoir donné son verre à lui, alors que celui de Scotcher était à portée de main, sans doute encore plein, ou presque plein ? En effet, tous nos verres d'eau étaient remplis, lorsque nous sommes passés à table. L'entrée venait juste d'être servie quand lady Playford a fait son annonce, et le premier plat étant du potage, personne n'avait dû boire beaucoup d'eau.

— Ça fait des gargouillis ! C'est connu ! renchérit Harry Playford, une intervention qui tomba à plat et que tout le monde ignora à part Dorro, qui lui fit signe de se taire.

— Randall Kimpton est un homme d'une grande intelligence, reprit Poirot. Il est capable de penser et d'agir à la vitesse de l'éclair. Il projetait le meurtre de Scotcher depuis des années, et attendait que les meilleures conditions soient réunies pour le perpétrer. Voilà soudain qu'il se retrouve par hasard entouré de gens qui souhaitent eux aussi la mort de Scotcher, suite au changement de testament. Pour les futurs enquêteurs, Harry et Dorro Playford feront des suspects idéaux. Ou encore Michael Gathercole, qui pourrait avoir tué Scotcher par jalousie, ou pour sauver lady Playford de sa propre folie.

« Pour Kimpton, c'est le moment ou jamais. Et donc, tandis que tout le monde a les yeux fixés sur Scotcher ou lady Playford, qui se partagent la vedette de ce drame, Kimpton sort discrètement de sa poche la strychnine qu'il a en réserve. Il doit en avoir un petit flacon sur lui, dont il ne se sépare jamais. Pourquoi ? Gageons qu'ainsi, personne ne risque de le trouver par hasard parmi ses affaires.

« Sous la table, il ouvre le flacon de poison, le dissimule dans son poing fermé, et verse la strychnine dans son verre d'eau qu'il cache de l'autre main, puis passe à Sophie pour qu'elle le donne à boire à Scotcher.

— Oh ! m'exclamai-je malgré moi.

— Qu'y a-t-il, Catchpool ? demanda Poirot.

— La strychnine a un goût amer, je crois. Or, je me rappelle avoir entendu Scotcher dire « Quel mauvais goût ! » après que Dorro eut parlé de lui comme d'un homme qui pourrirait bientôt sous terre.

— En effet, mon ami. Bravo. Il n'était pas dans les habitudes de Scotcher de critiquer ouvertement les autres. Au contraire, même : c'était un flatteur impénitent. Il est donc probable qu'il parlait du goût de l'eau qu'il buvait, et non des propos de Dorro.

« Revenons maintenant au *Roi Jean* de Shakespeare, que le Dr Kimpton cite si volontiers. Comme nous nous précipitions tous vers le petit salon avant d'y découvrir le corps sans vie de Joseph Scotcher, le Dr Kimpton a marmonné quelques mots. Peut-être certains d'entre vous les auront-ils entendus, comme moi. On aurait dit la fin d'une citation : ... *dont le joyau de la vie avait été volé et emporté par quelque main infernale.* J'ai supposé que c'était tiré du *Roi*

Jean, comme toutes les autres citations du Dr Kimpton. J'avais raison. J'ai donc consciencieusement relu *Le Roi Jean* pour en arriver à ce passage, et là, les mots marmonnés par le Dr Kimpton ont pris un tout autre sens. Il y est question de cercueil, mais ce mot n'est pas à prendre au sens littéral. Il est comparé à un coffret vide, dont le joyau a été dérobé, et il représente en fait un corps sans vie. Ce n'est pas un cercueil à proprement parler, mais le corps humain lui-même, corps privé du joyau qu'est la vie !

Poirot avait l'air plus excité que jamais. Quant à moi, j'étais plutôt perplexe. Certes, je comprenais la métaphore du cercueil, mais sans voir quel rapport elle pouvait avoir avec le reste.

— C'est Randall Kimpton qu'Orville Rolfe a entendu se disputer avec Claudia Playford au sujet du cercueil ouvert, dit Poirot. Une voix d'homme parlant d'une mort prochaine, que maître Rolfe a cru être la sienne, et de la nécessité que le cercueil soit ouvert. « C'est le seul moyen », a conclu l'homme. Cet homme était Randall Kimpton, et c'était au corps de Joseph Scotcher qu'il se référait. Il s'est servi du mot cercueil dans le sens qu'il avait dans *Le Roi Jean*, comme une métaphore du corps humain, une enveloppe charnelle, un corps sans vie. Et voici ce qu'il voulait dire de façon plus générale : il n'existait qu'un seul moyen d'établir avec une absolue certitude, la seule qui vaille pour Randall Kimpton, si Scotcher avait menti ou non sur la maladie de Bright dont ses reins étaient prétendument atteints. Ce seul moyen, mesdames et messieurs… c'était d'ouvrir son corps, bref, de faire subir une autopsie à son cadavre, et pour cela, il fallait que sa mort soit suspecte. Seule une autopsie permettrait à un médecin légiste d'examiner la victime et de déclarer qu'elle avait des reins en parfaite santé.

« C'est d'ailleurs ce qui s'est produit, précisément selon le plan du Dr Kimpton. J'ai revu en pensée son visage, à l'enquête, quand ce résultat fut révélé par le coroner. Il exprimait une véritable exultation. Sur le moment, je l'ai mal interprétée, j'ai cru qu'il était juste ravi de s'en être douté avant moi, mais maintenant, je la comprends : enfin, il en avait la preuve. Scotcher était bien un imposteur.

« Le Dr Kimpton en était presque certain, et ce depuis bien des années. Mais il savait aussi qu'en science et en médecine, il existe des anomalies. En général, les gens souffrant d'insuffisance rénale ne vivent pas aussi longtemps que Scotcher ; mais une rémission est possible, les pronostics changent, de sorte qu'on ne peut éliminer la possiblilité d'une exception qui infirme la règle.

« Randall Kimpton tenait plusieurs choses pour certaines. Il savait que Scotcher lui avait volé Iris, et n'avait cessé de marcher sur ses pas : du temps de l'université en étudiant lui aussi Shakespeare, puis en s'immisçant au cœur de la famille Playford, à Lillieoak, le foyer de la femme que Kimpton comptait épouser. Par ailleurs, il croyait que Scotcher avait tué Iris Gillow, quand elle avait commencé à le soupçonner de mentir sur sa santé. Il le croyait, mais ne pouvait le prouver. Pas plus qu'il ne pouvait prouver que Scotcher s'était fait passer pour Blake, son défunt frère, au Queen's Lane Coffee House, afin de lui servir les mêmes mensonges sur sa santé. C'était tellement exaspérant pour Kimpton qu'il est devenu aussi obsédé par Scotcher que Scotcher l'était par lui. Kimpton soupçonnait Scotcher d'avoir inventé cette maladie des reins pour attirer la compassion d'Iris, la détourner de lui et se l'accaparer. Il voulait savoir s'il avait raison ou non. Ce désir devint si pressant qu'il se transforma en besoin. Le besoin irrésistible de résoudre le mystère Joseph Scotcher. Surtout, Kimpton avait besoin de savoir si Scotcher avait tué Iris ou non. Car si Scotcher disait la vérité sur sa maladie, aussi peu probable que cela soit, il n'avait aucune raison d'avoir tué Iris. Pas de mensonge, pas de meurtre.

« Enfin l'idée se fit jour dans l'esprit de Randall Kimpton et s'imposa à lui : jamais il ne pourrait vraiment comprendre l'histoire de sa propre vie tant qu'il ne saurait pas l'exacte vérité sur l'état de la santé de Joseph Scotcher. Et quelle fut sa réaction à cette prise de conscience ? Je m'en vais vous le dire : il fallait à Randall Kimpton n'avoir plus aucun doute. Et pour y parvenir, il n'existait qu'un seul moyen : une autopsie. Ce n'était que dans ces circonstances qu'on pouvait examiner l'intérieur d'un corps pour vérifier l'état de ses reins : frais et roses, ou bruns et racornis. Et pour cela… Joseph Scotcher devait mourir de mort suspecte.

Dorro Playford renifla avec impatience.

— Je n'y comprends rien ! Vous ne voulez quand même pas dire que…

— Je veux dire, madame, que ce ne fut pas une passion incontrôlée qui poussa Randall Kimpton à tuer Joseph Scotcher. Ce ne furent ni la jalousie, ni la rage, ni la soif de vengeance, même si j'imagine que tous ces sentiments ont dû tourmenter le Dr Kimpton au fil des années, dès qu'il songeait au cas Joseph Scotcher. Mais ce ne sont pas les raisons qui le poussèrent à le tuer. Ce meurtre fut une expérience scientifique. Une quête de connaissance, une soif de découverte. Ce fut, pour le dire simplement, un meurtre effectué dans le seul but d'obtenir une autopsie.

37

Une victoire à la loyale

Un meurtre effectué dans le seul but d'obtenir une autopsie. Ces quelques mots suffirent à résumer toute l'énormité de ce crime. À peine Poirot les eut-il prononcés que tout m'apparut de plus en plus clairement.

Bien sûr. Comment cela avait-il pu m'échapper ? Kimpton, l'homme de science, pour qui les faits et les preuves comptaient par-dessus tout, et qui tournait la psychologie en dérision. Cela tombait sous le sens.

Personne dans la pièce ne bougea ni ne parla durant un bon moment. Puis Poirot s'adressa à Kimpton.

— Vous n'avez pas abandonné l'étude de Shakespeare parce que votre œuvre théâtrale préférée était jugée inacceptable par vos pairs, dit-il. Ni parce que Scotcher empiétait sur votre terrain universitaire. Non, vous avez choisi la carrière médicale pour servir le plan que vous aviez mis au point, plan génial, selon vous. Votre obsession était si forte que le nombre d'années d'études importait peu. Vous chercheriez dès que possible un poste qui vous permettrait d'effectuer des autospies dans les cas de morts suspectes, et vous exerceriez tout près de là où vivait Joseph

Scotcher. Vous le supprimeriez près de chez lui, après vous être procuré un alibi inattaquable, et il finirait sur votre table d'autopsie, tout prêt à être ouvert et examiné pour enfin révéler sa vérité. C'était essentiel pour votre expérience, et tellement plus gratifiant pour vous d'être en mesure de procéder vous-même à l'examen, n'est-ce pas ?

« Au début, votre plan s'est parfaitement déroulé, et en quelques années, grâce à votre talent et à votre détermination, vous êtes devenu le médecin légiste attitré de la police du district d'Oxford, qui était le lieu de résidence de Scotcher. Puis soudain, tout a basculé. Claudia Playford, votre nouvelle petite amie à qui vous veniez de vous fiancer, vous apprend que Scotcher viendra bientôt vivre et travailler ici, à Lilieoak. Cela a dû vous mettre dans une rage !

— Bien vu, mon vieux, dit Kimpton. Je le confirme. Oui, j'étais furieux. Si quelqu'un peut faire de la psychologie une science, c'est vous, Poirot.

— Randall, il vous accuse de meurtre ! protesta Claudia. N'allez-vous pas nier ?

— Non, mon ange. Je regrette, mais c'est ainsi. Poirot a gagné la partie à la loyale. Je ne le priverai pas de sa victoire.

— Ah oui ? Eh bien moi si, rétorqua Claudia en fixant froidement Poirot dans les yeux. Vous avez raison de décrire Randall comme quelqu'un de déterminé, mais dans ce domaine, les femmes l'emportent haut la main sur les hommes. Moi, je ne renoncerais jamais à essayer de m'en tirer, si j'avais commis un meurtre. Jamais !

— Je ne crois pas que Poirot en ait terminé, ma divine. Et puisque vous avez abordé le sujet… je suis désolé de vous contredire, mais pour moi, l'impunité signifie tout autre chose.

Kimpton avait beau adoucir ses propos par de petits mots tendres, sa voix était aussi dure que ses traits. Je remarquai que ses yeux ne jetaient plus de flammes par instant, de la façon qui lui était propre ; ils restaient fixes, grands ouverts, habités par une lueur farouche qui ne les quittait pas.

— Vous devez me croire, vous tous ici présents, ce n'est pas par manque de détermination que je me résous à avouer, dit-il. Mais je préfère regarder les choses en face plutôt que de m'abuser. Si un meurtre reste impuni, c'est qu'il s'avère impossible à résoudre. Son auteur est insaisissable. Personne ne soupçonne le vrai coupable, pas même l'indomptable Hercule Poirot ; le tueur est définitivement rayé de la liste des éventuels suspects, et il demeure ensuite à l'abri des soupçons et des accusations. Voilà le meurtre que j'avais prévu de commettre. Mais dès lors que Poirot m'accuse, comprenant que j'ai tout gâché, je préfère déclarer forfait. Oui, je pourrais défendre chèrement ma peau à force d'arguments, mais pas sauver mon plan. Je préfère en conséquence choisir la seule autre possibilité propre et nette qui s'offre à moi. Une confession pleine et entière. Oui, j'ai tué Joseph Scotcher.

— Docteur Kimpton, vous aviez raison quand vous avez dit que je n'en avais pas terminé, intervint Poirot, qui n'était pas encore prêt à passer la main. Où en étais-je ? Ah oui : j'en étais arrivé au problème que vous avez rencontré quand Scotcher fut engagé comme secrétaire par lady Playford. S'il ne résidait plus à Oxford, comment pourriez-vous le tuer et être certain ensuite de procéder vous-même à l'autopsie ?

— C'est ce que j'ai pensé au début, concéda Kimpton. Et j'ai bien cru avoir touché le fond.

— C'est pourquoi vous avez rompu vos fiançailles avec Claudia.

J'avais pensé à haute voix et cela m'avait échappé. Certes Poirot ne m'avait pas sollicité, mais il devrait s'en arranger. Je décidai donc de poursuivre.

— Claudia, vous m'avez raconté que quand vous et Kimpton avez été fiancés la première fois, il s'est mis à douter, à se demander s'il avait vraiment envie de vous épouser après tout. Ces doutes ont conduit à une séparation. Cela s'est produit il y a cinq ou six ans, m'avez-vous dit. Or, Joseph Scotcher vivait et travaillait à Lillieoak depuis un peu moins de six ans, quand il est mort…, constatai-je, avant de m'adresser à Kimpton. Je parierais que vos doutes matrimoniaux vous sont venus quand vous avez appris que Scotcher avait obtenu le poste de secrétaire particulier de lady Playford.

— Vous avez entièrement raison, reconnut Kimpton avec froideur. J'étais furieux d'apprendre que Scotcher avait réussi à s'immiscer à Lillieoak. Vert de rage ! Et ce pour tout un tas de raisons. Comment moi, pathologiste travaillant pour la police d'Oxford, pourrais-je procéder à une autopsie sur Scotcher s'il se retrouvait soudain à Clonakilty ? Tous les plans que j'avais conçus, dont ma longue formation médicale, tombaient à l'eau… Oh, je voulais toujours supprimer cette fripouille, plus que jamais ! Mais je voulais tout autant le contrer. Il ne savait rien de mon projet de mettre fin à ses jours, voyez-vous, mais il avait appris mes fiançailles avec l'élue de mon cœur. Même après Iris, après tout ce qu'il m'avait déjà fait, il cherchait encore à empiéter sur mon territoire et à s'y implanter alors qu'il n'avait rien à y faire.

« Pourquoi avait-il pris cet emploi à Lillieoak ? Pour me faire enrager, ou simplement pour être dans mon entourage ? Car par d'anciennes relations d'Oxford, je savais qu'il parlait toujours de moi comme de son meilleur ami, alors que je l'évitais depuis des années. Qu'importe. Je parviendrais tôt ou tard à le tuer et à l'autopsier, que ce soit à Oxford, ou à Clonakilty, me suis-je dit. Je pourrais sans mal décrocher un emploi dans le comté de Cork, au besoin, étant sans conteste le meilleur dans ma spécialité. Mais d'ici là, j'étais bien décidé à faire souffrir Scotcher. Si je rompais mes fiançailles avec Claudia, le lien entre Lillieoak et moi-même serait tranché d'un seul coup, et Scotcher devrait admettre qu'il s'était donné beaucoup de mal pour rien.

Kimpton serra les poings.

— Quel idiot j'ai été ! Voilà ce qui arrive quand on se laisse conduire par ses impulsions et ses émotions, au lieu d'obéir à la logique. J'ai aussitôt regretté ma légèreté. J'avais, de nouveau, laissé Scotcher me priver de la femme que j'aimais. Personne ne peut causer un tel tort à Randall Kimpton sans en payer le prix, mesdames et messieurs. Et vous admettrez certainement que la victoire finale me revient.

— Votre définition de la victoire est peu commune, lui dit Poirot.

— Je suis quelqu'un de peu commun, répliqua Kimpton. Où en étais-je ? Ah oui ! Eh bien, je suis tombé à genoux, et j'ai supplié ma bien-aimée de me reprendre.

— Et j'ai refusé, dit Claudia. En y prenant grand plaisir.

— Mais vous avez accepté d'entamer une correspondance avec moi, avec pour sujets principaux mes vils défauts et vos grandes qualités, ma chérie, remarqua Kimpton, avant de se tourner vers Poirot. Grâce aux lettres de Claudia, j'ai découvert que Scotcher était retourné à Oxford au moins une fois. Il n'aurait pas été difficile de l'inciter à y revenir. Le plus simple eût été de le tuer à Oxford, comme prévu. Ou bien je pourrais aller m'installer dans le comté de Cork, m'insinuer dans les bonnes grâces de la police locale et du milieu médical… ce serait une bonne façon de gagner Claudia à ma cause, en lui montrant que j'étais prêt à abandonner mon monde pour venir rôder en lisière du sien, reconnaissant des miettes d'attention qu'elle pourrait me jeter.

« Vous savez tous que ma bien-aimée fut assez généreuse pour me donner une seconde chance, ajouta Kimpton en regardant avec tendresse Claudia, qui se détourna. Le jour fatidique, jusqu'à l'instant où j'ai versé le poison dans mon verre d'eau, je n'étais pas encore décidé : où Claudia et moi allions-nous vivre après notre mariage ? Où devais-je tuer Scotcher ? J'hésitai entre Oxford, terrain connu, et Clonakilty, où j'imaginais les *gardaí* peu à même de résoudre un meurtre, à moins que le coupable n'aille se menotter lui-même aux grilles du commissariat en clamant sa culpabilité du lever au coucher du soleil… Pardon, inspecteur Conree.

« Non, le gros problème auquel je me heurtais n'était pas de choisir entre l'Angleterre et le comté de Cork. C'était le bon vieux dilemme que rencontre tout meurtrier potentiel : comment faire pour être absolument certain de m'en tirer impunément ? Certes je trouvais mon plan splendide et presque infaillible, mais pas tout à fait. Or, la différence est de taille, surtout pour moi, dont vous savez combien je déteste l'incertitude, Poirot. Pourtant, j'étais moi-même dans le doute, j'ai honte de l'admettre ; incapable de certifier que je pourrais tuer Scotcher et m'en tirer sans encombre. Et donc… je n'avais pas encore déterminé ni la date ni le lieu.

— Alors au dîner, en ce jour fatidique, comme vous l'appelez, quelle chance ! s'exclama Poirot en reprenant la main. Lady Playford annonce ses nouvelles dispositions testamentaires, et soudain, il y a des suspects à revendre, si par hasard Scotcher venait à être assassiné cette nuit-là. Jamais pareille occasion ne se représentera ! C'est là votre meilleure chance de vous en tirer impunément. Comme toujours, vous aviez le poison sur vous, et donc, vous avez agi vite.

— Oui, confirma Kimpton. C'était l'assurance que je cherchais, garante de ma sécurité. Qui irait soupçonner l'homme le plus fortuné de la maison, parmi tous ces malheureux déshérités ? *Que de fois la vue des instruments du mal fait faire le mal* ! Je parie que vous n'aurez aucun mal à deviner d'où est tirée cette citation, Poirot, n'est-ce pas ? Bon, me suis-je dit, je ne pourrai sans doute pas effectuer l'autopsie moi-même, mais tant pis ! Je serai certainement informé de ses résultats, et j'aurai enfin la réponse définitive dont j'ai besoin. Il y aura une enquête judiciaire, à laquelle je pourrai assister. Il faut savoir s'adapter aux circonstances, vous ne trouvez pas ?

— Si, dit Poirot. Et après vous y être adapté, vous avez continué à faire preuve de beaucoup d'ingéniosité.

— Vous êtes trop gentil. J'ai été imprudent. Impulsif. J'ai commis une grave erreur. Après des années de préparation, passer à l'acte devant tous ces témoins, quelle folie !

— Mais si, vous avez été très astucieux, insista Poirot. La strychnine met plusieurs heures à faire effet. Qui peut dire combien ? Comment savoir quelle quantité de poison vous aviez mis dans votre verre d'eau ? Plus tard ce soir-là, vous vous êtes arrangé pour vous glisser dans la chambre de Scotcher afin de verser un peu de strychnine dans la fiole bleue, puis de la vider. Cela pour faire croire que l'assassin avait vidé le tonique empoisonné dans le but de cacher la preuve de son forfait. En conséquence, nous avons tous cru que Scotcher avait ingéré le poison à 17 heures, quand Sophie Bourlet lui avait donné le tonique. De ce fait, n'importe qui pouvait l'avoir tué.

— Ingénieux, hein ? marmonna Kimpton, dont l'aplomb commençait pourtant à se fissurer.

— Non, docteur Kimpton. En l'occurrence, vous avez singulièrement manqué de jugeote. D'après vous, n'importe qui pouvait avoir empoisonné Scotcher, puisque le poison avait été mis dans la fiole bleue avant 17 heures… Mais qui donc avait un mobile avant

17 heures, précisément, sinon vous ? Vous, l'homme à qui Joseph Scotcher avait volé son premier amour ! Le changement de testament de lady Playford ne fut annoncé qu'au dîner, ce soir-là. En plaçant un faux indice sur l'heure de la mort, vous vous êtes désigné comme le seul suspect vraisemblable.

— Balivernes ! dit Kimpton avec désinvolture. N'importe qui pouvait avoir appris ce changement de testament avant qu'Athie en fasse l'annonce, par des moyens plus ou moins détournés. Elle pouvait s'être confiée à quelqu'un, elle qui aime tant les secrets ; et il est bien plus amusant de les partager que de les garder pour soi. Cela faisait des semaines qu'Athie prévoyait de faire sa déclaration publique, peut-être même des mois. J'étais certain que le nouveau testament serait encore considéré comme le mobile le plus évident. De toute façon, je n'avais guère le choix. Comme vous l'avez précisé, Poirot, Scotcher avait dit devant témoins lors du dîner que l'eau qu'il avait bue avait mauvais goût ! Certes, sur le moment, Dorro avait cru que sa remarque lui était destinée, mais cela ne me rassurait pas du tout. Vous l'avez dit vous-même, mon vieux : tous les verres d'eau étaient remplis quand nous sommes passés à table. Pourquoi aurais-je donné le mien à Scotcher alors que le sien se trouvait juste devant lui, à portée de main ? Et vous m'aviez tous vu le faire ! Je craignais que l'un de vous finisse par s'en souvenir, et fasse la relation entre ce geste et la remarque de Scotcher sur le mauvais goût de l'eau. Alors il semblerait évident que c'était moi, le coupable. Du moins est-ce ainsi que je percevais les choses, ajouta Kimpton en soupirant. Je suppose qu'il en va de même pour n'importe quel meurtrier. Et donc, dans l'espoir de brouiller un peu les pistes, j'ai pris des mesures. Quand j'ai été certain que tout le monde s'était retiré pour la nuit, enfin, tous à part Poirot, qui ronflait dans un fauteuil sur le palier pour je ne sais quelle raison, j'ai mis du poison dans la fiole bleue, sachant que c'était la potion prise quotidiennement à 17 heures. Puis j'ai subtilisé mon verre d'eau, celui du dîner, afin que personne ne puisse y déceler plus tard des traces de poison. Je l'ai récupéré dans la cuisine, et après l'avoir écrasé, j'ai enfoui les débris dans un tas de verre brisé, près d'un pot de confiture cassé que j'avais vu dans l'orangerie.

— Alors c'est vous qui m'avez volé mon verre ! s'écria Brigid Marsh, d'une voix de stentor qui nous fit tous tressaillir. J'aurais juré que c'était M. Catchpool, ajouta-t-elle, et bizarrement, en disant cela, ce fut moi qu'elle fusilla du regard, au lieu de Kimpton.

Ah, je comprenais maintenant : elle avait remarqué qu'il manquait un verre, et pour une raison connue d'elle seule, elle avait décidé que c'était moi qui l'avais emporté dans ma chambre pour boire de l'eau durant la nuit. D'où sa remarque infondée sur mes lèvres sèches, que je conteste vigoureusement. Mes lèvres sont tout à fait normales. Brigid avait dû fouiller ma chambre, en vain, et en avait déduit que j'avais dû le casser pour cacher ensuite les débris quelque part… D'où l'anecdote sur son chenapan de neveu qui avait cassé une bonbonnière en volant des bonbons. Quel esprit tordu !

— Vous dites que je ronflais, et cela se peut, docteur Kimpton, lui rétorqua Poirot d'un air sévère, mais tout le monde ne s'était pas retiré pour la nuit, loin de là. Catchpool était dans les jardins, à la recherche de M. Gathercole et de Mlle Sophie, qui manquaient à ce moment-là. Trois personnes, qui pouvaient rentrer à n'importe quel moment. C'est d'ailleurs ce qu'elles firent, un peu plus tard. Ces trois personnes auraient pu vous voir sortir de la chambre de Scotcher, ou en chemin vers l'orangerie, pour vous débarrasser du verre. Vous n'êtes pas aussi futé que vous le croyez.

— Non, de toute évidence, admit Kimpton en levant les mains. Par contre, vous l'êtes bien plus que je l'imaginais. Quel bond en avant vous avez fait, en élucidant cette histoire de cercueil ! Impressionnant !

— En effet, acquiesça Poirot. Dès que j'eus saisi la vraie signification de la métaphore du cercueil, tirée du *Roi Jean*, beaucoup d'éléments jusqu'alors disparates commencèrent à s'assembler pour former un tout cohérent. Si le mot « cercueil » représentait en fait un corps sans vie, quel sens cela donnait-il à la dispute entendue par mégarde par maître Rolfe ? me demandai-je. Je m'en vais vous le dire. Ce désaccord opposait Randall Kimpton et Claudia Playford. Elle connaissait son projet de tuer Scotcher et, craignant qu'il tourne mal, essayait de l'en dissuader.

— Et j'avais raison, dit Claudia. Cela avait déjà mal tourné, trois jours plus tôt, pour être précise. J'avais trouvé la strychnine. Alors que Randall ôtait sa veste, ce maudit flacon était tombé de sa poche. Jusqu'alors, j'ignorais tout de ses projets déments. S'il m'en avait parlé, j'aurais peut-être réussi à l'en dissuader. Pour moi, c'était une folie, sortie du cerveau dérangé d'un écolier.

— Quelle guigne, ce poison qui tombe de ma poche, remarqua Kimpton. Vous n'auriez rien su de mes plans, ma chérie, et je m'en serais tiré sans encombre.

— Quand j'ai demandé à Randall ce que contenait ce flacon, il m'a menti, dit Claudia à Poirot. Je voyais bien qu'il mentait. Je lui ai fait savoir que je n'étais pas dupe, et je l'ai obligé à me dire la vérité. Il m'a tout déballé : Iris Gillow, née Morphet, Oxford, la première imposture de Joseph et sa prétendue maladie, des années plus tôt, comment il l'avait trompé en usurpant l'identité de son propre frère pour donner plus de poids à ses mensonges. Pour finir, Randall m'a avoué son projet de crime parfait.

« Ce que j'ai entendu m'a glacé le sang, et pourtant je ne suis pas une mijaurée. Je ne voulais pas que Randall risque de finir la corde au cou, tout ça pour rien ! Car il était parfaitement évident que Joseph n'était pas malade ! Nul besoin de commettre un meurtre pour le prouver !

— Je ne parvenais pas à lui faire comprendre la nécessité pour moi d'en avoir la preuve, Poirot, intervint Kimpton. C'est pourquoi je suis si content que vous, vous le compreniez.

— J'étais follement inquiète et je me suis montrée imprudente, reprit Claudia avec gravité. Comment ai-je pu être assez stupide pour en discuter dans la maison, alors que n'importe qui pouvait nous entendre ? Et c'est ce qui s'est passé ! Orville Rolfe a surpris notre conversation. J'ai cru que cette métaphore du cercueil ouvert et fermé suffirait à couvrir nos propos, j'avais tort. Tout est de ma faute, Randall.

— Mais non, ma chérie. La faute me revient entièrement. Je n'aurais jamais dû porter sur moi un flacon de poison durant deux ans ou presque, sans précaution. Au moins, j'aurais dû le ranger dans une poche dont il ne risquait pas de tomber.

— Mademoiselle Claudia, avez-vous vu le Dr Kimpton mettre du poison dans le verre d'eau, puis le passer à Sophie Bourlet pour M. Scotcher, à la table du dîner ? Vous saviez qu'il avait le poison sur lui, caché dans ses vêtements.

— Oui, je le savais, mais non, je ne l'ai pas vu verser le poison dans l'eau.

— Alors, quand avez-vous découvert qu'il avait empoisonné M. Scotcher ? lui demanda Poirot.

— Plus tard ce soir-là. Après le dîner, et après la frénésie due aux dérangements digestifs d'Orville Rolfe, Randall et moi nous sommes retirés pour la nuit. Aussitôt, il m'a confessé ce qu'il avait fait avec le verre d'eau. Joseph devait être déjà mort, m'a-t-il dit. Au matin, on découvrirait son corps, et donc, Randall devait aller récupérer le verre en question. Il était un peu ébréché sur le bord, aussi pourrait-il le distinguer des autres. Il lui fallait aussi mettre de la strychnine dans l'une des fioles qui se trouvaient dans la chambre de Joseph. De cette façon, tout le monde irait penser que l'empoisonnement avait eu lieu bien plus tôt dans la journée.

Claudia se leva et s'approcha de lady Playford.

— J'étais dans une telle rage, Maman. Je n'avais pas seulement tenté de dissuader Randall d'exécuter son projet de meurtre, je le lui avais interdit, plus tôt ce jour-là. Et il m'avait désobéi ! Il risquait d'être pendu en ne me laissant que mes larmes pour pleurer, tout cela pour obtenir une misérable autopsie qui nous dirait ce que nous savions déjà ! Très bien, me suis-je dit. Je vais lui montrer de quel bois je me chauffe ! Dès qu'il fut sorti, je le suivis en descendant l'escalier à pas feutrés. Je l'entendis fermer la porte de la chambre de Joseph quelques minutes plus tard, après qu'il eut mis du poison dans une des fioles de médicaments, supposai-je. Au bruit de ses pas qui diminuait, je devinai qu'il se rendait aux cuisines pour récupérer le verre. Je pouvais donc entrer dans la chambre de Joseph sans risquer d'y rencontrer personne.

« Ne me regardez pas comme ça ! Évidemment qu'il était mort ! Je l'ai soulevé pour l'installer dans son fauteuil roulant, puis je l'ai emmené jusqu'au petit salon, l'ai couché par terre, et me suis servie de cet affreux gourdin. Pourquoi ? Afin de contrarier les plans de Randall ! Il m'avait désobéi, tout cela pour assouvir ce besoin stupide et obsessionnel d'ouvrir le corps de Joseph Scotcher ! Très bien ! Je le châtierais en rendant la cause du décès si évidente que l'autopsie serait superflue. Ainsi, Randall serait privé de ce qu'il désirait le plus au monde, et cela lui servirait de leçon ! Cela lui apprendrait à m'écouter, à l'avenir.

Claudia s'interrompit, le temps de se ressaisir.

— J'ignorais qu'une mort suspecte mène toujours à une autopsie. Randall me l'apprit plus tard, quand nous nous fûmes réconciliés. Oui, nous sommes retombés dans les bras l'un de l'autre. Mais je lui ai bien signifié que même si je l'aimais toujours, je ne lui pardonnerais jamais. Je ne suis pas du genre à pardonner facilement. Bref, voilà pourquoi j'ai fracassé le crâne d'un homme déjà à l'état de cadavre. Et savez-vous, Poirot ? J'en ai tiré du plaisir, tellement j'étais furieuse ! Contre Randall, d'être si obsédé par Joseph et cette maudite preuve dont il rêvait depuis des années, contre Joseph et ses mensonges stupides, qui avaient entraîné tant de désastres, mais surtout contre moi-même, d'aimer encore Randall, et d'avoir été si fascinée par Joseph, alors que j'aurais bien mieux vécu sans les avoir connus ni l'un ni l'autre !

— Comme vos paroles sont cruelles à mon cœur, ma chérie, dit Kimpton, qui avait perdu toute sa superbe et semblait sincèrement affligé, pour une fois.

— Que s'est-il passé, après l'épisode du verre et de la fiole bleue ? lui demanda Poirot.

— Je suis revenu dans ma chambre. Je croyais y trouver Claudia, mais elle avait disparu. Je l'ai cherchée partout, et j'ai fini par la trouver… dans le petit salon, avec le cadavre de Scotcher. Elle s'acharnait à réduire sa tête en bouillie en lui hurlant après. Je l'ai suppliée d'arrêter, et c'est ce que Sophie a entendu. En effet, j'étais dans la bibliothèque, dont la porte était ouverte. J'étais incapable de m'approcher davantage. Oh, ce n'est pas le sang ni les éclats de cervelle qui me révulsaient. J'en ai vu d'autres. Vous allez rire, Poirot, mais ce fut de voir Claudia s'acharner sur ce cadavre en lui parlant ! À cet instant, j'ai compris combien mon plan avait mal tourné, et de façon irrémédiable. Je suis resté figé à regarder cette scène d'épouvante, sans pouvoir bouger. Là, j'ai vraiment touché le fond. Ce fut le pire moment de ma vie. Il faut absolument redresser la situation, d'une manière ou d'une autre, me suis-je dit. Effacer toutes les traces. Avais-je été aussi prudent toutes ces années pour voir la femme que j'aimais accusée de meurtre ? Alors j'ai entendu le bruit d'une porte qui se ferme, et j'ai su que quelqu'un d'autre était dans les parages.

Kimpton regarda froidement Sophie Bourlet, comme si la fâcheuse situation où il se trouvait était de sa faute.

— Poirot, vous devez nous raconter comment vous avez découvert tout cela, intervint lady Playford. J'apprécie la référence au *Roi Jean* et au cercueil, mais est-ce vraiment tout ce qui vous a mis sur la bonne piste ?

— Non, loin de là, répondit Poirot. J'ai trouvé un médecin à Oxford qui avait jadis été le médecin traitant de Joseph Scotcher. Il m'a rapporté quelques faits très intéressants. D'abord, qu'à sa connaissance, Scotcher avait toujours été en bonne santé. Puis, qu'Iris Gillow était venue le voir deux jours seulement avant sa mort. Elle voulait savoir si Scotcher souffrait vraiment d'une grave affection des reins, et s'il était condamné. Ce médecin lui a répondu, comme c'est la règle, qu'il ne pouvait trahir le secret médical. Puis il a contacté Scotcher pour lui faire part de cette visite. Deux jours plus tard, Iris Gillow mourait, tuée par Scotcher qui s'était déguisé, en s'affublant de la même fausse barbe que lorsqu'il avait joué le rôle de Blake Scotcher auprès de Randall Kimpton.

« Je me suis également rendu dans un hôpital pour m'entretenir avec un autre médecin, un certain Dr Jowsey, qui fut l'un de vos professeurs, docteur Kimpton. Il se rappelle que dès le premier jour, vous l'avez interrogé sur ce qui distingue un rein sain d'un rein malade, pour ensuite lui demander si un médecin pratiquant une autopsie serait en mesure d'établir ce diagnostic. Cette question l'intrigua fort. Autre élément crucial : le moment où vous avez décidé d'abandonner vos études de lettres pour bifurquer vers la médecine. Vous avez pris ces renseignements pour la première fois quinze jours pile après la mort d'Iris Gillow. Ce fut de ce tragique événement que naquit en vous le besoin irrépressible de connaître la vérité sur la santé de Scotcher.

« Voilà, c'est pratiquement tout, dit Poirot. Avant de terminer, pourtant, je dois dire que mon ami Catchpool ici présent m'a beaucoup aidé dans cette affaire. Voyez-vous, une chose demeurait incompréhensible, même si tout le reste semblait logique : comment Joseph Scotcher avait-il pu au même moment être mort empoisonné, et supplier qu'on lui laisse la vie sauve ? Alors Catchpool m'a fait une suggestion très utile. Il m'a conseillé de chercher un troisième élément qui pourrait concilier les deux premiers, aussi contradictoires qu'indiscutables ! Si Scotcher était mort et que le témoignage de Sophie Bourlet était fondé… alors il devenait évident que l'homme qu'elle avait entendu n'était pas Scotcher ! Suite à cette déduction, tout s'est gentiment mis en place, pour désigner Randall Kimpton comme le meurtrier. Il reste juste une chose que je ne comprends pas. Docteur Kimpton, peut-être pourriez-vous… ?

— Demandez et l'on vous répondra, répondit Kimpton. Non, non, Poirot, ce n'est pas une citation. Je parie qu'il s'agit de la robe verte, n'est-ce pas ? Vous voulez savoir où elle a disparu ?

— Moi aussi, j'aimerais le savoir, dit Claudia posément. C'était ma robe préférée.

— En l'occurrence, je suis assez fier de moi, dit Kimpton. Elle était couverte de sang, et la maison regorgeait de *gardaí* fouillant partout. Alors la fortune m'a souri en m'inspirant une idée. J'ai songé au seul endroit où ils ne risquaient pas de regarder.

— Lequel ? demanda Poirot.

— La sacoche appartenant à Clouder, le médecin de la police, répondit Kimpton. Ce grand distrait aux allures de chiffonnier qui avait égaré la clef de sa voiture et n'avait pu assister à l'enquête. Les *gardaí* n'iraient pas fouiller dans les affaires de leur propre collègue, me suis-je dit. Après l'avoir déchirée, j'ai donc fourré la robe tout au fond de la sacoche de Clouder, sous un fouillis indescriptible. Je suis certain que les lambeaux de tissu vert taché de sang y sont toujours, et qu'ils y seraient restés des années. Ce sera à vous de les extirper de ce fatras, inspecteur Conree.

Ce dernier ne dit rien. Visiblement, il rongeait son frein.

— J'aurais dû y penser, marmonna Poirot. La sacoche du médecin, bien sûr !

Kimpton sortit un petit flacon de sa poche, l'ouvrit, et avala son contenu d'une traite.

— J'en avais gardé en réserve au cas où, Poirot. Il faut toujours être prévoyant.

La stupeur fut générale. Je vis Gathercole frissonner. Un cri échappa à lady Playford, du fond de la pièce.

— Non ! s'écria Dorro. Mon Dieu, c'est horrible !

Il y a sûrement quelque chose à faire…, commença-t-elle, sans terminer sa phrase.

— Cette fois encore, vous renoncez, dit Claudia à Kimpton. Soit. Venez, mon chéri. Montons à l'étage. Vous permettez, Poirot ? Autant épargner à tout le monde ce triste spectacle. Vous en avez eu plus que votre part.

— Vous devriez me laisser monter seul, ma chérie, dit Kimpton.

— Il n'en est pas question, répondit Claudia.

— Randall, avant que vous partiez…, commença lady Playford d'une voix tremblante. Je voudrais… Eh bien, il est fascinant de constater combien nos deux manières de voir diffèrent l'une de l'autre. Pour vous, le mystère de Joseph Scotcher est maintenant résolu, tandis que pour moi, ce que vous avez fait empêche qu'il le soit jamais. Nous savions déjà, du moins ceux d'entre nous qui s'en souciaient, que Joseph trichait sur son état de santé. Ce que nous ignorions, c'était pourquoi il le faisait, et si l'on pouvait y remédier de quelque manière. Je me souciais comme d'une guigne de savoir si ses reins étaient bruns, racornis, frais et roses, ou violets rayés de jaune ! Ce que je voulais, c'était percer à jour ses espoirs et ses peurs, ses amours et ses manques. Voir si, sous tous les mensonges, battait un cœur sincère, qui attendait qu'on en fasse bon usage ! Grâce à vous, il sera dorénavant impossible pour moi d'en savoir plus. Je ne veux pas ajouter encore à votre infortune. C'est juste que je ne parviens pas à comprendre qu'on puisse recourir à de telles extrémités pour prouver une chose qui avait au fond si peu d'importance.

Kimpton sembla y réfléchir un moment.

— Oui, je puis comprendre votre point de vue, dit-il enfin. Certes, le mien est différent. C'est sans doute pour cette raison que vous aimez inventer des histoires et que je préfère m'en tenir aux faits. Pourtant, d'après moi, c'est ma conception des choses qui prévaut. Sans un minimum de faits solides sur lesquels s'appuyer, tout le monde pourrait croire n'importe quoi, et aucune histoire ne vaudrait mieux qu'une autre… Venez, ma chérie, dit-il en se tournant vers Claudia. Prenons congé.

Main dans la main, ils quittèrent la pièce.

Épilogue

Le lendemain matin, Poirot et moi attendions devant la maison que la voiture vienne nous chercher. J'avais du mal à croire que nous allions quitter Lillieoak, et j'en fis la remarque à mon compagnon, sans obtenir aucune réponse.

— Poirot ? Est-ce que ça va ?

— Je réfléchis.

— J'ignore à quoi, mais ça a l'air sérieux.

— Pas particulièrement, mais je trouve cela intéressant.

— Quoi donc ?

— Nous avons été invités à Lillieoak, vous et moi, pour servir de police d'assurance. Lady Playford croyait que personne n'oserait commettre un meurtre avec Hercule Poirot dans la maison ! Mais quelqu'un l'osa : Randall Kimpton fut assez fou pour le tenter. Et à présent, il est mort. Il aurait pu facilement attendre. Une semaine plus tard, j'aurais débarrassé le plancher ! Et son obsession d'ouvrir le corps de Joseph Scotcher ne l'aurait pas quitté pour autant ! Pourquoi Kimpton n'a-t-il pas attendu ?

— Il a vu passer sa chance et l'a saisie sans en mesurer les conséquences. Poirot, à vous entendre, on croirait presque que vous regrettez qu'il se soit fait prendre, ajoutai-je, assez intrigué.

— Vous me taquinez, Catchpool. Bien sûr, je suis content que son crime ne soit pas resté impuni, mais… c'est le fait qu'il ait pu ainsi me sous-estimer qui me chagrine. Qu'il se soit obstiné à commettre un meurtre juste sous mon nez… N'avait-il donc pas entendu parler des exploits d'Hercule Poirot ? Si, sans doute, pourtant cela ne lui faisait ni chaud ni froid. Il s'est même moqué de mes méthodes…

— Poirot, l'interrompis-je fermement. Les meurtriers ne sont pas les seuls à avoir des tendances obsessionnelles.

— Qu'entendez-vous par là, mon ami ?

— Randall Kimpton est mort. Cela peut sembler puéril de l'exprimer en ces termes, mais… vous avez gagné et il a perdu.

Poirot sourit et me tapota le bras.

— Merci, Catchpool. Ce n'est pas du tout puéril. Vous avez raison : j'ai gagné. Il a perdu.

Il me vint alors à l'esprit que dans cette affaire, il y avait eu d'autres perdants, qui le méritaient moins que Kimpton et dont je me souciais davantage. Peut-être avais-je tort d'éprouver ce sentiment, mais je ne pouvais m'empêcher de penser que malgré ses mensonges et les actes odieux qu'il avait pu commettre, Joseph Scotcher avait le désir profond d'être quelqu'un de bien, et qu'il aurait pu un jour le devenir. Il avait rencontré à Oxford l'éblouissant Randall Kimpton, l'avait admiré, l'avait pris pour modèle, lui avait volé sa bien-aimée, avait fait les mêmes études, et il l'avait suivi pour s'introduire au sein de la famille Playford ; pourtant, il n'avait pas cherché à imiter le caractère de Kimpton, son orgueil démesuré, son ironie cruelle, son mépris des opinions et des sentiments d'autrui.

L'idée que Scotcher avait selon toute probabilité tué Iris Gillow ne me plaisait guère. Les gentillesses qu'il m'avait dites dans le salon avant le dîner, le soir de sa mort, m'avaient fait chaud au cœur. De ma vie on ne m'avait jamais témoigné autant de bienveillance. Certes cela n'excusait en rien le meurtre. Mais pour moi, ce n'était pas négligeable.

— Pendant que nous attendons la voiture, si nous en profitions pour discuter d'une question qui reste sans réponse, proposa Poirot.

— Laquelle ? m'étonnai-je.

— Pourquoi Scotcher a-t-il demandé Sophie Bourlet en mariage juste après avoir appris la modification du testament en sa faveur ?

— Ah… En effet. Et je ne saurais y répondre.

Vous non plus, assurément, me dis-je, en me gardant de l'exprimer à haute voix. Si je me mettais aussi à sous-estimer Hercule Poirot, moi, son ami, il ne s'en remettrait pas.

— J'ai plusieurs théories à ce sujet, me déclara-t-il. L'une, c'est qu'il risquait d'être assassiné, tant qu'il serait le seul bénéficiaire de lady Playford, et il le savait. Il s'est dit qu'elle pourrait revenir sur sa décision s'il réussissait à la mettre en colère, à la rendre jalouse, ou les deux à la fois. En se fiançant avec son infirmière, il a cru qu'il y parviendrait peut-être.

— Je doute que ce soit là sa motivation première.

— Bon. Alors passons à une théorie plus simple : Scotcher voulait punir lady Playford. Elle lui avait causé de sérieux problèmes en modifiant son testament. Il craignait d'être démasqué à tout moment par quelqu'un de Lillieoak, et il en attribuait la faute à lady Playford. En choisissant ce moment pour faire sa déclaration d'amour à Sophie Bourlet, au lieu de témoigner gratitude et affection à lady Playford, il prive sa bienfaitrice de ce qu'elle désire le plus au monde : son attention. Soudain, elle n'est plus la personne de la maison qui compte le plus pour lui.

— Cela paraît plus plausible que la première théorie, mais je ne suis toujours pas convaincu, dis-je. Tant qu'on y est, que diriez-vous de la théorie suivante : Scotcher a demandé Sophie en mariage pour s'assurer de son silence, afin qu'elle n'aille pas divulguer son imposture. Jusqu'alors, il l'avait flattée comme il flattait Phyllis, et Sophie s'en contentait. Mais admettons qu'elle savait qu'il n'était pas condamné, ce qui est probable. Voilà soudain qu'elle entend lady Playford déclarer qu'elle lègue toute sa fortune à ce pauvre Joseph Scotcher, qu'on croit moribond… Honnête comme elle est, Sophie va se sentir obligée de le dénoncer. Les bouffonneries de Scotcher sont une chose, mais là, elles ressemblent fort à de l'escroquerie. Rappelez-vous que lady Playford n'avait confié à personne qu'elle connaissait la vérité ; elle jouait le jeu de Scotcher en feignant de croire à la maladie de Bright dont il se prétendait atteint.

— Et donc, demander Sophie en mariage était le seul moyen de s'assurer de sa loyauté et de sa discrétion à l'avenir. C'est peut-être bien ce que s'est dit Scotcher, en effet, reconnut Poirot. Oui, c'est une bonne théorie. Mais à choisir, une autre encore a ma préférence. Je préfère penser que Joseph Scotcher aimait Sophie Bourlet.

— Peut-on appeler ça une théorie ? C'est la version officielle, après tout.

Poirot ignora ma remarque et développa son raisonnement :

— Saisi d'angoisse à l'idée que son imposture risque d'être dévoilée publiquement, et craignant qu'une personne tente de le supprimer par rancœur après l'annonce du testament, Scotcher est soudain en proie à une sorte de crise intérieure, très violente, et il ne réagit pas comme à son habitude. Fini de jouer. Cette secousse le pousse à se montrer sincère. Il aime cette femme qui l'accepte tel qu'il est, sans poser de questions malgré tous ses mensonges, une femme qui effectue à sa place et sans se plaindre tout le travail qu'il est tout à fait en état d'accomplir pour lady Playford. Peut-être aime-t-il Sophie Bourlet depuis longtemps, mais sans s'être déclaré ouvertement ; pour lui, la facilité, c'est de feindre et de ne dire que des choses qui ne sont pas réelles. Jusqu'à ce soir-là. Alors, sous le coup d'émotions puissantes, il ressent le besoin de déclarer son amour.

— Vous êtes un vieux sentimental, Poirot, remarquai-je en souriant.

Sentimental… peut-être l'étais-je moi aussi, car à cet instant, j'éprouvai pour mon petit ami belge un grand élan de tendresse.

— Edward !

En entendant la voix de Gathercole, je me retournai. Il avançait vers nous à grands pas.

— J'ai cru que je vous avais ratés, dit-il.

Au même instant, lady Playford sortit en hâte de la maison. Elle était en kimono, très pâle, et elle me parut plus petite, plus âgée, comme si en quelques heures, elle s'était tassée et avait vieilli d'un seul coup.

— Poirot ! N'espérez pas vous en tirer comme ça ! lança-t-elle avec un entrain qui me parut presque douloureux, tant il était forcé. C'est au sujet du livre que j'ai sur le feu. Aujourd'hui, Michael ne vaut rien, n'est-ce pas, Michael ? Impossible d'obtenir son attention. Or, j'ai un doute, et j'ai besoin de votre avis, Poirot. Vous vous rappelez que mon intrigue tourne autour d'une histoire de nez refait ? Cela m'insupporte de voir le mot nez se répéter à l'infini au cours de mon récit. Si je parlais plutôt d'un bec-de-lièvre ? Qu'en pensez-vous ? Mais je me demande si dans une histoire pour enfants, on doit parler autant de chirurgie esthétique et de défauts physiques. D'un autre côté, je trouve que les gens dorlotent trop leurs bambins de nos jours, pas vous ?

Avec un sourire complice, Gathercole et moi nous écartâmes un peu.

— Je vous envie de rentrer à Londres, me dit-il. Elle a beau faire bonne figure, Lady Playford n'est plus tout à fait elle-même, j'en ai peur.

— Elle n'a rien perdu de sa volubilité, en tout cas, remarquai-je. Combien de temps comptez-vous rester à Lillieoak ?

— Je l'ignore. Je me dois d'être vigilant sur ce qui se passe ici. Garder un œil sur Claudia, par exemple…

Je ne crois pas que lady Playford puisse lui être d'un grand secours. Et j'aimerais les aider un peu, toutes les deux, si je le puis.

Nous échangeâmes nos cartes respectives, puis il me serra la main. À l'instant où l'automobile se garait, j'entendis lady Playford dire : « Ça, c'est futé. Très futé, vraiment. Je vais me voir obligée de vous dédier ce livre, Poirot », puis elle se tourna vers moi, tandis que le chauffeur nous ouvrait la portière.

— Au revoir, Edward, et merci. Désolée de vous avoir déçu.

— Vous ne m'avez pas déçu le moins du monde.

— Mais si. Quand vous avez compris que je n'avais pas commis de meurtre, en fin de compte.

— Je ne l'ai jamais cru, lady Playford.

— Si, je le sais. Même si vous étiez seul dans ce cas, me dit-elle avec une indicible tristesse, mais le sourire forcé réapparut aussitôt. J'ai trouvé ça amusant et plutôt flatteur, reprit-elle d'une voix haut perchée. Allons, admettez-le. Je n'en serais pas le moins du monde offensée. Vous menez sûrement une vie irréprochable, Edward. Un peu trop, si vous voulez mon avis, dit-elle en me saisissant le bras. Je suis âgée, mais si j'étais jeune comme vous, je vivrais, et je ne me soucierais pas de ce que les gens pensent de moi. Vous sentez en moi cette volonté, n'est-ce pas ? C'est pourquoi vous m'avez soupçonnée de meurtre. Comprenez-vous ? ajouta-t-elle, une lueur étrange dans les yeux, presque magnétique.

Non, je ne comprenais pas, d'ailleurs, je n'en avais aucune envie. Tout cela me semblait trouble et passablement compliqué.

— Lady Playford, je puis vous assurer…, commençai-je, mais elle m'interrompit en balayant mes protestations d'un geste de la main.

— Qu'importe, maintenant, fit-elle. Dites-moi, Edward, puis-je vous demander une faveur ? Cela vous contrarierait-il beaucoup si je vous mettais dans l'un de mes livres, un de ces jours ?

REMERCIEMENTS

Toute ma gratitude aux équipes suivantes, composées de personnes exceptionnellement brillantes, dévouées et stimulantes : James Prichard, Mathew Prichard, Hilary Strong, Christina Macphail, Julia Wilde, Lydia Stone, Nikki White et tous ceux de Agatha Christie Limited ; David Brawn, Kate Elton, Laura Di Giuseppe, Sarah Hodgson, Fliss Denham et tous ceux de HarperCollins UK ; Dan Mallory, Kaitlin Harri, Jennifer Hart, Kathryn Gordon, Danielle Bartlett, Liate Stehlik, Margaux Weisman ainsi que l'équipe de William Morrow ; Peter Straus et Matthew Turner de Rogers, Coleridge & White.

Merci également à mes éditeurs internationaux, trop nombreux pour que je les nomme tous, grâce auxquels cette nouvelle aventure d'Hercule Poirot parviendra à des lecteurs partout dans le monde. Je suis immensément reconnaissante à tous ceux qui ont apprécié le livre précédent, *Meurtres en majuscules* (*The Monogram Murders*), et me l'ont fait savoir par lettres, courriels ou tweets. Merci à Adele Geras, Chris Gribble et John Curran ; ils ont lu les premiers jets et m'ont fait part de leurs précieuses réflexions, qui m'ont grandement aidée. Merci à Rupert Beale, pour sa science des affections rénales, et à Guy Martland d'avoir bien voulu discuter de questions médicales avec moi. Merci à Adrian Poole de m'avoir fait profiter de ses lumières sur *Le Roi Jean* de Shakespeare, et à Morgan White d'avoir rassemblé tout ce que je devais savoir de l'Irlande en 1929.

D'immenses mercis à Jamie Bernthal qui m'a aidée de toutes les manières possibles du début à la fin. Sans lui, ce livre aurait été moins amusant à écrire, sa qualité s'en serait ressentie et surtout, il n'y aurait pas de plan de Lillieoak !

Comme toujours, je suis reconnaissante envers Dan, Phoebe et Guy Jones, ma famille géniale, pour leur soutien sans faille. Enfin et surtout, merci à mon chien, Brewster, qui s'est servi de l'un de mes personnages comme intermédiaire pour me suggérer que Lillieoak devait avoir un chien. Il est si prétentieux qu'il croit sûrement être le principal protagoniste de ce roman.

Table

PREMIÈRE PARTIE

1. Un nouveau testament 11
2. Une réunion surprise 24
3. Un intérêt particulier pour la mort 36
4. Un admirateur inattendu 47
5. Des larmes avant le dîner 58
6. La déclaration 63
7. Réactions en chaîne 74
8. Promenade nocturne dans les jardins 85
9. « Le Roi Jean » 96
10. Cercueil ouvert 109
11. Indiscrétions 120
12. Le doigt de Sophie 129

DEUXIÈME PARTIE

13. La Garda entre en scène 139
14. Lady Playford et ses deux listes 153
15. Voir, entendre et regarder 162

16. Le moral à zéro 169
17. L'horloge de grand-père 178
18. Non partagé 185
19. Deux Iris pour le prix d'une 191
20. Cause du décès 200
21. La question du cercueil 211
22. Dans l'orangerie 217
23. L'enquête judiciaire 227

TROISIÈME PARTIE

24. Sophie persiste et signe 245
25. Jalousie entre filles 253
26. Définition du verbe savoir par Kimpton 258
27. L'histoire d'Iris 266
28. Arrestation en vue 278
29. L'hospice 286
30. Plus que de l'affection 292
31. Le plan de lady Playford 306
32. Le cheval de course kidnappé 320
33. Vérités et contradictions 327
34. Mobile et occasion 336
35. Tout le monde aurait pu
mais personne ne l'a fait 353
36. L'expérience 363
37. Une victoire à la loyale 379

Épilogue 399
Remerciements 407

DU MÊME AUTEUR
AUX ÉDITIONS DU MASQUE :

Meurtres en majuscules

PAPIER À BASE DE FIBRES CERTIFIÉES

Le Livre de Poche s'engage pour l'environnement en réduisant l'empreinte carbone de ses livres. Celle de cet exemplaire est de :
400 g éq. CO_2
Rendez-vous sur www.livredepoche-durable.fr

Composition réalisée par NORD COMPO

Achevé d'imprimer en août 2017, en France sur Presse Offset par
Maury Imprimeur – 45330 Malesherbes
N° d'imprimeur : 220327
Dépôt légal 1re publication : septembre 2017
LIBRAIRIE GÉNÉRALE FRANÇAISE – 21, rue du Montparnasse – 75298 Paris Cedex 06

64/2447/0